LOCUS

LOCUS

LOCUS

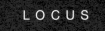

LOCUS

to

fiction

to 122
夜虎
The Night Tiger
作者：朱洋熹（Yangsze Choo）
譯者：王心瑩
責任編輯：許景理
封面設計：林育鋒
校對：呂佳真
法律顧問：董安丹律師、顧慕堯律師
出版者：大塊文化出版股份有限公司
臺北市105022南京東路四段25號11樓
www.locuspublishing.com

讀者服務專線：0800-006689
TEL：(02)87123898 FAX：(02)87123897
郵撥帳號：18955675 戶名：大塊文化出版股份有限公司

總經銷：大和書報圖書股份有限公司
地址：新北市新莊區五工五路2號
TEL：(02) 89902588 FAX：(02) 22901658
初版一刷：2020年12月
定價：新臺幣500元
ISBN：978-986-5549-25-1
Printed in Taiwan

The Night Tiger
夜虎

朱洋熹（Yangsze Choo）著
王心瑩 譯

這本書獻給我的父親和母親
他們出生於近打河谷，也成長於斯。

第一章

馬來亞・甘文丁[1]　一九三一年五月

老人快死了。阿仁從淺弱的呼吸、凹陷的臉龐，以及延伸覆蓋顴骨的薄透皮膚看得出來。但老人想打開百葉窗。他性子急，召喚阿仁過去，男孩喉嚨一緊，彷彿吞下一顆石頭，連忙打開二樓窗戶。

屋外是一片燦爛的綠海：叢林樹冠的搖曳枝葉和湛藍的天空，宛如一場熾熱的夢境。熱帶的炫目強光令阿仁畏縮身子。他移動位置，想以自己的影子幫主人遮擋光線，但老人作勢阻止他。陽光一照，老人那隻手的顫抖動作，以及一根斷指的醜陋殘根，頓時顯得特別突出。阿仁想起不過幾個月前，那隻手還能撫慰嬰兒和縫合傷口。

老人睜開溼漉的藍色眼睛，輕聲說了些話；剛開始，那雙黯淡無光的異國眼睛讓阿仁害怕極了。男孩頂著一頭短髮彎身靠近。

1 甘文丁（Kamunting）：馬來西亞霹靂州第二大城太平市（Taiping）附近的城鎮。

「記得吧！」

男孩點頭。

「說出來。」沙啞刺耳的聲音漸漸微弱。

「您死後，我會找到您的斷指，」阿仁小聲清楚地回答。

「然後？」

男孩遲疑半晌。「然後將它埋進您的墳墓裡。」

「很好。」老人吸口氣，呼嚕出聲。「我的魂魄七七四十九天離開之前，你一定要把它找回來。」

以前男孩曾經完成許多這類任務，快速又稱職。他會處理好，雖然他瘦窄的肩膀劇烈顫抖。

「阿仁，不要哭。」

像這樣的時候，男孩看起來遠比實際年齡小很多。老人覺得抱歉……他希望能自己完成這件事，然而精力已經耗盡。他轉頭面對牆壁。

第二章

馬來亞・怡保[2]

六月三日星期三

對華人來說，四十四是不吉利的數字。聽起來像是「死死」，於是數字「四」和帶有「四」的數字都要迴避。在六月不吉利的那一天，我在怡保市「五月花舞廳」的祕密兼職工作剛好滿四十四天。

我的工作是祕密，因為所有愛惜名聲的女孩都不該與陌生人共舞，儘管我們的服務是打著「教練」的名義。或許這也是為了大多數客人著想，他們多半是緊張兮兮的職員和男學生，買了好幾卷入場券，想學跳狐步舞和華爾滋，或來點迷人的馬來舞蹈「弄迎舞」。其他客人我們稱之為「磨野」[3]，就是鱷魚，笑得露出牙齒，雙手到處游移，唯有冷不防用力一捏才能阻止。

如果我一直把他們的手用力揮開，那就永遠不能賺很多錢，但我希望這份工作不需要做很

2 怡保（Ipoh）：霹靂州首府，位於近打河流域，曾是馬來西亞重要的錫礦產地。
3 磨野（buaya）：馬來語的鱷魚之意。

久。我是為了還債，母親欠了四十馬來亞元的高利貸，無力償還。我白天的正職是裁縫師學徒，收入不夠償還那筆錢，而我可憐又愚蠢的母親也不可能自己解決；她的賭運很差。

如果她留給我的單純是數字統計，結果可能會好很多，畢竟我對數字很在行。話是這麼說，但我並沒有引以為傲。這種能力放在我身上不是很有用。假如我是男生，情況可能不一樣，但我七歲時對於計算機率的興趣，對母親沒有半點用處，當時父親過世，她剛成為寡婦；身處於悲傷隔絕的氛圍，我拿鉛筆在碎紙片上塗寫了幾個小時的數字。數字合情合理又有秩序，不像我們家所陷入的混亂狀態。儘管如此，我母親依然保持似笑非笑的甜美表情，那樣的微笑讓她看起來很像觀世音菩薩，儘管她可能只是憂愁我們晚餐要吃什麼。我好愛她，雖然後來發生更多事。

我獲得舞廳雇用時，領班叫我做的第一件事是去剪頭髮。我花了好幾年把頭髮留長，因為以前我的繼弟阿信嘲諷我看起來很像小男生。多年來我一直以兩條長辮子的髮型去「英華女子中學」上學，整整齊齊綁上緞帶，象徵女生的甜美氣質。我相信這樣的外表掩蓋一些很遜的事，包括忙著計算高利貸利率那種很不淑女的能力。

「不行，你不能用那副模樣幫我工作。」領班說。

「不過有其他女生也留長頭髮啊，」我指出這點。

「對，但你不行。」

她帶我去找一個神經質的女人，喀嚓一聲剪掉我的辮子。辮子掉在我腿上，很沉重，幾乎像是有生命。如果讓阿信看到我，他一定會笑死。女人修剪頭髮時，我低下頭，裸露的頸部感覺好脆弱，令人害怕。她修剪瀏海時，我抬起眼，她笑了笑。

「看起來很漂亮，看起來完全就像路易絲・布魯克斯[4]。」她說。

路易絲・布魯克斯到底是誰啊？顯然是默片明星，幾年前極受歡迎。我臉紅了。要習慣新的流行趨勢實在很難，在這種趨勢下，像我這樣平胸又男孩子氣，應該會突然變得很搶手才對。當然，身處於馬來亞，位於帝國的遙遠邊陲地帶，我們很悲慘，遠遠追不上流行的腳步。來到東方的英國淑女總抱怨，此地的時尚風潮比倫敦落後了六到十二個月。於是，交際舞和剪短頭髮這些風尚終於傳到怡保時，早已在其他地方熱切流行了好一段時間，也就沒什麼好驚訝的了。我摸摸剃掉頭髮的頸背，很怕自己看起來比以前更像男孩子。

領班稍微挪動龐大的身軀，說道：「你需要取個名字，最好是英文名字，就叫路易絲吧！」

因此六月三日那天下午，我就是以路易絲這個名字跳著探戈。儘管股票市場起伏不定，我們這個怡保小鎮仍然生氣蓬勃，因為出口錫礦和橡膠而累積財富，湧現許多眼花撩亂的新建物。下

4　路易絲・布魯克斯（Louise Brooks, 1906~1985）：美國演員和舞者，活躍於一九二〇到三〇年代。

午降下了不尋常的傾盆大雨。天空轉變成鐵灰色，電燈亮了，多半是管理單位太過驚慌所致。雨水咚咚敲打錫板屋頂，來自果阿邦[5]、瘦小蓄鬍的樂隊領班與響亮的咚咚聲音奮力搏鬥。

由於對西方舞蹈掀起一陣狂熱，每個城鎮周圍都有公共舞蹈場所宛如雨後春筍般大量冒出。有些屬於重大事件，例如新近設立的天聖旅館；其他則差不多像是大型的開放式棚屋，熱帶微風自由流通。像我這樣的專業舞者待在圍欄裡，活像一群雞或綿羊。圍欄是一處座位區，以緞繩隔開，許多漂亮女孩坐在那裡，每個女孩胸前都別了一朵紙花，上面寫著編號。保鑣不讓任何人靠近我們，除非是買了入場券的人，但那無法阻止一些無論如何都要嘗試的男人。

我其實滿驚訝的，竟然有人請我跳探戈。我在林小姐的舞蹈學校從沒好好學過探戈；自從繼父強迫我輟學，舞蹈學校成為一種慰藉。我在那裡學了華爾滋，以及稍微大膽一點的狐步舞，但是從沒學過探戈。那種舞蹈太有情色意味，雖然我們全都在魯道夫·范倫鐵諾[6]的黑白電影裡看過他大跳探戈。

我準備開始在「五月花」上班時，朋友阿慧曾說我最好要學會探戈。

她說：「你看起來很像時髦女孩，一定會接到這種邀約。」

親愛的阿慧。就是她教我跳探戈，我們像醉漢一樣跌撞轉圈。不過她盡力了。

「嗯，也許沒有人會邀，」她滿懷希望說道，當時突然一陣踉蹌，我們差點摔倒在地。

當然她說錯了。我很快就發現，邀約跳探戈的男人通常是「鱷魚」，而在滿四十四天那個不祥之日，邀約的男人也沒有例外。

他是生意人，他這樣說。專門做學校和辦公室用品。我立刻回想起學校筆記本那種清新的紙板氣味。我熱愛學校，但如今那扇門對我關閉了。所有的一切只剩下這個生意人漫無主題的閒聊和沉重的舞步聲，而他對我說，文具是一門穩定的生意，不過他很確定，他可以做得更好。

「你的皮膚很好。」他呼出的氣息像是帶有大蒜味的海南雞飯。我不知道該說什麼才好，於是專注於自己踩得零亂的舞步。眼前的情況令人不知所措，畢竟生意人似乎認為，探戈要突然擺出引人注目又戲劇化的姿勢。

「我以前是賣化妝品。」他又靠太近了。「我對女性的皮膚懂很多。」

我向後仰，增加兩人之間的距離。我們轉一圈時，他猛力一拉，於是我跌跌撞撞靠向他。我懷疑他根本是故意的，但他的手不由自主伸向自己的口袋，似乎很擔心有什麼東西會掉出來。

「你知道嗎？」他說著，面帶微笑，「有些方法可以讓女人永保年輕漂亮。用一些針。」

「針？」我好奇問道，其實我認為這是自己聽過最爛的搭訕方法。

「在爪哇西部，有些女人用非常細的金針刺進自己的臉。一路刺進去，直到看不見。那是避

5 果阿邦（Goa）：位於印度西岸，是面積最小的一個邦，曾是葡萄牙殖民地，有許多天主教遺址，目前是印度最富裕的一個邦。

6 魯道夫・范倫鐵諾（Rudolph Valentino, 1895~1926）：義大利演員，一九二〇年代相當受歡迎的默片明星。

免老化的巫術。我見過一位漂亮的寡婦，她埋葬了五任丈夫，她說臉上有二十根針。不過她對我說，你死後一定要移除那些針。」

「為什麼？」

「你死的時候，身體一定要再度恢復完整。任何添加的東西都必須移除，任何失去的部分也要放回原位……否則你的魂魄就永世不能超生。」看我這麼驚訝讓他很樂，於是繼續描述他那趟遠遊的其他細節。有些人很健談，其他人則是手心流汗默默跳舞。一般說來，我比較喜歡健談的人，因為他們沉浸於自己的世界，不會刺探我的生活。

如果家人發現我在這裡兼差，那會是一場大災難。繼父的憤怒，我母親的淚水，因為她必定會對繼父坦白說出她打麻將欠了錢，想到這些我就忍不住發抖。然後還有我的繼弟阿信。他跟我同一天出生，別人總問我們是不是雙胞胎。他永遠是我的好夥伴，至少不久前還是如此。但現在阿信離開了，他爭取到新加坡愛德華七世醫學院學習醫術的名額，他的天才資質在那裡接受訓練，以便改善馬來亞缺乏醫師的現況。我覺得很驕傲，因為這個人是阿信，他一直都很聰明；不過我也深感羨慕，因為我們兩人相比，我的學業成績比較高。但想著這種「要是怎樣又如何」的事情是沒用的。阿信再也不回我的信了。

生意人還在講話。「你相信運氣嗎？」

「有什麼好相信的？」我努力不讓表情扭曲，因為他重重踩到我的腳。

「你應該要相信，因為我以後的運氣會非常好。」他嘻嘻笑著，又轉了一圈，用力過猛。我透過眼角餘光，注意到領班盯著我們看。我們在舞池裡，把場面弄得很難看，像這樣跌撞轉圈，對生意來說完全不是好事。

這時生意人突然放手，來個危險的下腰動作，我咬緊牙關，亂抓一通尋求平衡。我們的舞姿不太好看，連站都站不穩，手臂亂揮，抓住衣服。他的手捧著我的臀部，低頭探看我的裙底。我用手肘頂他，另一隻手匆匆伸進他的口袋。有個又小又輕的東西滾進掌心，我立刻將它抓出來。感覺像是細長光滑的圓柱體。我遲疑一下，氣喘吁吁。我應該把它放回去；假如他發現我拿了東西，可能會指控我是扒手。有些男人喜歡製造那樣的麻煩；他們用那種方法威脅女孩子。

生意人露出無恥的微笑。「你叫什麼名字？」

我慌張之餘，對他說出真名，智蓮，而非路易絲。愈來愈糟了。在那一瞬間，音樂結束，生意人突然放開我。他的目光定睛看著我的背後，好像看到認識的人，於是如同開始時一樣匆忙，他離開了。

簡直像是要彌補剛才跳了探戈，樂隊開始演奏〈是的，那是我的寶貝！〉[7]。一對對舞伴湧進舞池，我則走回自己的座位。我手中的物品活像燃燒的木頭一樣發燙。他肯定會回來；他還有一整卷的舞廳入場券。我只要靜靜等待，就可以把拿來的東西物歸原主，假裝是他自己掉在地板上的。

7〈是的，那是我的寶貝！〉（Yes Sir, That's My Baby!）：美國流行歌曲，最早於一九二五年發行，後來有眾多翻唱版本。

雨水的氣息從打開的窗子吹送進來。我心情煩躁，把分隔舞池和舞者座位之間的緞繩拉起來，找到位置坐下，撫平裙子。

我張開手，如同根據觸感的猜測，那是用很薄的玻璃製成的圓柱體。一個標本瓶，幾乎不到兩吋長，頂端有個金屬旋蓋，裡面有個很輕的東西喀啦作響。我拚了命忍住才沒有叫出來。

那是一根乾癟的斷指，包含指尖及下面兩個關節。

第三章

巴都牙也[8]

六月三日星期三

火車轟隆開進巴都牙也，阿仁站起來，把臉貼著窗戶。這個小鎮相當繁榮，霹靂州的英國行政部門就設立在這裡，巴都牙也這名字很獨特，「巴都」的意思是石頭，「牙也」則是大象。有些人說，小鎮的名字源自一對大象，牠們橫渡近打河[9]，「森林鬼」對這種行為非常生氣，就把牠們變成兩塊大石頭，聳立於水流之中。阿仁很想知道那兩隻可憐的大象在河裡做了什麼事，竟然得要變成石頭。

阿仁以前沒搭過火車，不過曾多次在太平火車站等待老醫師。儘管有煤灰顆粒，三等車廂依然開著窗戶，有些顆粒像指甲那麼大，隨著蒸汽引擎轉過彎道而向後飛揚。阿仁感受到空氣中有厚重的季風溼氣。他伸出一隻手壓緊自己的毛氈手提袋，裡面有那封珍貴的信件，如果雨勢很

8 巴都牙也（Batu Gajah）：位於霹靂州，怡保西南方約二十公里處，目前是近打縣的縣府。

9 近打河（Kinta River）：於馬來西亞霹靂州，由東北延伸至西南。

大，墨水可能暈開。他想到老醫師仔細書寫的顫抖字跡有可能暈散消失，一陣鄉愁的刺痛感受傳遍全身。

火車轟隆作響，每前行一哩，就帶著他離麥克法蘭醫師那棟散漫又凌亂的平房愈來愈遠，那是他過去三年的家。如今他離開了。阿仁住在僕人廂房的小房間，位於關阿姨的旁邊，現在已經清空了。今天早上，阿仁最後一次掃地，並把舊報紙整齊綁好，讓收舊貨的人拿走。他關上門，看著門上逐漸剝落的綠色油漆，也看到原本與他共用房間的那隻大蜘蛛，正在天花板角落默默重新織起蛛網。

他的眼裡湧出背叛的淚水。但阿仁有任務要完成；現在沒時間哭泣。麥克法蘭醫師過世了，魂魄的七七四十九天已經開始涓滴流逝。而這個有著奇怪名字的小鎮，並不是他和弟弟阿義第一次沒有生活在一起的地方。阿仁再次思索那兩頭「石象」。牠們也像他自己和阿義一樣是雙胞胎嗎？有時候，阿仁感覺到一陣刺痛，很像貓的鬍鬚抽動一下，宛如阿義依然與他同在。那種奇怪的雙胞胎感受忽隱忽現，將他們兩人捆綁在一起，警告他有些事件即將發生。不過一旦回頭看去，背後連個人影也沒有。

巴都牙也火車站是一棟長條形的低矮建築，鐵道位於斜屋頂旁，很像一尾沉睡的巨蛇。英國人在整個馬來亞建造很多類似的火車站，坐落在景象熟悉且整齊的鐵道沿線。這些城鎮彼此複製，都有白色的政府建築和綠色的草地，修剪得像是英國城鎮的草坪。

在售票口，馬來人站長很好心，幫阿仁畫了一張地圖。他留著帥氣的鬍髭，長褲漿洗出銳利的摺線。「相當遠喔！你確定沒人來接你嗎？」

阿仁搖搖頭。「我可以走路。」

走遠一點，有一排華人的店屋一間挨著一間，二樓懸垂其上，樓下則開著各式各樣的小雜貨店。這個方向通往城鎮。不過阿仁反倒向右轉，經過公立英語中學。他以渴望的眼神看著學校的木造建築，搭配白塗料構成的優雅線條；他想像一群與他同年齡的男生，在天花板很高的教室裡上課，或者在綠色草地上玩遊戲。他執著地繼續往前走。

山丘往上爬升到「高地」，歐洲人住在那裡。此地有許多殖民時期的平房，建造成英屬印度的樣式，但是沒有時間讚嘆。他的目的地在高地遠端那側，剛好位於咖啡園和橡膠園旁邊。

雨水猛力濺起地上的紅土。阿仁喘著氣，拔腿起跑，手上緊緊抓著他的毛氈袋。他快要跑到一棵很大的紫檀樹時，聽見一輛運貨卡車隆隆作響爬上山丘，引擎發出粗嘎刺耳的聲音。司機的喊叫聲從車窗傳來：「上車！」

阿仁氣喘吁吁爬進車裡。他的救星是個胖嘟嘟的男人，側臉長了一顆疣。

「伯父，謝謝您，」阿仁說著，用禮貌的措辭稱呼長者。男人露出微笑。水沿著阿仁的長褲往下流，滴到地板上。

「站長跟我說你往這個方向來。要去年輕醫師的房子？」

「他年輕嗎？」

「不像你這麼年輕。你幾歲？」

阿仁考慮著要不要對他說實話。他們說著廣東話，這個男人看起來很親切。但他太謹慎了，不敢讓警戒之心鬆懈下來。

「好小，對吧？」

「快要十三歲。」

阿仁點點頭。他其實是十一歲。連麥克法蘭醫師也不知道。要進入老醫師家工作時，阿仁跟許多華人一樣，幫自己多加一歲。

「在那裡找到工作？」

阿仁抱緊毛氈袋。「送東西。」

或者拿取東西。

「那位醫師住的地方比其他外國人遠很多，我不會在晚上走到這裡。很危險。」司機說。

「為什麼？」

「最近有很多狗被吃了。有些甚至原本用鍊子拴在房屋上，只剩下頸圈和頭顱。」

阿仁的心揪了一下，耳朵裡嗡嗡作響。有可能又開始了嗎？這麼快？「那是老虎嗎？」

「比較像是豹子。外國人都說會獵捕牠。無論如何，天色變暗時，你都不該到處亂晃。」

他們在一條長而彎曲的車道盡頭停下來，車道穿越了修剪整齊的英式草坪，通往一棟占地廣大的白色平房。司機按了兩次喇叭，經過一段漫長的靜默後，一名瘦削的華人現身了，站在有屋頂的迴廊上，兩手在白色圍裙上擦了擦。阿仁爬下車，在嘩嘩雨勢中，向貨車司機鄭重道謝。

那個男人說：「好好照顧自己。」

阿仁打起精神，拔腿衝過車道，進入遮雨處。大雨讓他全身溼透，他在門前遲疑一會，擔心寬闊的柚木地板會積水。在屋子的客廳裡，有個英國人正在寫信。他坐在一張桌子旁，但阿仁現身時，他站起來，面露探詢的神色。他比麥克法蘭醫師瘦削且年輕，眼鏡的反光遮住他的臉，很難看出究竟是什麼神情。

阿仁放下扁扁的毛氈袋，伸手到袋子裡拿信，以禮貌的態度雙手呈上。新醫師拿起一把銀色拆信刀，動作精準地割開信封。麥克法蘭醫師通常用粗短的手指扯開信封。阿仁垂下眼睛，比較他們兩個人不太好。

現在把信送到了，阿仁覺得雙腿非常疲勞。他記住的指示變得模糊；周圍的房間開始傾斜。

威廉．艾克頓仔細檢視收到的那張紙。紙片來自太平附近的小村子甘文丁，手寫的字跡既細小又歪斜，出自病人之手。

親愛的艾克頓：

我寫信恐怕顧不到禮節。太久沒寫信了，而且幾乎握不住筆。由於沒有親戚值得託付，我要送上一份遺贈：我所發現最有趣的一位人才，希望你會給他溫暖的家。誠摯推薦我的華人家僕，阿仁。雖然年輕，但他受過訓練，值得信賴。只要再過幾年，他就成年了。我想，你會發現自己受到良好的服務。

祝你一切安好。

約翰．麥克法蘭醫師

威廉拿著信讀了兩次，然後抬起頭。男孩站在他面前，水從他削短的頭髮滴下來，沿著細瘦的脖子往下流。

「你是阿仁嗎？」

男孩點頭。

「你以前替麥克法蘭醫師工作？」

再一次，沉默點頭。

威廉打量他。「那麼，現在你替我工作。」

他仔細端詳男孩焦急又年輕的臉龐，不禁好奇想著，從他臉頰滑落的不知是雨水還是淚水。

第四章

怡保　六月五日星期五

我從生意人口袋拿到可怕的紀念品後，滿腦子都是那件事。我把那根乾癟的手指藏在舞廳更衣室的一個紙箱裡，但即使如此，它仍在我心頭縈繞不去。我不希望它出現在我周遭任何地方，更別提帶回我寄宿的裁縫師店裡。

譚太太是收我當學徒的裁縫師，她身材嬌小，臉長得像鳥嘴，是母親朋友的朋友，真感激有這麼薄弱的關係啊！如果沒這層關係，繼父絕對不會允許我搬出來住。然而，譚太太有一種令人無言的狀況：她會隨時任意動用我的私人物品。很討厭，不過這是為了自由所付出的小小代價。因此我什麼也沒說，即使我設下的小小陷阱——像是抽屜上卡一條線、書翻開在某一頁——總是有人動過。她給我一把房間鑰匙，但她自己顯然也有，因此鑰匙根本沒用。在房間裡放一根木乃伊手指，等於像是丟一隻蜥蜴給烏鴉。

於是，那根手指留在五月花的更衣室，而我一直活在恐懼中，擔心有清潔人員會發現。我考慮把它移到辦公室，假裝是在地上發現的。好幾次我真的拿這可怕的東西衝過走廊，但最後總會回過神來。我遲疑得愈久，整件事就似乎更加可疑。我想起當時和生意人跳舞時，領班露出不贊同的眼神；她可能改變想法了，認為我是扒手。也說不定手指本身擁有黑魔法，讓它難以擺脫。一抹淡淡的藍色幽影，讓小玻璃瓶比正常狀況更冰涼一點。

我當然對阿慧說了。她那張圓潤漂亮的臉蛋皺成一團。「哎喲！你碰到它怎麼受得了啊？」

嚴格來說，我只碰觸到玻璃瓶，但她說得對……它令人不安。那根手指的皮膚發黑又皺縮，很像一根枯萎的枝條。只有明顯扭曲的關節和泛黃的指甲讓人猛然辨認出來。金屬蓋上有張寫著數字「一六八」的貼紙，聽起來是個吉利數字，是廣東話「一路發」的諧音。

阿慧說：「你打算把它扔掉嗎？」

「我不知道。他可能會回來找。」

至今沒有那個生意人的蹤跡，但他知道我的真實名字。

廣東話的發音像是「智林」，北京話的發音則是「智蓮」。「智」這個字不常用於女孩的名字，意思是智慧，儒家的「五常」之一。五常的另外四項是仁、義、禮、信。華人特別喜歡彼此匹配的組合，「五常」正是一個完美的人所擁有的全部特質。因此，像我這樣的女孩以「智慧」來命名，實在有點奇怪。如果我的名字比較有纖細的女性特質，像是「寶玉」、「芬芳」或「百合」，人生可能會變得完全不一樣。

「女生取這樣的名字好特別啊！」

我當時十歲，是個瘦巴巴、睜著大大眼睛的孩子。本地一位媒婆老太太曾經來拜訪我的寡婦母親。

「她父親取的。」我母親緊張一笑。

「我想，你們那時候是期待生個兒子，」媒婆說。「嗯，我有好消息要告訴你。你或許能有一個。」

那時父親已因肺炎過世三年。三年來，母親思念著他那安穩的存在；三年來，母親過著辛苦的守寡生活。她的身子很虛弱，比較適合斜靠著躺椅，而不是幫別人縫衣、洗衣。她漂亮的雙手脫了皮，如今粗糙且泛紅。在此之前，我母親一直推託，不願與媒婆一談，但今天，她似乎特別沮喪。天氣非常炎熱又無風，屋外紫色的九重葛在熱浪中微微顫抖。

「他是錫礦商人，從華林[10]來的，是鰥夫，有個兒子。他不是天真無邪的年輕人，但你也不是。」媒婆說。

我母親拉扯一條看不見的絲線，接著微微一點頭。媒婆看起來很高興。

我們居住的近打河谷，蘊藏了全世界最豐富的錫礦礦層，附近有數十個礦場，有大有小。錫礦商人生活富裕，大可去中國娶老婆，但他聽說我母親很漂亮。還有其他候選人，這是當然的。

10 華林（Falim）：當時是怡保西南方五公里處的小村子。

更好的候選人。從沒結過婚的女子。但是值得一試。我蹲低身子湊近偷聽，極度希望那個男人會改變心意選擇他人，但我有種不祥的預感。

我和阿信，未來的繼姊弟，趁著他父親前來拜訪我母親時見面了。那場會面非常坦誠直接。沒有人刻意假裝一下，硬要來點浪漫的詞藻。他們在本地的烘焙店買了華人做的海綿蛋糕，用紙張包著。在那之後，我有好幾年吞嚥那種柔軟的蒸蛋糕都會嗆到。

阿信的父親是個外表嚴峻的男人，但他看到我母親時，臉上的神情變得柔和。有傳言說，他已故的妻子也是美人胚子。他特別留意漂亮女子，不過當然沒有去找風塵女子，媒婆向我母親保證非常嚴肅，財務很穩定，不賭博也不喝酒。我偷偷端詳他的臉，覺得他看起來很嚴格，又沒有幽默感。

「這位是智蓮，」我母親說著，推著我向前。我穿著最好的洋裝，因為長高了，骨頭突出的膝蓋露出來，我害羞低頭。

「我兒子叫阿信，他們兩人已經像姊弟了。」他說。

媒婆看起來很高興。「好巧啊！這樣一來，儒家的『五常』就有兩個。你們最好再生三個孩子，這樣就可以湊滿一整組。」

每個人都笑了，連我媽也是，緊張地微微一笑，露出漂亮的牙齒。我沒笑，雖然這是事實。

我名字的「智」代表智慧，而阿信的「信」代表信諾，組成「五常」的兩部分，但不完整的這個事實，聽了有點刺耳。

我瞥了阿信一眼，想看看他是否覺得這有點好笑。他有一雙粗眉，底下的眼神銳利且明亮，發現我看著他，立刻沉下臉。

我也不喜歡你啊，我心想，為了我母親而壓抑焦慮。她的身子一直沒有很強壯，再生三個孩子會很辛苦。然而，這種事我不會說出口，不到一個月，這樁婚事就談定了，我們也在繼父位於華林的店屋安頓下來。

華林是怡保郊區的小村子，其實只是華人店屋所構成的幾條小巷，一棟棟共用牆壁的狹長屋子像三明治夾在一起。繼父的商店位於主街，拿乞路。房子陰暗而涼爽，有兩個開放式的天井庭院，穿插於曲折的長條屋子中間。樓上前端的大臥房是給新婚夫婦住的，而我這輩子第一次擁有自己的房間，在後側，位於阿信房間隔壁。有一條無窗的走廊，沿著長條店屋延伸到兩個小房間旁邊，兩個房間彼此相連，很像火車車廂。唯有我們的房門打開，才會有光線進入走廊。

阿信在整個熱烈追求和結婚期間，很少對我說話，不過他的舉止非常得宜。我們剛好同年；事實上，後來發現我們同一天出生，不過我早了五小時。最糟的是，我繼父的姓氏是「李」，念起來很像，所以連改姓也免了。媒婆自鳴得意，但這對我來說似乎是可怕的命運捉弄，把我硬塞進一個新家庭，在這裡連生日都不再是我自己專屬的日子。阿信歡迎我母親的態度很有禮貌，但顯得冷淡，而且躲開我。我相信他不喜歡我們。

私底下，我懇求母親重新考慮這件事，但她只摸摸我的頭髮。「這樣對我們比較好。」況且她似乎賭上一把，喜歡上我繼父。只要他讚許的眼光落在她身上，她就臉紅了。他給我們紅包為婚禮添購簡單的嫁妝，沒想到母親竟然那麼興奮。「新衣服耶……幫你買也幫我買！」她這樣說，在我們磨損的棉質床單上方揮動那些紙幣。

我住到新房子的第一晚很害怕。這間房子大多了，以前我和母親的棲身之所是木造小屋，總共一個房間，加上低了一階只有泥土地板的廚房。這棟店屋既做生意也是住家，樓下似乎是寬廣而空蕩的空間。繼父是中間商，他買下的錫礦來自小規模的礫泵礦工和「琉瑯女」，這些女性從老舊礦場和溪流裡淘洗出錫米，繼父再轉賣給大型的冶煉廠，例如海峽商行[11]。

這是個安靜又沉鬱的商店。生意做得很大，但繼父總是緊抿著唇，非常吝嗇。幾乎沒有人來，除非他們有賣錫的生意，而商店前後都設置了鐵柵，避免店裡堆放的錫礦遭人偷走。頭一天，沉重的雙扇門在我們背後轟然關上時，我的一顆心直往下沉。

到了睡覺時間，母親親了我一下，叫我離開。她顯得很不好意思，於是我明白，從現在開始，她不會跟我睡在同一個房間了。我再也不能把自己的薄床墊拉到她旁邊或躲進她懷裡。取而代之的是，她屬於繼父，那個默默觀察我們的人。

我抬頭看著木造的樓梯，彷彿張大著嘴，通往樓上的黑暗。我以前不曾睡在兩層樓的建築物裡，但阿信逕自往樓上走，我匆匆跟在他後面。

「晚安，」我說。我知道，如果他想說話就會說。那天早上，我們正在搬運最後幾件物品時，我看到他在外面與朋友笑鬧奔跑。阿信看著我。我心想，如果這是我家的房子，而有某個陌生女人和她的孩子搬進來，我可能也會很生氣，但他帶著好奇的表情，幾乎像是憐憫。

「現在對你來說太晚了，不過，晚安。」他說。

此時此刻，我檢視著從生意人口袋拿來的瓶子，不禁想著阿信會怎麼處理。我突然想起動物也有指頭。

「說不定這根本不是人類的？」我對阿慧說，她正在縫補自己的裙子。

「你是說，就像猴子的指頭？」阿慧皺起眉頭。很明顯，這個想法同樣令她感到厭惡。

「得要很大隻……長臂猿，說不定甚至是紅毛猩猩。」

「交給醫師也許能夠分辨，」阿慧若有所思地咬斷縫線。「雖然我不知道你要怎麼找到醫師幫你檢查。」

不過我確實有個人可以問。有個人正在研究解剖學，即使他只是醫學院二年級的學生。這個人能保證不管過幾年，他都能保守祕密。

11 海峽商行（Straits Trading Company）：創立於一八八七年，總部在新加坡，發展成全世界最大的錫礦精煉公司，掌握了馬來西亞近打河谷的大部分礦場。近年跨足旅館、房地產和金融業。

阿信下星期會從新加坡回來。他幾乎一年沒回家了，就算回家也只待很短的時間。上次放假時，他在新加坡從事醫護員的工作，多賺一點錢。他從未頻繁寫信給我，漸漸地也少了，我已經不再等待來信。也許不要聽說他的新朋友和他上的課程比較好。我好羨慕阿信，有時候嘴裡會湧現苦澀的滋味。不過我應該為他感到高興。他想盡辦法要逃離。

既然我沒再升學，我的人生完全是浪費時間。原本要受訓成為教師的計畫已成泡影，因為繼父發現新任教師可能分發到馬來亞的任何村落或城鎮。他說未婚的女孩免談。護士訓練甚至更不適合，我得用海綿幫陌生人擦澡，並清理他們的體液。不管怎麼說，我沒錢。繼父冷冷提醒我，他出錢我才能獲准繼續上學，而大多數女孩早就輟學了。他的意思是我應該乖乖待在家，幫他看店，直到出嫁；即使允許我去當裁縫師的學徒，他也是心不甘情不願。

更衣室門口傳來敲門聲，我連忙把玻璃小瓶塞進手帕裡。

「請進！」阿慧大聲喊道。

是其中一位門房，比較年輕那位。他推開門，氣氛尷尬。更衣室是舞女的地盤，雖然這時只有我和阿慧在裡面。

「你認得那天你問我的生意人吧？」

我立刻提高警覺。「他又回來了嗎？」

他的目光避開椅背上垂掛的衣裳，梳妝台上有蜜粉撒出來的痕跡。

「這是他嗎？」他拿出一張報紙，打開到訃聞版。「張耀昌，得年二十八歲。猝逝於六月四日。家人敬愛的丈夫。」有張顆粒很粗的照片，顯然是正式的肖像照。他的頭髮整齊往後梳，表情很嚴肅，收起自信的嘻笑，不過是同一個人。

我摀住自己的嘴。這段時間以來，偷來的手指一直重重壓在我心頭，男人卻已冰冷僵硬，躺在某處的太平間裡。

「你跟他很熟嗎？」門房問道。

我搖頭。

訃聞只是一則短訊，但「猝逝」兩個字帶有某種不祥的氣氛。所以，生意人對於「好運」的預測根本是錯的。因為根據我的推估，我們碰面之後，他當天就死了。

我一邊發抖，一邊把包在手帕裡的那個玻璃瓶放到桌上。它似乎不應該這麼重啊！

阿慧說：「你不認為那是巫術，對吧？」

「當然。」然而，我忍不住回想起小時候看過的一尊佛像。那是一尊以象牙雕刻而成的小雕像，沒有比這根手指大多少。給我們看佛像的和尚說過，曾經有竊賊把它偷走，嘗試賣掉或扔掉，但無論試過多少次，佛像又會重新出現在他手中，直到他受不了罪惡感的折磨，將佛像歸還給廟宇。本地還有其他類似的故事，像是由冤死嬰兒骨頭構成的「小鬼」。握有小鬼的巫師用它去偷竊、跑腿，甚至殺人。一旦養了小鬼，幾乎不可能擺脫掉，除非好好安葬。

我仔細閱讀報紙。這個週末會舉行葬禮，地點是附近的甲板鎮，比我家所在的華林再遠一點。我打算回去探訪一下；也許可以歸還那根手指。交給他的家人，或者放進他的棺木，讓手指可以跟他一起埋葬，雖然我不確定該怎麼處理才對。然而，能夠確定的是，我不想留著它。

第五章

巴都牙也

六月三日星期三

在新醫師家裡，真正掌管家務的是沉默寡言的華人廚師阿龍。他負責管理阿仁，見他全身溼淋淋的，便帶他穿越房子內部，前往後側的僕人廂房。這邊的附屬建物由一條有屋頂的走道分隔開來，但雨勢太大了，噴濺的雨水讓他們膝蓋以下都溼了。

阿仁不太會判斷成年人的年紀，但在他看來，阿龍似乎是老人。阿龍瘦小結實、手臂健壯，他拿了一條粗糙的棉質毛巾給阿仁。

「擦乾，」他以廣東話說。「你可以用這個房間。」

房間很小，勉強只有八呎寬，有一扇窄窗，裝著百葉式的玻璃片。在藍色的昏暗光線中，阿仁可以辨認出一張單人吊床。整個家異常安靜，他很納悶其他僕人不知在哪裡。

阿龍問他餓不餓。「我得準備主人的晚餐，你安頓好就到廚房來。」

就在這時，來了一陣閃電的刺眼閃光，接著一陣隆隆聲。主屋的電力閃爍幾下，熄滅了。阿龍彈彈舌頭，顯得很生氣，匆忙離開。

阿仁獨自在愈來愈暗的昏黑之中，打開帶來的少少幾樣物品，膽怯地坐在床鋪上。薄薄的床墊向下凹陷。一根手指——其實只有單一指節——實在很小，可能藏在這間大房子的任何地方。他在腦袋裡盤算一番，焦慮讓他的胃揪成一團。時間漸漸流逝；自從麥克法蘭醫師三個星期前過世後，他只剩下二十五天能找那根手指。不過阿仁好疲倦，漫長的旅程和沉重的毛氈袋讓他累到骨子裡，於是他閉上雙眼，墜入無夢的沉睡。

隔天早上，阿龍幫威廉準備的早餐是一顆水煮蛋和兩片乾乾的吐司，幾乎沒抹什麼奶油，雖然食品儲藏室裡至少排列了三罐金桶奶油[12]。這種奶油來自澳洲，由「冷藏」[13]商店引進；室溫下很柔軟，帶著漂亮的鵝黃色。阿龍不吃奶油，但仍為主人塗抹一定的量。

「像這個，」他在廚房對阿仁說明。「不需要買這麼多。」

他很像自己準備的吐司，表面和內心都很硬。不過阿龍也很坦率，如果他幫威廉準備的食物很簡樸，他自己吃的也一樣吝嗇。在老醫師家裡，他們吃厚片的海南白麵包，用炭火烤過，塗上奶油和「咖央醬」，那是用雞蛋、糖和椰奶做成的焦糖風味蛋奶醬。阿仁只能心想，威廉・艾克頓這位新醫師吃的早餐看起來相當寒酸。

阿龍抓準時間將皺成一團的臉從餐廳門口伸進去。

「先生，男孩在這裡，」他朗聲說道，接著便退回自己的藏身處。

阿仁乖乖聽命，悄悄走進房間。他的衣著很樸素但乾淨，白襯衫搭配及膝卡其短褲。他在老醫師的房子裡沒有正式的家僕制服，現在則希望有，那可能讓他看起來老成一點。

「你的名字叫阿仁？」

「是的，先生。」

「只有阿仁？」威廉似乎覺得這樣有點奇怪。

威廉當然是對的。大多數華人很快就先說自己的姓氏，但阿仁不確定該怎麼說才好。他沒有姓氏，也對雙親毫無印象。有人把他和弟弟阿義從起火的租屋處救出來，當時兩個小孩還不太會走路；那個租屋處是給臨時工家庭過夜的地方。沒有人確定他們是誰家的孩子，只知道他們顯然是雙胞胎。

孤兒院的女院長用儒家的「五常」幫他們取名字：「仁」代表仁慈，「義」代表正義。阿仁一直覺得很奇怪，她為何用了「五常」的兩個字就停了？其他幾個呢？「禮」代表禮儀，「智」代表智慧，以及「信」代表信諾。然而，其他三個名字從來不曾用於孤兒院的新院童。

「你幫麥克法蘭醫師做什麼工作？」

阿仁一直在等待這個問題，但是膽怯突然把他壓垮了。也許是這位新醫師的眼神，把他嘴裡

12 金桶奶油（Golden Churn）：錫罐裝的常溫奶油，有一百多年歷史，在東南亞相當受歡迎。

13 「冷藏」（Cold Storage）：創立於一九〇八年，最初是新加坡的小型倉儲，從澳洲進口肉品，如今發展成連鎖超市。

的字句釘住了，害他說不出口。阿仁看著地板，接著強迫自己抬起頭。麥克法蘭醫師教導他，外國人喜歡彼此直視眼睛。阿仁需要這份工作。

「任何麥克法蘭醫師交辦的事。」

他以尊敬且清晰的語氣說話，老醫師喜歡這種說話方式，然後他列出自己固定做的家庭雜務：清掃、煮飯、熨燙、照顧麥克法蘭醫師收容的動物。阿仁不確定是否要表明自己的讀寫能力相當好，他焦急地看著威廉的臉，努力想解讀他的情緒，但新醫師似乎很鎮定。

「麥克法蘭醫師有沒有教你英文？」

「有的，先生。」

「你的英文說得很好。事實上，聽起來就像他在說話。」威廉臉上的神情變得柔和。「你跟了他多久？」

「三年，先生。」

「你幾歲？」

「十三歲，先生。」

阿仁說完謊話屏住呼吸。多數外國人不太會判斷本地人的年紀，麥克法蘭醫師以前老是拿這件事開玩笑，不過威廉皺起眉頭，彷彿迅速計算了一下。最後他說：「如果你會熨燙衣物，我有幾件襯衫需要燙一燙。」

解散了，阿仁鬆口氣，準備走向門口。

「還有一件事。你有沒有幫麥克法蘭醫師進行過醫療處置？」

阿仁定住不動，然後點頭。

威廉回頭看他的報紙，沒發現男孩這時以害怕的表情盯著他。

阿龍沒有偷偷等在門外，阿仁很驚訝，於是他自己找路回到廚房。在他的經驗裡，僕人總是對新來的人百般懷疑。剛到麥克法蘭醫師那裡時，女管家在他後面亦步亦趨，直到很滿意他不會偷東西。

「你想都想不到，」她後來這樣說，當時阿仁早已成為處理家務不可或缺的一分子。「不是每個人的教養都像你這麼好。」

關姨，或者關阿姨，阿仁這樣喚她，一直是個精力充沛的中年婦女，脾氣很暴躁。麥克法蘭醫師家的家務乾淨俐落，都由她的一雙鐵腕來掌管，阿仁之所以能在燒炭的爐子上煮飯鍋底卻不會燒焦，也是出自她的訓練，而且她挑中一隻雞後，半小時內就能抓起來屠宰和拔毛。如果她留下來，一切可能都會不一樣。然而，關阿姨在老醫師過世前六個月就離開了，她的女兒即將臨盆，於是她千里跋涉搬到南邊的吉隆坡去幫女兒。

麥克法蘭醫師說，他會找到替代的人選，但幾個月過去，老人漸漸沉浸於其他事務。關阿姨離開之前，他就已經出現這種跡象，於是她對自己的離開感到很不安。阿仁努力忍住不哭出來，沒想到用力抓她抓得好緊。她將一張寫有地址的骯髒紙片塞進他手裡。

「你一定要好好照顧自己，」她說著，滿臉憂慮。

他很容易遇到意外事件。有一次，一根樹枝垮下來，只差幾吋就砸中他。另一次，一輛失控的牛車差點把他壓到牆壁上。還有其他差一點點……所以很多人說，阿仁會吸引歹運。

「要來看我喔！」她說著，用力捏他一下。現在他不禁想著，是否應該轉而去拜訪她。然而阿仁虧欠老醫師太多了，他必須遵守承諾。

在微風輕拂的廚房裡，阿龍悶悶不樂地把一隻雞剁成幾大塊。阿仁恭恭敬敬站在一段距離外，鼓起勇氣說：「主人要我熨燙他的襯衫。」

阿龍說：「印度洗衣工還沒送回送洗的衣服，先洗這些碗盤。」

阿仁的動作乾淨俐落，他在外面深水槽裡用椰子刷和褐色的手工軟皂刷洗鍋子。等到碗盤都洗好，阿龍檢視他的工作成果。「主人出去了，不過會回來吃午餐。你可以打掃房子。」阿仁好想問有沒有其他僕人，但阿龍臉上的神情讓他問不出口。

沒想到房子空蕩蕩。寬闊的柚木木板磨得很光滑，窗子沒裝玻璃，用木棒撐開，可以眺望周遭叢林的濃密綠意。屋內沒什麼家具，只有看起來年代像房子一樣久遠的藤編扶手椅和餐桌椅組。牆上沒有圖畫，連英國大叔很喜歡的一般水彩畫都沒有。

麥克法蘭醫師一直是個雜亂無章的人，他有興趣的事物遍布於整間屋子。阿仁不禁感到納悶，這兩個人怎麼可能成為朋友。他回想起老醫師臨死之前的請求，再算一次日子。貨車司機警告那些狗被吃掉的事，讓他憂心忡忡。他一直希望很快就找到手指，也許放在保存標本的櫥櫃裡，那是最好的地方。然而，麥克法蘭醫師甚至不確定那根手指是否在這裡。

「他也許沒再留著，」他以沙啞的聲音說。「可能送出去或銷毀了。」

「您為什麼不乾脆問他呢？」阿仁曾這樣說。「那是您的手指啊！」

「不行！他什麼都不知道比較好。」老人抓住阿仁的手腕。「一定要拿來或偷來。」

阿仁正在仔細清掃地板，這時阿龍過來，叫他也要清掃主人的書房。阿仁把門微微推開，猛然停步。他在百葉窗半開的昏暗光線中，看到玻璃眼珠和永遠定格於咆哮姿態的血盆大口。阿仁告訴自己，那只是一張虎皮。早已為人所遺忘的某次狩獵，留下這樣悲哀的遺跡。

「主人打獵嗎？」

「他？他只收藏東西，」阿龍咕噥著說。「我自己是不會碰啦！」

「為什麼不碰？」阿仁對虎皮很著迷，內心有點不安。儘管曾經遭受在地板上拖行的恥辱，好幾塊毛皮磨損了，但炯炯有神的玻璃眼睛警告他不要靠近。老虎眼睛最有價值的是中央的堅硬部分，可以鑲嵌在黃金裡做成戒指，咸認是非常貴重的護身符，此外虎牙、虎鬚和虎爪也同樣貴重。乾燥磨粉的虎肝可以入藥，價值是等重黃金的兩倍。連虎骨都可以煮滾融化成膠狀。

「哎呀！這隻老虎會吃人。牠在芙蓉鎮14殺了兩個男人、一個女人，後來遭到射殺。有沒有看到側邊的彈孔？」

「他怎麼得到虎皮的？」

「他幫朋友收藏，那人跟他說這是『神獸』。哼！如果牠是神獸，最好用槍打得死啦！」

阿仁太了解這些話的意義。「神獸」是神聖的野獸，來去宛如鬼魅，踐踏甘蔗或襲擊牲畜，有恃無恐。神獸總是可以從某些特質辨識出來，像是少了一根尖牙，或者是罕見的白子。不過最常見的指標是一隻腳萎縮或殘廢。

阿仁還在孤兒院時，有一次看到「象神獸」的足跡。那是一種有名的野獸，是凶猛的雄獸，活動範圍從安順15向北到泰國邊境。子彈射中象神獸的斑駁獸皮會神奇轉向，而且牠很不可思議，能察覺有人埋伏。那天早上，太陽的灼熱射線將泥土路染上血紅色，凸顯出有個男人在足跡上面縮成一團，那些足跡從涵洞延伸出來，跨越道路，然後進入次生林。阿仁停下腳步，瞪大眼睛看著眼前令人興奮的景象。

「當然，這是『象神獸』。」有個微弱的聲音表示同意。

阿仁迂迴鑽行到人群前方，看出大象皺縮的左前腳在潮溼的紅土地面踩出古怪的痕跡。

後來，等阿仁進入麥克法蘭醫師家裡，他發現那起事件與老醫師有關。麥克法蘭醫師對那件事非常著迷，甚至寫在他的一本筆記本裡，他蘸取墨水，用審慎工整的字跡寫滿頁面。當時阿仁並不知道自己對「神獸」的這種興趣會變得多深。

他打量地上的虎皮，這時一陣戰慄沿著他的脊椎往上竄。那麼，這就是老醫師和新醫師之間的關聯嗎？難道死亡在這個時候悄悄來到？或者遊蕩到前面去，很像影子從主人腳下分離開來？他好希望，極度希望，這純粹只是巧合。

14 芙蓉鎮（Seremban）：位於森美蘭州，吉隆坡東南方約七十公里處。
15 安順（Teluk Intan）：位於霹靂州，巴都牙也南方約七十公里處。

第六章

華林

六月六日星期六

母親對於我要寄宿在譚太太的裁縫店有個條件，就是要常常回去華林的家。我每次回去都會帶好吃的東西，以呈現完全不想家的事實。今天帶的是紅毛丹，多毛的紅皮水果，用力剝開會顯現出內部甜美的白色果肉。小販在公車站旁賣紅毛丹，於是我買了一堆，用舊報紙包起。我坐上公車後還滿後悔的，因為紅毛丹上爬滿了螞蟻。

華林曾經到處都是菜園，但怡保的郊區每年逐漸向外擴張。錫礦大亨胡日初已經在拿乞路建造一處新的住宅區，外加一棟豪宅，成為社區的奇景。繼父的商店坐落於一排立面很窄的店屋，二樓向外伸出，形成寬度五呎可以遮蔭的走廊，或稱「五腳基」[16]。立面雖然只有十八呎寬，但深度非常驚人。我和阿信曾經用步伐測量長度，發現房子幾乎深達一百呎。

我抵達時，阿金正把票據寫進總帳裡，這女孩是繼父新近雇用來取代我的。

「今天回來？」阿金比我大一歲，總是眉開眼笑、說長道短，右眼下方有顆痣，很像淚滴。有些人說，那種痣表示她的婚姻永遠都很不幸，但阿金似乎不以為意。無論如何，我非常感激她。如果沒有她開始在這裡工作，我絕對不可能離開。

「要吃點嗎？」我把那堆紅毛丹放到櫃檯上。

阿金把一顆果實扭破打開。「你弟弟回來了。」

這對我可是大新聞。阿信應該要下週才回來。「他什麼時候到的？」

「昨天，不過他現在出去了。他長得那麼好看，你為什麼沒告訴我？」

我翻個白眼。阿信和他的女性仰慕者，她們顯然不了解他真正的個性，我經常這樣跟他說。不過阿信去新加坡以後，阿金才開始這裡的工作；這可憐的女孩，她怎麼會知道呢？

「如果你認為他那麼好，你可以擁有他啊！」我說著，躲開她用力揮打我的手。二樓掉下的一顆足球打斷我們的笑鬧。我們突然嚴肅起來，面面相覷。

「他在家嗎？」「他」所指的只會是我的繼父。

她搖頭。「那是你母親。」

我走進店屋較深處，吸著熟悉的隱約泥土氣息，以及錫礦堆貨的金屬氣味。到了樓上，面對院子的百葉窗打開，讓住家的區域有光線和空氣流通。樓上這個大房間用來作為私人的起居室，遠離樓下做生意的店鋪。沒什麼家具，只有幾張藤編的扶手椅，一張用來打麻將的正方形牌桌，

16 五腳基（kaki lima）：即騎樓，因為寬度都是五呎，呎（feet）的字義是腳，而馬來語稱腳為「kaki」，閩南移民以諧音稱之「腳基」。

還有兩張很大的深褐色照片，是繼父的父母；自從我和母親十年前搬來至今，這一切都沒什麼變動。有座長條形的黑檀木邊櫃，上面放滿學校的獎品和綵帶。早期的一些分成兩半，分別是阿信和我的，但最近的幾件——就是繼父認為我受的教育夠多了之後——全是阿信的。

我母親坐在欄杆旁，凝視著鴿子，牠們在突出的架子上昂首闊步，咕嚕叫著。

「母親，」我輕聲喚道。

這些年來，她變得非常瘦。不過她的骨架依然很美，皮膚底下纖細的頭骨線條令人驚豔。

「我以為你要下星期才會回來。」她看到我顯得很高興。我總是很期待母親有這種反應；有時候我覺得願意做任何事讓她保持笑容。

「喔，只是想要回來。我帶了紅毛丹。」我沒提起自己帶了一根木乃伊手指回家，也沒提起明天打算闖進陌生人的葬禮。

「很好，很好。」她拍了一下我的手。

我朝四周看了看，然後交給她一個信封。母親數錢時，嘴唇微微顫抖。「這麼多！你怎麼有辦法得到這麼多錢？」

「我上星期幫一位女士做衣服。」我不擅長說謊，因此總是盡量簡短說明。

「我不能拿。」

「你一定要拿！」

我發現母親欠債至今已兩個月，不過我懷疑了好一陣子，注意到她很焦慮，而且放棄一些小小的享受。用餐時甚至吃得比較少。尤其是再也不跟朋友打麻將了，因為她就是打麻將才欠債。

面對質問，她情緒崩潰。看著母親哭得像小孩一樣，用兩隻手緊緊摀住嘴，眼淚默默滑落她的臉龐，我深感不安。她有個朋友推薦一位女士可以私下借錢。那位女士非常低調，而最重要的是，不會向我繼父提起這件事。

「你為什麼不早一點告訴我？」我生氣說道。「而什麼樣的利率會是百分之三十五？」

我繼父可以償還這筆錢。做錫礦生意讓他生活優渥……但我們都知道，萬一他發現了會如何，也因此我們一點一點把錢藏起來。她藏錢的速度比我慢得多。我繼父每星期會仔細查看家用的帳目，所以她得省著用，以免驚動他。不過我既然開始在「五月花」工作，就能用現金償還一點本金。我母親老是想要拒絕，但到最後，我知道她會拿……當然，非拿不可。

她把錢藏在婚鞋的鞋尖。我繼父絕對不會看那裡，雖然他很喜歡母親盛裝打扮。她本來想賣掉珠寶，但他經常要求她佩戴特定款式，屆時很難解釋那些珠寶跑到哪裡去。他對衣飾的注意力甚至延伸到我身上，而隨著漸漸長大，我總是盛裝打扮。我的朋友說，我有那麼慷慨的繼父真是幸運，但我很清楚，那全是他自己的虛榮心作祟。他喜歡收藏東西，而我們是他的收藏品。

我從來不曾對阿信述說我對他父親的感覺。我不需要說。

❦

我和母親剛搬進來時，看到新繼父對阿信的嚴厲態度，我實在很吃驚。他似乎期待兒子絕對服從。在家裡，阿信幾乎不說話，除非有人對他說話；他像是我在房子外面認識的另一個男孩的影子。事實上，我對於阿信受歡迎的程度還滿吃驚的，每天都有好多群孩子跑來找他玩。既然他們全是男生，他沒有想要介紹我，一溜煙就跑掉。在家裡從沒看過他那種頑皮又興奮的神情，而我很快就發現原因。

一天下午，阿信跑出去，當時我得留在家裡，掐掉一大堆白胖又鮮脆的豆芽的根部。我不喜歡豆芽，可是繼父喜歡吃，於是我母親經常拿豆芽和鹹魚一起油炸。

我百無聊賴掐著豆芽時，繼父回家了。他默默穿越廚房，接著查看院子，氣得鼻孔都發白了。阿信忘了幫一堆堆乾燥的錫礦裝袋和秤重。等他終於回家，他父親把他抓到屋後，看他忘了幾堆錫礦就用藤條打他幾下。

藤條有四呎長，像男人的拇指一樣粗，完全不像我母親偶爾教訓我的那種細弱藤鞭。阿信的父親抓著他的領口，把他的手臂用力往後扯到極限。咻的一聲，然後是爆裂般的劈啪聲，在院子裡反覆迴盪。阿信的膝蓋向下彎曲。一陣憤怒的叫聲從他喉嚨擠壓出來。我試著告訴自己，那是他活該，但聽到第二聲鞭打，我開始哭起來。

「住手！」我尖叫說。「他很抱歉！他不會再犯了！」

我繼父看著我，一副完全無法置信的樣子。在那瞬間，我嚇壞了，以為他也會拿藤條打我，但他瞥了他的新太太一眼，她出現在我背後，臉色蒼白，於是他慢慢放下藤條，一個字都沒說，逕自走回店裡。

那天晚上，阿信哭了，我實在受不了。我把嘴緊貼著兩人之間的那道木造牆壁。

「會痛嗎？」

他沒有回答，但是哭聲變大了。

「我很抱歉，」我說。

「又不是你的錯，」他終於說。

「你需要藥膏嗎？」我的房間有一點虎標萬金油，那是華人的萬用軟膏，謠傳說裡面含有虎骨膠，號稱可以治百病，從蚊蟲咬到關節炎都行。

一陣靜默。「好吧！」

我溜出房間，走進黑暗的走廊。雖然知道繼父和母親肯定待在他們位於店屋前方的臥房裡，我還是得鼓起最大的勇氣，打開阿信那個小房間的房門。那裡和我的房間互為鏡像，兩人的床鋪抵著同一道牆，彼此方向相反。他正坐在床上。在月光下，他看起來非常年輕瘦小，雖然我們的身材其實差不多。我轉開虎標萬金油的瓶蓋，默默幫他塗在兩腿的鞭痕上。我把藥膏揉開時，他抓住我的袖子。

「不要走。」

「那就再待一下。」如果有人發現我就糟了，但我在他身旁躺下。他蜷著身子，宛如一隻小動物，而我沒有多想，拍拍他的頭髮。我以為他會抵抗，但他只說：「我母親有時候會坐著陪我。」

「她怎麼了？」

「她死了。去年。」

只有一年，我心想。我父親，我的親生父親，已經走了三年。我對自己說，如果母親擁有這樣一間大型店屋，她就不必再婚。我想像我們兩人在院子裡種種蘭花盆栽、做做年糕，那是新年期間用米做成的黏黏甜點，我們以前一起做過。我們自己一直過得很好。

「等我長大，我絕對不會結婚，」我說。

我以為他會笑我，畢竟女孩都該結婚。然而阿信認真思索這句話。「那我也不會結婚。」

「我覺得你會過得很好，你會接下事業。」我繼父非常希望阿信繼承家業。雖然他自己是規模比較小的錫礦商人，但他的其他生意夥伴經營得非常好，靠著轉投資賺了很多錢。

「可以給你繼承。我只要能離開就會盡快離開。」

我哼了一聲。「才不想呢！我才是要離開這裡的人。」

他笑起來，把頭埋進枕頭底下，以免發出笑聲。他埋頭大笑時，一張皺皺的紙掉出來，上面有個漢字，寫著：貘。

「這是什麼？」在幽暗的月光下很難看清楚。「是一種動物嗎？」

阿信一把抓走那張紙，以粗啞的聲音說：「我母親寫給我的，你也知道，就是馬來貘的貘。」

我看過馬來貘的圖片。鼻子很像發育不良的象鼻，體色黑白分明，彷彿動物的前段身軀沾過墨水，而後段身軀沾了一大堆麵粉，活像是湯圓。馬來貘的體型應該相當大，差不多六呎長，但是在叢林裡很不容易看到。

「你母親字寫得很漂亮。」我母親是文盲，因此總是急著送我上學，還有週末去上書法課。

「她來自中國北方。那張紙是我做噩夢時她給我的，貘是吃夢獸，你不知道嗎？」

「你是指真正的馬來貘，森林裡的？」我很好奇阿信的母親對他說了什麼樣的故事。我自己的家庭在馬來西亞傳承了三代；雖然我們仍說華人的語言，但也適應這裡英國人統治的生活。

「不是，吃夢獸是鬼獸。如果你做噩夢，可以叫牠三次，牠會把噩夢吃掉。不過你一定要小心。如果太常叫牠，牠也會把你的希望和野心都吃掉。」

我默默思索這番話。我好想問阿信，吃夢獸的這種法力真的會發揮作用嗎？而且他有沒有見過吃夢獸？不過他睡著了，於是我悄悄回到自己床上。

有些人不了解我和阿信的家庭背景，他們一旦發現我們的生日是同一天，就猜我們是雙胞胎，即使我們看起來一點都不像。我的母親對他很有好感，總是愛憐地摸摸我們的頭。

「智蓮，你現在有弟弟真好。」

「可是他不肯叫我『阿姊』，」我委屈地說。我有權利當姊姊，雖然我只早了五小時出生。不過阿信刻意忽視這件事，只叫我名字，然後吐舌頭做鬼臉。

就某些方面來說，如果他照舊那樣稱呼還比較好，但過去兩年來，他變得異常冷漠。我心想，這是無可避免的事吧，雖然覺得很心痛。不過我太心高氣傲了，不願意像其他女孩在他身邊團團轉；我也很悲慘，被迫在升上高中第二年之前離開學校，根本沒時間擔心他的這種轉變。然而，即使真是那樣，我認為還是可以信任阿信。他是我的夥伴，保守我的祕密。而且可以鑑定斷指。至少，我希望他可以。

那天晚上的晚餐默默進行，儘管菜餚很豪華，蒸了一整隻抹上麻油的雞。整隻雞放在大盤子上，以熟練的刀法切成一塊塊適合入口的大小。我們沒人碰那隻雞；它像阿信的空椅子一樣發出無言的斥責。我母親怯怯地問起他。

「他說今天晚上會出去。」繼父將食物送進嘴裡，有條不紊地咀嚼。

「我早該跟他說，我今天要殺一隻雞。」我母親對那隻雞瞥了憂慮的一眼，彷彿阿信會從那後面突然現身。我拚命忍住才沒哼出聲。

「他回來待多久？」我問。

「他在巴都牙也醫院找到一份兼職的工作，所以會在這裡待上整個夏天。」我母親看起來很高興。事實上，馬來亞這裡沒有「夏天」。畢竟這裡是熱帶，不過由於成為殖民地的關係，我們也採納了「暑假」這樣的字眼。然而我沒有出聲討論這點。吃飯時間永遠說得愈少愈好。

「阿信要住這裡嗎？」巴都牙也距離這裡超過十哩。我無法想像阿信會選擇與他父親同住一個屋簷下。

「醫院有員工宿舍，他說那裡比較方便。」她匆匆瞥了繼父一眼，那人繼續默默嚼著食物。他的心情很好，我看得出來。自從阿信贏得獎學金去讀醫學，他一反常態，以阿信為榮。別人恭喜他有這麼聰明的兒子，一定讓他沖昏頭。

這有點奇怪，阿信居然會去巴都牙也這樣的地區醫院，他應該很容易在新加坡中央醫院擔任醫護員，就像去年聖誕節。我從來沒去過新加坡，但在明信片上仔細看過聖安德烈教堂，還有著名的萊佛士飯店，裡面有長樂酒吧，那是女士不該去的地方。

我母親又對那隻沒人碰的雞投以痛苦的眼神。「今天晚上阿信跟誰出去？」

「阿明，還有另一個朋友，他說是羅勃。」我繼父自己挾了一塊雞肉，母親見狀嘆口氣，有樣學樣，放一塊在我的盤子上。

我低下頭，覺得很尷尬。阿明是鐘錶匠的兒子，阿信最好的朋友。他比我們大一歲，嚴肅且成熟，戴著細細的金屬框眼鏡。我自從十二歲就一直愛慕他……那是不抱希望且笨拙的迷戀，希望沒人會注意到，不過我母親流露出同情的眼神，似乎略知一二。阿明的學校成績很好，我們都預期他會進一步求學，但沒想到他接下父親的家業。而幾個月前，我聽說他與來自打巴[17]的一個女孩子訂婚了。

我對自己說這樣對他很好，用筷子戳刺雞肉。阿明是很真誠的人；我見過他的未婚妻，似乎

17 打巴（Tapah）：同在霹靂州，位於華林東南方約六十公里處。

是很好的女孩，文靜而不俗豔。況且，儘管長大過程中阿明對我很和氣，但他也從未表示興趣。我深知這點，也已經放棄他了。然而，聽到他的名字，我心裡還是充斥著陰鬱和隱約的沮喪感。

母親的欠債，阿明的婚姻，以及我自己沒有未來，這些全都是一連串厄運的冷酷重擔。這還沒有把瓶子裡那根木乃伊手指算進去，如今塞在我行李籃的最底部。

繼父總是很早就上床睡覺，母親也已採取這項習慣，因此過沒多久，他們就去樓上臥房準備就寢。我洗了碗盤，將剩菜放進食物櫥櫃，櫥櫃的門板裝有網子，把蜥蜴和蟑螂擋在外面。櫥櫃的每隻腳都站在一個小碟子上，碟子裡裝滿水，這樣螞蟻就無法爬上去。最後，我收拾廚餘，拿去後巷餵野貓吃。

氣溫變得涼爽，不過房子側邊依然散發出白天的熱氣。夜空閃耀著星星，細微的音樂劈啪聲飄蕩於夜晚的空氣中。在某個地方，有某個人正在聽收音機。那是狐步舞的音樂，那種舞我現在閉著眼睛就能跳，於是跟著哼起來。

音樂結束了，出現幾下掌聲。我嚇了一跳，連忙轉身。

「你何時開始會跳舞啊？」

他的暗影位於巷子的黑暗處，倚著牆壁，但他不管在哪裡，我都認得出來。

「你到這裡多久了？」我氣呼呼地說。

「夠久了。」他離開牆邊，灰暗的輪廓似乎變得比較高，肩膀也比以前更寬闊。我看不出他臉上的表情，突然覺得好害羞。我幾乎快一年沒見到阿信了。

「你為什麼不待在新加坡？」我問。

「哦，所以你不希望我回來囉？」他笑起來，我突然覺得鬆口氣。還是以前那個阿信，我童年的朋友。

「誰希望你回來？嗯，也許阿金希望喔！」

「你是說店裡那個新來的女孩？」他搖頭。「我全心全意奉獻給醫學專業啊！」

鄰居的窗戶猛然關上。我們在巷子裡太吵了。我回過頭，往廚房門流瀉出來的扇形光影走去。

「你剪頭髮了，」他驚訝說道。

我的手伸向剪掉頭髮的頸背。要笑就笑吧，我冷冷心想。但是，沒想到阿信什麼話也沒說。他在桌旁坐下，看著我坐立難安，擦拭著已經很乾淨的流理台。油燈燒到沒剩多少油了，廚房滿是暗影。我急忙問了一個又一個問題，問起新加坡是什麼樣子。

「不過你到底在做什麼啊？」他問。「某個太太可能很可憐，她裙子的內裡被縫到外面去了。」

我把抹布扔向他。「我的縫功很好耶！我超級有才華，烏嘴譚太太這麼說。」

「她的名字真的是烏嘴？」

「不是啦，不過應該取這名字才對。她看起來很像小隻的烏鴉，而且我不在時，她喜歡去我房間，打開所有抽屜。」

「真抱歉，」阿信說著笑起來。然後他一副真的很抱歉的樣子。

「為什麼？」

「因為你才是應該去念醫學院的人。」

「我永遠沒辦法去。」我轉開頭。那仍是我的痛處。最早想當醫師或某種醫療助手之類的人是我。只要能治好母親手臂的瘀青，還有她莫名其妙出現的扭傷。「我聽說你今晚去找阿明。」

「還有羅勃。」周羅勃是阿明的朋友。他父親是律師，從英國學成歸國。他父親幫所有孩子取了英文名字，羅勃、艾蜜、瑪麗和尤尼，而且他們家的大房子有鋼琴和留聲機，還有好多僕人。羅勃和阿信從來沒有真的很熟。我真好奇他們三人怎麼會湊在一起。

「阿明問起你……你明天要不要跟我們一起吃午餐？」阿信說。他的眼神是不是有點同情？我不想要別人的同情。

「我得去參加一場葬禮。」

「誰的葬禮？」

我好氣自己，竟然沒有捏造其他藉口。「你不認識的人。只是個熟人。」

阿信皺起眉頭，但他沒有進一步逼問。在油燈的光線中，他顴骨和下巴的角度跟以前一樣，只是更尖一點，比較成熟。

「我需要你幫忙，」我說。現在是把手指拿給他看的好機會，沒有母親或繼父在旁干擾。「是身體構造的問題。你可以看一下嗎？」

他挑挑眉毛。「你不覺得應該問別人嗎？」

「這是祕密。我真的不能問其他人。」

阿信臉紅了，也說不定只是光線太暗的關係。「或許你應該問某個護士。我其實還不夠格，而且由女性幫你看一下比較好吧！」

我翻個白眼。「不是要看我啦，笨蛋。」

「嗯，我怎麼知道？」阿信搓搓自己的臉，這下子變得更紅了。

「在這裡等，」我說。「東西在我的房間。」

我匆匆上樓，腳步放輕，免得把地板踩得吱嘎響，然後溜過走廊，前往房子後側我的房間。月光湧入百葉窗，很像蒼白的流水。那個房間完全沒變，連床的位置都沒移動，依然抵著我和阿信房間之間的那道牆。

我十四歲時，繼父考慮讓阿信搬到樓下，把阿信的臥房改成他的辦公室，但結果發現太不方便。繼父很怕我和阿信會偷溜進彼此的房間，那太荒謬了。阿信從來不曾進入我的房間。如果我們想要講悄悄話，就會溜進房間外面的走廊，或者坐在他房間的地板上，但我的房間完全是我獨有。那是我身為女生這個事實的唯一特權。

我把手臂伸入籐籃，我通常用它作為旅行袋；我撈出玻璃瓶塞進手帕裡，因為不想看到它。

到了樓下，我把它放在油燈旁邊。「把你的想法告訴我。」

阿信把手帕打開，以修長靈巧的手指解開手帕打的結。他看到手指時，整個人呆住不動。

「你從哪裡得到這個？」

看著阿信的黑眉毛揪成一團，我知道不能讓他得知實情，說出我是在舞廳當舞女時，從某個陌生人的口袋把它拿出來。無論我如何努力，想要把五月花說成是原本高貴但逐漸沒落的地方，或者有一群勤勉努力的女孩，反正聽起來都很悲慘。更糟的是，那會洩漏出我母親賭博欠債。

「我撿到的。從某人的口袋掉出來。」

阿信轉動瓶子，瞇起眼睛。

「怎樣？」我在桌子底下緊握雙手。

「我會說這是一根手指的遠端和中間指骨。從大小看來，可能是小指。」

「有可能是紅毛猩猩嗎？」

「我覺得從比例看來是人類。況且，瞧瞧指甲。看起來不是修剪過嗎？」

我自己本來也注意到了。「為什麼看起來像木乃伊？」

「失去水分變得乾燥，所以也許是天然造成，很像牛肉乾。」

「不要講到牛肉乾啦！」我沮喪地說。

「所以再說一次，你到底怎麼得到這個東西？」

「我說過了啊，撿到的。」我把椅子往後推，語氣倉促，「別擔心，我會物歸原主。謝謝你幫忙看。晚安！」

我離開往樓上走時，感到他狐疑的目光跟隨著我。

第七章
巴都牙也

六月五日星期五

阿仁到此地後，對於新主人，學到兩件重要的事。第一，阿龍告訴他，威廉是外科醫師，因此應該要稱他為「艾克頓先生」，而不是「醫師」。

「為什麼那樣叫？」阿仁問。

「不曉得，那是英國人的習慣。」阿龍正在剝除巨大河蝦的外殼。「不過你要那樣稱呼他。」

第二，他的新雇主比較喜歡整潔的環境，與阿仁所離開的那個活力充沛、混亂無章的甘文丁家裡截然不同。麥克法蘭醫師經常留下吃了一半的三明治和香蕉皮，混在桌上亂七八糟的紙堆之中。新醫師威廉．艾克頓則是把餐具整齊放在盤子邊緣。他的書桌表面閃閃發亮，只連串擺放著墨水罐、吸墨紙和鋼筆。

阿仁已經記住每樣物品的確切位置，每次擦拭灰塵後都放回正確地方。這樣做也許浪費時間，因為他不知道自己會在這裡待多久。直到任務完成……雖然阿仁對於等到找出手指、放回墳墓之後會怎麼樣，根本毫無頭緒。麥克法蘭醫師沒有交代進一步的指示。一陣思鄉的情緒襲擊他，力道那麼強烈，他的眼睛盈滿淚水，真是太丟臉了。阿仁告訴自己，他長大了，不能哭。他的老主人已過世二十六天，他愈來愈驚慌。然而沒有其他人過世，除非狗也算在內。

昨天，阿龍提到相隔兩棟房子的鄰居有一隻純種的㹴犬死了；那是一隻愛叫又好鬥的小狗，價格超過一個月的薪水。牠死後只遺留一團毛皮，外加一條粗短的白尾巴。「豹子，」阿龍咕噥著說。阿仁希望是如此，不是老虎。

他凝視窗外，望著修剪整齊的大片草坪和鋪著碎石的車道。白色平房屹立於低矮的山崗上，周圍環繞的草地很像草綠色的水池。叢林由四面八方逼近，兩名印度人園丁將之阻擋在外。一群群猴子漫步經過，還有野生的雞——即原雞——在樹叢之間耙抓覓食。阿仁每次在開放式廚房切菜洗米時，總是津津有味看著那些雞。

「阿義，」他的嘴巴無聲說著，「你會喜歡這個地方。」他把一個鋼質托盤擦得晶亮，從中看見自己的映像，於是點點頭。即使過了三年，兄弟沒有在身旁還是很難受。

關於死亡，最糟的部分是忘了摯愛的人長什麼樣子。那是最終的剝奪，最後的背叛。然而要忘了阿義的臉是不可能的，因為就是他自己的臉。對於失去雙胞胎手足的阿仁來說，這是唯一的安慰。

他們剛到孤兒院時，沒人知道哪個孩子是哥哥。決定的人是女院長，她認為應該是阿仁，也根據這點為他取名，「仁」是儒家五常之首，代表人類的「心德」，是人類與野獸之間的區別。根據孔子所說，賢良之人應該會願意為了求仁而死。阿仁心想，如果有選擇，他寧願為了救阿義而死。

阿仁有個夢境反覆出現，他站在一處鐵路月台上，看起來就像太平的月台，他常在那裡目送麥克法蘭醫師出診；只不過這一次，搭火車的人是阿義。阿義探身到車窗外，細瘦的手臂猛力揮舞。他笑起來，有一顆門牙還沒長出來而缺了個洞。他看起來與過世的時候一模一樣。

阿仁好想追逐阿義那張笑臉，但不知為何，他的雙腳黏在月台上動彈不得。他被迫眼睜睜看著火車逐漸加速，車輪轉動得愈來愈快，而阿義變得愈來愈小，到最後消失了，這時阿仁醒來，渾身溼透，不知究竟是汗水還是淚水。

然而這是快樂的夢。他很高興再見弟弟一面，阿義也是。他可以從阿義的肢體動作和明亮眼眸看得出來。有時候阿義說著話，嘴巴動著同時比手畫腳，然而從來不曾發出聲音。阿仁覺得這樣很怪，阿義永遠是踏上旅途的那個人，但繼續長大而拋下他的人，卻是阿仁。

阿仁正在擦地板。他使勁擦著，經常清洗抹布，也勤換水桶裡的水，這是關阿姨教他的。他以葉形方式擦地，隨著地板閃亮的部分愈來愈大，很像一株有光澤的植物，在寬闊的柚木地板上拓展開來。

「很好。」阿龍的聲音突然冒出來。

阿仁嚇了一跳，抬起頭。阿龍神出鬼沒，能從房子的任何角落冒出來，因此阿仁很難尋找手指。阿龍很像一隻疑神疑鬼的老貓，在陽光下瞇起眼睛。

「有些家僕的年紀比你大，但不像你把事情做得這麼好，」阿龍說。「我們幾個月前有個二十三歲的家僕，連燙襯衫都不會，只想穿制服，在聚會上端飲料。」

麥克法蘭醫師很少正式宴客。不過老醫師喜歡收集標本的名聲很響亮，所以常見到本地獵人排成一列，很有耐心等他回來，他們的貴重寶物在繩索末端的袋子裡鼓鼓的，甚至吼叫咆哮。

「主人結婚了嗎？」阿仁問。他知道很多外國人都把妻小留在英格蘭或蘇格蘭，或他們的原居地。一般認為，這裡的熱帶氣候對歐洲孩子的健康有不良影響。

阿龍嗤之以鼻。「沒有。如果他結婚還比較好。」

「為什麼？」阿仁急著想趁阿龍心情好時多問一點。從他嘴裡聽到的答案通常只有幾個字。

「那他就不會到處玩了。哎呀，好像我們全都搞不清楚他在做什麼！」

阿仁隱約了解，這番話碰觸到成人議題。有些事像是結婚或不結婚、男女之間的關係等等，實在太難理出頭緒。不過如果威廉沒有妻子或家人橫生枝節，阿仁取得手指的機會就增加了。然而，他默默找了兩天仍沒找到，這件事讓他憂心忡忡。

近中午時，有人帶了受傷女子進來。阿仁聽到叫喊聲、焦急的哭聲，然後是阿龍堅定的拒絕。

「Tak boleh! Tuan tak ada di sini!（不行！你們不能待在這裡！）」

阿仁跑出去。有一輛手推車停在車道上，裡面躺著一名年輕的僧伽羅[18]女子。她的左小腿背側有一道很深的砍傷，深色的血跡染溼了她的紗麗。

阿龍正努力說服她的親戚，趕緊送她去巴都牙也的醫院，因為艾克頓先生不在家，但他們堅持說那裡太遠。阿仁很清楚，阿龍是非常迷信的人，生怕那名女子會死在家裡。他匆匆往前走。

「帶她進來！」

「你瘋了嗎？」阿龍大叫。

阿仁沒理會他，逕自叫男人把她搬到迴廊上，他自己則跑進書房。醫師把急救袋放在書桌後面，還有一個抽屜放滿了急救裝備。

「我需要一盆沸水，」他對阿龍說。

「萬一她死在這裡怎麼辦？」

阿仁不理他，忙著用肥皂徹底清洗雙手，強迫自己慢慢數到十五。接下來，他檢視原本的臨時止血帶，是窄窄的布條，繞著腿扭轉得很緊。女子已經昏厥，他很慶幸是這樣。他用沸水盡可能清洗腿部，接著在原本的止血帶上方綁好另一條。他有點頭暈，喉嚨有想吐的感覺。在他心裡，他再度看見麥克法蘭醫師的一雙大手，重複著這些步驟。一根木棒穿過止血帶的打結處，需要時用來把打結處扭轉得更緊。阿仁把原本粗糙的止血帶割斷。

---

18 僧伽羅人（Sinhalese）：斯里蘭卡的主要民族。

「你在幹什麼？如果把那拿掉，她會失血而死啊！」

「那太緊了，而且太靠近傷口。她會失去那條腿。」

阿仁咬緊牙關，希望新的止血帶撐得住。他身邊的人全都輕聲抱怨，但沒有其他人打算接手處理。阿仁檢查她腳踝的脈搏。依然有點緩慢出血。他扭轉打結處的棍子，慢慢加壓，直到出血停止。

女子又開始掙扎，痛苦呻吟，大夥兒連忙壓制她，阿仁則用雙氧水清洗傷口。他手邊能用的就只有這個，但是眼看裸露的血肉冒出泡泡，他感覺到旁觀者紛紛轉頭。鮮血讓他頭暈眼花。「呼吸，」他對自己說。「不呼吸就會昏過去。」

最後終於完成了。他放到傷口上的敷料很快就溼透，但是比看見骨頭好多了。

「你們應該立刻帶她去醫院，」他大聲說道，蓋過周遭鬆口氣的吱喳聲。「她需要縫合。」

他們又把她放進手推車，阿仁擔心她怎麼受得了一路顛簸。如果有嗎啡，他會給她一點點。他其實不該那樣做。老醫師總是警告他不要靠近藥櫃，還牢牢上鎖，但好幾次他都看到老醫師給予嗎啡。

阿仁開始清理散亂的包紮用品。他的雙腿好無力，雙手也抖得無法克制。他甚至沒問那名女子的名字，也沒問是怎麼受傷的，雖然隱約好像有人解釋過。光是止血就讓他精疲力竭。

他正準備去取水來刷洗迴廊，這時阿龍說：「放著吧！去換衣服。」接著他才發現，他一身嶄新的白色家僕制服沾了斑斑血跡。

「把衣服浸在冷水裡，」阿龍說。「如果洗不掉，你就得用自己的薪水做一套新制服。」他的神情顯得很好奇，同時帶著酸意和不情願的敬意。

阿仁到僕人廂房後方的小澡間，用勺子從大型的陶缸舀水，沖洗身體。他閉上雙眼，仍然看得見鮮血滲入木頭地板。他想著，就像阿義的鮮血，從他自己的手指底下泉湧而出。他雙手放在弟弟胸口嘗試止血，但一點希望也沒有。阿義的身體變冷了，雙眼也翻到後面去。他小小的胸口發出最後的咯咯聲。

阿仁回到主屋時，阿龍正在幫僕人準備午餐。阿仁已經發現確實有其他人：一名女子幫忙洗衣、馬來人司機哈侖，還有兩位坦米爾[19]園丁。但只有他和阿龍住在大平房後方的僕人廂房。

既然威廉在醫院，阿龍就湊合煮了簡單的湯麵，上面堆了雞絲和燙青菜，然後淋上蔥油。阿仁發現阿龍給他的分量比平常多，多放了一些肉。他們默默吃著。吃完後，阿龍說：「你不該做那種事。如果她接受你的治療後死了，你會有厄運。」

「主人會生氣嗎？」阿仁想起他用了一堆包紮材料，也用掉半瓶雙氧水。他會把玻璃注射器拿去煮沸；還好沒有用針頭。他從來不必徵求麥克法蘭醫師的同意。

「他不喜歡別人碰他的東西。」

19 坦米爾人（Tamil）：主要分布於印度南部和斯里蘭卡北部，使用的坦米爾語已有二千多年歷史，有不少人移居馬來西亞、新加坡、澳洲和香港。

阿仁默默不語。他到底在想什麼啊？他甚至還沒完成老醫師交付的任務。驚慌之餘，他又算一下麥克法蘭醫師過世多久了。只剩下二十三天了。

「一個人過世四十九天內會發生什麼事？」阿仁問阿龍。

阿龍以為阿仁還在擔心那個年輕的僧伽羅婦女，於是說：「她不會死啦！至少我希望不會。」

「不過到底會發生什麼事？」

「哎呀，鬼魂到處亂晃啊！跑去看看它認識的一些人和一些地方，如果很滿足就會離開。」

「萬一不滿足呢？」

「就不能超生，也才會鬧鬼。」

阿仁瞪大眼睛，於是阿龍說：「別擔心，那只是迷信。」

「遊蕩的鬼魂可以變成動物嗎？」

「蛤？不會，有些故事這樣說，但不是真的。」

阿龍的態度這麼輕蔑，讓阿仁覺得安心許多。在光天化日之下，沒什麼好擔心的。今天他救人一命，那會產生多大的影響呢？

第八章

華林　六月七日星期日

儘管頭很痛，一鑽進窄小的床上，我就陷入深沉的睡眠。真的很深沉，感覺到愉悅的麻醉狀態，漂浮在沁涼的水裡，沿著夢境之河向下漂蕩。

燦亮的河岸忽隱忽現，緩慢經過，一幕幕影像細微且清晰，彷彿把望遠鏡拿反所看到的景象。茂密的竹林和灌叢，陽光照亮的象草。那樣的一幅幅小圖，很像你會在火車上看到的風景，而我心頭剛浮現這種想法時，就看到一節火車頭。它停在一處小小的火車站，冒出滾滾蒸汽。

說也奇怪，鐵軌的起點位於水底下，水下的枕木從白色沙地的底部曲折延伸，爬升到岸上。火車上沒有半個人，只有一個年約八歲的小男孩。他面帶微笑，透過窗戶揮著手，由於門牙缺了一顆而露出齒縫。我對他揮手回應。接著，我又漂浮離開，任憑水流帶著我，直到在灰色晨曦中醒來。

昏暗的光線從木頭百葉窗滲透進來，昨晚困擾我的頭痛已經消失。阿信的房間沒有聲響，但從樓下的微弱聲音聽來，我知道母親起床了。我連忙更衣。

「那件衣服是你自己做的嗎？」我走下樓梯時她問。

我一直思考著，今天該穿什麼服裝去參加生意人的葬禮；有點正式，但不足以讓家人起疑，不會探問我到底要去哪裡。唯一適合的裙裝是一件樸素的灰色旗袍，是我以學徒身分做的。對裁縫師來說，旗袍是難做又刻板的中式服裝。我縫高領的時候犯了錯，不太平整，但是還算體面。我早已知道母親會說什麼。

「這布料看起來好嚴肅啊……像你這樣的女孩應該選擇鮮亮的顏色。」

母親很喜歡衣服，而且品味很講究。碰到一些特別的場合，她會精心搭配服裝，並穿上好鞋子，她把鞋子收在紙盒裡，放在衣櫥最上方。事實上，我成為裁縫師學徒的點子就是她想出來的，不過也得到繼父的允許就是了。然而，我看不出精心打扮取悅繼父有什麼意義，他只希望我們看起來很體面，能匹配他就好。我們是巧克力盒家庭，我心想。外面的包裝很亮麗，裡面則黑黑的又軟又黏。

「我要去市場，不過你穿得這麼正式，不好意思邀你去，」我母親說。

「我要去。」去菜市場永遠是我最喜歡的事。你幾乎可以在那裡買到所有東西：成堆的紅綠辣椒，活的小雞和鵪鶉，綠色的蓮蓬很像洗澡的蓮蓬頭。那裡有新鮮的豬肋排、鹹鴨蛋，還有一籃籃富有光澤的河魚。你也可以吃早餐，很多小攤子供應熱騰騰的湯麵和酥脆的油炸麵餅。

母親忙著採購時，我兀自穿越人潮擁擠的一個個攤位，尋找花卉。白色的花，白色是華人葬禮和死亡的顏色。我用報紙包起白花，隱藏起來。在華林這樣的地方很難守住祕密。只要有人看到我拿著一束白色菊花走來走去，一定立刻猜想是要去給過世的人獻花。

我先走回家，搬了一大堆母親買的各式東西，這時聽到腳踏車鈴的清脆鈴聲。是阿明。我有好一陣子沒見到他了，但他還是一樣，身形瘦削，戴著眼鏡，推著一輛沉重的黑色腳踏車。

「智蓮！」他看起來很高興。「我昨天晚上見到你弟弟。」

我對阿明訂婚的事一直感到很沮喪，因此盡量避開他，而如今他在這裡，用手帕擦拭眼鏡，就是他平常心不在焉的模樣。我的心撲通亂跳一氣。

「我聽說了，就算我母親特地為阿信殺了一隻雞，你們還是去外面吃。」我說。

阿明笑起來。「我們不知道你回來了，也不知道有那隻雞，否則我會過去幫忙吃。」他接過我手上的購物籃，掛到腳踏車的把手上，就像平常一樣穩重。他不像我繼父，我從沒看過他發脾氣。假如阿明以前發現我迷戀他，他也總是非常好心，什麼話都沒說。看著阿明幫我把籃子搬進店屋，我心想，很高興我們還是朋友。

阿信倚著桌子，正在對阿金講話，她即使今天休假也跑來。她害羞地咯咯笑著，說帶來一些自家製的醃菜，但她的眼神很明顯，來這裡只是為了阿信。我不得不佩服她決心採取行動的速度。

不過阿金說得對：阿信非常英俊。長大過程中，我們對他的外貌覺得理所當然，有時我都忘了他們為何那麼驚訝。他的顴骨和鼻梁都很高，那是從他母親遺傳而來，她是來自中國遙遠北方的女子。至少大家都這麼說，雖然我從未看過她的照片。幸運的阿信，我羨慕心想，從我們小時候我就經常這樣想。出生就是男生，而且贏得醫學院的獎學金。好看的容貌只不過對這一切錦上添花。然而，他顯得不太高興。事實上，我和阿明走進來，兩人臉色紅潤笑容滿面，他看起來確實很生氣。

「你來早了，」他對阿明說。「我以為我們午餐才要碰面。」

「我在市場遇到智蓮，所以決定送她回家。」

「她不需要照顧，」他語氣輕蔑地說。

我怒目瞪著他，但他沒理我。阿明溫和地笑笑，幫我把甜瓜從籃子裡搬出來。他襯衫的第一顆釦子掉了，但他平常就是有種呆傻的氣質，所以似乎沒發現。如果阿明愛上的人是我，而不是來自打巴的女孩，我很樂意幫他縫補襯衫。

我去樓上打包行李，最好趁母親回家前離開，否則她會逼我留下來吃午餐。

「不跟我們一起嗎？」阿明顯得很驚訝，看著我穿越店屋的前段。用報紙包住的菊花花束塞在我的籃子裡。有一朵雪白的菊花露出來，阿信以銳利的眼光盯著它。然而，他什麼話也沒說，光是看我向大家道別。在花束底下，那根手指是我籃子裡充滿內疚的重擔，我覺得有必要將它物歸原主。而葬禮是留置它的最佳地點吧？

根據報紙的訃聞，生意人的葬禮會在甲板鎮舉行，那個小鎮在附近。晴空萬里，陽光炙人；我唯一的慰藉是公車站有巨大的雨豆樹能遮蔭。我在臉上撲了一點米蜜粉，並塗上薄薄的胭脂，不過我擔心這樣的淡妝很快就花了。

公車到達時轟隆作響。車身其實是卡車，側邊圍起一圈木頭欄杆，穿著裙子總是很難爬上去，特別是像鉛筆一樣窄細的旗袍。我最後上車，免得後面還有人看到我的腿。不過我還是很掙扎，默默咒罵長度適中的側邊開衩讓我無法跨出大步。這時，有人從後面向我伸出一隻手，把我嚇壞了。從觸感得知是男人的手，而且太過親密了吧，向下滑到我的腰背部，把我往上托起，登上公車。我連忙轉身，用力打他一巴掌。

是阿信。

「你幹嘛那樣啦？」他看起來很生氣。

「沒人要你幫忙啊！你在這裡幹嘛？」

公車司機按按喇叭，我匆忙坐到木頭長凳上。阿信把自己盪上來，擠在我旁邊。公車猛然搖晃一下，轟隆開動。

我瞪著他。「跟阿明的午餐呢？」

阿信沒理會這問題，直視我抱在腿上的籐籃。「它在那裡面嗎？」

我知道他說的是手指，但是沒回答。真沒禮貌，早先還那樣充滿敵意！

「你打我巴掌還真用力耶！」

「我怎麼知道是你？」

我的反應常常欠考慮，這是與陌生人共舞所學到的一課。我覺得很抱歉，偷瞄他一眼，看看是否在他臉上留下印記。

「所以，你要把那根手指的事情告訴我嗎？」

阿信顯然是一心要跟蹤我，我繼續堅持就沒意思了，於是我說了改編過的版本。生意人怎麼來到我工作的地方（沒說是哪裡），把裝手指的瓶子掉在那裡，而隔天他又是怎麼死掉。

「就是這樣，」我說。「好了，拜託你回家好嗎？你放阿明鴿子很沒禮貌耶！」

「我沒有讓他落單。或者你擔心阿金對他展開行動？」

「他訂婚了耶！」我氣呼呼地說。「況且，阿金只對你有興趣，不是阿明。」

他轉過頭，望向窗外。我覺得很內疚。阿信特地以他自己的方式跑來找我。

「還是朋友？」我說著，一隻手伸出好一會兒。阿信可以好幾天都不說話，但我不可能永遠生他的氣。如果我們沒有和好，那間屋子就完全沒有人可以說話了。他沒看著我，但伸出他的右手，於是我們握手，太熱情了一點，以顯示兩人之間真的一切都很好。

公車把我們丟在甲板鎮的主要道路上，然後轟隆絕塵而去。我劇烈咳嗽。不用管我之前撲的蜜粉了……現在我滿臉都是白色的塵土。阿信的嘴唇抽動著，但是他很好心，沒有大笑出來。我們必須到處詢問地址，因為甲板鎮有不少街道，街上都是小房子。

「那是張家，」一名老太太說。她打量我的灰色旗袍和白色花束。「你是要去參加葬禮嗎？」

「是的，」我說。

「你來晚了。是昨天。」一見到我氣餒的神情，她說：「報紙印錯日期，不過他們有跟所有家人說日期要提前。你不知道嗎？」

「我們還是想要致意。」阿信對老太太微笑著說，於是她態度軟化，給我們詳細的方向指示。我們逃離她的連珠砲問題，趕忙離開。

房子很小，一層樓的木造建築，前院有棵芭樂樹，樹下繫著一隻瘦巴巴的黃狗。仍然有舉行過的葬禮告示，不過門口兩側已經沒有掛著寫有死者名字的白色紙燈籠。灰燼和燃燒不完全的彩紙在附近飄動……那是葬禮上燒給死者的紙製品殘骸。我不禁心想，他們是否燒了很多跳舞女孩和大蒜口味的雞飯給生意人，但我馬上對這麼不敬的想法感到後悔。

看見我們到達，那隻狗對我們奮力猛跳，瘋狂吠叫。芭樂樹搖晃起來，我緊張兮兮盯著拉住狗的那條繩子。

「不好意思！」我大喊。

一名年紀稍長的女子走出來，噓聲威嚇那隻狗。她疑惑地打量著我們。「哎喲，我對阿玉說過了，報紙上的日期是錯的！你是來這裡看她的嗎？」

我完全不知道阿玉是誰，但我點點頭。我們脫了鞋，女子帶我們進入小屋的起居室，裡面主要是家族的神桌，四周有線香和供品。我把白菊花束放在神桌上。我們拜了拜，對死者表達敬意，遺照就是報紙訃聞使用的那張照片。生意人凝視著照片外面，僵硬且拘謹。張耀昌得年二十八歲，其實是按照習俗多加三歲，幫他添壽。一歲來自天，一歲來自地，一歲來自人。我嚴肅地想，即使添了這幾歲，他在人世間的年歲還是沒有很長。

女子放下兩杯茶，說道：「我是他姑姑。你們是耀昌的朋友嗎？我真是嚇到了……他一直那麼壯；我從沒想過會活得比他久。」她的臉皺成一團，我好怕她會開始哭，感覺愈來愈不安了。

「他到底怎麼了？」阿信問道。

「他去巴都牙也找一個朋友，但到了很晚都還沒回家。阿玉很擔心，你們也知道她會怎麼樣。隔天早上有人路過發現他。他一定是滑倒，摔進大雨的排水溝裡。他們說他跌斷脖子。」

「我很遺憾，」我說。我真的很遺憾。我不是很喜歡生意人，但坐在他以前生活的這間屋子裡，坐在他一定坐過的藤椅上，我感覺到一個冷冷的影子落在我身上。

「其實呢，我和張先生不是很熟，他是我們店裡的客人，剛好掉了東西。然後我看到報紙說他過世了，覺得應該把東西還給他。」我說。

「如果是這樣，你最好跟他太太談一談。」她站起來，推開屋子後側的一道木頭珠簾。「阿玉！」她叫道。「這位年輕小姐有耀昌的東西。」

一陣漫長的停頓。我和阿信很不安，在座位上扭來扭去。姑姑才剛開口說：「她非常難過，你們也想得到……」這時有一名女子匆匆走進起居室，頭髮散亂，整張臉因為哭泣而腫腫的。她直直衝向我。

「賤人！」她尖叫。「你居然敢來這裡？」

我嚇壞了，幾乎無法用手臂擋住她，只能任憑她歇斯底里地亂打亂抓。阿信跳起來，把她從我身邊拉開。她跌落在地，開始尖叫。那是很可怕的噪音，很像豬隻遭到屠宰。

姑姑說：「阿玉，你是怎麼搞的？真是抱歉！她從昨天就這樣。你有沒有受傷？」

我飽受驚嚇，頭壓得低低的。阿玉依然躺在地板上。她的尖叫聲減弱成低吟。「還來，」她說。「把它還給我。」

「她想要什麼？」我問，害怕得不得了。

「阿玉，」姑姑說，「你弄錯了。這位年輕小姐是在一間店工作。她不是耀昌的那些女孩子。」她匆匆朝我射來一眼，然後說：「你不是，對吧？」

我搖頭。「我只見過他一次。」

「看吧？」姑姑拍拍阿玉的頭。「她不認識他。而且你看，她今天跟她的年輕男人一起來。」

阿玉繼續哭，在地上扭動身子，雙手握緊又放開。她的身體扭曲得很不自然，宛如一條蛇。她似乎再也不是人類了。我感到頭暈眼花；要不是阿信抓著我，我可能跪倒在地。

「你們最好離開，」姑姑平靜地說。「耀昌是我的姪兒，但他不是聖人。他到處玩。而昨天，你們也知道，有些酒吧女孩和妓女來這裡想要致意，但實在不該來。我想，她錯把你當成跟她們一樣。」

我臉上顯露羞愧的神色。舞女也不是能夠引以為傲的事。拿了那根手指，我讓自己惹上麻煩，而現在，我得自己擺脫這些麻煩事。我拿出玻璃瓶，放在地板上。

「你認得這個嗎？」我問阿玉。

她慢慢坐起來，一頭黑色長髮披散在臉上，很像淹在水裡的一綹綹河中水草。「那是他的，」她無精打采地說。

「這是你在找的東西嗎？」我說。

她搖頭，開始哭起來，眼淚汩汩流下蒼白浮腫的臉龐，她也不打算抹掉。盯著她看，感覺很不禮貌；她的臉赤裸裸的，無所遮掩。我站起來，但她抓住我的裙襬。

「他有沒有給你其他東西？一個黃金墜子？」

「沒有。」

說也奇怪，提起這件事讓她振作起來。「上星期，他買了墜子給另一個女人。我想知道的是那個，不是這個。」她突然轉頭看著手指，連碰一下都沒有。她雙眼浮腫，眼皮顯現很深的粉紅色。「那是他的幸運符。自從有了那個，他的營業額就大幅增加。」

「他何時得到這個？」阿信問。她盯著阿信看，彷彿頭一次發現他的存在。

「三……也許四個月前。他從一個朋友那裡拿到。其實呢，我覺得他是偷來的。」阿玉做個鬼臉，活像是覺得嘴裡有種怪味。

「我想要把它還給你，」我說。在這間整齊的木造小房子裡，在完全普通的家具和日常物件之間，例如桌上有個勾針織的杯墊，還有棕櫚葉做的飯菜罩子擋住蒼蠅……那根皺縮的手指看起來更可怕了，不屬於這個地方。我朝姑姑瞥了一眼，這才發現她沒有很驚訝的樣子。她以前看過，我心想。

阿玉用力搖頭。「不要把它留給我！」我好怕她又要開始尖叫。

那位姑姑把我們趕到門口，「你們現在最好離開。」

「可是手指頭怎麼辦？」

她堅決塞回我的籃子裡。「你想怎樣都可以。或者看他是從誰那裡得到的，還給那個人。」

「那到底是誰呢？」阿信問。

「他對我說是巴都牙也醫院的一個護士，」姑姑低聲說道。阿信聽了豎起耳朵。「我知道的只有這樣。好了，請離開吧！」

我們默默走回公車站。這時過了中午，路面反射的強光好刺眼，我真想遮住自己的眼睛。阿玉攻擊我臉部的地方一碰就痛。阿信走到一棵大樹底下停步。

「在這裡等。」他去馬路對面一間小店，回來時拿了一個裝滿水的搪瓷杯和一瓶碘酒。他讓我的臉斜向側邊檢查傷勢。我閉上雙眼。他的雙手冰涼又熟練。

「你有隻眼睛會變烏青，還會有一些顯眼的抓傷。」

我皺起眉頭。阿玉亂揮亂打時，一定是手肘撞到我的一隻眼睛。「我在公車上打你一巴掌，現在這樣算我活該。」

阿信沒有笑，不過繼續端詳我的臉。我把臉轉開。

「不要看我，」我說。「真的很慘嗎？」

「那些抓傷應該要消毒。」

我乖乖聽話，站定不動，於是他沾溼手帕清洗我的臉。我要怎麼向譚太太解釋這件事呢？更別說要去五月花拋頭露面了。如果曠職，就不能幫母親賺到下一筆還款；如果討債的人出現在家裡，繼父會把我們活生生剝皮吧！我急得計算一番。一支舞賺五分錢，我能補足這樣的差額嗎？

「別再想得那麼認真了，」阿信說。「你的小腦袋會用到壞掉。」

我氣得睜開眼。「太沒禮貌了！在學校的時候，我幾乎每一次考試都贏你！」

為了回答似的，他擦得更用力了。

「你把我臉上的蜜粉全擦掉了啦！」我抱怨。

「像你這樣的人，化了妝也不會更漂亮，如果你擔心的是這個。」

他在抓傷上面搽碘酒，傷口刺痛。也說不定刺痛的是我的自尊心。

「我還滿受歡迎的，謝謝你喔！」我想起五月花的一些常客……那些人至少很努力學跳舞。來自老虎巷的驗光師黃先生，只喜歡跳華爾滋；邱老先生告訴我，他的醫師建議要運動一下；高瘦的錫克教徒尼曼．辛赫，我很確定他是學生，但他激烈否認。這個星期他們全都會找其他女孩跳舞。也許大家寧可找她們吧！

「所以，你到底擔心什麼？」阿信用最後一點水清洗手帕。

我搖頭，不想讓他介入更多。「我得回去工作了。」

「你沒有要回家？」

「如果我這樣出現，母親只會擔心。」那會在華林引發很多惱人的問題，因為那裡有八卦的傳播網絡，而且每個人都知道我繼父的脾氣。

阿信把搪瓷杯還給店家，我們搭公車回去的路上沒說話。無論如何，周圍太多人，大家討論那天早上各種稀奇古怪的事件。我對臉上的抓傷感到很難為情，於是低頭看著大腿。阿信在華林下車，但事先把裝有乾燥手指的玻璃瓶放進他的口袋。

「我會處理它，」他搶在我反對之前說。說完這句話，他就跳下車。

一陣不安的感覺向我襲來：有個豐滿的女子帶一隻活雞擠上車，害我嚇得直發抖。那是一隻白色公雞，眼睛是黃色的，瞳孔的黑點顯得很憤怒。華人的葬禮結束時，會在墓地放出一隻白色公雞。當然啦，這位女士可能只是帶這隻雞回家當晚餐，但看到那隻白色的鳥出現在阿信剛坐過的位子上，讓我滿心驚慌。彷彿原本纏著我的那個冰冷透明的幽影，此刻已傳遞到阿信身上。

第九章
巴都牙也
六月五日星期五

下雨的日子，新醫師威廉・艾克頓就會寫信。全都是寫給他的未婚妻艾瑞絲，雖然知道她已經讀不到隻字片語。

親愛的艾瑞絲，我每天都想你。雨勢漸漸停歇，柔和的陽光出現了。威廉放下手中的筆。

沒下雨的日子，他清晨會出去散步很久，帶著一把雙筒望遠鏡，表面上是去賞鳥。威廉躊躇一下，然後依循熟悉的路線，穿越附近的橡膠園。他一直偷偷觀看一名本地女子，農園工人的妻子。她名叫安比卡，是坦米爾人，有著光滑的褐色肌膚和一頭長鬈髮，聞起來有椰子油的氣味。她的左邊胸部有一塊突起的疤痕，是蟹足腫，呈現蝴蝶的形狀。他的雙唇曾經多少次壓上那個地方呢？他覺得那裡很美，不過安比卡把它遮起來。

威廉總是付錢給她，但他認為她喜歡他。至少，她的笑容很溫暖，儘管她從沒拒絕他的金錢。他認為他們的會面是祕密，也許對歐洲人社群來說是如此，甚至她的丈夫也是，他喝太多酒了。

然而，至少有另一個人知道。那人是威廉以前的闌尾炎病人，是華裔的生意人。純粹是運氣不好；幾個星期前，那個生意人抓到安比卡和威廉在一起，當時他的車子在橡膠園附近拋錨，只好穿越橡膠園找人幫忙。一發現有人闖入，兩人立刻彈開；生意人沒說話，但是看了威廉一眼。那是最糟糕的部分，他心照不宣的眼神。他與其他本地人不一樣的地方在於，他知道威廉的名字，而且完全知道他在哪裡工作。流言蜚語對威廉很不好，特別是在英國發生那樣的事情之後。而更糟糕的是，安比卡最近要求拿更多錢。威廉猶豫之時，安比卡不高興地瞪他一眼，她以前從未對他表現過那種神情。

他步行穿越橡膠園時，讚嘆著一排排整齊細長的樹木，是從南非引進的。每一棵樹的樹幹都有細細的割痕和一個小杯子，讓乳膠狀的樹汁滴進去。黎明之前，採膠工人就開始巡園，把每個杯子裡的乳膠倒進桶子裡。安比卡也在其中，不過完成之後是由她丈夫把桶子搬去處理中心，這時便是與她會面的好時機。威廉查看手錶，加快腳步。

不過那棟有波浪狀金屬屋頂的熟悉棚屋空無一人，幾天前經過時也是如此。她去哪裡了？由於無人可問，他沒什麼選擇，只能繼續走去巴都牙也地區醫院工作，那裡的職員認為他有時候走很長的路當作運動。

在辦公室裡，威廉心情很差。他拿出那天早上開始寫的信。

親愛的艾瑞絲：

我繼承了一個新的華人家僕。他名叫阿仁，要不是有人保證他差不多十三歲，我認為他大約十歲。他是從可憐的麥克法蘭那邊到我這裡來。很難相信他過世了……還記得我們去克林奇[20]尋找「虎人」[21]，當地人這樣稱呼牠們。

馬來亞混合了馬來人、華人和印度人，充滿各種幽靈：有許多令人不安的規則控制著這個鏡中世界。歐洲的狼人是個男人，碰到滿月時，他的皮膚由內向外翻開，變成一頭野獸。然後他離開村莊，進入森林大肆殺戮。但是此地的住民認為虎人不是男人，而是一頭野獸，他選擇披上人類的外皮，由叢林進入村莊獵殺人類。這幾乎是完全相反的情境，某些方面更加可怕。

有個傳言是這樣說的，我們殖民者來到世界的這個地區時，本地人認為我們也是「獸人」，雖然沒有人當著我的面這樣說。

威廉搔抓自己的鼻梁。

這麼多年來，麥克法蘭送過我各式各樣的東西，這個家僕算是最奇怪的。畢竟，男孩子不是寵物或是動物。他似乎很感激有這份工作，把我的書房整理得太過整齊，還打開每一個櫥櫃……

門上傳來敲門聲。該去巡房了，之後還有個疝氣手術。

那天下午稍晚，威廉回到家，發現有個意外的訪客在書房等他。她坐在他的書桌邊緣，一隻穿著涼鞋的腳晃來晃去。威廉算是認識莉迪亞．湯姆森（橡膠園主人的女兒），不過他有種感覺，她很想改變這種身分。

他書桌上的紙張非常凌亂，不知是她選擇坐在那裡的關係，還是因為她根本看過內容。威廉今天動手術站了好幾個小時，實在累壞了，表情很難從煩躁不耐調整成愉快溫和。

「莉迪亞，有什麼需要我幫忙的嗎？」他說著，拉出一張椅子要給她坐。

他們是叫彼此名字的朋友交情，這小鎮幾乎所有外國人都是如此。巴都牙也……不對，整個馬來亞殖民地有很多歐洲人，他們越過大半個世界，逃離某種個人原因或其他原因。許多人都很孤單；莉迪亞顯然也是其中一人。傳聞說她來這裡找丈夫人選。她年紀太大了，也許二十五或二十六歲，正要進入拉警報的年紀。然而，她是本地的美女，經常在醫院當志工。

「你忘了拿小組紀錄，」她說。

20 克林奇峰（Mount Kerinci）：印尼蘇門答臘的最高峰，也是印尼最高的火山。

21 馬來西亞和印尼有「虎人」的傳說，半人半虎的動物具有強大的巫術。全世界很多地方都有類似的傳說，人類變成半人半貓科的動物，隨著地方不同而有貓人、虎人、獅人和豹人等。

他們都是一個當地委員會的成員，目標是對抗腳氣病，這種難以捉摸的疾病讓錫礦的華人工人生病，他們四肢腫脹，且造成心臟鬱血，但如同莉迪亞指出，馬來人或坦米爾工人比較少見到這種疾病。她相當熱心地教育工人，嘗試要他們少吃白米飯。「病因是缺乏維生素B，」她在上次會議努力解釋這點。威廉看著本地人的堅忍神情，很好奇莉迪亞知不知道白米飯是多重要的社會地位象徵。會議之後，有個年紀較大的華人男子對他點點頭，說道：「你太太很關心喔！」

「她不是我太太，」威廉說著，面帶微笑。

「像那樣的好女人，你應該讓她成為你太太。」

那是很常見的誤解，最近他們一直被送作堆。他護送莉迪亞去一場慈善拍賣會。幾次晚餐之後開車送她回家，但他應該要小心一點，不要與莉迪亞太常調情。這是他的弱點，很難戒掉的老習慣。而現在，在辦公室裡看著她，威廉真想知道，艾瑞絲對這一切有什麼想法。

「我不需要紀錄。」他跟她太熟了，他很晚才意識到這點。

「喔，完全不麻煩啊！我剛好路過，拿我父親的藥，」她說。

「那他怎麼樣？」

「好多了，都要感謝你。」

威廉向莉迪亞認真解釋，他替她父親執刀的膽囊常規手術，無論如何結果都會很好，但不管他怎麼說，她一直對他微笑。打掃女士出現了，用托盤端了兩杯茶，兩個茶杯小碟上各塞了一片消化餅乾。威廉努力忍住嘆氣，拿了一杯茶遞給莉迪亞。

「你今天非常忙嗎？」她興高采烈說道。

「還好。不過我碰到一件怪事。」

「什麼事？」

「今天早上似乎有個病人來我家，接受一名醫護員的醫療處置。但我家裡並沒有醫護員。」

「喔！」莉迪亞皺起眉頭。

威廉下午在醫院巡房時，看到那名年輕女子很驚訝。她是很漂亮的僧伽羅女孩，夾雜著蹩腳的馬來語和英語解釋說，那天早上有人帶她去他家請求治療。不，她不記得那是誰，因為她已經昏過去了。有個穿白色制服的人。她叔叔，就是帶她去的人，可能會知道，不過他已經回家了。威廉檢視傷口，是很重的鐵製鋤頭造成的，鬆脫開來因而砍進她的小腿背側。傷口很深，一定流了很多血。要是沒有止血，她可能會沒命。

莉迪亞的聲音把他喚回現實。「那麼，你解開謎團了嗎？」

「沒有。我當時不在家。」

他沒有反駁她的意思。事實上，她顯然既勤奮又努力實踐，爭取奶粉發送給本地孩童。但因為某些原因，她總是讓他覺得很有罪惡感。也許是她外貌的關係。她與艾瑞絲有同樣的淡金髮色和細緻皮膚，只是艾瑞絲的眼睛是灰的，而莉迪亞是明亮熾烈的藍眼珠。

「不過，我今天早上真的看到你在橡膠園裡走路，你好像在找人。」

血液往上衝，一股熱辣辣的罪惡感縈繞於威廉的頸間。她不可能看見吧！反正今天早上不可能看見。他希望莉迪亞喝完茶趕快離開，但她說：「我聽說你有個新的家僕……從麥克法蘭醫師家裡來的。」莉迪亞發現這番話激起他的興趣，於是繼續說。「老醫師收留他，顯然是因為本地人認為他遭到詛咒。」

「詛咒？」

「某種迷信還是什麼的。接著呢，隨後在甘文丁發生那麼多死亡事件。」

「什麼樣的死亡事件？」

「過去一年來，至少有三個人遭到老虎殺害。不過有些人說，那一定是同一隻動物。」

「吃人的動物啊！」威廉往後靠著他的椅背。他不確定莉迪亞是否真的對他感興趣，或者只是覺得他很有挑戰性。有時候她的調情幾乎像是懷有惡意。

「他們說，那是一隻鬼老虎，子彈傷不了牠，而且像鬼魂一樣驟然消失。所有的受害者都是女性。年輕女性，留著長髮。」她意識到威廉緊盯著她，於是變得兩頰通紅，沒想到會像小女孩一樣害羞。「你一定覺得我很蠢，反正那全都是迷信。」她說。

「莉迪亞，沒有鬼魂這種事。」

好像我最該知道啦，他對自己這麼說。

隔天是星期六，威廉早上叫阿仁進入他的書房。阿仁很緊張，端著放著上午茶的托盤，有一個骨瓷茶杯和一盤馬利餅[22]。

「阿仁，你介不介意幫我整理這個？」威廉問。

阿仁嚇壞了，看著他昨天用過的醫療用具散落在書桌上。數捲繃帶、幾瓶碘酒、止痛藥哥羅丁，以及酊劑，還有一堆金屬工具。用掉半瓶的雙氧水立於書桌一側，充滿責備之意。他依循麥克法蘭醫師教他的方法匆匆捲好繃帶，根據用途整理瓶子。毒劑和催吐劑放在內層，以免不小心拿到。手術刀和剪刀需要經常一一消毒。很粗的空心針已經放在一小瓶酒精裡。他拿起使用當天曾以沸水燙過的玻璃注射器，一隻手不斷發抖。

等他差不多完成，威廉說：「我看得出來，你知道自己在做什麼。」

阿仁抬起頭，但如同以往，醫師的神情很難判斷。然而，他似乎沒生氣。

「昨天治療那位女性的人是你嗎？」

「是的，先生。」

「你做得非常好。我想，她能夠保住那條腿。」

阿仁扭動身子，顯得很不安。

「本來就有止血帶嗎？」

「是的，不過太緊了，而且很靠近傷口。」

22 馬利餅（Marie biscuit）：源於英國，是圓形的甜餅乾，通常有些小孔和一些文字，是常見的茶點。

「所以你做了什麼？」

阿仁描述當時的處置方式，忘了自己很緊張，而威廉仔細聆聽。阿仁很少有這種感覺，自從老醫師過世以後就沒有過了。

「下一次，」威廉說，「如果你治療別人，一定要告訴我。我想我最好在旁邊監督。你識字嗎？」

阿仁點頭。

威廉挑起一邊眉毛。「真的嗎？明天是星期日。如果你想放半天假，學些基礎的東西，我下午會有空。」

男孩離開後，威廉走到外面，倚著迴廊的木頭欄杆。樹枝抖動，一群猴子經過，牠們的吼聲劃破寧靜早晨。眼前閃過一陣黑白，是一隻凶巴巴的犀鳥飛過。威廉將雙筒望遠鏡掛在脖子上，走下樓梯，越過園丁修剪整齊且引以為傲的草坪，走進林下灌叢深處。他回想著麥克法蘭的信，顫抖的字跡向他保證，他會覺得這個男孩很有意思；他不禁好奇還會發現阿仁的其他什麼事蹟。

雖然威廉大可在高地的歐洲人區域附近找到房子，他卻不介意這棟平房的偏遠位置。距離房子不遠處有一條舊的大象通行路徑，但他從未見到大象就是了。前一晚下過雨，腳下的紅色黏土軟軟的。

威廉猛然停步。泥土裡有個老虎的獸跡，他以前從未在這麼靠近房子的地方看過。看起來很新鮮，有一片踩進足印裡的葉子仍是青綠色。老虎很少出現在小鎮附近，不過深遠的叢林裡依然有很多老虎。擅長追蹤的獵人或許可以估計動物的年齡和體能健康狀況，但從大小和呈現方形看來，威廉猜測這隻是公虎。

有一位「馬來聯邦鐵路」的勘測員曾對他說，有隻老虎如何把他手下最好的工人叼走。鐵路工人是十二個人睡在一間帳篷屋裡，寢墊鋪在地板上。那個苦主，以本地人來說體格健壯又結實，睡在整排人的中間。為了通風，他們把門打開。到了早上，他不見了。他們發現老虎的足印，追蹤了四分之一哩，找到工人的頭、左臂和雙腿。身軀和內臟都遭到吞食。在夜裡，老虎曾經靜悄悄進入屋內，穿越那些熟睡的人，挑選體格最好的傢伙。

威廉沒有養狗幫忙示警，現在後悔了。他家裡有一把老舊的普迪牌[23]獵槍，但裡面沒有子彈。他應該要警告阿龍和那個男孩，叫他們晚上不要離開屋子到處亂晃。他轉過身，看到阿龍在迴廊上。

「先生！」他喊道。「醫院！」

23 普迪牌（James Purdey & Sons）：英國倫敦著名製槍公司，一八一四年創立，主要產品是手工打造的運動用和觀賞用獵槍。

威廉是這個週末值班待命的醫官。他匆忙爬上樓梯。「什麼事？」

阿龍的馬來語說得不好，英語更差。未來他應該叫男孩記錄訊息，但現在，就算負責傳遞訊息的人是阿龍也能表達得很清楚。「有人死了。」

威廉的眼角餘光看到阿仁瞪大雙眼，臉色蒼白，看著他。他看起來很害怕。

哈侖今天沒當班，所以威廉自己開車去。事件發生的地點，正是他星期五早晨步行經過的那片農園；訊息很簡短，只提到有人發現一具屍體。本地人的死因多半是瘧疾或結核病，不過蛇咬和意外也很常見。

這片農園的主人是莉迪亞的父親亨利．湯姆森。威廉將車子開到路邊時，看到一小群人。湯姆森的身形很單薄，徘徊在一位高大魁梧的錫克人警官和他的馬來人警察旁邊。警官自我介紹說是賈吉特．辛赫隊長，是馬來聯邦警察的督察。他的英語非常好，威廉猜想他就像馬來亞的很多警官一樣，由印度陸軍召募而來，補充受訓警官的不足。

「屍體是中午之後發現的，看起來像是遭到動物攻擊，但我們不能排除謀殺。我們聯絡不到羅林斯醫師，我想要在移動屍體之前確認死因。」他說。

他們這時開始走路，朝橡膠園更深處走去。千篇一律的樹木讓威廉心慌意亂，他很想知道自己是否曾穿越橡膠園的這一區。

「誰發現的？」他問。

「一名橡膠採收工人。」

湯姆森一直很沉默，他那張瘦削的臉龐憂心忡忡，低頭看著他們踩過的乾燥樹葉，但這時他說：「我不確定那是不是我的工人，我們需要點名一下。」

「什麼原因讓你覺得這可能是謀殺？」威廉問道。

辛赫隊長遲疑一下。「很難說。實在沒有留下太多線索。」

他們抵達現場，看到一位留守的馬來人警官蹲坐在那裡，地面的一點下陷受到灌叢遮掩。警官匆忙站起，露出鬆口氣的神色。湯姆森請求不要參與。「我不需要再看一次，」他說。

威廉走過去。一條細瘦的手臂從灌叢底下伸出來。它呈現灰灰的蒼白膚色，一排螞蟻爬過手臂上面。威廉再挺進灌叢裡面，把擋住去路的低垂樹枝抬起來。

「這有沒有移動過？」他朝背後叫道。

「沒有。」

威廉低頭看著屍體。是一名女性，兩隻向外伸出的手臂依然連接著身體。綠色上衣的一部分蓋著一邊肩膀。在單薄棉衣底下，胸膛遭到刺穿，顯露出破碎白骨的末端，以及一個凹陷流血的黑洞。看似軟趴趴的皮膚由傷口邊緣逐漸剝落。而從骨盆以下，什麼都沒有了。

「頭在哪裡？」威廉說著，努力抵抗噁心感。屍體飄出一種噁心甜膩的腐臭味，也有蟲蛆扭動的微微閃光。根據蛆的大小，再考慮像這樣的熱帶氣候，蛆的孵化時間要花八到二十小時，這表示死亡時間大約是星期四晚上或星期五早上。

「還沒找到頭。」辛赫隊長待在臭味的上風處。「我們還在搜索方圓四分之一哩的範圍。」

威廉強迫自己再看屍體一眼，但他心中已有定見。「是動物。她身軀那些很深的穿刺傷，看起來很像牙齒的咬痕。頸椎遭截斷，肩膀也有咬痕。牠可能抓住她的頸部，先讓她窒息而死。」

「那麼你覺得是……豹還是虎？」

在馬來亞，豹遠比虎來得普遍，兩者的數量至少是十比一。威廉知道有好幾位居民的狗曾經被豹吃掉。

「也許是老虎吧！齒痕的距離看起來比豹的大一點。而且，要有一定的咬合力道才能咬斷脊椎。你應該去問羅林斯……我想他會驗屍吧？」

醫院的病理學家羅林斯也擔任驗屍官，由他來掂量和估算，找出這具屍體的悲慘祕密。威廉從口袋拿出一條手帕，摀住口鼻。這番按壓減輕他的噁心感。

「沒有足跡，」辛赫隊長說。

威廉看看地面，鋪著厚厚的乾燥樹葉。由於沒有裸露的泥土地，也就很難找到獸跡。

「我想，她是在其他地方遭到殺害，血量不夠多……也許把屍體的這個部分當成第二餐。」他說。

他知道，老虎會反覆回去找某具屍體，即使肉已經變質了。可能很難找到屍體的其他部分，因為一隻老虎的領域可以涵蓋好幾哩遠。他的思緒突然跳到他家平房附近的新鮮足跡。

「我會去找追蹤高手和一些狗，」辛赫隊長說。「不過呢，這裡有些地方看起來很不尋常。其實沒有吃掉很多肉，你不覺得很奇怪嗎？老虎通常先吃腹部，不是四肢。但這裡的身軀大部分是完整的。」就像很多姓「辛赫」的人，他又高又瘦，加上白色的纏頭巾顯得更加高大。他那雙銳利的琥珀色眼睛緊盯著屍體。

威廉自己看了最後一眼，然後全身僵硬。在左邊的乳房上，灰槁的皮膚依然完整，而那裡，毫無疑問，有個凸起的蟹足腫疤痕，呈現蝴蝶的形狀。他熟知那個標記，曾經付錢讓自己的手指撫摸它，而現在，即使用手帕拚命摀住臉都救不了他。

威廉衝到灌叢外面，在一棵樹的旁邊，吐了。

第十章

怡保 六月七日星期日

我頂著遭到抓傷的臉和漸漸烏青的眼睛，回到裁縫師的店。我希望能夠默默進去，但譚太太聽到我轉動鑰匙的聲音，隨即把門打開。

「你的臉！智蓮，你怎麼了？你捲入什麼打鬥嗎？有沒有去看醫生？」

我告訴她，我滑倒了。不是什麼精采的故事，而我屏住呼吸，等待她又開始追問，誰知她沒問。她仔細端詳我，說道：「你回去華林的家，對吧？」

「對。」

「你有沒有見到你繼父？」

她的臉上閃過同情的神色，於是我懂了，她呢，也聽說過我繼父脾氣暴躁的閒話。我好想歇斯底里地咯咯傻笑。這個週末發生了那麼多事，而就這麼一次，他是最不能怪罪的人。而且說實在的，他從來不曾動手打我。他不需要。

從一開始我就發現，教訓女孩子有失繼父的身分。那是我母親的職責，而只要他有一點點不高興的跡象，他只會瞄母親一眼，於是她咬著唇，輕聲責備我。剛開始，我還不懂會付出什麼代價。大聲唱歌或吹口哨都是罪過，對他頂嘴也是。那樣做的後果，都在母親去跟他討論之後現身，母親會小心翼翼握著手腕、臉色蒼白。她的上臂有瘀青，是手指用力掐過的痕跡。與阿信所受的驚人懲罰比起來，這些根本不算什麼，母親也從未提起。但我們兩人都學到，只要看見他的額頭有垂直的皺紋出現在眉頭正中央，以及鼻孔發白，就知道要害怕了。

我想你可以這麼說，他認為他的所作所為都很正確且恰當，男孩子需要狠狠鞭打，妻子則應該要很清楚自己的身分。這些我都不知道，坦白說，我從來不願意了解繼父，只知道我恨他。

我盯著自己的小鏡子，心情驚慌又沮喪。我的左邊顴骨處腫起來，還有好幾條長長的抓痕橫過臉龐。而且如同預期，青腫的眼睛愈來愈嚴重了。我悶悶不樂，又在腦袋裡重新計算數字。一張舞券五分錢，表示三分錢是給我的，而這個月要償還母親的欠債還短少七十五分錢。但儘管焦慮到整個胃打結，我這副模樣根本無法工作。比起就這樣走進去面對眾人的目光，最好還是請阿慧告訴領班，我星期三不能去，因此隔天下班後，我去找她。

阿慧有時候晚上在另一個地方工作，但我相當確定會在家裡找到她。她住的地方沒有很遠，我們一開始就是因為這樣而變成朋友。阿慧曾經帶一件洋裝去譚太太店裡，由我負責修改。那是一件漂亮的連身裙，明亮清淺的青綠色，看起來很像海水的泡沫。我問她穿這件衣服去做什麼。

「下午茶舞會啊！你有沒有去過？」她說。

我沒去過，雖然我以前上過舞蹈課。

「你看起來很擅長跳舞，」她說著，而在我們閒聊之際，我犯了錯，把摺邊抓得太高了一點，不符合譚太太設定的保守方針。阿慧笑起來，說沒關係，裙子短一點比較好。後來我才知道她為何這樣說，但那個時候我們已經是好朋友了。

阿慧住在司令巷[24]，那裡是怡保最窄的巷道。狹窄的房屋一間挨著一間，頭頂上掛著一串串晾晒的衣物，很像歡欣飄揚的旗幟。三十年前，這裡的名聲不太好，擠滿了妓院、賭場和鴉片館，但現在主要是私人住家。廣東人稱這裡是「二奶巷」。我經常覺得約在那裡碰面實在很可怕，因為兩側的房屋彼此太靠近了，在樓上幾乎可以看到對面的屋內。

「阿慧！」我到達時出聲叫喚。

「在樓上。」她的房東是個老先生，嘴裡嚼著檳榔，看起來很像吸血鬼，因為他的嘴巴染成深紅色；他作勢指著起居室。我看到阿慧趴在床上，翻閱一份報紙。她穿著薄薄的棉質襯裙，素顏塗了面霜閃閃發亮。

她一看到我的臉，立刻瞪大雙眼。「你跟誰打架啊？」

「你怎麼知道？」我在桌面放下兩份椰漿飯，用香蕉葉包著，搭配咖哩雞和參巴辣椒醬。阿慧的房間比我在譚太太那裡的大一點，散落著胭脂罐、搽臉的蜜粉和雜誌。

「那些抓傷……我看過女生打架。發生什麼事？」

我解釋昨天的事件，兩人也開始吃東西。

「所以是那個寡婦弄的，」她說著，以感激的神情打開她那份椰漿飯。

我嘆口氣。「嗯，我不能怪她……她那麼心煩意亂。」

「我叫你不要去啊！希望你不是自己一個人去。」

「我弟弟跟我一起去。」

「我不知道你有弟弟。他跟你長得像嗎？因為如果很像，我想見見他。」阿慧一直很喜歡我的時髦短髮，還幫我塗上沒見過的髮油，以維持光滑柔順的髮型。

「我們長得完全不像。他是我的繼弟，所以我們沒有血緣關係。」

「喔，」她說著，皺起眉頭。阿慧稍微知道我繼父的事，雖然我盡量不討論自己家裡的狀況。「他討人厭嗎？」

「不會，他顯然是滿不錯的人。至少，華林的女性是這麼說的。」我翻個白眼，她見狀爆出一陣咯咯笑聲。

「不過你聽好，我是想告訴你，反正你這陣子最好不要去工作。星期日有個男人問起你的名字。不是路易絲，而是你的本名。」她說。

我的心一沉。我不小心透露了本名的客人，就只有那個生意人。「他長什麼樣子？」

24 司令巷（Panglima Lane）：怡保早期發展的商業巷弄之一，俗稱「二奶巷」。

「華人，很普通。我告訴他，這裡沒有人叫那個名字。」

我好想抱她一下。「然後呢？」

「他離開了，也許他正在找那根手指。你有沒有把它留給寡婦？」

「她不願意拿。」回想起小木屋裡那個情景，想著阿玉在地板上扭動哭泣，很像一尾蛇長了一張女性的臉孔，我就深感不安。

「所以誰拿去了？」

「我弟弟。」阿信到底打算拿它去做什麼呢？

阿慧嘆口氣。晚上的溫暖空氣從打開的窗戶吹送進來，可以聽見腳踏車的鈴聲和路過的腳步聲。「你從哪裡找到這麼可靠的人啊？我遇到的人都噁心死了。」

我從來不曾以這種觀點思考過，但我想，她說的對。「我們小時候很親，但現在沒那麼親了，他變成在女人堆中打滾的人。」

阿慧尖聲大笑。「我很確定他不可能那麼壞啦！」

我忍不住微笑。「接下來的兩個月，他在巴都牙也工作。」

「巴都牙也？」阿慧拿著報紙對我揮了揮。「你有沒有聽說這件事？他們在星期六找到一具屍體，有隻吃人的怪獸到處亂晃。」

那是一篇短文：只有一、兩段，一定是趕著印出。「巴都牙也的橡膠園發現遺體。橡膠園的工人發現無頭的女性身軀。」

是老虎。每隔一段時間，報紙就會有可怕的報導，說有蟒蛇把人纏死、鱷魚咬死人，或者大象踩死人。但老虎不一樣。提到的時候冠上「拿督」這樣尊貴的頭銜，如果有老虎闖進叢林，念些咒語可以撫慰老虎。某隻老虎如果吃了太多人類，據說就能變成人形，在我們之間走動。

我或阿信都與那種事毫無關係，但我再次感受到那個暗影的冰冷觸感，在恐懼的淺層之處起伏撩撥，彷彿搜尋著某種東西。

到了星期五，只剩我的烏青眼睛盤桓不去，變成黃綠色。幸好眼睛再也不腫了，我決定把妝化得濃一點，就能去舞廳排下午班。況且，我真的很需要錢。那些數字像是用紅墨水寫出來，一直在我的腦袋裡上下捲動……好可怕的差額啊！只要一次沒還款，那些放高利貸的人就有可能派出催債的討厭傢伙去繼父家。我說服自己，有人找我要那根手指的風險非常小，反正他也許已經把「五月花」從名單上畫掉了。

下午過得好慢。太陽在外面向下烘烤，舞廳裡不太涼，冷飲的交易相當熱絡。我呆坐了幾支舞，與其他女生聊聊天。阿慧每個星期五不上班，但我與玫瑰和珍珠變成朋友。玫瑰是寡婦，而珍珠從沒提過，但我猜她從丈夫身邊逃出來。當然啦，這些名字也不是她們的本名。如果可以自己選，我寧可叫五月或百合，感覺比較秀麗和明亮，不像我的華人名字那麼嚴肅，但我無法擺脫路易絲。事實上，熟客就是因為我的髮型而指名我。「我要看起來像路易絲．布魯克斯那一個，」他們這樣說，指著我，於是我站起來，面帶微笑，活像這一天是我的生日。

這是我當路易絲的第五十三天。廣東話的「五三」與「唔生」（不生孩子）是諧音。又是數字不吉利的一天，是我和不幸的生意人張耀昌跳舞後的第九天。玫瑰才剛告訴我們，她整晚沒睡，因為小女兒咳得厲害，這時她突然說：「噢，他回來了！」

有個客人仔細端詳我們。他有張窄長的臉，戽斗下巴，活像是曾經有老虎鉗把他的頭緊緊夾住。猜想他就是阿慧曾經警告我的那個人，我連忙提高警覺，但他太快就指名我。

「我可以跟你跳這支舞嗎？」

我遲疑一下，但領班的銳利鷹眼盯住我。我沒有拒絕的理由，然而驚惶失措讓我的胃糾成一團。沒想到他很會跳舞。我們在地板上繞了好幾圈；我正開始覺得自己的疑心很沒道理時，他開口說：「你一定是智蓮。」

「可以喔，如果你希望的話，」我擠出微笑。「不過很可惜，我叫路易絲。」

「我正在找一個女孩，她上星期拿了一樣東西，是我家族的傳家寶。」

剎那間，我好想全盤托出。我已經去過生意人家裡，履行我的義務。但是手指不在我手上了；如果阿信已經把它銷毀，這個人可能會暴怒。我沒有直接回答，而是說：「它看起來是什麼樣子？」

「那是我祖先的手指，是從中國來的，已經在我家族傳了好幾代。上星期我朋友把它借走，他說掉在這裡。」

「一根手指？」我裝出很驚訝的樣子，甚至顯得很害怕。他仔細觀察我。我很想知道他是否說謊。根據生意人的太太所說，她的丈夫是在三個月前得到手指。「我會幫你問問看。」

「請務必告訴我，」他說著，眼神專注。「你可以在這裡留訊息給我。」他匆匆寫下列治街一間咖啡店的地址，並附上一個名字：黃YK先生。

「如果找到了，我會贈送一份回禮。因為有很深的情感。」他笑了笑，露出尖尖的牙齒。

說完之後，他與其他幾個女孩共舞，她們後來都證實，他也問了同樣的問題：她們是不是叫智蓮，以及有沒有撿到東西，不過沒提起遺失的手指。我回想起來，他一進入舞廳就直直走向我，害我的頸背寒毛直豎。

「沒想到你今天來了，」玫瑰說著，中場休息時對自己猛搧風，而樂隊喝著蘇打水，抹掉眉頭的汗水。儘管臉上撲了蜜粉，她的額頭幾乎像舞廳的拼花地板一樣光亮，我也很確定自己沒有好到哪裡去。

「我需要錢。」

「如果是這樣的話，」玫瑰說，「想要多賺一點嗎？」

我搖頭。「帶出場就不要。」

帶出場是指男人預定某個女孩到舞廳外面去，表面上是帶她去購物或吃飯。她們賺很多錢，但是每件事當然都有代價。我一開始就向領班說清楚，我不會做那種事。黃YK先生，如果那真是他的本名，今天與他發生的事情提醒了我，我遇到陌生人有多麼容易驚惶失措。而我們甚至不是兩人獨處……我們是在眾目睽睽之下一起跳舞。

「不是帶出場。我有個客人問我，能不能找到幾個女孩去私人宴會上跳舞。他答應沒有亂七八糟的花招。」

「私人宴會沒有亂七八糟的花招，才沒有那種事。」

玫瑰笑起來。「你好像老奶奶喔！我也沒有很熱中，所以我對他說，我們必須得到舞廳領班的允許……作為推辭的藉口，你知道吧！不過他跑去問領班，而她說好！」

「真的？」我不太相信這種事。

「嗯，她會得到一筆像樣的佣金，她說會派一名保鑣跟我們一起去，而且雇一輛車。他們要四到五名女孩，因為有很多單身漢，他們想要跳舞。在巴都牙也。」

我停頓一下。「在醫院？」如果是的話，我不能去。我一點都不想讓阿信得知這份不入流的兼差工作。

「不是，在高地的一個私人住所。」

我聽過高地，是最好的住宅區，位於巴都牙也的山坡上。「那表示他們會是外國人嗎？」

「你介意嗎？」

五月花大多數的客人是本地人，不過總有些歐洲人穿插其間。沒有像迷人的天聖旅館那麼多，但下午隨時都有幾個人。他們多半是農園主人、公務員、軍人或警察。我自己曾與幾個人跳過舞，但是說實在的，他們讓我好緊張。

不過那也能說明領班為何很快就默許，還額外加上保鑣和包車。

「阿慧也會去，而且付雙倍酬勞。」

那就足以彌補我少賺的部分。而且阿慧總是對自己很謹慎，如果連她都願意去，那我也要去。

等到我工作結束，橙色的太陽低垂在地平線上方。珍珠和玫瑰晚上輪班，於是我獨自一人離開五月花的後門。我不知道她們怎麼有辦法跳那麼多個小時，不過她們會一直跳到午夜過後。

珍珠有個兒子，玫瑰有兩個年幼的女兒。那些孩子會不會望著油燈在黑暗中燃燒殆盡，等她們回家？如果我母親沒再婚，我的命運也可能是那樣，雖然我無法想像她去舞廳工作。她太膽小，太容易受騙了。就連現在，她光是打麻將就能債台高築。我想過一百次了，她到底是真的每次玩每次輸，還是根本被騙了。

等到所有債務都還掉，我要好好存錢，去受訓當教師。我才不管繼父怎麼想。我很確定，他根本寧可我不要礙事，也不要應付家裡有個老處女。況且，即使母親已經開始催我去找媒婆，我也早說過不會結婚。這是我和阿信一起許下的承諾，那是好久以前的事了，當時我們還是小孩子，在他的房間裡輕聲許諾，如今依然真心。我看不出婚姻對我有什麼好處，特別是我想結婚的對象正準備與別人結婚。

然而期盼阿明再也沒有意義了，雖然我有時候會很惡毒，想像他的未婚妻拋棄他。也說不定他突然發現自己犯了可怕的錯誤，轉而向我求婚。我想像他騎著那輛笨重的黑色腳踏車，沿著塵土飛揚的街道而來，一頭亂髮全都豎起。「智蓮，」他會這樣說，面露羞赧的神色，但是充滿他那種認真的書卷氣，「我有話得跟你說。」而我會趕快跑過去……不對，以端莊的態度走下樓梯，聽著怦怦的心跳聲。但是每到這一刻，我總是耗盡力氣，儘管努力想了一大堆好事，希望阿明能夠說出口，但那根本不會發生。我看過他凝視未婚妻的眼神，他從來不曾用那種眼神看我。

五月花位於怡保的郊區，距離譚太太的店還滿遠的。儘管剛錯過公車，天色也漸暗，我還是決定走點路。這時是晚餐時間，我可以聞到煎魚的氣味，聽到收音機播放平劇的沙沙聲響。穿越街道時，我勉強閃避快速掠過身邊的腳踏車。透過眼角餘光，我看到一個男人跟著穿越街道，但是光線太暗了，我看不清他的臉。

阿慧和其他女生曾經警告我，要注意偶爾有客人等在外面。珍珠說，有次一個男人一路跟蹤她回家，後來她母親拿一把廚房菜刀威脅那人。

「那他有沒有離開？」我問。

「她把他趕出去，喊著說，我丈夫是殺豬的屠夫！」

當時我們笑翻了，但此時此刻，我由衷希望自己有親戚是殺豬的屠夫。那人保持一段謹慎的距離，跟在我後面。我如果走快一點，他也變快。等我停下來，他連忙躲到一根柱子後面。我鑽過一片竹簾底下，進入一間乾貨店，擁擠的架上塞滿了裝甜食的玻璃罐、鑄鐵炒菜鍋和木屐。店老闆是個身穿白色無袖汗衫的老人，告訴我關店時間快到了。

「拜託，」我說，「您有沒有後門？有個男人跟蹤我。」

我看起來一定很害怕，因為他點頭。「走過去，穿過廚房。」

我匆匆走過長條形的店屋，老闆的家人見狀嚇一大跳，我連忙表示歉意，他們正要坐下來喝魚湯吃炸豆腐。後門通往店屋之間的一條窄巷。明智的作法呢，當然是盡可能趕快離開，但這是天大的好機會，實在不能放棄。我從轉角處偷偷查看。

跟蹤我的人站著，緊盯乾貨店。這時百葉窗關起來了，他顯然覺得很困惑，為何我還沒從店裡出來。我立刻就認出他。正如我擔心的，就是向我詢問手指的那個窄臉年輕人：黃ＹＫ。我緊縮著肩膀。無論如何，我最好有一陣子不要回去五月花。

我匆匆回到後面塵土飛揚的街道，召來一輛三輪車，任憑跟蹤我的人繼續留在那間店前面無謂地等待。希望他在那裡停留很久。絲絨般的暮色漸漸降臨，聽著踏板轉動的喀啦聲和輪子的嗡嗡聲，我閉上雙眼，強烈希望自己能離開這個地方。遠離這一切，到其他地方從頭開始。

我到家時嚇一大跳，譚太太居然在起居室等我。她看起來既興奮又有點生氣，我認出那種神情，不禁心一沉。

「你去了哪裡？」她問。

「剛吃完東西。」這時沒有比我平常星期五回來的時間更晚。

「這間房子有個規矩，」她說著，像鳥一樣尖尖的小臉燃燒著憤慨的神色，「就是不能有男性訪客。智蓮，我搞不懂你到底在想什麼，竟然叫一個男人來這裡等你！」

我嚇得縮起身子。想到那個神祕兮兮的黃ＹＫ先生，我讓他站在小鎮另一端的街道上。他怎麼可能找到裁縫師的店鋪？這像是巫術吧；那個男人是惡魔。或者說不定他是雙胞胎的一人，是宣告死期的幽靈。

「他在外面站了不知多久。我以為他在等某個客人，探頭探腦看著店裡，但最後他進來問起你。我說你出去了，他立刻離開。不過我得說，他長得非常好看。」

「喔，」我說著，感覺露出曙光。「那是我弟弟嗎？」

「你弟弟？你們長得完全不像啊！」

我不想再進一步解釋，畢竟譚太太顯然聽過我家的往事點滴，也急著打聽更多細節，因此我只說：「大家常常那樣說。」

「如果他是你弟弟，他為什麼不說？」她氣呼呼地說。「害我擔心成那樣！」

坦白說，我也搞不懂。是我母親告訴阿信這裡的地址嗎？而且他這麼晚跑來做什麼？今天神祕兮兮的事也太多了吧！

第十一章
巴都牙也　六月六日星期六

威廉回家時，阿仁焦急地等在門口。「歡迎回家，」他說。這是迎接主人的正確方式；主人到家和離家時，僕人應該要列隊於門邊。阿仁總是這樣迎送麥克法蘭醫師。老醫師經常開玩笑說，出門時如果沒有阿仁靜靜道別，他就覺得渾身不對勁。今天，阿龍加入他的行列，他接過威廉的醫療袋時，平素寡言的臉上顯露熱烈的神情。

「先生，那是老虎嗎？」

「可能吧！」威廉說。「我希望今天晚上所有的門都鎖上。而且，晚上或清晨不要獨自一人出去。阿仁，你也一樣。」

阿仁點頭。他覺得新醫師面露病容。他的臉像魚腹一樣灰白，而且他的眼睛，在那副細框眼鏡後面，充血通紅。阿仁有好多問題想問，但他遲疑一下，心想著該如何提起那個話題。

阿龍問：「誰死了？」

「橡膠園的工人。」威廉伸手揉揉眼睛。「我需要洗澡和飲料。兌一半蘇打水的威士忌，拜託。」

威廉走向貼磁磚的浴室，他會在那裡用陶杯舀起桶子裡的水清洗自己。阿龍轉身看著阿仁。

「知道怎麼調一杯嗎？」

阿仁一副猶疑的樣子。麥克法蘭醫師喝東西都是就著瓶口喝，從未請求阿仁調製東西給他。

「現在是學習的好機會，看我做。」

這種飲料叫「Stengah」，源自馬來文的「setengah」，意思是「一半」。阿龍從廚房埋在鋸木屑裡的冰盒拿出一顆冰塊，用碎冰錐將冰塊鑿碎，裝進高球杯裡。

「冰塊不要鑿得太細碎，」他警告說。「否則融得太快。」

接下來，他拿起一個方形瓶子，將一種藥用的茶色液體倒了三分之一滿。瓶子上有個男子的圖像，戴黑色高帽子穿著白色長褲。標籤上寫著「約翰走路威士忌」，感覺好像漫不經心隨便貼在瓶子上。

「那個標籤為什麼歪歪的？」阿仁問。

「沒有歪。就是像那樣。現在仔細看好！」

阿龍拿起蘇打水瓶，那個玻璃瓶纏繞著鐵線，阿仁從來不敢碰。阿龍把打入氣泡的蘇打水倒進冰涼的玻璃杯。一陣鮮明的碳酸水氣息讓阿仁皺起鼻頭。

「水量和威士忌的量應該要一樣多。」阿龍歪著頭，仔細聆聽。「這時他可能洗好了。端去外面迴廊上。」

沿著平房的長邊有鋪設柚木地板的寬廣迴廊，掛著竹簾以遮擋陽光。在非常炎熱的日子裡，阿仁用水潑溼迴廊，蒸散作用會讓迴廊變得涼爽。威廉坐在藤編的安樂椅上。他穿著棉質的無袖汗衫和「紗籠」布裙，那是一塊鬆鬆的格子布，縫成直筒狀，圍繞在腰際……很多歐洲人在家採行這種馬來人衣著，但從來沒想過以這種穿著在公開場合現身。

像阿龍一樣，阿仁在房子裡沒穿鞋，而他踩著輕聲的步伐非常安靜，威廉沒聽到他靠近。他沉浸於思緒，臉上呈現悲慘痛苦的神色。阿仁以前從未看過他的新主人表現這種情緒，不禁好奇想到，這跡象是否顯示他其實是很有同情心的醫師。阿仁的心裡燃起一絲希望。也許他可以詢問手指的事……雖然麥克法蘭醫師說不要告訴任何人。

「威士忌，先生，」他說。

威廉拿起杯子，大口喝了半杯，整張臉皺成一團。

「我可不可以問，您為何覺得那是老虎殺的？」阿仁那麼有禮貌，那麼平靜，威廉無法對他發火。

「也有可能是豹子，但最有可能是老虎。驗屍完成之前，我們無法確認。」

「老虎會回來嗎？」

「別擔心。」威廉勉強定睛看著男孩。「吃人的野獸很罕見。大多數老虎都避開人……通常是很老或生病的動物才會以人類為獵物。」他的杯子略微傾斜，冰塊在飲料裡發出匡噹聲。

「傷人的老虎可以分成兩類：殺人的老虎，狙殺一次或兩次，因為牠們受到干擾或威脅；另一類是吃人的老虎，固定以人類作為獵物。現在還太早，無法得知我們在這裡要對付的是哪一種動物，所以不該驚慌。」他的語氣很謹慎，彷彿是對看不見的聽眾提出論據。

「會要獵捕老虎嗎？」阿仁問。

「永遠都會有人想要獵捕老虎。俱樂部的雷諾斯和普萊斯，可能吧！那些白痴根本射不準，害牠們生不如死。這附近獵殺老虎的賞金至少有七十八元。」

對阿仁來說，叻幣[25]七十八元是一大筆數字，遠比他夢想要儲蓄的數目更多。他很想知道威廉怎麼曉得這麼多事，於是怯怯地問他。

「噢，我剛到這裡時，對老虎還滿著迷的。」威廉陷進藤編安樂椅深處，今天異常健談。「我就是因為這樣而認識麥克法蘭；他有一些有趣的信念。」

阿仁決定鼓起勇氣。「他相信很多事。關於鬼魂，還有人可以變成老虎。」

「啊，是的。有名的克林奇虎人。」威廉的目光穿越樹林，望著某個看不見的目標。「我和他還真的去找過。你知不知道，對於來自克林奇的人，馬來人經常疑神疑鬼？因為覺得他們會變成老虎。幾年前在文冬[26]有個例子，當時有一隻老虎殺了幾隻水牛。設置了陷阱籠，放進流浪狗當作誘餌，但始終沒有抓到半隻。」

阿仁移動雙腳，認真聆聽。下午的影子變長了，只有昆蟲的嗡嗡聲打破綠色森林的靜默。

「某天傍晚，有個年老的克林奇人小販穿越叢林，聽到後方傳來老虎的吼聲。他嚇得狂奔，結果遇到一個捕虎陷阱。他爬進去，讓重重的門在他背後落下。老虎在周圍徘徊，但是沒辦法打開陷阱，於是離開了。

「隔天一大早，有一群人聽到他的叫喊聲跑去幫忙。那個小販請求大家幫他脫困，但他們說：『老虎昨天晚上在這裡，而現在你在老虎陷阱裡面。』由於人群踩踏，有些通往籠子的腳印已經變得模糊，因此不可能判斷野獸究竟已經離開，還是進入陷阱，讓自己變成人形。走投無路之餘，老人懇求他們看清楚，他是大家認識那麼多年的小販啊！然而，村民無法判斷他究竟是人類，還是一旦放出來就會把大家吃光的野獸。」

「所以後來呢？」阿仁問。

「他們拿著長矛，從陷阱側邊刺進去，殺了他。」

威廉陷入沉默。阿仁依然握著托盤，內心滿是疑問。「你相信一個人可以變成老虎嗎？」

威廉閉上雙眼，雙手的手指頂成尖塔狀。「一個人要變成老虎，需要的條件似乎彼此矛盾。那人若不是聖人就是惡人。如果是聖人，大家會認為那隻老虎是『神獸』，是保護眾生的神靈；然而若是惡人，他轉世而成的老虎就會帶來懲罰。而且別忘了『虎人』甚至不是人，而是披著人類外皮的野獸。這些信念全都彼此矛盾，所以我把它們列為民間傳說。」

他再度睜開雙眼。他的眼神很銳利，令人無法直視，彷彿從他去過的不知什麼地方突然返

25 叻幣（Straits dollar）：馬來西亞、新加坡和汶萊隸屬英國殖民地期間發行的貨幣，發行期間是一八九九到一九三九年。

26 文冬（Bentong）：位於吉隆坡東北方約七十公里處。

回。「你不該擔心今天的事件。在這裡，我們最不需要的，就是因為迷信而造成恐慌。忘了吧！老天自有盤算，」他又低聲說了一句，「我希望自己辦得到。」

威廉離開他的藤椅站起來，有點搖晃站不穩。阿仁覺得大大鬆口氣。緊緊纏住胸口的憂慮之情煙消雲散；他努力不去想，靈魂還有二十二天就要離開了。這位新醫師非常通情達理，頭腦好清楚。他說的每件事都合情合理。阿仁乖乖跟著他進入屋內。

第十二章

怡保　六月十二日星期五

那天晚上我沒有睡著。我一想到神祕的黃ＹＫ，想到他的尖下巴和細眼睛，頭就緊繃起來。他到底是誰？為何要跟蹤我回家？我不相信他說的祖先傳家寶故事。那根手指讓我渾身不自在，很像五根手指少了一根，讓人想起未完成的事。我的思緒轉個不停，很像老鼠在輪子上一直跑，但輪子變成一尾巨蛇，回過頭來吞噬我。接著我氣喘吁吁，掙扎著喘不過氣，感覺向下墜落、滑落，沿著通道向下滑行，墜入夢境的世界。

這次與第一個夢境不一樣，我不是漂浮在沁涼的河水裡。這一次，我突然出現在河岸上，撥開灌叢和葉緣尖銳的茅草，奮力尋找旁邊流動的河道。波光粼粼的河水，在岸邊清清淺淺，愈往河中央就愈是泥水的顏色。

接著我看到它了。同一個小小的火車站和荒蕪的長椅，同樣停著的火車頭，只不過這次火車停得久一點，彷彿準備要駛離火車站。各個車廂都是空的：車廂裡沒半個人，連上次對我開心揮手的小男孩都沒有。然而我走到火車站時，他正坐在一張長椅上。他的微笑一閃而過，露出他所缺的門牙。

「阿姊，」他說著，很有禮貌稱我一聲姊。「沒想到這麼快又見到你。」

「你在做什麼？」我在他旁邊坐下。

「等待。」

在火車站的茅草屋頂下，感覺涼爽又平靜。「等待什麼？」

他搖晃兩條短腿。「我愛的某個人。阿姊，有沒有什麼人是你很愛的？」

當然有。我母親、阿明，還有阿信。甚至阿慧和我的學校同學，雖然出於自尊心，我最近都躲開她們……學校有很多女同學繼續參加教師培訓，其他人則結婚了；我一直對自己的命運感到痛苦又失望，實在沒臉面對她們。

「因為如果有人是你真的非常、非常愛的，」他認真說道，「不管等待多久都沒關係。」

坐在他旁邊，我的焦慮煙消雲散。河邊吹來的微風舒爽宜人，陽光灑在河面上波光粼粼，很像魚的鱗片。

「如果你看見我哥，請不要對他說你見過我。」

「我認識你哥嗎？」我覺得頭好重，眼睛快要睜不開了。

「你見到他就會認得。」小男孩轉過來，驚慌地瞪大雙眼。「拜託不要睡著！如果睡著，你會掉下去！」

「掉下去哪裡？」我很難理解他說的話。

「去下面一層。這是一號車站，你知道吧！噢拜託不要！醒醒啊！」

他又叫又嚷。砰砰聲變得愈來愈響亮，到最後我強迫自己睜開惺忪睡眼。

「起來！智蓮，醒醒啊！」是譚太太，她猛拍我的房門。

光線從縫隙流瀉進來。我昏頭轉向，發現自己躺在床上。譚太太衝進來，頭髮亂糟糟。一定發生了什麼事；她肯定興奮得快要爆炸了。

「他在樓下。就是你弟弟。我想，他要來帶你回華林的家。」

「真的嗎？」

「我對他說，我知道他是你弟弟，他昨天為什麼沒說？他在起居室等你。」

「我母親還好吧？」恐懼緊緊掐住我。一定發生了什麼事，否則阿信為什麼會來把我接走？我一直很怕接到像這樣的訊息，而恐懼一定顯露在我的眼神中，因為譚太太的語氣相當和藹可親：「不是，沒什麼事，這也是我問他的第一件事。只是要慶祝家人團聚。」

我們家幾乎從來不曾團聚，更別說慶祝了。如果真的有，也是很拘謹的場合，繼父會邀他的朋友來參加，而那些男人會坐著聊天聊好幾個小時，我和母親則得端出無數杯的茶給他們喝。我對那些人有什麼樣的感覺，阿信再清楚不過了；我無法想像他會來接我去奔赴那種煉獄。

「如果那是特別的場合，」譚太太說，「你何不穿件好一點的衣服？讓你的母親瞧瞧你學了什麼。」

儘管譚太太很吹毛求疵，她的確是位才華洋溢的裁縫師（說不定是因為吹毛求疵才這樣），也是精明的生意人。讓我穿得體面再送出門，等於是她這家店的活廣告。這時，她忙著檢視我做的服裝，把一件件衣服從衣架拿下來，喃喃說著：「不行，不是這件。也許這件。這件。讓華林的其他女孩瞧瞧怡保的服裝長什麼樣子。」

那是一件西式洋裝，衣服的設計貌似簡單卻很優雅，是譚太太模仿自雜誌圖片。我得承認，她的品味真的很好。

「而如果有人問起你的洋裝，一定要告知我們的店名喔！」她一邊說一邊走出去。「喔，記得化個妝！」她輕聲說道，特別指著我的眼睛。

我梳洗一番，收拾簡單的過夜用品。家裡有可能發生什麼事呢？我把瀏海往後撥，以憂愁的眼神看著盥洗台上方的小圓鏡。我的烏青眼睛依然有隱約的紫色和黃色。我不可能讓母親看到這個，因此用了小塊的粉條和一點眼影粉，盡力掩飾。

我聽到店鋪的起居室傳來阿信低沉的聲音。我抓緊自己的籐籃，站在門口猶豫了一會兒。一大早就盛裝打扮真是難為情，但是譚太太跳起來，移開她腿上的小狗多莉，開心大叫歡迎我。

「是不是很漂亮？」她說著，把我轉向一側，然後再轉向另一側。「這個樣式果然很好耶！你姊姊像專業模特兒一樣好，我一直都喜歡她來展示我的衣服。」

我向阿信使眼色。該走了！不過他對我的犧牲感到很樂。

「我看不出來，讓她再多轉一下。」他說。

我嚇死了，譚太太還真的開始讓我轉圈。多莉吠叫得好歇斯底里。

「不，不。他只是開玩笑。我們現在得走了。」

「不過譚先生才剛去咖啡店買點叉燒包！」她說著，強迫我坐下來。我瞪著阿信，看到他拚命忍住不笑。

「好了！」譚太太說，瞇起一隻晶亮如珠的眼睛盯著我們兩人。「你們誰年紀比較大？」

「我，」我很快回答。

「我們是同一天生的。」阿信討厭當我弟弟，只要有機會都否認。

「所以你們是雙胞胎！」譚太太一副興味盎然的樣子。「你們母親真幸運。」我正準備要告訴她，阿信其實是我的繼弟，但她繼續叨念個不停。「我想，雙胞胎很特別吧！尤其是一男一女的龍鳳胎。你們知道嗎？華人認為一男一女的雙胞胎是前世的夫妻。他們無法忍受彼此分離，所以下輩子又在一起？」

我覺得這種說法很蠢，而且相當悲慘。如果我愛某個人，不會想要投胎變成他的姊妹吧，但是不值得跟譚太太爭辯這種事。她有種奇怪的本領，能把你吸進她的圈子。阿信似乎也有足夠的本領。他面帶微笑，說著我們該走了，否則會錯過車班。

「你為什麼在這裡？」一離開店裡我就問他。「家裡有沒有發生什麼事？」

「沒有。」

我得小跑步才能跟上阿信的大步伐，眼看他突然好像變得行色匆匆，直朝錯誤方向而去，不是去搭公車。

「我們沒有要搭公車，要搭火車。不要一副那麼憂愁的樣子嘛……跟家裡一點關係也沒有。事實上呢，他們以為我在巴都牙也。」他說。

從譚太太家到火車站距離半哩，而阿信沒有要慢下來的跡象，於是我們轉到墨菲街，然後左轉休羅街。

「在趕什麼啊？」我問道，眼看我們超越到一輛牛車前面，差點撞到一輛腳踏車，騎車的人氣得對我們猛按鈴。

「比我想的要晚一點。」阿信抓住我的行李籃，我無計可施，只能跟著他匆匆前進。

雖然我這輩子搭火車的次數寥寥可數，但每個人都知道火車站在哪裡。它以號稱「怡保的泰姬陵」[27]聞名，設計者是一名英國政府的建築師，他前來馬來亞的途中經過印度的加爾各答；火車站是一棟占地廣大的巨大白色建築，看起來很像結婚蛋糕或蒙兀兒皇宮。圓頂和尖塔的下方有弧形圓拱，通往鋪設大理石的走廊，給旅客住的一間旅館附有酒吧和餐館，還有通道和樓梯爬上爬下，通往鐵路月台。

阿信直接走進火車站。我氣喘吁吁趕上他，到達售票窗口。

「兩張票去巴都牙也，」他說著，把錢推過櫃檯。

我心裡充滿不合理的興奮和快樂。我們為何要去那裡？我在陌生人面前不想問太多問題，反而捏捏阿信的手臂，表情一亮。

「去度蜜月嗎？」售票員說著，看看我一身漂亮的連身裙。

我放下阿信的手臂，彷彿會燙人。他的頸背浮現出深紅色的斑點，一路延伸到耳朵，但他什麼都沒說。

「第二月台。十分鐘後火車就要開了，」售票員說。我們跑下大理石樓梯，從鐵軌底下跑到另一側去，然後登上火車，這時火車已經開始冒出蒸汽。

「很抱歉，這是三等車廂，」阿信說。

我不在乎。我好興奮，還得阻止自己站起來瞧瞧每一件事物，包括木製的座椅，以及能夠上下滑動的窗戶。阿信被我逗樂了，他把我的籃子放到座位上方的架子，我這才第一次注意到他沒有任何隨身物品。

「你昨天晚上在鎮上嗎？」我問。「譚太太說她看到你。」

「我待在一個朋友那裡。」

我好想知道那是誰……也許是女性……但覺得不該刺探隱私。

27 怡保火車站混合了摩爾式、維多利亞式和印度穆斯林式建築風格，怡保人對它的暱稱是泰姬陵。

「那麼，我們為何要去巴都牙也？」我去過那裡一次，拜訪母親的一位親戚。那裡是漂亮的小鎮，優哉游哉滿足於它的地理位置，是近打縣的殖民地政府所在地。「不是因為那根手指，對吧？」我的臉垮下去。

火車發出最後一次震耳欲聾的汽笛聲。「當然是因為那根手指，」阿信說。「你不想找出它是從哪裡來的嗎？」

我考慮把窄臉黃YK先生的事情告訴他，但沒有提起舞廳的部分就無法解釋清楚。於是我只點點頭。

「總之，」阿信說，「星期一清晨，我就南下去巴都牙也。他們有點人手短缺，很高興有我去幫忙。」他看著車窗外面，但他不用說半句話，我就了解，阿信無法忍受與他父親待在同一間房子裡。也難怪上一次放假期間他待在新加坡。

「過得如何？」我問。

「我和另一個醫護員睡上下鋪，他還滿友善的。我的首要之務是調查那個生意人，張耀昌。他姑姑說，他曾和醫院的一名護士很親近，於是我想辦法找出他是否曾是病人。可惜病人的資料鎖在病歷部門。不過我碰巧發現其他事。」

「什麼事？把手指交給他的護士嗎？」聰明如阿信，那很容易就查得到。

「不，是病理部門。負責人是名叫羅林斯的醫師。他們正在整理醫院那個部門，有很多箱病歷和標本要搬動。他請我加班工作，在這個週末完成。那只是像驢子一樣的搬運工作，不過我很乾脆就答應了。而且，他叫我去找幫手。我說我認識某個人來做可以很便宜。」

「是我嗎？」我氣呼呼地說。

「你不是需要兼職的工作？」

我的心一沉，以為他一定發現了所有的事，包括母親的債務、我的舞廳工作……但他只是開玩笑。

並不是說我不信任他；我知道他對我母親有好感。不過呢，我打從骨子裡確定，把阿信扯進來會惹上麻煩。總有一天，他或我繼父會殺了對方。很可能沒過幾年就會發生。

那天晚上，我在一個朋友家吃晚餐。回到家時很驚訝，發現鄰居都站在店屋前面的街道上。暗淡的光線讓一切事物染上冰冷的藍色暗影。驚慌之餘，我注意到沒有人大聲閒聊。有人正在說，應該要叫警察來，但母親求他們不要。她說只是家人意見不合，以後也不會再這樣。

我急忙趕過去，急著檢視她全身，想找到受傷的種種跡象。但她似乎毫髮無傷，而事實上，我匆匆走進店屋時，是繼父拿著一條染血的毛巾在擦拭臉部。我從沒看過他受到任何一點傷，那一瞬間我萌生邪惡之心，很樂意看到他身上留下傷痕，甚至只是流鼻血都好。

店屋內部徹底安靜。那是我最害怕的事。「阿信在哪裡？」我說著，雖然我得鼓起所有勇氣才能與繼父說話。他什麼話也沒說，只是默默看著。

我放下書包，奔跑穿越房子。經過掛在牆上的擺錘秤，經過默默堆得歪斜的錫礦。我的呼吸變成短促的喘氣；我的胸口好痛。我想對阿信大喊，但是恐懼封住我的嘴。如果他沒有回答，那麼他一定受了重傷，或者死了。過去幾年來，繼父的毆打次數已逐漸減少：阿信學會看臉色，所作所為都很小心。唉，區區幾個星期前，母親才說過很高興看到阿信長大許多，她用這種說法來表達阿信愈來愈不會跟父親起衝突，但我持保留態度。我永遠無法信任那個男人。

我奔跑穿越這間很長、很長的房子。房子很暗，沒有人點亮任何一盞燈。有些角落幾乎看不清楚；影子深濃，像煤灰一樣累積，輕柔而模糊。也說不定是我流淚的關係。到處都沒看到阿信。我喘著氣，一步跳上兩層樓梯，把臥室的房門用力甩開，但我其實不相信他在樓上。如果受傷就不會在此。也有可能真的死了。至於我的繼父，他仍然在客廳裡，宛如屋簷的滴水怪獸，獨自端坐在那裡。

我再次跑向屋子後面，一路跑向廚房，到處搜尋。我們喜歡躲在一些地方玩耍，像是樓梯底下的壁櫥、水缸之間的狹窄空間；但阿信現在的身材太高大了，大部分地方都躲不進去。最後我再度穿越廚房，進入最後面的院子，那裡環繞著高牆，並通往後面的巷子。我就是在那裡找到阿信，他在雞舍後面縮成一團。

在昏暗的藍色暮光下，我幾乎認不出他的形影，只見他倚著後牆，一雙腿比我們小時候變長很多，往前伸出，一副精疲力盡的樣子。

「阿信！」我一直沒注意到自己臉上有眼淚汩汩流下，直到淚水從下巴滴落。

「走開。」他的聲音很粗啞。

「你有沒有受傷？」我試著把他扶起來，但他把我的手甩開。

「不要碰我的手臂，我覺得骨折了。」

「我會去找醫生。」

我站起來，但他用沒受傷的那隻手抓住我的腳踝。「不要！」他的聲音很粗啞，帶著極大的悲傷與絕望，讓我停下腳步。於是我伸出雙手環抱他，彷彿他又是以前的小男孩。在我的懷中，他的肩膀劇烈起伏，發出刺耳的喘氣聲。他把臉埋在我的頸間。一陣顫抖傳遍他全身。他的頭髮糾結成團又黏膩，我希望是因為汗水而非血水。拜託，不要是血啊！

我有好幾年沒看過阿信哭泣了。我們在雞舍後面緊緊相擁，過了好長一段時間。這裡的氣味很嗆鼻，地上有些稻草，以及其他說不上來的東西，軟趴趴的感覺很噁心，但在黑暗中看不清楚，或許也沒那麼重要。我聽到母親兩次來查看我們的動靜。到了第二次，我輕聲叫喚她，說阿信還好，只是這陣子不要管他。她走了以後，阿信往後退開。

「我會殺了他，」他語氣平靜地說。

「不行啊！你會去監獄。」

「有誰在乎？」

「嗯，我在乎啊！」我心裡有點覺得，阿信很有可能在一場扭打中殺了他父親。他已經比父親更高大；沒想到他今天似乎沒有占到什麼優勢。無論讓阿信克制自己的原因是什麼，我都覺得很慶幸。因為總有一天，就像今天一樣，我會回到家，發現他們其中一人死了。可是拜託、拜託，千萬不要是阿信，雖然另一種結果同樣糟糕。阿信會永遠遭到監禁或吊死。

「別哭了，」他終於開口說。「我不會啦，好嗎？」

「答應我。」

他嘆口氣。「我答應你，不要靠在我的手臂上，很痛耶！」

我站起來，阿信從雞舍後面慢慢伸展身子，同樣爬了出來。我努力適應昏暗的光線，但還是很難看得清楚。每件東西看起來都很奇怪很不對勁，彷彿廚房的院子是全新的國度。阿信的左手臂懸垂成奇怪的角度。

「就跟你說吧！手斷了。」他以就事論事的語氣說著，害我又好想哭。

「到底怎麼了？」

「他用棍子揍我。那根扁擔。」

扁擔用來挑起沉重的貨物。堅固且沉重，而且很平直，可用一邊肩膀撐住保持平衡，因此是一種致命武器，敵對的華人幫眾就是用扁擔大打幫派戰爭。如果繼父真的用扁擔打阿信，他一定是瘋了。他有可能把阿信打到殘廢啊！我氣炸了，好想尖叫怒吼，向警察告發他。我希望門窗都爆開，屋頂也掀開，好讓鄰居全都看清楚我家房子裡到底發生什麼事。

「你說不要殺人，」阿信說，仔細端詳我的神情。

「他們不會吊死女生，」我說著，但其實沒有很確定。或許真是如此。也說不定讓她們像女巫一樣溺死。我不在乎。我太生氣了，雙手抖個不停。然而，我也很害怕。我不敢對繼父大小聲，即使是剛才不顧一切搜索房子的時候。

「到底怎麼了？他為什麼那樣？」

但阿信只搖搖頭。

我始終搞不清楚那天晚上到底發生什麼事。我問得愈多，阿信就愈是陷入沉默。母親也沒幫上忙。她說她回到家時，那兩人已經打起來，而且最好把那件事忘掉。

阿信在家待了一週沒去學校，不讓人看見瘀青，而且他對幫忙固定骨折手臂的醫師說，他是從樓梯跌下去。繼父也受了傷，除了流鼻血，手肘也扭傷，而且母親猜測，他的肋骨斷了，但是他同樣什麼都沒說。我想，他以自己的方式說抱歉。他可能意識到自己做得太過頭了，但我不會原諒他，永遠不會。

事實上，那種念頭浮現我的腦海，我確實想要毒死他。我甚至真的跑去圖書館，翻閱找得到的所有偵探小說。但是沒用，他們一次只讓你借閱兩本，更何況，我到底要去哪裡找到受過訓練的蛇，就像福爾摩斯的《花斑帶探案》那樣？無論如何，如果繼父中毒，最有可能的嫌犯會是我母親。

說也奇怪，那起事件之後，阿信和我繼父達成某種我無從得知的共識。他們彼此互不干涉。剛開始，我以為繼父對整件事覺得很內疚，也許他真的這樣想，我注意到他留給阿信一點餘地。阿信呢，也一樣，顯然在學校課業方面比較努力一點。他的成績一直都很好，不過現在他讀起書來彷彿著了魔，遠勝於我。他幾乎再也沒有時間留給我了；差不多就是那個時候，我們兩人開始分道揚鑣，漸行漸遠。

第十三章

巴都牙也

六月八日星期一

他們找到頭了。星期一早上，這是巴都牙也地區醫院最大的新聞，年輕有活力的雷斯里醫師跑來通知威廉，他在這裡最像威廉的同事。

面對安比卡之死，威廉心裡的驚駭已經遭到內疚和恐懼所取代。他擁抱過那麼多次的女性，如今只能說是一塊肉，遭到食肉動物棄置於樹叢底下。他一次又一次自問，沒有出面指認她究竟是不是正確的事。他的良心細訴著他是懦夫，而他不得不認同這樣的評語。

他不禁心想，有沒有人滿心焦慮，正在等她回家。她的丈夫，那個經常醉醺醺的傢伙，可能不會想她，但也許有小孩，雖然她從未提過。而且有那個嘮叨的華裔生意人，那人撞見他和安比卡在橡膠園裡。運氣真差，竟然有他的病人發現他們。他猛地吸口氣。只要威廉不是指認屍體的人，就不會有人把他們聯想在一起。

「我想，她的名字是安比……什麼的，」雷斯里說。他有一頭紅髮，強烈的熱帶陽光把頭髮晒成漂白的稻草色，大量的雀斑讓他的臉滿是斑點。不過威廉看著他，心裡大大鬆口氣，彷彿雷斯里是他這一整天所見過最漂亮的人。感謝老天。感謝你，感謝你啊！威廉再也不需要自己確認了。他們找到她的頭實在很幸運，否則誰知道那副軀體要被稱為無名屍在停屍間裡待多久？

「顯然那具屍體有什麼地方怪怪的。」

威廉警覺起來，說道：「羅林斯有沒有驗屍？」

「有。然後等他們在星期日找到頭，他又得全部再進行一次。」

「那他有什麼想法？」

雷斯里抬頭看了一眼。「你怎麼不自己問他？」

轉過身，威廉看到病理學家羅林斯那駝背的熟悉身影。他非常高大，鶴立雞群，為了彌補這點，說話時細瘦的脖子低下頭。

威廉匆匆向他走去，雖然雷斯里著急大叫：「我們得討論你家舉辦的聚會啊！」

「晚點再說，」威廉說。他完全忘了每月聚會的事，那是深受期待的社交大事，大家吃著從歐洲送來的罐頭食物，豆子、龍蝦、牛舌……喝太多酒，彼此祝賀在遙遠的殖民地擁有美好時光。這次輪到他主辦，他必須提醒阿龍多儲存一些葡萄酒和烈酒，並討論菜單。威廉其實寧可吃本地的新鮮食物，而不要吃一些已經死掉又密封在罐頭裡的東西，那很像金屬製的棺材。想到這點他抖了一下，然後加快腳步追上羅林斯。

醫院的小餐廳是開放而通風的空間，搭設茅草屋頂，鋪著混凝土地板。每日菜單同時包括西式和本地食物。羅林斯在櫃檯前排隊，用他的低沉聲音點了加糖的濃黑咖啡和一片木瓜。威廉排在他後面，點了一樣的食物。

「我聽說你指認出屍體的身分，」威廉說著，他們坐下來。不需要說是哪具屍體；在巴都牙也沒有太多無名屍。

「你是最早到現場的人，對吧？」羅林斯說。他拿出一把小摺刀，將木瓜皮俐落切掉。羅林斯吃素，威廉不怪他。如果必須耗費時日檢視屍體，他也會改吃素。

「嗯，警察先到場，」威廉說。「看起來像是老虎或豹子逮到她。你覺得呢？」

羅林斯在他的木瓜上面擠了半顆萊姆，威廉也照做。他在某個地方讀過，如果你模仿別人，他們比較會對你敞開心胸。

「我看到你的紀錄，」羅林斯抹抹嘴。「一開始，我傾向於同意你的看法。從屍體上的咬痕看來，我會說是老虎。穿刺傷太深了，不會是豹子咬的。」

「你為什麼說『一開始』？」

「告訴我，現場有大量血跡嗎？」

威廉的心思回到橡膠樹林間的那塊空地。地面上有厚厚一層乾葉子發出窸窣聲，還有馬來人警察的香菸散發的丁香氣味。那團肉曾經是一名丰姿綽約的女性。

「沒有。我想，她是在其他地方遭到殺害。」

「穿刺傷邊緣的皮膚並沒有出血或者紅斑，也沒有動脈流血，就連脊椎斷開和分屍的地方都沒有。」

「沒有流血啊，」威廉緩緩說道。「所以動物咬她之前，她已經死了。」

「對。老虎也是食腐動物。我們找到頭之後，引發了進一步的問題。」

「你是指什麼？」

「他們在方圓半哩的範圍內搜索屍體的其他部分。巡官派出幾隻狗，牠們找到頭和一條腿。對了，大型動物下的毒手，這種情況並不罕見。」

威廉努力保持鎮定，定睛看著羅林斯左耳後方某個定點。

羅林斯說：「不過那顆頭非常有趣。你想看看嗎？」他正要站起來，但威廉舉起一隻手。

「午餐之前不要，謝了。」

「幾乎毫髮無傷。事實上，整個身體也給我同樣的印象：那隻動物正要展開牠的例行步驟，就是呢，移除四肢，取出內臟……然後戛然而止。」

威廉摀住嘴。在他的湯匙底下，熟透的橘色木瓜好豐滿、好肉感，嘔吐感又冒了出來。他想著安比卡大方的微笑，她光滑的肩膀在他的雙手底下滑動，然後那一切全部消融成一層鮮血和黃色流體。他好想哭。

「你還好嗎？」羅林斯盯著他，瞇起內雙眼皮的眼睛表露關切。

「胃痛的毛病，」威廉撒謊。

羅林斯繼續說：「沒有那些狗的話，我們永遠找不到頭。有趣的是什麼呢？看起來嘴裡有嘔吐的跡象。」

「所以那是什麼意思？」

羅林斯頂著兩隻手掌。「第一種可能性，有隻老虎殺了那可憐的女人，也許是撕咬喉嚨或讓她窒息。很難說是怎樣，因為再也沒有脖子了。不過呢，接下來老虎離開牠的獵物，過了好一陣子才回去，也許一天左右，然後再造成死後的其他傷勢。什麼樣的動物會這樣做呢？」

「也許受到打擾，」威廉說。他的肚子揪著一股噁心感；他有種不好的預感，覺得即將聽到他會後悔的事。

「很少有什麼事情能打斷老虎覓食，除非是人類或另一隻老虎，而另一隻老虎會把獵物吃掉。也沒聽說有人把老虎趕走，我們可以等等看那隻動物會不會回來。」

「她就是人類啊！一個人。我們不能把她放在外面當誘餌！」威廉沒意識到自己提高音量，好幾個人轉過頭來。

羅林斯以驚訝的眼神看著他。「以前又不是沒有這樣做過。印度就有好幾個例子，埋伏在屍體旁邊，等那些吃人的野獸回來。」

經常有人指責威廉冷血無情，但他覺得，自己與羅林斯比起來還滿情緒化的。如果他太不小心，別人會起疑。他食不下嚥，低頭盯著自己的咖啡杯。

「無論如何，我對那個理論不是很熱中。比較像是她先在橡膠園死掉，然後遭到老虎吃腐肉。死亡有可能是自然因素，另一種可能性是有人殺了她。」

「說謀殺，那是瞎猜的吧！」威廉吃驚地說。「她也可能遭到蛇咬啊！或其他很多種可能。」

羅林斯以輕蔑的態度揮揮手，然後傾身向前。「你知道我怎麼想的嗎？」

「怎麼想？」

但羅林斯改變心意，又坐回去。「我還不能確定，不過我寫的是死因存疑。這會送去死因裁判法庭。」

威廉不想聽到這樣的消息……如果安比卡只是不幸遭到老虎的毒手絕對好多了。他回想起她最近要求拿更多錢，不禁想著安比卡是否有其他情人。他的胸口揪得好緊。萬一真是那樣，他們會開始尋找與她有關的每一個人。

「無論如何，」羅林斯說，「以這個案例來說，老虎的行為非常奇怪。本地人會謠言滿天飛，說那是鬼老虎，或者類似的蠢話。」

「『象神獸』，」威廉衝口說出。「一種神獸。」

羅林斯嗤之以鼻。「神獸！最好是啦！」

威廉望著空間的另一端，思緒像鬆散的絲線糾結成團。除了那個生意人，還有誰看過他和安比卡在一起？

他得小心一點。

阿仁正在做煎蛋捲。那是很困難又精細的差事，在炭火上很需要耐心。自從週末找到遺體，威廉就一直噁心想吐，情緒很差。他沒辦法忍受重口味的食物，像是椰汁雞或炸豬排。那天他很早就回來，點了煎蛋捲，阿仁自告奮勇做這道菜。

煎蛋捲是麥克法蘭醫師的最愛，關阿姨曾教他怎麼做得蓬鬆又柔軟。阿仁把煎蛋捲小心移到盤子上，祕訣是趁著蛋完全定型之前離開炭火。阿仁抬起頭，咧嘴微笑，而令人驚訝的是，阿龍也笑了。

「你可以自己端過去，」他說。

阿龍在上面撒了一些切細的青蔥，然後在側邊排列幾片番茄切片。把它放在托盤上，附上一條漿洗過的白色餐巾，端著它快步出發。一路走過擦得閃亮的木板長走廊，爬上階梯，他在那裡敲敲主人的臥房門。

這裡就像這棟房子的其他房間，通風且挑高的房間漆成白色，而且空蕩蕩的，只有正中央掛著蚊帳的四柱大床。午後陽光西斜，透過樹梢照下綠光和金光，這讓阿仁突然有種似曾相識的感覺。這裡就像老醫師的房間，就像回到甘文丁那裡。只不過坐在窗旁桌邊的人並非麥克法蘭醫師，而是威廉，他正在寫信。

「謝謝你，」他說著，一開口就顯得內疚，於是阿仁把托盤放下來。

「他們找到老虎了沒？」阿仁問。

「還沒。牠現在可能距離好幾哩遠了。」威廉吃了一口。「這是誰做的？」憂慮的神情重新回到阿仁的臉上。「我做的，先生。」

「非常好吃。從現在開始，我要吃的煎蛋捲都由你來做。」

「好的，先生。」這件事讓阿仁有了勇氣，他問：「能不能允許我馬上請假一下？」

「你想去哪裡？」

「回去甘文丁。只要幾天就好。」

威廉考慮了一下。阿仁在這裡工作的時間很短，照理說還沒累積夠多假期可以去任何地方，但他看起來非常盼望。「去找你的老朋友嗎？」

「是的。」阿仁遲疑一下。「而且去麥克法蘭醫師的墓地祭拜。我想趁三十天的服喪期結束之前去一趟。」

「當然好。」威廉的表情軟化了。「如果想要的話，你可以放假三天。去找阿龍確定時間……這裡會舉辦一場晚餐聚會，你最好等辦完再去。你需要火車票的錢嗎？」

阿仁對這項提議感到困惑。威廉嘆口氣。「我是說，我會幫你付這趟行程的錢。可憐的麥克法蘭，幫我在他的墳上放些花。」

告退之後，阿仁走回廚房。自從聽說發現屍體的陰森過程後，阿仁就拚命搜尋手指。他現在搜遍每個房間，打開房子裡的每個抽屜。有時候他覺得阿龍起了疑心，那位廚師不只一次默默靠近，嚇了他一大跳。阿龍就像一隻灰白的老貓，而他坐在廚房台階上、瞇眼看著太陽時，相似程度更加明顯。然而，阿龍什麼話都沒說。

阿仁有種不安的預感，手指並不在這棟房子裡。也許從來不曾在這裡。那種感覺說不上來，只像貓的鬍鬚顫抖抽動一下。阿義活著的時候，他經常萌生到這樣的第六感。別人說那是巫術，但阿仁很清楚，那只是因為他們天生一對。華人說好事成雙，就像「囍」這個字，婚禮時用紅紙把字剪出來貼在門上；還有鎮守在廟門兩側的一對石獅子。小時候，阿仁和阿義是彼此的最佳拍檔。看著他們，大家總會面露愉快的微笑。雙胞胎，而且是男孩……多麼幸運啊！但隨著阿義死去，這一切戛然而止。如果有根筷子折斷了，另一根會遭到拋棄。畢竟，一對東西壞了一半就只剩一個：這是代表孤獨的不吉利數字。

麥克法蘭醫師曾經向他解釋無線電信號，說那同時需要發射器和接收器才能運作。阿仁立刻就了解他的意思。他和阿義永遠知道對方在哪裡，以至於孤兒院女院長會派其中一人去跑腿，而把另一人留在她身邊。萬一耽擱了，她會向留下的那人詢問他的兄弟在哪裡。這種方法很有用，但是沒有像伊德里斯伯伯那麼神奇，他是霹靂河的馬來人盲眼漁夫，光靠在水下聆聽魚的動靜就能抓魚。

「那是什麼樣的感覺？」阿仁曾經這樣問。

「就像石頭掉進水裡，就像一面鏡子，魚兒映照在鏡子裡。」他說。

一面鏡子裡，滿滿都是魚。這些年來，阿仁經常想起那句話。魚兒對伊德里斯伯伯來說是什麼樣子呢？他看不見牠們啊！牠們是否宛如繁星，悠遊於黑暗的蒼穹，還是像遍野的花朵在風中搖曳？隨著阿義死去，阿仁失去了他在這個世界上的信標。他再也無法精準判斷距離，也不曉得其他地方發生了什麼事。他的能力竟然削弱至此，於是只能感受即將發生的事件，像是樹枝斷裂掉落，阿仁能夠及時跳開。一直有很多迫在眉睫的事件。也許太多了。

有時候阿仁覺得自己根本沒有喪失長程的能力。信號很微弱，因為阿義距離非常遙遠。不過究竟是在哪裡，他也說不上來。阿義跨越到另一個國度，亡者之境。阿仁搜尋著遺失的手指時，他那看不見的貓觸鬚曾在這棟房子裡抽動一下……就是看見書房的虎皮地毯時。但那沒什麼好驚訝的，考慮到老醫師對老虎的迷戀，以及威廉似乎也有同樣的愛好，這倒是讓阿仁有點害怕。匆匆沿著走廊前進，阿仁突然想到還有一個地方可以找找看：巴都牙也地區醫院。威廉在那個地方有間辦公室。

時間快用完了：麥克法蘭醫師的亡魂歷經七七四十九天準備超生之前，只剩下二十天了。如果到時候還找不到手指，他就失敗了。他的老主人要怎麼超生呢？阿仁回想起麥克法蘭醫師最後那段日子，因發燒而打著寒顫。然後是那些夢境，醒著的噩夢，有個老人在夢裡哭求憐憫，或者流著口水以雙手雙腳爬行。如果關阿姨還待在他們身邊，她會一肩扛起，但到最後只剩下阿仁。

一陣風吹得屋子搖晃起來，所有的房門同時砰砰關上。阿仁從階梯頂上的窗戶往外看，平房周圍的樹木宛如洶湧起伏的綠色海洋。這是暴風雨中的一艘船，而阿仁是從舷窗往外窺探的船上服務員。他緊抓窗台的模樣彷彿抓著救生圈，不禁好奇他們周圍的叢林潛藏著什麼樣的祕密，而他的老主人是否其實注定要永遠飄蕩於這片廣大的綠色汪洋，受困於老虎的形體。

第十四章

怡保／巴都牙也　六月十三日星期六

一陣尖銳的鳴笛聲。鐵道的上上下下，車門開始關閉，蒸汽湧過月台。我好興奮，看著阿信，笑了起來。他挑挑眉毛，微笑回應。火車猛力搖晃一下，接著是更劇烈的搖動，慢慢駛出怡保火車站。月台滑走了。大家對出發的旅客揮手道別，我忍不住也揮手回應。

阿信翻個白眼。「你又不認識他們。」

「為什麼不行？」我反駁說。「小孩子很喜歡。」

我回想起夢中那個火車站的小男孩。感覺好真實，雖然完全不像怡保這座此刻在我們背後快速遠去的富麗堂皇白色火車站如此宏偉。

阿信告訴我前往巴都牙也的路程有十五哩，或大約二十五分鐘。不過有時候野生的大象或揭牛——那是巨大的叢林野牛，據說肩膀有六呎高——占據了軌道。涼爽的空氣從窗戶湧進來，我滿足地閉上眼睛。

「那就是可以囉？」

阿信的目光燒穿了我的睫毛，讓我覺得很難為情。他有沒有注意到我化了妝，以便遮掩烏青的眼睛？嗯，如果我的頭髮看起來像鳥窩也無所謂。反正只是阿信嘛！

「可以什麼？」

「這個週末清理病理學的庫房。」

我睜開眼睛。「只要我也能拿到工錢。不過呢，你怎麼覺得我們會找到任何東西？」

「那根手指肯定來自醫院，」阿信說。「如果你轉開瓶蓋，就會發現那與醫院病理實驗室的其他標本瓶有相同的記號。我們應該要查閱紀錄，看看有沒有什麼事情與切斷的手指有關係。」

「手指在哪裡？」

為了回答，他拍拍口袋。這個動作讓我回想起生意人，於是心情一沉。陰影又來了，污染了明亮的天色。不管怎麼說，阿信為何這麼熱中於找出它的主人呢？也許我們只要把手指悄悄放回醫院就好了。我突然想到，我自己也應該做點調查……繞醫院一圈，找工作人員聊一聊。我不想對阿信坦白說明，但如果不能去念醫學院，也許可以成為護士或職員之類的。任何事都比我現在陰沉悲慘的前景更好。

「你在盤算著什麼事，對吧？」阿信說著哼了一聲。「我看得出來……你好容易猜。」

「又沒有別人這樣說，」我氣呼呼地說，心裡想著那些排隊等著跟我跳舞的天真男學生和老人。尼曼．辛赫曾經說我「渾身裹著重大的謎團」，不過我相當確定他說的是真正的路易絲．布魯克斯而不是我……而且他也只有十五歲，不該把口袋裡的錢拿來舞廳花掉。

「你一直跟誰在一起？」

我都忘了阿信有多麼犀利；這是再次與他維持良好互動的副作用。

「沒有。」

阿信用意味深長的表情看著我。「你喜歡住宿在譚太太家裡嗎？」

「嗯，你也看過她是怎麼樣的人了，」我說。「不過沒那麼糟啦！」

「她付你多少錢？」

「她沒有付我半毛錢……我得付錢給她。為了我的學徒資格，你也知道。」

他的臉頰肌肉抽跳一下。「那太扯了。你在那裡免費幫她工作。」

「其實呢，她有打算付我一點錢幫點忙，不過加上我的房間、搭伙，還有教導費，全部一筆勾消。」

「這樣你開心嗎？」

我考慮要對他說當然不開心。如果是兩年前，我會毫無保留對他這樣說，但現在，這個想法在我的舌尖原地打轉，很像玻璃彈珠可能會掉出來，在地上摔個粉碎。何必要毀了我們長久以來頭一次擁有的快樂時光呢？於是我什麼話都沒說。

巴都牙也火車站大小適中：一棟簡單的長方形建築，覆蓋著亞答樹[28]葉屋頂，面對鐵軌兩側月台有幾張木製長椅。我凝視著椅子，心裡有種似曾相識的不安感。沒錯，才不過昨晚的夢裡，我曾經坐在這其中一張長椅上。放眼望去沒有河流，不過根據隔著走道的馬來人老先生所說，鐵道確實會跨越近打河。

「不過你要過了這一站才會看到。」他自己要去南方的紅土坎[29]。

「我們要在這裡下車，」我滿心遺憾說道。

「再見，」老先生說。然後他對阿信說：「你太太很漂亮，非常時髦又高雅。」

「我們是姊弟！」我急忙說道。

我們步下火車時，阿信很安靜。這是第二次有人認錯我們，我怕他覺得這樣很討厭。

「我當然覺得很煩，」他說。「誰想要跟你有關係啊？」

鬆了一口氣，我爆笑出聲。阿信翻個白眼。「你應該要很不高興吧，像其他女生一樣。而不是像那樣滿不在乎大聲爆笑。」

我連忙住嘴。我在五月花受歡迎的一個原因，就是我不怕跟顧客亂開玩笑，但是有教養的年輕女子會有這種舉止嗎？阿明的未婚妻講話輕聲細語，很有教養……那樣的女孩不會在路邊跟別人開些愚蠢的玩笑。

前往巴都牙也地區醫院要走一段上坡路，通往高地的歐洲人社區。夾竹桃樹叢生著淡粉紅色的蓬鬆花朵和尖尖的卵型葉子，到處都看得到；還有芳香的雞蛋花樹也是，馬來人稱之為「墓園花」。英國人瘋狂熱愛園藝，我們全都從歷史書上讀過這點……他們也把那份熱情帶到帝國的每個角落。

我們抵達醫院時將近早上十一點，天氣相當熱了。醫院是一連串白黑相間的都鐸式熱帶木造建築，以遮蔭的走廊和修剪整齊的草坪彼此相連。抬頭往上看，我注意到走廊的屋頂鋪了赤陶土磚，由法國遠道運送而來，底下壓印了製造者的名字：薩柯曼兄弟，聖亨利區，馬賽。

阿信帶我經過行政辦公區，前往其中一棟附屬建物的背後。他拿出鑰匙，打開一道門。「開始動手吧！我們得把這邊理出個頭緒。」

這是個大房間，十分通風且屋頂挑高。高聳的窗戶讓光線從後面照進來，那裡堆滿箱子，還有塞滿東西的櫥櫃。標本罐旁邊塞了紙盒，裡面的紙張多到滿出來，還有很多五加侖的大玻璃瓶放在地上，外面有藤罩保護著，而周圍散落著老舊的醫學期刊。看著眼前堆積如山的東西，也難怪那個不知是誰的羅林斯醫師會建議阿信多找一些幫手。

「我們今天要把這些全部整理完嗎？」

「嗯，這是查看他們有沒有遺失手指的好機會，」阿信說。「他們要搬家，而我已經把大部分都完成了。我們只需要把標本整理好。想要先吃午餐嗎？」

28 亞答樹（attap）：正式名稱是水椰（Nypa fruticans），是棕櫚科植物，分布於東亞、南亞和東南亞等地。「attap」是馬來語「屋頂」的意思，因為常用水椰的葉子編製草葉屋頂。

29 紅土坎（Lumut）：是個濱海的港口小鎮，位於怡保西南方約八十公里處。

我對那些貌似陰森的標本罐瞥了幾眼。幾塊內臟漂浮在黑黑的液體裡，外加幾瓶動來動去的脊椎骨。

「不用，現在就動手吧！」我說。

收藏這些東西的目的到底是什麼？阿信說他也不知道。儘管抬起這麼多重物，他的心情顯然很好。我可以從他把一個個箱子搬出去、在走廊上吹口哨的方式看得出來。有工作要做時，我們兩人的相處狀況最和睦，就像小時候合作家事既快速又確實。我心想，假如有人雇用我們當管理員，兩人一定合作無間。

母親是模範家庭主婦；就這點來說，繼父永遠挑不出她的毛病。她有潔癖，會把木頭床架搬到戶外，用沸水淋過每一條縫隙，因此我們家從來沒有臭蟲。

我們剛搬到店屋時，她很不願意請阿信做家事。雖然他很樂意，但畢竟還是個小男生。她對我們母愛大噴發，和藹可親，甚至到了愚蠢的地步。流浪狗和乞丐老是追著她跑，還不只一次把我們的晚餐送出去，她得拜託我們不要告訴繼父。我會伸出手，交換更好的條件，但阿信總是乖乖投降。我很容易了解他在想什麼；很快就點頭，露出滿懷希望的神情。他渴望母愛。

我想，母親會很希望多生幾個孩子。可以確定的是，繼父對這點很失望。家裡把本地的助產士叫來好幾次，因為母親流產了。但從來沒有人告訴我發生了什麼事或為何如此。

媒婆實在是大驚小怪，覺得我和阿信命中注定要當姊弟，覺得我們根本是雙胞胎，畢竟我們出生在同一天，也都以儒家的「五常」取名字，因此我很確定其他三個孩子一定急著等待出生，有「仁」、「義」、「禮」要給他們恰當的名字。我想像他們在黑暗中彼此擠來擠去，等著要出生到這個世界上，但他們始終沒來。每一次的出血事件更增添我的恐懼，覺得他們會把我母親偷過去。

某天晚上，我和阿信悄悄閒聊時，我曾對他講這件事。他躺在他房間的地板上，我則坐在狹窄的走廊裡，兩人之間隔著打開的房門。這只是以防萬一，怕繼父突然從他的房間冒出來。當時我們一定有十三歲了，繼父變得愈來愈嚴格。我再也無法涉足阿信的房間，而他，當然啦，從來不曾獲准進入我的房間。

那天晚上的月光非常明亮，一彎銳利的月牙。躺在床上實在太熱了，唯一的慰藉是涼爽的木頭地板。

「他覺得他們會生更多小孩嗎？」我問。

「不會，年紀愈大就愈困難。」有時候，阿信會展現一種冷靜的理性態度，讓我好生羨慕。

「可是我好怕喔！」

阿信翻過身，用手肘撐起身子。「怕什麼？」

我把失去母親的恐懼告訴他，還有我忍不住覺得應該還有三個弟妹，就像媒婆說的。

他靜默了一會兒。「那是胡扯。」

「為什麼？」我說著，心裡很受傷。「那有比你說過的『貘』和吃夢的野獸更胡扯嗎？」

我立刻就對自己說的話感到後悔，畢竟我知道阿信很珍惜他自己母親留下的紙片。不過他只說：「我很久沒做噩夢了。事實上，我覺得自己根本沒有做夢。況且，還有三個弟妹的那些說法實在很蠢。為什麼應該還要有更多弟妹？」

「因為現在只有我們兩個人啊！」

阿信突然坐起來。「別把我算進去。我其實不是你弟弟，你也知道。」

他爬到自己床上，背對著我。我被拒於千里之外，於是回到自己房間。有時候我很煩惱，也許他只是勉強忍耐我。覺得他會想要完全不一樣的姊姊，不會老是跟他吵架，成績也沒有比他優秀。心情不好時，我就想著數字。以廣東話來說，「二」是個好數字，因為代表「一雙」。「三」也是好數字，因為和「生」諧音。四，當然啦，是不好的數字，因為聽起來像是「死」。「五」又是好數字，因為代表完整的一組，不只像儒家的「五常」，也像「金、木、水、火、土」五個元素。無論如何，阿信有多麼敏感易怒根本就不重要。無論他喜不喜歡，他都是我唯一的弟弟。

病理學庫房的房門猛然打開，我以為是阿信又回來搬東西，沒有轉身就開口說話。「別把它放在那裡，放到另一邊去。」

沉默。一陣詭異的刺痛感讓我覺得不妙，有事情出了差錯。我轉過身，看到一個陌生人站在門口。一個外國人，高大，骨瘦如柴，戴著眼鏡。其餘部分……蒼白的臉色，淡色的頭髮，蒼白的手臂讓太陽晒得膚色不均，對我來說看起來和其他歐洲人沒什麼兩樣。

「我要找羅林斯醫師。」

阿信曾說，羅林斯醫師是駐院的病理學家，但在這樣安靜的星期六，我搞不清楚他到底有沒有在這裡。那個男人以犀利的眼神看了我一眼。在玻璃鏡片後面，他那雙沒有顏色的眼睛像針頭一樣尖銳。我很怕那雙眼睛馬上就看出我根本不是醫院的職員。

「如果他回來，請告訴他，我來找過他。我的名字是威廉·艾克頓。」

第十五章
巴都牙也
六月十三日星期六

星期六的午餐時間，阿仁找到機會尋找那根手指，那時威廉宣布他要去鎮上，會順路去醫院。阿龍立刻詢問是否可以順便帶點日用品，包括罐頭食物、洗衣粉和棕色鞋油。

阿仁正扶著打開的車門，威廉瞥了他一眼，說：「上車。你可以拿著清單去商店，好嗎？」面對這種意想不到的好機會，阿仁瞪大雙眼。威廉對著他的背後叫喚阿龍。「我帶男孩子去。你需要其他東西嗎？」

經過一陣短暫混亂，清單才列好。阿龍拿了一分錢，塞進阿仁手裡。「買點東西給你自己，」他以粗啞的嗓音說。「有時候他會在俱樂部喝酒。如果喝到很晚，待在車子裡。無論如何，他到了早上會回家。」他的身形很結實，站在碎石車道上等待，表情僵硬，顯然很不贊成。

「再見，」他以馬來語對威廉說。表示一路順風。

馬來人司機哈侖是個看起來很自在的胖嘟嘟男人，他有三個小孩；他面帶微笑，看著阿仁興奮地坐進前面的乘客座，手中緊緊抓著一個藤編的購物籃，裡面鋪著舊報紙，以免有東西撒出來。威廉坐進後座。阿仁安靜沒說話，不過他實在很想問哈侖關於汽車的事。奧斯汀汽車的儀表板上有一堆開關和轉盤，看了令人害怕，阿仁仔細看著哈侖換檔。

「先繞去醫院，我得去處理一些文書工作。」威廉說。

醫院。阿仁握緊籃子的把手。

他們駕車靠近鎮上時，修剪整齊的草坪和其他平房的碎石車道映入眼簾。阿仁現在認識幾棟房子，但是彼此相隔遙遠，隱身在茂密的叢林裡，他從來不曾聽到鄰居的聲音。阿仁看得出哪些房子有歐洲人妻子：花圃種了整齊的美人蕉和薑，周圍環繞著朱槿和夾竹桃灌叢。威廉的房子後面也有夾竹桃，但阿龍總是叫園丁砍掉。他語氣陰沉地說，夾竹桃柔軟的枝條分泌出牛奶狀的汁液，會讓你眼睛瞎掉，葉子熬出的汁也可以毒死流浪狗。

車子轉個彎，微風從打開的車窗湧進來，把阿仁籃子裡一張皺皺的報紙吹往後座，只見威廉用單手靈巧地抓住報紙。

「先生，抱歉！」阿仁回頭看，但他的主人盯著報紙，突然驚呼一聲。

「這是上星期的報紙嗎？」

阿仁心懷內疚，點點頭。他們不准用報紙嗎？威廉的臉上呈現著奇怪的表情。讓他嚇呆的報紙是訃聞版，有一排排黑白照片。阿仁說：「有您認識的人過世嗎？」

威廉咬住嘴唇。「我的一個病人。」

「是老人嗎？」

「不是，還滿年輕的。可憐的傢伙。」

過了好長一段時間，威廉才將皺皺的報紙交還給阿仁，阿仁把它塞回籃子裡，不過先好奇偷看一下。上面列出的唯一年輕人是張耀昌先生，生意人。二十八歲。

威廉閉上雙眼，雙手在大腿上輕輕十指交扣。長久以來，那些白皙的手指能夠縫合傷口，也能截肢。他輕聲哼唱。阿仁不禁納悶，他的主人為何看起來鬆口氣，甚至顯得很高興。

車子轉進醫院時，阿仁感受到一股電流的震顫，彷彿有種微弱且遙遠的無線電訊號連上了。它顫抖著傳遍全身，完全就像他和阿義彼此連結的方式。手指在這裡。突然間，他很確定這點。

威廉拿起一個皮革手提箱，下了車。阿仁很快也跳下車。

「先生，我可以幫您拿箱子嗎？」

威廉停下腳步看著他。「你想看看醫院嗎？」

分成兩個部分，威廉解釋說。這個部分是給本地人看病的地區醫院，而歐洲人的側樓位於對街，專門給外國人使用。威廉對接待員點點頭。大門打開，人人微笑。阿仁走在威廉後面，心裡好奇是否歐洲人都有這種待遇，還是要加上外科醫師的身分才有。

麥克法蘭醫師曾經打趣說，醫學界有嚴格的階級制度，像他這種開業的全科醫師位於最底層。但是，阿仁認為麥克法蘭醫師的醫術非常好。其他人放棄希望的病人，他都收治，像是來的時候手臂感染的原住民獵人，還有全身痙攣的華人雜貨店老闆的嬰兒。他治療所有人，經常有意想不到的結果。

「既然來到這裡，我要順便去病房，」威廉說。長長的走廊，貼著棋盤格狀的棕色和奶油色磁磚，聞起來有消毒劑的氣味。「你想看看你的病人嗎？」

阿仁很困惑。什麼病人？

「那位你替她治療腿的小姐。她剛好又來了。」

阿仁當然想看看她，不過突然覺得好害羞。病房空蕩蕩，只有一名老人張大嘴巴正在睡覺，還有隔壁坐在床上的年輕女子。看到她的外表，阿仁嚇了一跳。她看起來完全不像當時躺在手推車上、腿部鮮血滴得整條車道都是的模樣。此時此刻，她的蜂蜜色澤肌膚很乾淨，頭髮編成整齊的辮子。她的臉上帶著酒窩，剛好是心形，而威廉要求看她的腿時，她臉紅了。

「這位是阿仁，在我家治療你的那個人。」他說。

阿仁注意到他不是說「我的家僕」或「我的僕人」，於是隱隱感到一絲驕傲。

「好年輕！」她說。根據病人名牌，她的名字叫作南達妮・維傑達沙，十八歲，未婚。她的父親是他們房子附近橡膠園的職員，而她今天早上再次住院，是因為發燒和腿部疼痛。

威廉帶著安慰的笑容，輕輕掀開寬鬆的醫院病人袍。傷口比阿仁的印象小多了，不過她平滑小腿的背側還是有個嚇人的切口。傷口以黑線縫合，看起來脆弱且腫脹。

「我們需要再把它打開，沖洗傷口，也許清除一些組織，然後再縫合。你回家時，拿一塊紗布墊，用石炭水沾溼，放在傷口上面，預防感染。你一定要讓傷口保持乾淨，否則可能會導致敗血症。你懂嗎？」

他直視著她，有火花在他們之間跳躍。自從阿義死後，阿仁那種像貓一樣的感受力不曾這麼強勁。這代表什麼意思呢？但甚至不用抬起頭，他就知道，威廉和這名年輕女子南達妮之間發生了某種事。某種吸引力，讓醫師流連於此，看著南達妮捲翹的長睫毛眨呀眨的。

阿仁不是唯一這樣想的人。有一名外國女士走進來，推著手推車，裡面裝了很多小說，以及過期的《潘趣》漫畫雜誌和《仕女》雜誌，要給病人閱讀。她的眼睛是驚人的鐵藍色，緊盯著威廉的背後。

「威廉……你今天怎麼會過來？」

威廉轉過身說：「哈囉，莉迪亞。」

灑入病房的陽光照亮了她漂亮的金色鬈髮，阿仁真好奇她的頭髮是否永遠這麼蓬鬆，還是得經過整燙，才會像海綿蛋糕。

「你的病人嗎？」莉迪亞對病床上的僧伽羅女孩很快瞥了一眼。

「不是我的。」他看了阿仁一眼，阿仁很害羞，凝視著南達妮病床旁的地板裂縫。

莉迪亞把威廉拉到旁邊，勾住他的手臂。「雷斯里說，你要幫那些年輕醫師主辦下一次的聚會。」

「只是一群單身漢討論工作的聚會，恐怕不是很有趣。」他把魅力隱藏起來。

莉迪亞一副懷抱希望卻又可憐兮兮的樣子。「我可以去嗎？」

「除非你不介意聽到一堆熱帶疾病。」

「完全不介意！我希望盡力幫忙……有時候大家不知道怎麼樣對自己最好。」

他們談話時，南達妮碰碰阿仁的袖子。「謝謝你。」她的微笑很溫暖，阿仁非常高興她活著，而不是浴血躺在手推車裡死掉。「你要學習成為醫師嗎？」

「我很樂意。」

「你會是好醫師。」她的目光飄向威廉。「你的主人對你好不好？」

阿仁懷著驚訝的感覺，意識到答案是「好」，威廉一直對他很好。

「他人很好，」她說。又來了，她和威廉之間有看不見的火花。火花飛出去有微小的嘶嘶聲，因此阿仁有點期待看到它在空中閃閃發亮。

威廉轉過身，再次看著南達妮。「你住在哪裡？」他問。

她告知地址，一副很害羞的樣子。

他從胸口的口袋拿出小筆記本，把地址寫在那上面。「你距離我住的地方很近。如果順路經過，我下星期會再看看你的腿。不需要來醫院。」

在威廉背後，莉迪亞認真整理她裝書的推車。

阿仁沒有從她身上得到任何感受。也許是因為她是難以預料的人……外國人加上女士，他對這樣的組合幾乎毫無經驗。她和威廉是很相配的一對。兩人都長得很高，眼睛顏色很淡，熾熱的陽光將皮膚晒出很多斑點，不像南達妮的膚色那樣光滑均勻。阿仁對外國女士感到遺憾；她那麼努力嘗試啊！威廉為何不喜歡她呢？

巡完病房後，阿仁小跑步跟在威廉後面。他頭暈目眩，因為那種像貓一般的感官，感受到看不見事物的久違知覺，很像某條肢體恢復了官能，或者多了一雙眼睛和耳朵。醫院到底哪方面這麼特別呢？威廉說他會順路經過病理學部，去找同事羅林斯醫師。他有一份驗屍報告的事情要問他。阿仁知道，病理學就表示有一些器官，以及死人和動物的零星部位，那是好兆頭，手指會在那裡。他興奮疾走，對自己很有信心，即使閉上眼睛，最後也能找到手指的位置。

他們通過有屋頂的走道，側邊有一排金針花的花圃，這時阿仁發現自己能夠理解威廉的心思，這種方式是他以前不曾辦到的。威廉的興趣就像一條緊繃的絲弦，到處試探，但主要是受到女性的吸引。一群護士經過，一名女性訪客彎身探向病床。可以確定的是，威廉對阿仁注意的事物毫不關心，像是門後的蜘蛛，或者金針花下方的完美小圓石，阿仁好想放進自己口袋，但是不敢，因為那可能是醫院的財產。

他們愈接近病理學部，那條隱形絲線的拉扯變得愈強烈，阿仁既緊張又興奮。以前從來不曾這樣，連阿義還在的時候都沒有。他們轉個彎。威廉拍拍胸口的口袋，接著氣沖沖翻找長褲口袋。「阿仁，回去把我的鋼筆拿來，在病房的護士長那裡。」

阿仁的心揪了一下，看著威廉穿越走道，前往另一棟建築，打開門走進去。那個房間有某種東西呼喚著阿仁、拉扯著他，像磁鐵一樣，即使距離五十呎遠。他必須進入那個房間。

阿仁匆匆趕回去，迷路了，轉錯一個彎。很多訊號向他湧來，難以過濾。「很像一面鏡子裡，滿滿都是魚，」他回想起盲人漁夫伊德里斯伯伯說過的話。「你得知道牠們唱的歌。」然而此時此刻，他感受到的比較像是黑暗中衝來衝去的螢火蟲。人們的興趣和情緒以奇怪的模式任意改變，阿仁希望找到一個穩定又安靜的地方，他就能夠釐清那些訊號。但首先，他必須取得鋼筆。值班的病房護士長告訴他，她已經把鋼筆交給護理長。

護理長是外國人，這點與大多數的高層職員一樣。她是澳洲女性，有一張尖臉；阿仁終於到達她的辦公室時，她顯得粗手粗腳、個性活潑，以懷疑的眼神看著他。「這枝鋼筆很昂貴。你最好別弄掉了。」她的白色頭巾漿洗過，顯得很突出，宛如固定的翅膀。阿仁緊緊抓住鋼筆，急著趕回病理學庫房。走到半路，他邁開步伐跑起來，結果很多大人以慍怒的眼神看著他。不需要問路。他腦袋裡的線路嗡嗡作響，唱著歌。他跑到最後一個轉角時，與威廉撞個正著。

「你找到了嗎？」他問。

阿仁一陣茫然，直盯著他。鋼筆。他得意洋洋拿出來。

「太好了！」威廉看起來很高興，但阿仁無法分辨究竟是因為鋼筆失而復得，還是那個房間裡發生了好事。事實上，威廉現在的心情比先前整個星期好太多了。阿仁望向他背後。房門這時半開著，但陽光太耀眼，很難看見陰暗的室內。門口有個瘦削的人影。也許是男性……就女性來說有點太高大。那就是威廉口中的羅林斯醫師嗎？

一陣電流竄過全身。阿仁的思緒變得一團混亂，毫無條理。他的貓觸鬚嘶嘶抽動。他必須回去，回到威廉剛走出來的那個房間，但他的身子卻搖晃起來。

「站穩啊，」威廉說，扶著阿仁走向一張長椅。「你沒有吃午餐嗎？」

阿仁搖搖頭。他和阿龍都沒想到他會踏上這趟意外的遠足，來到鎮上。

「那麼去找點東西給你吃。鎮上有間小餐館，咖啡還不錯。」

挫折的眼淚刺痛阿仁的眼睛，他就這樣一路走回醫院前面，哈侖在那裡等他們，他蹲在車子旁邊的樹蔭下。車子駛離時，阿仁回頭望著醫院。威廉打算等一下要去距離這裡不太遠的近打俱樂部。也許阿仁可以自己悄悄回來。事實上，他非回來不可。

第十六章
巴都牙也地區醫院

六月十三日星期六

那個外國人，威廉．艾克頓，站在病理學庫房打開的門外。「我以前沒有見過你。你不是護士吧？」

「不是，我只是來幫忙。」我認出他眼中閃過貪婪的關注。那讓我很緊張。阿信在哪裡？

「是喔，」但他沒有離開門口。

我尷尬站著，手上捧著一個玻璃罐，裡面有一段腸子。他取下眼鏡，擦擦臉，那種舉動讓他有種毫不掩飾的異常病態。陽光晒黑的皮膚底下是灰色的，眼睛周圍有黑眼圈。從他看似敏捷的動作看來，可能介於二十五歲到三十五歲。

「那麼你幫羅林斯工作嗎？」

我點頭，他接著露出微笑。這完全出乎意料，讓他的臉有種野性的魅力。

「我想，你不會把你的名字告訴我吧？」

「路易絲。」至少我知道如何回答。

「嗯，路易絲，你看到這些標本好像不會覺得很噁心。」

「不會啊！」我冷靜說道。

「有些標本其實是我提供的。」

這下子連我自己也覺得好奇。「你捐出自己的器官提供科學研究？」

外國醫師又笑了。「我是指我的病人。我看看……我提供了異常大量的膽結石，還有幾根手指吧！」

「手指？」我立刻繃緊神經。

「一根是萎縮的第六根手指，從一個印度病人身上取下。另一根其實屬於我的一個朋友。我們在這裡收集了相當多的手指，就我所知至少有十二根。」

他走過房間，指出一個大型的玻璃罐，裡面裝著暗沉的液體。「這應該要丟棄。很多比較舊的標本是固定在酒精裡，實在應該要一年更換一次。我們保存這些東西，只是想說可能引起醫學方面的興趣。當然啦，有些人會把標本帶回去，跟他們一起埋葬。」

他靠過來，我往旁邊踏了一步。我很怕與男人站得太靠近。在五月花的工作經驗教導我，他們的手很長，力氣驚人，而且他們捉住你的腰部有多難掙脫。然而，眼前並沒有虎視眈眈的保鑣，也沒有領班的鷹眼，只有我們兩人單獨在這個房間裡。如果我放聲尖叫，會有人來嗎？

不過呢，也許我太多疑了，因為他繼續講著各式各樣的標本。他似乎知道很多相關的事。

「你們要收藏多久？」

「不知道。它們多半還滿奇特的……天黑以後，醫護員很喜歡帶新進的護士來這裡，把他們嚇個半死。」

我忍不住問出口：「要成為這家醫院的護士很困難嗎？」

「你上過學嗎？聽起來好像很喜歡。」

我向他簡短敘述自己已經考到學校文憑，而我有多麼想要繼續升學。

「是喔！」他搓搓下巴，再一次打量我。「這裡的系統不是非常標準，不像我們在英國那樣，在這裡主要看醫院。巴都牙也地區醫院會訓練本地女孩填補一些職位，由資深的護理人員和一些醫師講解護理知識，而且有州政府舉辦的測驗。」

「還有空缺給新進人員嗎？」我的語氣滿懷希望，這令我覺得很尷尬，但他對我表達的興趣顯得很開心。

「你得去問醫院。如果今年沒有，永遠都有下一次招募的機會。」

「學費怎麼樣呢？」還完母親的債務後，我就沒錢了，而既然繼父拒絕幫我付學費，這扇門就關上了。

「我相信有獎學金，你當然也需要一封個人的推薦信。」

他的目光帶有某種意味，一種滿懷渴望的孤獨感，我從所有的漫長午後與陌生人共舞的經歷辨認出這點。

「這是我的名片。」他遞給我一張邊緣銳利的長方形紙片。「把它交給院長，說你對護理有興趣。或者你可以填好申請表，我會把它交給護理長。」

上面寫著：威廉・艾克頓，一般外科醫師，後面跟著一排文字，我完全看不懂，但對醫院高層來說顯然有足夠的分量。

也許我誤解他了。我不該疑心這麼重；那樣是關上門，把別人拒於門外。我在學校的最後一年，女導師得知我沒有要繼續考高等中學文憑後，很苦惱，還提議要跟我回家說服我父母。只有少數女孩參加考試，也許整個國家只有四到五人，而她很確定我可以是其中一人。我拒絕了。光是想到要帶她去繼父的房子，目睹他的拒絕和我的屈辱，我就受不了。可是，也許我應該更努力爭取看看。

因此這一次，我說「謝謝你」，而且真的是這個意思。我將名片塞進口袋，感受著深深印上的名字在我指尖底下滑動。

也許我的運氣有了轉機。我曾聽別人說，運氣呢，有好有壞，分成幾個階段，就像《聖經》裡面約瑟的故事。我母親送我去衛理公會傳道士創立的學校，平靜吟唱讚美詩，或站或坐，以及讚美詩的首頁，對我來說始終是一種撫慰，免得我想著一些可怕又邪惡的事，例如毒死繼父。

然而，那個生意人，張耀昌，也曾談到運氣。事實上，他曾說自己即將成為非常幸運的人，然而最後他死在一條陰溝裡。

走廊上傳來一陣喀嚓喀嚓聲，阿信又搬著另一箱檔案闖進來。他突然停步，顯得很驚訝。

「嗯，我要走了，」外科醫師說，突然間動起來。

阿信小心翼翼轉進房間。他看著威廉．艾克頓，接著看看我滿臉通紅的興奮臉龐。

「先生，您需要什麼東西嗎？」阿信問。

「你是暑假的醫護員之一。醫學院學生，對吧？」

「是的，先生。」

他們像兩隻狗打量著彼此，但我沒有太注意。通往一項職業的門，我本來以為關上了，這時打開一條縫，也許我可以擠過去。

「告訴羅林斯我來過，」接著稍微點一下頭，醫師離開了。

阿信站在門口，看了他一會兒。

「你還好嗎？」他問。

我當然很好。一年前，我比較害羞，但在五月花工作，讓我已經習慣與陌生人相處。況且他其實沒什麼企圖。不像那些各式各樣的「鱷魚」雙手亂摸，我得把他們揮開。可是如果像玫瑰或珍珠那樣，有餓肚子的小孩在家等待，我可沒有拒絕的餘地，那太奢侈了。有時候我不免心想，母親再婚的決定，會不會都是我的錯。眼看我穿著太短的衣物，角落的米袋也空了，她是否覺得再婚是最好的選擇？但不對，她也喜歡我繼父。他有某些地方吸引她，我無法否認這點。

「我們休息一下吃午餐，食堂還開著。」阿信說。

他鎖上門，我們越過草坪前往另一棟房子。紅土裂開成粗糙溫暖的碎屑狀，而大型的黑蟻，每一隻都有我手指第一段指節那麼長，在腳下瘋狂亂竄。阿信非常安靜；他早先的好心情似乎煙消雲散。

「他說，病理學的收藏品至少有十二根手指，」我說著，覺得幸好有些事可以報告。「我們應該要交叉比對紀錄，看看是否有手指不見了。」

能夠到達有遮蔭的走道真是鬆口氣，躲開驕陽的曝晒。一名身穿白色制服的醫護員推著一位老先生的輪椅，他們經過時，醫護員顯得很友好，對阿信豎起兩隻大拇指。

阿信悶悶不樂點個頭。「你們只有談這個嗎？」

「為什麼這麼問？」

「那個醫師有很多八卦謠言。」

「他有什麼問題？」

「他是優秀的外科醫師，非常稱職。但是大家說，他很愛盯著本地女孩。」

「沒什麼好驚訝的啊……他們全都像那樣。」

他對我射來匆匆一瞥。「你變了。」

我當然變了。像是談戀愛、帶出場、養情婦之類的事情嚇不倒我；我在五月花一個星期從其他女孩身上學到的這些事，遠比以前在學校那麼多年學到的更多，即使阿慧說我天真到沒救。

「你又是怎麼知道他的事？」我問。

「我室友告訴我的。」

威廉·艾克頓給我的名片躺在口袋裡，很像一張火車票，可以前往等待已久的目的地。我想把有可能受訓成為護士的事告訴阿信，但他似乎不會特別鼓勵我。我們再也不是平等的人了，我忿忿地想。我沒有獎學金可以讀醫學院，也沒有選擇暑期工作的奢侈餘裕。

到了餐廳，我想試試異國情調的西式食物，像是列在黑板上的沙丁魚三明治、雞湯、咖哩雞湯等。阿信以高人一等的姿態說：「你真該看看我們學院的食堂，選項比這裡好多了。」接著他突然住口，我猜是想起來我有多麼想去讀大學。我的臉上僵著一抹微笑，以便掩飾內心的惱怒。

這時是下午兩點，桌子多半是空的。我們快要吃完時，早先幫老人推輪椅的那位醫護員來了。他有張國字臉，很像興高采烈的小豬。他的下唇有幾滴汗水微微抖動。

「你為什麼假日來這裡？」他問阿信，重重放下一碗熱氣蒸騰的魚丸麵。「哇！你甚至帶了女朋友一起來。這是哪門子的寒酸約會啊？」

我忍不住笑出來；他的瞇瞇眼太滑稽了。「我是阿信的姊姊。他今天叫我來幫他工作。」

「我都不知道你有這麼漂亮的姊姊。你為什麼沒早一點介紹我們認識？我叫許明，我單身。」我們隔著桌子握手。他的手掌，正如我害怕的，有手汗。「你們做什麼樣的工作？」

「整理病理學的庫房，」阿信說。

「沒人想做那個工作。你不覺得醃漬的器官很嚇人嗎？」

「做檔案分類可能更糟，」我說。

「你有沒有看過防腐的腦袋？如果你在半夜捧著它，它顯然會講話喔！」

我以懷疑的眼神看著他，只見他眨眨眼。「還有別的奇怪東西鎖在那個房間裡：一個法師的鬼魂，看起來像一隻放在玻璃瓶裡的蚱蜢，每個月都要餵牠鮮血；還有一根虎人的手指……虎人可以披上人皮，白天到處亂晃。」他轉身看著阿信說：「我幫你姊姊整理好不好？」

阿信一副氣炸的樣子。我匆匆說「我們快做完了」，但完全不是那麼回事。「去怡保的最後一班火車是幾點？」

「我會送你回去，」不受控制的許明說。「我今天晚上要去那裡。附帶一提，我單身喔！」

「你提過了。」

「只是確定一下。」許明或許一副豬哥樣，但我忍不住覺得他很有趣。不只如此，他自己顯然很清楚。

「我自己會送她回去，」阿信冷冷地說。「不然如果你願意，可以值大夜班。我朋友說，你今天晚上可以跟她睡在一起。」

「你說的朋友是誰？」許明問道，他說出我想說的話。

「一個護士。」

「你弟弟才來這裡一星期，不過已經在護士之間引發很多小劇場。」

「我一點都不意外。」我保持微笑，但隱隱覺得生氣。不過那是真的，阿信交到另一個女朋友也沒什麼好驚訝的。

阿信的第一個女朋友比我們大兩歲，是我同學的表姊。坦白說，我沒料到他會挑選她，儘管她是很好的人。我喜歡她的地方，在於她似乎很成熟、很穩重，但是直到過了一個月，我才知道阿信正在跟她約會。

「阿信很常出去，對吧？」一天晚上，我這樣對母親說。

我們在餐桌旁邊輕鬆坐著，默默無語。油燈照亮她的針線活和我從圖書館借的書。我放棄下毒了，現在讀福爾摩斯探案純粹是娛樂。四周一片平靜而尋常。你很難相信阿信和我繼父曾經在這裡互毆、砸爛舊桌子、一路打進後院，或者那個可怕夜晚最後發生的任何事。不過大家都是那樣吧，我心想。我們把不好的事情全忘光，只記得正常的事，只記得感覺安全的事。

母親咬斷縫線。「他可能去鳳蘭家見她。」鳳蘭是木匠的女兒，那位木匠幫我母親做新的餐桌……繼父痛打阿信後，那是他向我母親表達歉意的方法。

「他那樣很好啊！」

我母親以奇怪的眼神看著我。「他們兩個人還滿穩定的，你知道吧！」

我很吃驚，但也許沒什麼好吃驚的吧！阿信終究會找到他喜歡的女生。

鳳蘭有張圓臉，稍微有點八字眉，很崇拜阿信。有那麼多女孩跟在他後面，大家很驚訝他居然選擇她。有一些難聽的言論，像是「她的小腿看起來很像滷肉」，意思是蘿蔔腿很粗，但鳳蘭如果聽到，似乎也不在意。那就是她吸引人之處，有顆成熟的真誠之心。有時候她人太好了，害我好想尖叫。可是呢，我也一樣，深受她的吸引。每次她用輕柔又認真的聲音對我說話，我都覺得好希望有這樣的姊姊安慰我、愛護我、關愛我。

有一次，我意外提早回家，撞見她與阿信在一起。那是個安靜無人的下午，好平靜，我以為沒人在家。我可以大聲吹口哨，到處把玩繼父不喜歡我們亂碰的所有東西。有好多愚蠢的禁令，像是不准撕掉日曆的下一頁，或是把收音機的旋鈕轉到另一個電台。我大可亂碰一通，但我沒有，而是端莊穩重地走到樓上。

到了樓梯頂端，我把書包扔向一旁，沿著走廊滑步前行，穿著襪子沒有發出聲音。就在這時，我因聽到不熟悉的聲音而停下腳步……喘氣聲，還有輕柔的呻吟。阿信的房間傳出女生的聲音。我呆立不動。有種刺痛的感覺，彷彿皮膚僵住了，在我身上皺縮得太小。而透過打開的房門，我看見他們。

他們在阿信房間的地板上，那是我再也不准進入的地方。鳳蘭倚著他的床鋪，上衣前襟敞開，露出蒼白而沉重豐滿的赤裸乳房，只見她彎身靠向他，中分的頭髮宛如光亮的簾幕。阿信的頭枕在她的大腿上。她張開一隻手按著他的胸口。他的臉轉開，但我看得到她的臉。她顯得陶醉出神，彷彿從未見過像阿信這麼俊美的人。他確實很俊美。在那一刻，連我都覺得這點顯而易見，他那漫不經心倚靠的修長身軀，他下巴瘦削鮮明的線條。

那一瞬間，我明白了很多事。關於阿信，關於我。以及有些事你永遠都無法擁有。我在那棟房子住了那麼多年，從來不曾看到阿信那麼放鬆，看不出以往像彈簧一樣纏著他身軀的緊張情緒。我在雞舍後面的黑暗中緊緊抱住他時，感覺到的是：永遠不會消失的剛強和憤怒。但在這裡，午後柔和朦朧的光線中，則是另一個完全不同的阿信，以前我從未見過的阿信。於是我感到極度驚駭，感覺到令人厭惡的匱乏。無論我們多親近，或者分享了多少祕密，我永遠無法給他這樣的平靜。

我氣不過，忍不住驚呼出聲。鳳蘭抬起頭，但我已經溜開，跑過漫長的走廊。每次思及記憶中的那棟店屋，總是想起一條永無止境的黑暗通道，樓上和樓下都有。我不知道該怎麼辦，最後茫然恍惚到處閒晃，一直等到確定母親和繼父回到家才回去。阿信一副什麼事都沒發生的模樣。我回家時，他沒什麼反應，而時間已晚，燈都點亮了，母親斥責我，既害怕又鬆口氣。但是過了幾天，鳳蘭找我說話。

「我知道那天你看到我們，你一定覺得很尷尬。」她說。

她好溫柔又順從，簡直像一把利刃刺入我的心。

我努力表現得滿不在乎。「不用擔心啦！」

不過她的語氣很認真。「我真的很愛他，你也知道。我們還沒有做過。如果我懷孕，也不想綁住他。不過如果他想要，我會的。」

我好想抓住她猛力搖晃。這是什麼想法啊？我母親曾經警告我，對我用力洗腦。貞潔是女性握有的少數籌碼之一。無論阿信長得多麼好看，鳳蘭都是傻瓜。然而，我內心有一部分忍不住羨慕她。她真的很愛他，我心想。

我吞吞吐吐，嘗試給她建議，雖然她比我大了兩歲。她耐心聆聽，接著搖搖頭。「我知道你們家是什麼狀況，」她說。所以他真的把所有事都告訴她，我這樣想，心裡既吃驚又憤怒。「可是我想讓阿信過得快樂。如果那表示要把我自己獻給他，我完全沒關係。」

那是愛情還是愚蠢？然而，也許只是我內心冷靜的部分這樣想，仔細盤算著我的生存機會。我不會把自己獻給某個男人，成為他的一件財產。沒有結婚戒指確保經濟無虞就不會。即使如此，光是從我母親的選擇看來，代價也許太高了。

❦

我始終不知道鳳蘭到底怎麼了，因為不久之後，阿信與她分手了。而說也奇怪，一切結束之後，我發現自己幫她說話。

「你應該要忠貞不二啊，」我說著，那是阿信去新加坡的六個月前。我們坐在大理石桌面的圓桌旁讀書。至少他在讀書。我沒什麼好準備的，沒有要去念大學。「你完全不像你的名字。」

他幾乎沒有從課本抬起頭來。「你在說什麼啊？」

「你為什麼跟鳳蘭分手？那之後她哭慘了。我都知道。」

「你是叫我再跟她約會？」他看起來很生氣。

「不管你現在跟誰在一起，她好像比其他人認真多了，」我說著，防衛心很重。

「那你呢？你覺得認真一點就會改變阿明的心意嗎？」

這招實在太卑鄙了。阿信瞇起眼睛，翻過一頁書。「鳳蘭請你跟我談談嗎？」

「沒有。」

「那就別不懂裝懂，亂攪和一通。」他滿臉通紅，彷彿有人拿一塊燃燒的木頭壓上他的臉頰。「而且別再扯名字的事了！我一直都很忠貞。盡我的全力！」

他猛力闔上課本，氣呼呼離開了。

我們在食堂吃完午餐後，回到庫房開始整理檔案。沒有像我擔心的狀況那麼糟：大多數都相當清楚易懂。不過呢，要將病理學樣本理出個頭緒很令人頭痛，畢竟完全沒有什麼規則可言。

這些收藏品非常怪異；我想，在帝國的這個遙遠角落，無論是誰負責這個病理學部門，大概都覺得自己是上帝。我們沒有找到許明提到的防腐頭顱或喝血的蚱蜢，但是有雙頭老鼠，禿裸的尾巴像是一隻蟲漂浮在琥珀色的液體裡。羅林斯醫師的前任是一位摩頓醫師，他顯然曾答應幾位病人，等到研究完畢之後，可以把自己的器官拿回去。在他字跡潦草的紀錄裡，這些案例在角落打了個小小的紅字「X」。

「誰會想來把膽囊拿回去啊？」我說。

「有些人下葬的時候想要保持全屍，」阿信嚴肅說道。

我不禁發抖，想起那個生意人，張耀昌，跟我跳舞的時候曾經提到巫術，說埋葬遺體一定要是原本的樣子，才能轉世超生。

「開始吧！」阿信說，他讀著一份檔案。「手指，左手無名指，印度男性勞工遭寄生蟲感染，保存在福馬林裡。」

我徹底搜尋標本層架。幾乎所有東西都打開過，而我還沒看過哪個罐子裡真的有斷指。

「另一個……右手食指，來自關節活動度很大的女性軟骨功表演者。」

「也不在這裡，」我朗聲說道。

事實上，儘管紀錄指出醫院的收藏品至少有十二根斷指，我們卻連一根都找不到。

「怎麼可能這樣？」我再次研究層板上的東西。大家對醫師的字跡開了不少玩笑，但以這裡的例子，那並不是好笑的事。摩頓醫師的字跡很潦草，像是一排跳著康加舞的螞蟻，草草畫了一堆圈圈，不在乎是否永遠無法把它抄寫出來。

「除了手指，還有其他東西沒找到嗎？」

「我檢查過了。目前沒有其他東西不見。」我站在一個紙箱上，周圍滿是紙張，對他伸手揮揮層架，一副得意的樣子。

「還是那麼好強，」他抱怨說。「我先想到的耶！」

「你才沒有。」我轉身看著檔案。

「蜘蛛。在你頭髮上。」

我整個人呆住，閉上雙眼，等待阿信把牠弄走。如果是以前，他會用手指把牠彈走，順便彈我的額頭，痛死了。而現在，他小心處理蜘蛛，就事論事，像陌生人。

「真的很失望耶，你居然沒對那種東西尖叫，」他喃喃說著。

「為什麼應該要尖叫？」我睜開眼睛。

阿信的臉，那些構成他鼻子和顴骨的熟悉平面，此刻好靠近，我伸手就能碰觸到。什麼原因讓一個人這麼好看呢？是因為五官很平衡？他眉毛和睫毛的銳利陰影？還是他嘴巴移動的曲線？在他眼睛的正中央，比我更深邃的眼睛裡，我可以看到一絲亮光，微光閃閃發亮。接著一眨眼，我墜落了，墜入一條地道。影像閃爍。鐵路軌道潛入水下。不知通往何處的一張票。魚兒在鏡中游動。在某個地方，午夜的形影微微移動，暗影從一條河流深處往上浮升。空氣變得濃重，在我的肺裡鬱結成團。我猛力喘氣，向前倒下。

「怎麼了？」

我倒下時，阿信抓住我，我的思緒糾結成團，宛如河中水草，滑溜又纏結。我頭暈目眩，努力穩住自己身子，向後回到原位。我的雙手扶著阿信的寬闊肩膀，結實的肌肉是男人而不是男孩。我的心像是一匹馬，在變幻莫測的地面上猛力奔馳。一不小心就會絆倒，會致命。

他以憂慮的眼神看著我，深黑的眉毛皺得好緊。無論我在他眼裡看到的是什麼，也許是反射的暗影，是連接到另一塊領域的鏡子……全都消失了。眼前只有阿信，而即使如此，他對我來說也是半個陌生人。

「你經常像這樣發作嗎？」

發作。那是正確的字眼。暈眩發作，法力發威。一根斷指的彎曲抽搐，已經讓我們有些地方變得很奇怪。我說不出話，只能點頭。

阿信的雙手抓住我的肩膀。施加的力道讓我覺得好多了。接著他鬆開我的領口，很快解開最上面的鈕釦，動作靈巧。我暈頭轉向，不免好奇他曾解開多少女子的衣衫。但他很小心，只碰到衣服的部分。小心不要碰到我。

「你有沒有做過貧血檢查？很多你這個年紀的女孩都有貧血。」

像往常一樣實際。我吸口氣。陽光再度湧進房間，剛才的發作無論是什麼，消失了。

「阿信，你有沒有夢過一個小男孩，還有一個火車站？」

「沒有。」他坐下，嘆口氣，沒理會灰塵。

「嗯，我有。而且非常奇怪，因為他對我說話。我覺得好像以前見過他。」

「小男孩……那是我嗎？」

我拿起一份檔案揮打他。「不要那麼自戀啦！」

他笑著躲開。檔案從我手中飛出去，紙張掉得到處都是，散開的薄紙寫滿潦草難辨的字跡。是摩頓醫師的筆跡……事物的列表和更多列表，混雜著他訂購的各種用品，福馬林、酊劑的酒精溶液、解剖刀、玻片固定劑。然後我看到了：歐洲病人捐獻的手指。以鹽保存的乾製標本。

我拿著它在阿信的鼻子底下揮舞。「就是這個……目前為止唯一不是保存在液體裡面的！」

他大聲念出來，我則從他肩膀後面窺看。「這顯然是絕無僅有、自己動手做的保存方法。某個人，一個醫師同事，名字叫……有點看不清楚……麥克法蘭或麥克加蘭，去一趟叢林旅行的時候，有根手指截斷了。遭到動物咬傷之後出現敗血症。我希望他不是自己做標本。」

「不是，上面寫『W・艾克頓』。威廉・艾克頓……剛才在這裡的那位外科醫師。他告訴我，他曾經捐出他朋友的手指。」這樣的巧合讓我很不安，很像一道海底的暗流。

「真美好的友誼啊！」阿信以諷刺的語氣說。

我沒理會他。「用鹽加工，可能因為當下就只能那樣做。我好想知道他們到底在做什麼。」找到手指的真實紀錄真是鬆了一口氣，我對自己這樣說。由合格的醫師為了醫療目的而那樣做。至於其他部分，生意人對運氣的執迷，只是迷信。

「而它在這裡。」阿信從口袋拿出那個現在很熟悉的玻璃瓶，把它放在我們已經確認過的其他標本旁邊。

「把它放到後面去，放到上面的層架，」我說著，發抖了一下。

太陽西沉得更低了，陽光非常金黃，幾乎像是可以咬一口，很像九層糕；我有個親戚住在荷屬東印度的巴達維亞[30]，曾經帶這種糕點去我家。每一塊溼潤的糕點都像是加了東印度所有的香料。庫房差不多整理完成，木製層架擦拭乾淨，放滿了一排又一排的標本。所有檔案也已放入檔

30 荷屬東印度：指一八〇〇至一九四九年荷蘭人統治的印度尼西亞，今日的雅加達在當時稱為巴達維亞。

案櫃，而且重新貼好標籤。看著那些做了交叉標記的標本，我感到一陣興奮又熱烈的成就感。

「做得這麼好，你覺得羅林斯醫師會多付一點錢嗎？」我問阿信。

他正皺起眉頭，讀著另一份檔案。「恐怕不會。他同意付一天的加班費。附帶一提，那包括你在內。」

「那我們會分成兩份嗎？」

「會啊！」阿信突然說：「你缺錢嗎？」

「我想買個東西。」為了改變話題，我說：「你拿了錢要怎麼用？」

他回頭看我一眼。那是一種看不透的表情，意思是叫我不要問。「存起來。」

這不是第一次了，我很好奇阿信為何做得這麼拚命。他有獎學金，我繼父也給他一筆慷慨的生活津貼。阿信手臂骨折那個可怕的夜晚之後，無論達成什麼樣的停戰協議，他們都自己默默進行，沒有讓我得知內情。繼父是很嚴酷的人，但他遵守自己的諾言。

然而阿信在學期中繼續打工。他極少寫信，但是提到做過兼職工作，而去年暑假和聖誕節，他為了工作沒回家。他要那麼多錢做什麼？去五月花，你很容易就會積欠帳款。那不只是舞蹈課。點飲料，或私下要求把女孩帶出場，表示要請她們吃晚餐，而且誰知道還有什麼別的，支出很容易就急速上升。我見識過那種事，希望阿信在新加坡沒有為了某個女孩而上當。我該提醒他一下嗎？

不用，反正那不關我的事。

第十七章
巴都牙也 六月十三日星期六

離開醫院後，威廉帶阿仁去鎮上一間小餐館，外國人喜歡聚集在那裡。阿仁呢，對各種選擇猶豫半晌，最後輕聲說，他想要吃火腿三明治，拜託。火腿是西式佳餚，裝在錫製罐頭裡，由冷藏商店進口，但威廉似乎覺得那沒什麼好吃。

阿仁把他的三明治帶到外面去，司機哈侖在車子旁邊耐心等待，這輛奧斯汀汽車是威廉向前輩摩頓醫師買下的。也是同一位醫師把白色平房的租約、阿龍和哈侖全部傳承給他。這輛車讓哈侖引以為傲，包括亮晶晶的引擎蓋，以及底盤的柔和曲線。車子不是很大，但很適合威廉這樣的單身漢，每逢週末他自己開車出門。

「其他醫師從來不開車，」哈侖說著，解釋歐洲人就是這樣來來去去。有些人待個兩年就離開，其他人則定居下來，過著舒適又多采多姿的熱帶生活，成群的僕人讓他們再也不想回英國。

阿龍對阿仁說，其實摩頓醫師一直不是真正的醫師。他花時間解剖生病的器官和切開遺體，兩者都是阿龍不贊成的。遺體的所有部分都應該一起下葬啊，他嘀咕著說。怎麼可以像這樣散落各處呢？那樣只會惹來麻煩，像是餓鬼，他們的遺骨散落在陌生人之間。遺骨應該要由某位孝順的兒子認領回去，而不是留在醫院的可怕房間，那裡面滿是裝著各種器官的罐子，全都由摩頓醫師收藏起來。

那一定是病理學的庫房，阿仁著急心想。那個房間讓他看不見的貓觸鬚抖動起來，他很確定手指就在那裡。可是，今天早上在門口的幽暗人影究竟是誰？也許是羅林斯醫師，就是取代摩頓醫師的病理學家。

羅林斯醫師是有家室的人，因此他沒有接收摩頓醫師的單身漢住處，而是為自己的妻小要求一棟較大的平房。但是他們沒有留下來；度過一年，經歷了季風帶的雨季、炙人的炎熱，以及在鞋子裡發現蠍子後……他們覺得真是夠了，束裝返回英國。阿龍說，這裡有很多外國人實在怪怪的。他神情陰鬱地說，到底什麼原因讓他們願意離鄉背井，帶著家人遠赴半個世界以外的地方？

「甚至有女士也這樣？」阿仁問。

「當然！」阿龍說著，哼了一聲。「就像湯姆森家的女兒。莉迪亞，他們這樣叫她。她在英國有很大的醜聞。」到底是什麼事，阿龍不肯講。而現在，阿仁想著早先看到莉迪亞小姐在醫院裡幫忙，不禁好奇她究竟逃離了什麼事。

阿仁看著一群男孩玩起藤球。那顆藤編的小球飛出來，差點打中汽車。阿仁及時接住球。男孩們跑過來，以內疚的眼神看著閃閃發亮的汽車，以及阿仁身上雪白的家僕制服。

「接好。」他把球扔回去。他們年紀比他小，大約八、九歲，正是阿義過世當時的年紀。他們其中一人從口袋深處挖出一顆薄荷糖遞給他。那上面黏了一些毛屑，但阿仁以慎重的態度接過糖果。

「你幫鬼佬工作嗎？」男孩以廣東話問。

「我的主人是醫師。」阿仁拿糖果在袖子上偷偷擦拭，然後扔進嘴裡。嘗起來冰涼且有絨毛。

「你在醫院工作？」阿仁搖頭，但男孩繼續說。「你在那裡有沒有看過鬼？」

「很多人死在那間醫院，」另一個男孩說。

「我從來沒看過鬼。」除了阿義，阿仁心想，但只在夢中見過，所以不算。

「你有沒有聽說一隻老虎殺了一個女人？才上星期的事喔！」

「不過那不是在醫院，」另一個男孩說。「那是在一處橡膠園。」

「那是一隻鬼虎，白色的你知道吧？」

「不對，那是虎人啦……老虎變成老人。」

阿仁的胃緊張得揪成一團；老人變成老虎的這番描述，讓他的恐懼完全成真。「誰說牠變成老人？」

最小的男孩尖著嗓子說：「有人看到一個老人，走在黑漆墨烏的橡膠園裡。不過等他們跑去看，只留下老虎的腳印。」

阿仁忍不住問：「他有沒有少一根手指？」

男孩們彼此面面相覷。阿仁看得出來，他們的小腦袋忙著轉個不停，無疑正把這個細節添加到故事裡。

在阿仁的心裡，有一段記憶兀自浮現出來。薄暮時分，農園裡的扭曲暗影，一個老人的形體，身穿白衣。距離太遠而看不清他的臉，但他以熟悉的僵硬步伐穿行其間。夜色更深了，樹木掩映，很像一個個沉默的人形，唯一的光源是老人的潔白衣衫。阿仁拔腿追逐他的主人，叫喚麥克法蘭醫師回去家裡。他的主人又發作了，每當他冷得發抖、熱得冒汗，心思似乎不太對勁的時候，他就會發作。

天色好暗，阿仁幾乎看不見自己的腳。熟悉的窒息與驚慌感受又來了，害怕老醫師會跌倒或迷路，或者轉過身，露出張牙舞爪認不出來的臉孔，而阿仁又在黑暗中獨自一人啊！

儘管豔陽高照，這時阿仁卻瑟瑟發抖。那些男孩只是轉述本地的一則傳聞，他對自己這樣說。然而，麥克法蘭醫師辭世至今過了多久？他焦慮地算了算。現在只剩十五天了。他今天晚上必須回去拿手指。接著，他會把手指埋進麥克法蘭醫師的墳墓，把事情辦得圓滿。

那些小男孩溜走了。阿仁幫阿龍把購物清單上的物品都買齊後，和哈侖在樹蔭下等待。為了消磨時間，阿仁學習捲菸，不過薄薄的紙張很難對付，菸草掉了出來。哈侖很有耐心，看著阿仁捲出又醜又短、貌似紅蘿蔔的香菸也沒抱怨；他們用同一張紙捲了再捲，才不會浪費。

「但是你不該吸菸，」哈侖說著，把菸拿走。「你到底幾歲？」

阿仁嚥下口水。「十三。」

哈侖仔細端詳他。「我十二歲開始工作。我家有九個小孩，我是老大。那不容易啊！」

阿仁一直低著頭。首先，他必須完成自己的任務。「你認為是老虎殺了橡膠園裡的女人嗎？」

哈侖搓搓下巴。「無論地方法官怎麼說，那都很奇怪。老虎年紀大了或生病，沒辦法狩獵時，變成會吃人，但是有誰聽過老虎在過程中停下來，拒絕吃自己的獵物？那具屍體一定有什麼問題。」

「你覺得一個人有可能變成老虎嗎？」同樣的問題，阿仁陸續問過阿龍和威廉。

哈侖深深吸了一口自己的菸，菸的末端閃耀著亮亮的紅色。「我祖母告訴我有個老虎村，在麻六甲的金山附近。房屋的柱子是用海南火麻樹做的，牆壁是人皮，椽子是骨頭，屋頂是茅草混合人類的頭髮。那裡就是虎人生活的地方，牠們會改變身形。有些人說，牠們是死人的魂魄附身在野獸身上。」

阿仁不喜歡這個故事，太像麥克法蘭醫師最後那段日子的胡亂閒聊，當時老人會突然發作而爬起來，對他去過的地方和做過的事情講些零碎的描述。

「我這次去很遠的地方，」有一次他對阿仁這樣說，蒼白的眼睛飄來飄去。「我殺了六哩外的一頭貘。」

「是的，」阿仁安撫他說。「是的，我知道。」

「我好怕，」他喃喃說著，緊緊抓住阿仁的正方形小手。「這樣的日子，我總有一天不會回到自己的身軀。」

阿仁不喜歡想起那個樣子的麥克法蘭醫師，整個眼睛黏糊糊的，全身抖個不停，透過幾綹灰髮能看到粉紅色的頭皮。他希望回想起醫師抱著生病的嬰兒，或者仔細檢查無線電收音機，解釋電池如何運作。那是瘧疾，只是這樣。麥克法蘭醫師很快就會痊癒，服用大量的奎寧，一切就會恢復正常。但是兩天後，一名本地的獵人路過拜訪，展示一頭貘的簇生耳朵和尾巴。他說那是老虎的獵獲物，吃了一部分；他是在六哩外發現的，阿仁聽到這個消息全身僵直，瞥了麥克法蘭醫師一眼，他正默默寫著筆記本。

「就這樣嗎？」老人曾這樣說，他的眼神很平靜，眼皮低垂。但是阿仁記得他的談話，心裡很納悶。

而現在，阿仁以憂心忡忡的表情打量著哈侖。「那是真實的故事嗎？說老虎有人類的魂魄？」他問。

哈侖呼出一口煙，淡淡的煙氣從他的鼻孔飄出來。「我祖母從來沒說那是真的還假的。她用那故事來嚇我們，叫我們上床睡覺。」他把香菸捻熄。「我想，先生接下來會去俱樂部吃晚餐。如果你想回家，我會載你一程。最好不要走路，等獵捕之後再說。」

「會要獵捕老虎嗎？」

「今天晚上。把一頭山羊綁在橡膠園裡，本地獵人伊布拉欣伯伯、普萊斯先生和雷諾斯先生會待在裡面等牠。其他人會在俱樂部坐到很晚，等待消息。」

他們兩人看到威廉的瘦長身影，匆匆立正站好。他正與另一個外國人認真交談，那人的嘴唇上方留著一小撮整齊的鬍髭。阿仁偷聽到他們提起老虎。

「羅林斯在驗屍的時候顯然很執著，想要說是非自然死亡，」那個男人說。

「對，我聽說了，」威廉說。「地方法官駁回了。」

「除了老虎，還有什麼可能的原因？法瑞爾聽到很長的敘述完全沒耐心。」

阿仁的心一沉。他們終究斷定是老虎造成的。

哈侖打開車門，威廉縮著腿坐進奧斯汀汽車後座，而正如哈侖的預測，威廉叫他開車去位於高地的丘陵山頂的近打俱樂部。

「哈侖在俱樂部把我放下之後，可以送你回去，」他好像突然想到，對阿仁這樣說。「還是你想留下來，聽聽他們今天晚上有沒有抓到老虎？」

阿仁解釋說，他有東西留在醫院忘了拿，不過好的，他想要等等看。透過後視鏡，他看到威廉和哈侖以戲謔的眼神互看一眼。那是大人對小孩子的奇思異想所表現的溺愛神情，讓阿仁覺得又熱又窘，不過他告訴自己，他有任務要完成。

阿仁發現自己在奇怪的時機回到巴都牙也地區醫院，這時是下午接近傍晚。有屋頂的走道上方，天空呈現粉粉的紅色，火熱的太陽低垂於一些壯麗的雲朵之間，飄浮的模樣很像奶油蛋糕。

不過阿仁沒有時間讚嘆這一切；他今天早上在醫院感受到的嘶嘶刺痛仍然存在，生龍活虎。如果那不是阿義，究竟是誰或什麼事可以傳送訊號給他？

首先，他必須查看病理學庫房。這時樹木的一條條長影子投射在附屬建物上，他在附近遲疑半晌。今天早上半開的房門是關上的。阿仁輕輕試轉把手；在他的手底下，把手讓步了。

裡面是天花板很高的大型房間，建築物的另一端開了很多窗。根據威廉對庫房和置物箱所做的簡單描述，阿仁想像這個倉庫堆滿了各種遺物，但這個房間非常整齊。向晚的陽光斜斜照入，不過角落變得愈來愈暗，彷彿暗影處有一些看不見的微小生物漸漸聚集。

阿仁無視耳中微弱的嗡嗡聲，更往裡面走。麥克法蘭醫師賦予他尋找遺失手指的任務時，他想像的房間就像這樣。這個房間，有一排又一排的標本，裝入每一種想像得到的玻璃容器。長條窗戶的旁邊有個空箱子和一張踩腳凳，感覺有人才剛放在這裡。這種印象好強烈，阿仁幾乎可以看到一個纖細的人影打開最後一個箱子。不對，看到凳子放置的方式，他覺得那是用來把某種東西放到高處的層架上。

手指肯定在這裡；他只要閉上眼睛就能感受到微微的刺痛。在那個層架高處。他把凳子推得靠近一點，爬了上去。越過一些裝了可怕漂浮物品的較大容器，越過一個裝了雙頭老鼠的罐子。現在很難用他那種貓感官來感受了，實在太多靜電干擾。他從來沒想到會有這麼多標本。阿仁以危險的姿勢奮力踮起腳尖，眼睛的高度幾乎無法達到他想要看的層架。

他移動幾個瓶子，窺探它們後方。這時光線暗得很快，先是薰衣草紫然後變灰。阿仁有種感覺，他不是獨自一人。「阿義，」他大聲說出口。他的聲音飄蕩在空中，周圍的靜默好像充滿期待，彷彿沉默是一些細微蒼白的顆粒，涓滴流過一個巨大的沙漏。

阿仁抵抗著焦慮，耐心移動玻璃標本罐，以便看到後面的狀況。那些罐子叮咚輕響；它在這個層架上，也說不定是隔壁那一個。他沒辦法判斷得很清楚。他伸手探進去，在周圍胡亂扒找一番。他的貓鬍鬚扭來扭去，滿懷希望。阿仁把拳頭拉回來，張開手掌，發現一個玻璃小瓶。裡面是一根手指，乾燥成黝黑的色調，很像一根占卜杖。

阿仁心臟怦怦跳個不停，混雜了輕鬆和恐懼，他爬下去，仔細檢視他的大獎。幾乎跟麥克法蘭醫師描述的狀況一模一樣。「用鹽保存，」他說著。「很可能是獨一無二……其他標本應該都保存在酒精或福馬林裡面。」

阿仁把它塞進口袋。這是他第一次做出竊賊的行為，而且花這麼久的時間才找到手指，於是他低聲含糊表達內疚和歉意，但不確定表達的對象是上帝、阿義，還是麥克法蘭醫師。

這時陰影處變得更暗了，暗到彷彿有一塊帷幕罩住整個房間。偷來的手指在口袋裡顯得好沉重。他待的時間太長了。他偷偷關門，皮膚刺痛，頸背的寒毛全部豎起。一到外面，他先是走路，然後小跑，到最後，由於沒人阻攔，他拔腿狂奔，一路沿著有頂蓋的走道和長走廊往回跑，彷彿要奔逃求生。

第十八章

巴都牙也地區醫院

六月十三日星期六

「所以，那個房間所有的標本，只有手指不見了，」我說。

我和阿信把借來的桶子和清潔抹布歸還到工友的櫥櫃後，匆匆返回幾棵紫檀樹之間，金黃花瓣簌簌飄落。

阿信皺起眉頭。「原本的清單上有多少手指？」

「十四。」

我不想說那是不吉利的數字。阿信對那種事沒有耐心，不過我從他下巴的短暫扭動看得出來，他當然是表達那種意思。對於說廣東話的人，十三是幸運數字，念起來很像「永生」。另一方面，十四則很可怕，因為聽起來像「實死」。

「我應該要通知羅林斯醫師，」阿信說。「有這麼多手指遺失實在很奇怪。」

有個身穿白制服的醫護員從遠處一棟建築物走出來，手裡拿著層疊式的便當盒。他轉個身，不讓低垂的太陽照到他的臉。他的步伐和瘦削的身形有某種熟悉感，讓我喉嚨縮緊。白色的形影愈來愈近了。等他走到大約四十呎外，那人舉起手擋住臉，瞇眼看著我們。我的心一沉，認出昨晚舞廳那個尖下巴的人：黃ＹＫ先生本人。

也許他真的是惡魔，可以自我複製，於是不管我去哪裡，他都能跟著我。但是不對啊……這是巧合，是一場厄運。況且，他的神情沒有認出我的樣子，眼睛受到西沉太陽照射而瞇得很緊。

「阿信！」我強忍內心的驚慌。「那是誰？」

他望向自己背後。「那是我的室友，黃雲強。我跟你提過。我們叫他ＹＫ。」

「我以為你的室友是許明。」那個興高采烈的胖子。

「不是，許明只是朋友。」

我們身在外面的空地，站在大樹下的草地上，沒有地方可以躲。如果我跑掉，他肯定會認出我。也說不定他已經認出來了。

「拜託不要讓他看到我！」

「為什麼？」

「我以後會解釋。拜託！」我緊閉雙眼，把臉埋進阿信的胸口。這是我唯一想得到的作法。那一瞬間，他全身僵住。接著，他勉強伸出手臂摟著我。吹到我頸部的溫暖呼氣，他皮膚的熱度，給我一種強烈的感受，一陣暈眩，我將之歸因於焦慮。我曾經和很多陌生人共舞；這沒什麼好慌張的。

踩踏乾燥樹葉的腳步聲愈來愈近。接著我聽到一個聲音，立刻認出來，雖然我只聽過一次。

「嗨，李信！你帶女朋友來這裡啊？」

我抓緊阿信，感覺他的襯衫在我指間滑動。

「我下班了，」阿信說。「拜託，你沒看到我很忙嗎？」

腳步踩踏，繞個圈子走得更近。阿信的胸膛比我的印象更寬闊，用我的手臂更難環抱了。他的心怦怦跳得很快，難道那是我自己的心跳聲？

黃雲強再度出聲。「我會放你一馬，只要你介紹女朋友給我認識。」

「她很害羞，你會讓她很尷尬……走開啦！」

一陣笑聲，接著腳步聲退去。「別忘了介紹我喔！」

我定住不動，數著秒數。從一數到十，我急著抬起頭，想看看他是否已經離開，但阿信抓住我作勢警告。「還不行！」他輕聲說。接著又說：「你最好有清楚合理的解釋。」

阿信的手按在我的腰背部，他的手好燙，熱度沿著我的脊椎往上傳遞。他突然放開我，說道：「這到底是怎麼回事？」

我面紅耳赤，含糊描述黃雲強怎麼跑來找那根手指。阿信繃緊下巴。「你到底怎麼會遇到這麼多男人……先是握有手指的生意人，現在又是我室友？如果你不告訴我，我會自己去問他。」

我得想出更合理的說法才行。「我跟朋友去一間舞廳，」我終於開口說。「就是因為那樣，我才會遇到他們兩人……生意人和你室友。」

「你為什麼會去那種地方？對男人來說沒問題，但是你不行吧，特別是畢竟……」

「畢竟什麼？」我說。「畢竟我是女孩子嗎？所以你可以去整個鎮上到處找女生鬼混，但是我應該待在家裡，等著結婚？」

挑起吵架比較簡單，承認可恥的事實就困難多了：那是我所能找到薪水最好的工作，接到通知就能去，只要會微笑，而且讓陌生人伸手放在我身上就行。我好氣阿信的優越感，氣他對我的事指指點點；然而，我也對自己目光短淺的愚蠢選擇感到羞愧。如果我怕阿信會發現，那麼萬一繼父發現，又會糟糕到什麼地步呢？還有護士訓練，我剛才還那麼興奮？道德品格的介紹信很重要，特別是未婚女性；我盲目跟著阿慧去五月花時，根本沒想這麼多。

一陣靜默。「有人向你求婚嗎？」

「沒有人要結婚，」我氣憤說道。阿明的名字懸宕在我們之間的空氣中，沒有說出來卻如此清晰，我幾乎覺得會像鐘聲一樣響起來。

阿信冷冷地說：「嗯，不要跑去結婚卻沒有找我商量。」

「為什麼？」

他看起來很煩躁。「因為你可能會做出愚蠢的決定啊！」

「什麼原因讓你覺得我很蠢？我拒絕了當鋪老闆的表親啊！」

這番話一從嘴裡說出口，我就好想踹自己一腳。那是很尷尬的插曲，阿信根本不知道。他去念醫學院之後，事實上有人向我求婚過。聽到我再也不會去念書，本地的當鋪老闆就為了他的表親跑去找我繼父。我說不要，而且出乎意料的是，繼父沒有催促那件事。

「當鋪老闆……你是說我父親的朋友？那個老色鬼。」阿信的語氣很平靜，但他的臉變得好蒼白。

「不是他啦，是他的表親，」我結結巴巴說。

阿信不像他父親……至少，不太像。每個人都說他很像過世已久的母親。不過一旦他的臉變得蒼白，完全就像繼父因為憤怒而臉色蒼白的樣子。

我很討厭看到他臉上有那種神情。害我很想縮成一團、摀住眼睛、急忙逃開。在最黑暗、最怯懦的內心深處，我好怕未來有一天，猛一轉身，突然發現阿信發生了某種怪異可怕、宛如噩夢的改變，變成他的父親。

「不要用那種眼神看我，」他氣憤說道。「我又不會怎樣。永遠不會。」

他走開了。我很熟悉他那挺直肩膀、垂頭喪氣的模樣，我心裡則充滿難以忍受的遺憾與痛苦。一會兒之後，我從背後趕上他，拉拉他的手。「還是朋友？」

他點頭。天色漸暗，建築物漸漸變得灰僕僕的沒有色彩。我們默默走了一陣子，手牽著手，彷彿兩人又是孩子。就像童話故事〈糖果屋〉的漢賽爾和葛麗特在森林裡迷了路，我隱約這樣想。我神情呆滯，而且覺得愈來愈熱。我們究竟是跟著一連串的麵包屑走，還是朝向女巫的藏身處而去，我真的一點概念也沒有。

最後我終於說：「我最好去車站。」

「太晚了，晚班火車開走了。」他說。

「那我該怎麼辦？」我倒在粗糙的草地上，累到無法顧及衣裙沾染了髒污。反正四周沒人，只有醫院的電燈點亮了。

「留下來過夜。我跟你說過，我安排好了。別擔心ＹＫ……他今晚不在，要去找他父母。」我的頭低低的。頭好重，彷彿有個看不見的侏儒站在頭頂上，得意洋洋跺著腳。阿信摸摸我的額頭。「你發燒了！為什麼都沒說啊？」

⁂

阿信的護士朋友不在，但他幫我在職員宿舍找到一張備用床，是給來訪親戚用的。他簽名登記時，許明從角落晃過來。

「今天晚上不回去怡保啊？」他穿了乾淨的襯衫和棉質長褲，一把梳子插在後面口袋，頭髮溼溼的旁分到一側。畢竟是星期六，而晚上才剛開始。

「我姊累了，」阿信說。

許明對我拋來淘氣的一眼。「我剛才聽ＹＫ說，她根本不是你真正的姊姊。你這無賴！」

我看著阿信。我們該怎麼辦？

「對啦，她是我的女孩，」他冷冷地說。

「你幹嘛不乾脆這樣說？」

「因為我要登記她是親戚啊！」幸好接待櫃檯沒人聽到這番話，不過有好幾位護士經過，穿得很時髦準備外出。可能是我的想像吧，但其中至少有幾個人對我露出不友善的眼神。

許明看起來很失望。「嗯，智蓮，如果你厭倦了他，不要忘記我喔！」

我虛弱地笑笑。我的頭陣陣刺痛，活像這時有一群看不見的侏儒，拿著木槌開心猛敲我的頭。我不禁納悶自己是否要進入另一個奇怪的夢境。「我要去床上。」

阿信把一瓶阿斯匹靈塞進我手裡。「如果需要什麼東西，傳個訊息給我。」

我點頭，跟著管家走進職員宿舍的女性區。管家是大媽型的老太太，她也什麼話都沒說。她的背挺得直直的，我很想知道她是否偷聽到許明的大聲嚷嚷。她打開一個房間的門鎖，是個狹窄的空間，很像牢房，只夠放一張單人床，然後她把鑰匙遞給我，外加兩條薄薄的棉質毛巾。

到了門口，她轉過身，嘴唇是一條薄薄的線狀。「客房真的只提供給家庭成員使用，不是『朋友』。」

「不過我們是家人啊！」我說。「應該說，透過婚姻。」我本來是要說透過「我們父母的婚姻」，但舌頭感覺又厚又乾，彷彿對我的嘴巴來說太過巨大。

她看起來鬆口氣。「噢，所以那麼你們結婚了？你們已經註冊了嗎？」很多年輕夫妻早早就去法院註冊，這樣才能一起申請房子。我沒有力氣解答她的疑惑，只是無力地笑笑。

「那麼你們認識多久了？」她問。

「十歲就認識了。」

「那就是青梅竹馬！」管家看起來很高興。「而你這麼漂亮，穿著又體面。」

這是個機會，讓我能幫譚太太的裁縫店打廣告，但我實在太不舒服了，幾乎講不出話。她離開後，我梳洗一下。我很想請教一些護士，問她們在這裡工作的狀況如何，但只能吞了兩顆阿斯匹靈就躺下。睡著之前，我最後的念頭是想知道，我們究竟有沒有鎖上病理學庫房的房門。

我漂浮著。在水中沒有重量。上方有一圈光線。我懶洋洋踢了幾下水，游向那圈光。我破水而出，大口喘氣，發現自己凝視著熟悉的場景。同一段陽光普照的河岸，生長茂密的竹林和茅草，同樣清澈的河流。

在現實生活中，我沒辦法游得這麼好，但此刻我在水裡開心轉了幾個圈。透過晶瑩剔透的河水往下探看，我看到河床的潔白沙子，投射著水波漣漪的影子，然後陰暗的底部向下落入黑暗。河底的那片虛無，究竟是什麼呢？我心神不寧，划著水離開那裡。暗影依然存在，在下方距離約半個人的身高，彷彿河底坍塌消失了，或者遭到黑暗的吞噬。而且它持續移動。

我游得愈快，它朝我靠近的速度也愈快。我的肺部在燃燒，我奮力揮動手臂和雙腿，拚命推動自己前進。前方的河岸突然有個人影映入眼簾，是火車站那個小男孩。

「來這裡！」他大喊。

我一陣恐慌，冒出水面，讓自己朝向岸邊猛衝前進，咻咻喘氣。小男孩急忙彎身探向我。

「那到底是什麼？」我氣喘吁吁地說。「水底下那個暗影？」

他瞇起眼睛。「我自己也不是很確定。我不能下水，你懂吧！」然而他的視線移開，讓我覺得他在說謊，或至少是避開這個話題。「你也不該下去。來吧！」

他轉過身，開始快步行走，他的頭幾乎沒有比草叢高到哪裡去。我知道我們有確切的目的地：火車站。我可以看到火車站斜斜的亞答樹葉屋頂。況且根本沒有其他地方可以去。我們四周一片綠油油，都是半開墾的荒野，廢耕的田野長滿熱帶植物和木瓜樹。再往更遠的後方，顯露出深濃的藍色山脊和叢林。

我們到達月台時，小男孩轉過身，態度輕鬆地嘆口氣。「看到你在水裡，我好害怕。」

「那個暗影一直在那裡嗎？」

他點頭。「那是要讓人們保持在這一側，不要回去那邊。上一次你進去水裡，它沒有注意到你，但這一次它注意到了。那是不好的兆頭。」

「為什麼呢？」

他仔細端詳我的睡衣。出乎我意料之外，睡衣是乾的，而且很乾淨，好像我剛才沒有在河裡游泳，也沒有拖著身子穿越泥濘的樹叢。「你不屬於這裡。」

「你叫什麼名字？」我問。

他又顯得很不高興。我已經漸漸習慣那種神情；那表示他不想說謊，但也因為某種原因而不想告訴我。就在這時，我猛然醒悟：這處平靜的大地，空蕩的車站有一列火車永遠停靠，可能只是一個候車的地方。

「你是我母親孩子的其中一個嗎？」我問。就是因為這樣，所以他叫我姊姊？「儒家的五常之一？」

小男孩顯得非常驚訝。「你好聰明啊！」他滿心佩服地說。「因為你的名字就是那樣，對吧？『智』。」

「你是仁、義，還是禮？」

又出現為難的神情。「我是五常之一，然而我不是你母親的孩子。但我不懂，我試著要跟我哥哥取得聯繫，一直來這裡的人卻是你。」

「你是指阿信嗎？他也是我弟弟。」

「不是。」他遲疑半晌，咬著嘴唇。「我很擔心哥哥走上錯誤的方向，跟隨錯誤的主人。」

「我認識他嗎？」

「不認識，不過你會認出他。」小男孩的眼神蒙上一道不安的陰影。

炭黑色的火車頭和空蕩無人的車廂在車站空轉，但停放的位置改變了。第一次是靠近鐵軌從水底下升起的地方。第二次有一半位於火車站外面，彷彿正要開走。而今天，它剛好停在月台旁。我凝視著鐵軌，發現一件令人不安的事：只有一條鐵軌。沒有雙向的軌道讓火車往回開，另一側也沒有月台。

小男孩順著我的目光看去。「別擔心。你絕對不會搭火車來這裡，所以你可以自己回去。至少，這一次可以。」

我回想起河底深處的黑暗地帶，忍不住全身顫抖。「所以，你希望我告訴你哥哥，叫他把目前做的事情停下來？」

小男孩看起來很悲傷。「是的。而且叫他要注意我們的第五常。我們每個人都有點問題，但是第五個人特別糟糕，你也應該要小心。」

「我會盡力。如果我遇到你哥哥，我會把這個訊息傳遞給他。」

「你絕對不能說你遇到我。」他一副嚴肅的樣子，於是我也鄭重點頭。「我不會忘記你的好心。如果有一天得知我的名字，你可以叫我。」

叫你？我可沒有意願再來這裡啊！而且，這當然是一場夢，我對自己這樣說。這只是一場夢。一旦這樣想，我的意識從一個層架掉下去，掉進某個灰僕、柔軟、空蕩的地方。

第十九章

巴都牙也　六月十四日星期日

結果他們沒有殺死老虎。

阿仁沒睡覺，跟著哈侖和其他司機坐在近打俱樂部後方的一張長椅上，大家聊天、抽菸、等待各自的主人，一直等到他的眼皮撐不住。哈侖帶著睡眼惺忪的他，跌跌撞撞走向汽車，而他連一點印象也沒有。他們開車載威廉回家，在碎石車道上顛簸前進時，午夜已經過了很久。阿仁直接倒在床上不省人事，直到太陽晒上他的臉。

「已經過八點了，」阿龍跑來找他，厲聲咆哮。

阿仁跳起來，想起昨晚的狩獵。「他們有沒有抓到？」

「沒有。不過他們等了一整晚。」

獵人藏身於臨時搭建的隱祕處所，位於拴住山羊的下風處。為了迎合老虎，那個地方經過精心挑選，位於樹蔭下，靠近水邊，畢竟老虎覓食之後要喝大量的水。時間一拖再拖，偶爾只有山羊嚇人的咩咩叫聲打斷這一切。不過到最後，結果還是一樣。連瞥見老虎一眼都沒有。事後大家提出很多理論。地點錯了；他們應該用彈簧槍陷阱；如果沒有找巫師對老虎施展法術，絕對不該進行這件事。

「真的有那樣的人？」阿仁問。

出乎他意料之外，阿龍點頭。「他們也可以召喚豹子和野豬，甚至猴子。主要看他們的法力有多強。」他粗魯地搓搓上唇。「嗯，他們是這樣說啦！好了，趁他起床之前，你要確定早餐的餐桌布置好了。」

「先生，您要去教堂嗎？」阿仁問。威廉吃早餐時，他用棕色的奇偉牌鞋油擦亮主人的鞋子，鞋油是昨天去鎮上買的，擦到閃亮為止。威廉檢視一番，說這讓他聯想到熟透的栗子，但是阿仁搞不清楚他指的是什麼。某種水果，他心想，但他無法想像有水果看起來像鞋子。

「要，我今天早上要去。」他會自己開車去，因為哈侖星期日休假。

「老虎離開這個地區是真的嗎？」

威廉點頭。看來老虎徹底消失了，結果引發聳人聽聞的猜測，說那不是正常的野獸。謠言四起，說安比卡是放蕩的女人，就是這樣而成為目標。這種謠言顯然讓威廉變得很不安。阿仁站在碎石車道上，目送車子離開，只能推斷威廉是個好心腸又有同情心的人。

阿仁做完家務後，匆匆回到住處，檢視昨天從醫院取得的手指……不對，是偷來的，這讓他滿心都是莫名的擔憂與恐懼。他昨晚穿的長褲依然掛在鉤子上。阿仁取出瓶子，放在窗台上。在屋外，露水讓厚厚的竹籬笆潮溼且柔軟。一隻八哥謹慎穿越草地，頭歪向一邊，以黃眼睛盯著看。在早晨的陽光中，手指看起來就像昨天在病理學庫房一樣悲哀又可怕。

阿仁仔細凝視，看到頭都暈了，但他的貓感官異常安靜。昨天，他整個頭充滿了手指顫動的嗡嗡聲，但今天只是靜止不動。一種寂靜的期盼。

阿仁瞇起眼睛，希望恢復自己的貓感官。阿義過世以來的這三年，他極度想念那種能力。他最需要的時候，那種能力消失了：與麥克法蘭醫師相處的最後幾個月，醫師說了好些奇怪的事情，讓阿仁覺得困惑又驚慌。老醫師輕聲說話，雙眼圓睜，呈現呆滯的出神狀態。冗長且巨細靡遺地描述獵殺野鹿和野豬的過程，從牠們背後悄悄潛行。突然間竄出，咬住喉部使之窒息。一扭頭，頸部折斷。

第一個死亡事件發生在雨季，當時大雨傾注於溼潤的紅色大地，很像掛著一片灰色簾幕。阿仁忘不了那段時間；那像是重播一捲他看不懂的影片膠卷，無論看幾遍都一樣。閉上雙眼，他仍然可以看見老醫師的形象，埋首於筆記本上振筆疾書。他一直生病，在樓下的浴室裡嘔吐，然而阿仁每次前去查看，那裡都沒有什麼需要清理。

「我自己清理，」麥克法蘭醫師說。他兩眼通紅，阿仁端給他隔夜的咖哩當簡單晚餐時，他露出痛苦的表情。「拿走，我不能吃肉。」

後來，阿仁發現他凝視著迴廊屋頂落下的無盡雨水。「阿仁，」他說著，沒有轉身。「你覺得我怎麼樣？」

以前從來沒人問阿仁這樣的問題。至少，沒有成年人這樣問。關阿姨總是忙著告訴他該做什麼事，不曾問他的意見，而在這一剎那間，他非常想念她。他說不出話，凝視著麥克法蘭醫師的鼻子，這是眼前老人教他的一招，每當他覺得太害羞、沒辦法看著別人的眼睛就可以這樣。

「您是好人，」阿仁終於說。他心想，麥克法蘭醫師是否擔心別人謠傳說他失智，還是他自己根本聽說了。

他的主人仔細端詳他良久，阿仁好想別開視線，轉而看自己赤裸的小腳，或者望向窗外，但那樣不禮貌。他反倒強迫自己的視線往上移動，直到看著麥克法蘭醫師的眼睛。結果出乎他意料之外，老人看起來很悲傷。

「我想給你看個東西，」他說著，踏起熟悉的僵硬步伐，走向有蓋子的寫字桌，他把所有文件收藏在那裡。鑰匙在麥克法蘭醫師口袋裡的鑰匙圈上。他過世之後，律師會翻遍每個抽屜，但疑神疑鬼的，還先問阿仁是否碰過任何東西。

麥克法蘭醫師拿出一張照片。照片裡有兩名馬來人，光著上身，蹲在牆邊。他們臉上的神情很友善，但是顯得謹慎。右邊那一位的上臂綁著東西，看似繩索或細線。

「哪一個人像我？」老人說。

阿仁皺起眉頭，凝神觀看。他的主人又發作了嗎？可是沒有，他很冷靜，頭腦清楚。然後阿仁看出來了。

「他上唇的凹痕。」他指著右邊的男子。「他沒有凹進去，您也沒有。」

麥克法蘭醫師看起來很高興，就像阿仁把無線電收音機拆開又裝回去一樣得意。

「是的，」他說。「那裡稱為人中。」困惑的神情又回到他臉上。

「這個男人是誰？」阿仁問。

「我在五年前拍了這張照片，當時我和一個朋友去旅行。我們在一個小村子，叫作『烏魯阿靈』，而這個小夥子，」他敲敲右邊的男子，「是當地的巫師。」麥克法蘭醫師說得很快，他有很多天講話沒這麼流暢了。

「您就是那個時候失去手指嗎？」打從阿仁剛認識麥克法蘭醫師，他就對自己左手失去的手指念念不忘。

「對，就是那趟旅行。他一看到我就很興奮。」老醫師伸出一根手指放在自己的上唇。「他把自己的手放在這裡，叫我『哥哥』。」

哥哥。

「為什麼？」

「他說，少了上唇這個凹溝，這是虎人的標記。」

阿仁默然不語，心裡納悶老人是否開玩笑，但他蒼白的眼睛沒有開玩笑的意味。有很多故事講到虎人，來自叢林，會抓小孩和吞食雞隻。他仔細看著那張黑白照片。

「您看過他變成老虎嗎？」

「沒有，不過其他人說有。心情受到打擊時，他會說『我要走走』，進入叢林，點燃一根香，用拳頭把它敲熄，直到皮膚起了變化，出現毛皮和尾巴。接著他狩獵數日，直到吃飽。「等到完成，他會蜷伏在地，說著『我要回家』，然後變回人形。變成人形後，他會把吃下去不能消化的所有骨頭、羽毛和毛髮全部吐出來。」

阿仁突然回想起麥克法蘭醫師的嘔吐和反胃，從關閉的門後傳來的作嘔聲。

「虎人的另一個標誌，」麥克法蘭醫師繼續說，「是畸形的爪子。無論是前腿或後腿，永遠有一個爪子有缺陷。我在那趟旅行失去手指時，那位巫師告訴我，要把它跟我埋在一起，這樣我才能再度變得完整……完整的人。當時我不相信他說的話。」他陷入沉默。

阿仁不安地移動身子，仔細端詳老人的輪廓。他臉上有種阿仁以前沒見過的神情；一閃而過的狡猾神色，還是有個暗影通過他的眼睛後方，很像鰻魚？「你覺得我看起來像凶手嗎？」麥克法蘭醫師問道。

突然間，阿仁很害怕。他後退一步，接著再一步。麥克法蘭醫師依然凝視著窗外，沒有注意到他何時離開。

接下來幾天，只要看到麥克法蘭醫師，阿仁就無法控制，一直聽到「你覺得我看起來像凶手嗎？」這句話在腦袋裡反覆迴盪。這是令人困惑又害怕的問題。也因此幾天後，幾位外國女士穿著輕盈飄逸的衣裳，成群走上長長的碎石車道，前來探望醫師時，阿仁很高興她們來打擾，雖然他得衝去收拾東西。

等到女士們進入屋內，她們鬆了一口氣，發現平房整齊又乾淨，而麥克法蘭醫師坐在藤製扶手椅上，腿上放著一本書。他們是共犯，老人和男孩，不過阿仁急忙來回奔走，確定其他房門都關好，才不會讓她們看見屋子的其餘部分時，覺得自己好像叛徒。他猜想，如果能由這些女性來持家可能比較好，但他要如何解釋呢？

有一胸脯堅硬得宛如船首的女士朗聲說道：「你不可能自己一個人待在這裡，特別是有吃人野獸到處亂跑的時候。」她那高亢又尖銳的聲音劃破房間，這時阿仁剛好進來，用托盤端著一個茶杯。沒有餅乾；幾週前就吃完了。

麥克法蘭醫師的語氣顯得精力充沛，阿仁有很長一段時間沒聽過了，可是老醫師握住扶手椅的那隻手微微顫抖。「亂講！我才不是自己一個人！」

「有個年輕女性在咖啡園送命耶！」那位女士瞥了阿仁一眼，對他點頭，示意把托盤放在桌上。她等待他離開房間。阿仁出去之後，流連於房門附近。他聽不清楚太多內容，因為她壓低聲音說話。

「……從背後悄悄靠近。頸部折斷……」

阿仁聽著，覺得這番描述很熟悉，令人害怕極了。她們離開後，麥克法蘭醫師的臉色變得灰白且緊繃，先前的好精神已棄他而去。

後來阿仁打掃樓下的浴室時，在角落找到一綹黑髮。比他的手臂更長，是女性的頭髮。阿仁盯著它看，不知道是否上次打掃時遺漏了，還是其中一位女士在拜訪過程中用過浴室。

那天晚上，他夢見麥克法蘭醫師彎下腰，又在樓下浴室嘔吐。夢中非常昏暗；僅有的微光是藍色的，閃爍的模樣彷彿外面肆虐著閃電和暴雨。阿仁束手無策，只能從打開的門口看著麥克法蘭醫師抬起頭，流著口水，眼神很像野生動物。他把左手用力塞進口中，就是失去手指的那隻手，然後拉出一綹長而鬈曲的女性黑髮。

回憶結束了，就像一條影片膠卷，閃爍幾次停了下來。阿仁有種不安的預感，他在某個時機走錯一步，雖然完全不知道錯在哪裡。要是當時有他的貓感官幫忙就好了。

現在，他讓注意力回到玻璃瓶。他的小房間空蕩蕩，沒有地方可以藏東西，但他留了一個空錫罐，於是把小瓶子放進去。他將罐子塞到上衣底下，走出去到花園邊緣，綠色草坪在那裡讓步給叢林，附近還有垃圾場。在那裡，他將柔軟的泥土挖個洞，把錫罐埋進去，放上一顆大石頭標記地點。

等他要離開這裡回去甘文丁時，他會把罐子挖出來，重新把手指埋進麥克法蘭醫師的墳墓，他的責任就完成了。

威廉沒有很專心聆聽教堂禮拜，眼睛忙著掃視教堂的一張張長椅。聖三一堂以暗色木料建造而成，相當陰涼，雖然仍是早晨，空氣已十分潮溼，汗水滴落他的衣領。教堂擠了相當多人，現在參加禮拜的本地人比歐洲人更多了。站在他旁邊的坦米爾婦女移動位置，威廉突然覺得很納悶，自己聞起來是否有血的氣味。

手術室的氣味經常黏附在他身上，最鮮明高調的是消毒劑，還有模糊低調的骨粉和血液。即使他經常一絲不苟地清洗雙手和沐浴，但氣味始終沒有真的離開他的鼻孔。不過他自從星期五就沒有待過手術室，所以一定是氣味的幻影。

星期五那天，礦場的挖泥機發生爆炸。有個男人失去手腕以下的雙手，威廉採用的是克魯根勃式，這是世界大戰之後流行的作法。他很少做這種手術，比較傾向於盡可能保留每一吋的手腕，但像這次的例子，這是他所能提供的最佳方案。他把前臂的兩根骨頭分開，讓殘肢可以像筷子一樣使用。這種解決方案很醜陋，讓傷殘程度顯得更嚴重。乍看之下沒有低調的鉤子和木製假手可以欺人；只有兩根看似裸露的骨叉取代前臂，很像螃蟹的大螯。但是運作效果遠比義肢好多了。男人可以用完整的感覺抓取物品、打開門，甚至操作工具。仔細思考過後，威廉很確定自己做了正確的決定，雖然他無法想像有哪個女人願意接受那對可悲大螯的碰觸。那麼沒有手指的一隻手呢？光是失去一根手指就讓人心煩意亂。

這時，教堂的會眾盡皆跪著，齊聲吟誦：

我們拋下應做的事未做，
我們做了不應做的事。
然而，主啊，求汝憐憫我們……

威廉因為站在後面，沒有跪下，不過他有強烈的欲望想要跪下。「我們不應做的事」——這番話宛如舉重若輕的鳥兒，停棲在他身上。

他考慮著阿仁的問題。他沒有指示阿仁把皮鞋擦亮，但今天早上鞋子很光亮，整整齊齊擺在門口。這是頭一次，他真正了解母親對於好僕人的價值的感嘆。但阿仁只是個小孩子。他顯然很聰明，把他留在自己身邊很自私，簡直怪異。我應該送他去上學。

在前幾排的長椅上，他看到莉迪亞的側臉，再次深受打擊，因為她的外貌神似他的未婚妻艾瑞絲，都有長著雀斑的細緻皮膚和閃亮髮色。艾瑞絲對他微笑：那種熟悉的熱戀感受，當時他覺得自己願意做牛做馬，只為讓她開心。艾瑞絲，冷淡且疏遠，指控他與其他女子卿卿我我，當時那實在很荒謬，他從來不曾那樣，與她在一起時連一次都沒有。好諷刺啊！而他最後一次見到她時，那時她極度憤怒，張開粉紅色的小嘴，無聲尖叫。凶手。想到那段記憶，他渾身發抖。

禮拜結束時，教堂會眾的話題是昨晚未竟的獵虎行動。

「我不是說過嗎？」那是雷斯里，他在醫院的年輕同事。他笑起來。「有普萊斯加入，他們一定會把事情搞砸。」

因為某種原因，雷斯里不喜歡普萊斯。像他們這樣的小圈圈，每一次不重要的冒犯都有人記住，也因此威廉必須很小心，才不會有人把他和可憐的安比卡遭到肢解的身軀聯想在一起。於是他必須與雷斯里保持友好關係，那個人講太多話，也對太多人講。

「關於我們的聚會，」雷斯里說著，指的是下一次由威廉主辦的每月晚餐聚會。「我來安排一些餘興節目，可以嗎？」

威廉沒有特別熱中，但他以親切的語氣說：「你喜歡怎樣都行。」

「大驚喜喔！」雷斯里說，離開時看起來很高興。太遲了，威廉猛然想起自己忘了提，他答應莉迪亞來參加下一次聚會，但是沒關係吧！莉迪亞與那群人相處得很好。絕對會比安比卡好多了。

謠言說安比卡之所以被挑中，是因為巫術的關係，或者惡靈變身成老虎的形式；這實在令人煩惱，主要因為他們指控安比卡是放蕩的女性。她還真的是，他心想。突然間而且很強烈，他想念她。一陣悲慘且孤獨的困惑感受降臨他身上，然而安比卡的小屋依舊空蕩。她再也不會回去那裡了。

威廉告訴自己，從現在開始，他會成為比較好的人。幫昨天病理學庫房的華人女孩美言幾句，就是詢問護理方面的女孩。她頂著一頭短髮很迷人，很搭配她直直的眉毛和黑眼睛，逼視他的時候眼睛斜斜的，很像母鹿。她很像秀氣的男孩，四肢纖細，腰身很窄，因此他很想要抓住她，用力抓住，聆聽她的喘息聲。如果用一根手指沿著纖細的頸背往下滑，滑到她那小而堅挺乳房之間的凹陷處，他真想知道會是什麼樣的感覺。她不是他喜歡的類型，但是一想到她，他就想碰觸看看。

他喜歡的類型比較像南達妮，就是讓阿仁救回腿的那個女孩。想著這件事時，他在人群中看到她的臉。他嚇了一跳……那真的是她嗎？還是所有本地女孩都有類似的長辮子鬈髮？不過她似乎很害羞，心形的臉蛋有酒窩。威廉突然湧起一股自信。

有時候，意想不到的，他的願望竟然成真。門扉打開，障礙排除。例如羅林斯對謀殺的懷疑，遭到沒耐心的地方法官刻意漠視。或者時機那麼湊巧，那個生意人的訃聞刊登在報紙上。說是巧合也好，純粹幸運也罷，這類事情在他的人生之中也太頻繁了。

他微笑以對，走上前去找南達妮。她倚著木製拐杖。

「腿怎麼樣？」根據他的印象，她的英文不是很好，不像另一個女孩，華人女孩，那麼好。他們說一種馬來方言和英文，但是沒關係。

「比較好了，」她害羞地說。

「我會載你一程，」他說。畢竟她住在附近的橡膠園。

但是莉迪亞已經找上他。「威廉，你要回家嗎？」

他的第一個反應是覺得很煩，但隨即意識到這其實是好事。他到底在想什麼？在教堂的所有人面前，讓一個本地女孩搭便車回家？他犯了錯。最好有莉迪亞在身邊。事實上呢，太好了，他可以先放她下車，然後是南達妮。「你要搭便車嗎？」

莉迪亞很開心。「好啊，如果不是太麻煩。」

「完全不麻煩……我也正要送病人喔！」他故意挑逗她。

莉迪亞停下來告訴父母，她不會跟他們一起回去。從眼神看來，他們很高興他對自己的女兒採取行動。那是誤解，他最後得好好澄清，不過那是可以理解的。他年紀適當，而且來自好家庭。莉迪亞有些謠言纏身，說跟他糾纏不休，但是他想不起來那跟什麼事有關。威廉覺得應該要調查一下。然而，此時此刻陽光燦爛，所有人展露笑顏，而獵虎行動意味著未來還有令人更興奮的事。

莉迪亞當然坐在前座。威廉幫忙南達妮和她的拐杖進後座。她看起來很害怕，於是他對她的手多捏了一下。她垂下眼睛，於是威廉很確定，她喜歡他。今天可能終究是幸運的一天。

第二十章

巴都牙也地區醫院

六月十四日星期日

我睜開眼睛，看到不熟悉的天花板。地板吱嘎作響，有個聲音在走廊上迴盪，我想起自己留宿在護士宿舍。灰色的光線從單獨一扇窗戶滲透進來。這是星期日的早晨。

昨晚的頭痛已經消失，但我還是很疑惑，覺得自己是否有什麼地方不對勁，有些腦部疾病會讓我有逼真的幻覺。我夢見荒涼火車站的每一場夢，都會先有一次嚴重的頭痛。小男孩說我們應該有五個人，那些話語盤桓不去。我坐在窄床邊，數著我們幾個人。有阿信、我，以及小男孩。他也提到他哥哥和第五個人，他似乎對那人感到緊張不安。記憶漸漸失色淡忘，夢境也是。

我有種奇想，有某種神祕的命運把我們五個人連結在一起。彼此相繫，還無法掙脫開來，緊繃的拉力產生一種古怪的模式。我們若不是注定彼此分離，就是緊緊相依。我很確定在阿信和我自己身上看到這一點。他是我的有名無實的雙胞胎，我的朋友，我的知己。然而，我羨慕他卻又怨恨他。

我在貼了白色磁磚的普通公共浴室裡匆匆梳洗。那裡沒有人，走廊上的聲音早就跑去別的地方。昨天的洋裝太髒了，沒辦法再穿，但是譚太太堅持多塞進一件旗袍，花樣是很有現代感的奶油色和綠色幾何圖形，合身的程度簡直像緊身衣。上次去生意人的葬禮穿了灰色旗袍後，我還以為自己和旗袍再也沒關係，但是譚太太可不這麼想，她宣稱這麼困難複雜的衣服，應該是每一位裁縫師展現實力的地方。慘的是，我低估了縫線的承受度。一穿上它，我很確定連一口東西都吞不下去。為什麼呢？我昨天為什麼任憑她幫我打包行囊？我突然想到，譚太太和阿信都有一種奇怪的能力，把我拖進我沒有心理準備的情境。如果從昨天可看出未來會發生什麼事，那麼只要阿信今天沒叫我去打掃醫院廁所，我就很幸運了。

接待區空無一人。星期六晚上曾經外出的每一個人，現在可能都還在睡覺。阿信在哪裡？他昨天晚上又做了什麼事？我這樣想著，同時前往餐廳吃早餐。模糊朦朧的霧氣依附著溼漉草地，我穿越草地作為捷徑。靠近房屋一角，我聽到憤怒的語氣壓低聲音說話。

「不要否認！你為了他一直痛哭……一個已婚男人啊！」

「……反正不關你的事啦！」

我遲疑一下。下一瞬間，有人從轉角處衝出來，迎頭撞上我。是個年輕護士，她的臉腫腫的，疑似淚眼汪汪。

「你還好嗎？」我問。

她突然哭起來。我不知道該怎麼辦，只能提供我的手帕；我實在沒辦法留下她在草地上哭泣。根據我不小心聽到的內容，聽起來很像我在五月花見識過的同一類傷心故事。已婚男人真是麻煩。

「你全都聽到了嗎？」我的神情一定洩漏了內心所想，因為她說：「那跟我和他的感情問題沒有關係。他們只是找我的碴。可以拜託你不要告訴任何人嗎？如果護理長發現，我可能得停職。」

「別擔心，我只是訪客。」

她看起來鬆口氣。「只是啊，如果有人過世，你當然會傷心，對吧？」她的眼淚再次湧出。

看到別人哭，我總是覺得很內疚，特別是我母親，有幾次我發現她在自己昏暗的臥室裡默默哭泣，睜大雙眼，眼淚簌簌滴落她的臉龐，彷彿正在夢遊。這位護士看起來悲痛欲絕，膝蓋微彎，制服壓皺，於是我拍拍她的背，看著她大聲擤鼻涕。

「上個週末，我甚至沒辦法去甲板鎮參加他的葬禮，因為我得工作。」

我豎起耳朵。上個週末那個小鎮有可能舉辦多少場葬禮啊？

「他是做什麼的？」

「他是生意人，是我的病人。我們是朋友，」她回答得也太快。

所以我找到她了……把手指交給生意人的護士。這是命運嗎？還是某種黑暗的連結，很像一團冰冷的河中水草把我們糾纏在一起？太多奇怪的事件讓我們與這間醫院扯上關係。我忍不住心想，如果你相信人死後的七七四十九天內，死者的魂魄會徘徊於世間，那麼這間醫院一定滿是他們的魂魄。

「你是要去哪裡嗎？」她問，語氣開始帶著內疚。

「要去餐廳，但是我迷路了。」

「我帶你去。我自己也準備要去那裡。」她抿了抿嘴唇。「讓我先洗把臉。」

這位小護士匆忙離開；她幾乎比我矮了一個頭，雖然我在女生中算是高個子。我等著，不禁納悶她會不會改變心意，棄我於不顧。但我在五月花的經驗教導我，人們會對陌生人吐露各式各樣的祕密，而她其實急著想要告訴某個人。

不一會兒，她回來了，看起來好很多。她依然顯得有點羞怯，不過很適合她的蒼白膚色和小門牙。「對了，我叫佩玲。」

「我的名字是智蓮。我昨天晚上住在宿舍，來找我弟弟……我是說，我的未婚夫。」我猶豫著說出這些字。

她以會意的神情看我一眼。「你是指男朋友？他們對宿舍超嚴格。別擔心，我不會說出去。他叫什麼名字？」

「李信。他是醫護員。」

「我想我不認識他。」她皺緊眉頭，似乎盤算著什麼事，接著停下來，扭轉雙手。「你對我真好，」她說著，制止我的抗議。「不，你真的很好。很多人不會注意我……我是那樣的人。不過你能幫我一個忙嗎？」

「什麼忙？」

「你說你男朋友是醫護員，住在男生宿舍。我不認識那裡的人。至少，沒有我信得過的人。你覺得能不能請他幫我拿一個包裹？我不是要請你用偷的。那一開始是我的。」她紅著臉，聲音發抖，一定是非常絕望才會請求陌生人。而如果她不想讓認識的人牽扯進來，說不定陌生人是最好的方法。「耀昌有個朋友住在男生宿舍，常會幫他保管物品。他說會把東西還給我，可是他突然就死了。」

「你為什麼不請他朋友幫忙？」那一定是黃雲強，我想。他在五月花說他是生意人的朋友。

「因為我不喜歡他。而且他可能會利用那個來對付我。」她移開目光，嘴唇顫抖。

聽起來很可疑，不過我可能對黃雲強多了解一點，如果得要再次應付他的話。「好吧，我會問問阿信。」

她鬆了口氣，說道：「那東西在男生宿舍的公共休息室。耀昌說他最後一次來的時候，把它藏在一個花瓶裡，因為他朋友不在。應該只是暫時藏在那裡，我很擔心有人終究會找到它。」

星期日清晨，這麼早餐廳幾乎沒有人。舀起食物送進嘴巴的那些人，看起來都睡眼惺忪。他們可能像佩玲一樣值夜班。

「你喜歡當護士嗎？」我問道，這時我們拿了茶、吐司和半熟蛋放在托盤上。

「還好。」

我急著問她需要什麼樣的資格，還有如何申請。

「不過，你為什麼會想當護士？」佩玲打量我身上時髦的旗袍。「你看起來家裡很富裕。」

「沒有，我只是裁縫師的助手。這是我們店裡做的。」

她啜飲著加糖的紅茶，一副悶悶不樂的樣子。「當護士很不輕鬆喔……如果你犯了錯，護理長會狠狠罵你一頓。」

「可是很有趣，不是嗎？而且你經濟可以獨立。」我說。

我終究沒有聽到她的答案，因為阿信坐進對面。「你跑去哪？我在女生宿舍外面等你，後來有人說你的房間沒人。」

他的眼睛有黑黑的眼袋，一頭黑髮又溼又油亮，活像是把頭伸進水龍頭底下。儘管如此，他還是一臉英俊和狼性的神情。你大可把阿信丟進布袋裡面綁起來，推著他滾過一片田野，出來時即使一頭亂髮也很有魅力。有些人的運氣就是這麼好，我羨慕心想。

我瞥了佩玲一眼，想看看面對我這位耀眼的弟弟，她的反應是不是像一般人一樣目瞪口呆。我的朋友總是那樣，但佩玲陷入沉默，盯著阿信看。她的反應簡直像是很怕他。

「阿信，這位是佩玲。她是這裡的護士。」

他擠出禮貌的微笑，這常常能迷倒一些老太太。「我是阿信，」他說。「謝謝你幫忙找到……」他突然住口，我看得出來，對於如何談論我們的關係，他同樣感到慌亂又困惑。

「她。」他終於說，猛然扭頭看著我。

轉得好順啊，李信，我氣呼呼心想，但我自己也沒有好到哪裡去。「佩玲想知道你能不能幫她一個忙。你可以去男生宿舍幫她拿東西嗎？」

「不要！」她衝口說出。「算了啦！」

「你確定嗎？」我以前從沒看過有人對阿信是這樣的反應。

「確定。好了我得走了。」她突然站起來，將椅子往後推，飛也似地離開餐廳。我大吃一驚，以我穿著這身愚蠢緊身裝所能走的最快速度，跟在她後面。

「怎麼了？」我氣喘吁吁問道。她今天早上聽起來像是孤注一擲，感覺好像沒有別人可以拜託。「你不想要阿信幫忙把包裹拿回來嗎？我很確定他會幫忙。」

「你對他的認識有多深？」

「自從小時候就認識，」我說著，覺得很困惑。

她咬著嘴唇，別開視線。「我看過他和耀昌的朋友在一起。我不喜歡的那個人。」我不知道該說什麼才好，想起黃雲強是阿信在醫院這裡的室友。

「算了。我會自己去拿回來。」佩玲動作僵硬地走開，她的背影清楚散發出「不要跟來」的訊息。

回到餐廳，我發現阿信正在吃我剩下的咖央醬吐司。「你對女生愈來愈沒有吸引力了喔！」

我悶悶地說。「還有，把我的早餐還給我。」

「來不及了。」他把一雙長腿從桌子底下伸出來。我好想踹他一腳，然而我穿的旗袍實在太窄了，沒辦法踹他。「到底是怎麼回事？」

我把佩玲的事情告訴他，還有她和生意人與黃雲強的關係……不過等到我提起他的室友曾在星期五晚上企圖跟蹤我回家，阿信的神情變得陰鬱。

「你昨天為什麼沒有把事情都告訴我？」

「只是覺得你不知道比較好，我不想跟他扯上關係。」謝天謝地，昨天黃雲強似乎沒有看到我的臉。「不過我很想知道，佩玲想要請你從男生宿舍拿什麼東西。」

與斷指有關的每件事，包括佩玲和她奇怪的請求，都投下一道不安的陰影。一半的我有著強烈的好奇心，另一半則告誡自己最好忘了這件事。無論如何，我們幾乎把庫房整理好了……再過幾小時，我就會回去怡保。

阿信終於把我剩下的早餐全部吃完，這時以探詢的眼神看著佩玲沒動過的盤子。

「你也可以吃她的。」

「不想。」

「她的比較好……她連一口都沒吃，」我指出。

「我只想吃你的食物，」他疲倦地說。

我翻翻白眼，對於我們恢復友好氣氛感到鬆口氣。雖然我應該要提防阿信。他可能又會搖擺不定。所以我什麼話都沒說，轉而吃著佩玲的吐司。看到她好像很害怕，我實在很擔心。

一道陰影橫亙在我們之間，我抬起頭，看見許明，那個下巴圓胖的醫護員。雖然只是早上，他的臉滿是一層薄薄發亮的汗水。「你還好嗎？」他問。「你昨天晚上看起來不好。」

他還記得，真是好心。許明坐下來，開始吃東西。又是湯麵，有幾片薄薄的豬肝盛在冒煙的熱湯頂上。真希望我也是點那個。「想吃一點嗎？」他問。

「我們要走了，」阿信說著站起來。我跟著起身，小心翼翼把裙子往下拉。許明的目光流連在我的腿上。

「眼睛看著桌子！」我說著，手指敲敲木頭桌面。

他笑起來。「我喜歡女孩說出內心的想法。」

外面一陣騷動打斷他的話。大家來回奔走，大聲喊叫。

「怎麼了？」我問。

許明繼續吃他的麵。「可能有一隻巨蜥吧！」他不屑一顧地說。

巨蜥可以長到五呎長，獵捕走失的雞、齧齒動物，還有牠們找得到的其他東西。一想到有巨蜥在醫院閒晃，害我起了雞皮疙瘩。我瞥了阿信一眼，但他皺著眉，頭歪向一邊，似乎聽著某種聲音。

「來吧！」他說。

離開醫院的主要建物，山丘斜坡向下，由一些短通道和樓梯相連。阿信的速度比我快很多，等到我走出去，來到通道上他停步的地方，一群人聚集在底部。「拜託，到旁邊去！」兩名男子抬著空的擔架，擦肩而過。

阿信轉過身，回頭走向我。「不要看。」

「發生什麼事？」

為了回答，他抓住我的手肘，帶我匆匆離開。我伸長脖子，瞥見那些人將某人抬上擔架；我只能勉強看到一隻小小的赤腳。

「再說一次，你怎麼遇到那個護士？」阿信低聲問道。

「我要去餐廳的路上撞到她。為什麼這麼問？」

「因為她剛從那些階梯跌下去，狀況滿糟的。不，不要回去。現在你沒辦法做什麼了。」

「她死了嗎？」

「看起來像是頭部受傷。有人馬上發現她。」

我很震驚，覺得好想哭。佩玲發生的事情太可怕了，而她離開餐廳還沒有半小時啊！

「她離開的時候是用跑的嗎？」

「不是，她走路。阿信，我們該怎麼辦？」

「已經有醫師去看她。醫院是發生意外的好地方。如果是意外的話，」他壓低聲音補上這句。

我停下腳步。「什麼事讓你這樣想？」

「她落地的地方和樓梯底部有一段距離。如果是絆倒，通常不會摔那麼遠，因為你會撐住自己。而且還有欄杆。另一方面，如果有人推你……」他嘆口氣。「她告訴你男生宿舍的包裹那時，有沒有任何人在附近？」

「一開始沒有。不過等我們到了餐廳外面，很多人經過。」

我很著急，匆匆看著下方的景象。擔架抬著悲慘的重物，可憐的小腳伸在外面，一隻光著腳，另一隻顯然還穿著護士鞋，一行人走到另一棟建築物後面去。人群散開，不過有個孤單人影站在遠處繼續觀望。我認出那個彎腰駝背的輪廓是黃雲強。

「我以為你說他昨天晚上不在！」我輕聲說，向阿信指出他。

「他一定是今天早上回來。你不是懷疑他吧？」

我不確定該怎麼想才好。佩玲的不幸事件讓我很不安；她應該是向我吐露祕密之後，馬上就發生這件意外，這似乎太巧了吧！我再一次想起自己的夢境，有黑暗的形狀在河流深處移動。

「阿信，你可不可以去男生宿舍的公共休息室找佩玲的包裹？她很擔心有別人會找到它。我們應該要幫她保管。」我以懇求的眼神看著他。

他沒說話，只是挑挑眉毛，走開了。不過我知道他會幫忙。我們小時候曾經養小鴨當寵物，那是兩團吱吱叫的可愛黃色毛球。有一天下午，我的小鴨不見了。大家嘻笑著說牠變成貓的晚餐，但阿信很固執，默默在附近找了好幾天，久到可憐的小鴨根本沒希望了。回想起那件事，我湧現一股感激之情。不過佩玲的話語在我腦中縈繞不去：「你對他的認識有多深？」這是個好問題。我們再也不是小孩子了。就算現在，我也不確定阿信為何將近一整年沒回家。更何況，我能依靠他多久呢？我唯一真正的家人是母親，需要照顧的人也是她。

聽到有腳步聲靠近，我挺直身子，突然很害怕來的人可能是黃雲強。那個人有點怪怪的，老是出現在意想不到的地方。不過來的人只是許明。

「哈囉！」他興高采烈說道。「在等阿信嗎？」

「對，他去拿個東西。」我遲疑一下，心想是否要向他提起佩玲的意外。

「要我帶你到處看看嗎？」

我快速同意。待在男生宿舍附近等待不是明智之舉，如果黃雲強回來，很可能撞見我。但願阿信能想到這點，會來找我。

許明是有趣的嚮導，滿嘴八卦和生動的故事。這裡是醫院第一次進行輸血的地方。那間辦公室是前任院長的太太逮到他試穿護士制服的地方。尺寸是ＸＬ。我忍不住笑出來，儘管大多數的故事有點可怕。

「你真的是阿信的女朋友嗎？」他突然問道。

「為什麼這樣問？」

許明遲疑一下。「因為他有另一個女孩。在南邊的新加坡。」

「你怎麼知道？」

「他一天到晚提起她，說在新加坡認識她。」

對於這個看似不忠的消息，我應該要有什麼反應呢？也許只要顯露出勇敢又煩惱的表情就夠了吧！「喔，」我盯著自己的鞋子，胸口有種奇怪的揪心感受。

「很抱歉，」許明稍微靠近一點。「如果我可以幫上什麼忙……」他伸出一隻手放在我的肩膀上。

「智蓮！」是阿信，從門廳走下來。「你為什麼離開啊？」

許明把手放下。

「他帶我到處走走。」

阿信伸手環抱我的腰，害我全身僵硬。許明注意到我的反應，笨拙地笑笑，轉身準備離開。

「如果你需要幫忙，讓我知道喔！」

❧

「他要幫你什麼忙？」阿信問。

「沒有啊，」我不該生氣。許明的善意勸告，與我身處的狀況沒有關係。我從阿信的手臂底下滑出來。「我們現在不用假裝了，附近沒有別人。」

阿信以探詢的神情看著我。有時候，我不免納悶那雙伶俐黑眼睛的背後到底在想什麼。他面露微笑時，眼角皺起紋路，而他現在比小時候多了很多笑容。我不確定自己是否喜歡這樣。他學會用臉龐表現他的優勢。

「我有個奇怪的東西要給你看，」他停了半晌後說道。

「你找到了嗎？」但是來了一些響亮的聲音，劈里啪啦的腳步聲。聽起來很像一群人從走廊跑來；這裡顯然不適合檢視偷來的神祕包裹。況且，我可不想冒著再次撞見黃雲強的風險。

阿信試著打開一道門。鎖住了。下一道門可以打開，通往一間小型儲藏室，有一扇小窗，照進微弱的灰色光線。我們鑽進去，這時聽見一些交談聲：

「竟然發生那麼可怕的事！再說一次她是誰？」

「那個小護士。與已婚病人有關那個。」

「我還以為她會有點自覺。」

「也許太太對她下了詛咒。」

聲音移動到走廊遠處去了。我發現自己一直憋著氣，於是急忙呼氣。

阿信輕聲說：「在公共休息室的花瓶裡面。」

儲藏室狹窄又昏暗，不過感覺比走廊安全多了，尤其如果阿信真的拿到東西的話。他開始解開上衣的鈕釦。

「你在做什麼？」我輕聲說。

「我藏在上衣裡，」阿信說著，顯得很驚訝。接著他笑起來，「喔，你希望我脫光衣服嗎？」

「誰想看你脫光衣服啊？」

「你應該要說的。你以前去游泳幾乎什麼都沒穿啊！」

「我才沒有！我很少下水。我不太會游泳……你明知道的啊！」

「如果你想學，我可以教你。」他靠得近一點，溫暖的呼氣吹到我的耳朵。在那慌亂的一瞬間，我不禁心想他是不是要親吻我。

以前有人吻過我，我不是很在乎的一個男生。那是阿信離家去念醫學院的前一年，當時我還為了阿明而傷心絕望。阿明有個朋友叫周羅勃，出身富裕家庭，住在怡保附近，而我一直都想接近阿明，免不了也碰到羅勃很多次。

羅勃就是親吻我的人，在修錶店外面的長椅上。阿信跟另一個新女友去了某個地方，也有人把阿明叫走。我不知道羅勃為何老是跟前跟後。如果我有一棟大房子，有長長的車道和閃亮的黑色汽車停在裡面，我才不會把下午時光浪費在華林這樣的落後地方，不過他轉身看我。突然間，彷彿下定了決心，他抓住我的肩膀。他的嘴很溼，很熱，很堅持；我無法呼吸。完全沒有心跳加速這種感覺，我只覺得極度驚慌，忙著把他推開。

「我喜歡你很久了，我以為你知道。」他說。

我搖頭。我羞恥難當，雙手顫抖。我最不想做的事，就是與羅勃交心談話，但他用雙手緊緊握住我的一隻手，除了把他從長椅推下去，我找不到其他方法可以逃開。賞心悅目，不過討厭死了，像是意外事件的慢動作畫面。

幸好阿明在這個關頭冒出來。我隱隱覺得難為情，卻也懷抱希望。此時此刻是他因為嫉妒而發怒的機會，畢竟羅勃還握著我的手，但他只以平常溫和理性的樣子看看我們，對羅勃說：「噢，你已經對她告白了？」

我跳起來，把手抽走。「很抱歉，」我對羅勃說。「非常謝謝你，但是不了，謝謝。」

他看起來很吃驚。「你的意思是不好？」

「對。完全不行。」然後我逃走了。

我很不理性，滿腦子想的只有如果我與羅勃結婚，我會是怡保一棟大房子的女主人，房子裡有一台勝利牌手搖留聲機，我可以用它播放自己喜歡的所有流行歌曲。那也許很吸引人，但也表示要抵擋他那溼熱的擁抱。我回想起母親再婚不久後，她臉上那種少女般的紅潤神情，當時我撞見她坐在繼父大腿上。即使到現在，那個男人還是有她喜歡的某種特質。但無論如何，我都不會在羅勃身上找到那種特質。這點我還滿確定的，不過等到阿明用他平靜且關切的語氣對我說話時，沒想到我突然哭出來。

「怎麼了？」他擔心問道。「他嚇到你嗎？」

我搖頭，傷心極了。阿明並沒有用那種極度揪心、沒有你就活不下去的方式關心我。他只是很好心，像另一個哥哥。

「很抱歉，」他說。「他其實不是壞人。」而且他是合適的對象。不過阿明太體貼了，沒有這樣說出口。不像阿信，我痛苦心想，他可能會催促我，快點跟金錢結婚。我對阿明這樣說，但他似乎很驚訝。

「不，阿信不知道這件事。而且不要跟他說，好嗎？」

所以我們都沒說。但每次想起我的初吻，所有心碎和失望的揪心痛苦感受就會再度翻騰。不是為了可憐的羅勃，而是為了我自己，因為就是在那一天，我真正領悟到阿明絕對不會愛上我。

後來在五月花，經常有男人企圖做出不禮貌的舉動，面對那種赤裸裸的突襲，我學會脫身的方法。因此，阿信在打掃用具間裡靠得太近時，對他脫掉上衣開開玩笑之餘，我驚慌起來，用力把他往後推，害他咚的一聲撞到門。

「哎喲！你幹嘛這樣啊？」

我怎麼可能說出口，說我覺得自己的繼弟打算親吻我？那太可笑了；況且，許明才剛確認了我的懷疑，阿信在新加坡果然有女朋友。然而，他靠過來的時候，我的胃部凹處有一陣奇怪的悸動。彷彿有一千隻飛蛾聚集在一根蠟燭周圍，默默以神祕的方式煽動烈焰。

只是因為阿信實在太帥了，我決定這樣想。我已經厭倦與啤酒肚老頭子和未成年男學生共舞，現在終於能欣賞這麼多年來隔著晚餐桌視為理所當然的人。這個想法實在太誇張了，我忍不住歇斯底里笑起來。從事舞女的工作顯然毀了我的道德感。

房門猛然打開。我們兩人呆若木雞，對突然湧入的光線瞇起眼睛。

「這裡到底是怎樣？」說話的聲音高亢又尖銳，帶著外國人的平板語調。

阿信匆匆轉身，所有的笑容都不見了。「護理長，很抱歉。」所以這位是護理長。我覺得快吐了。我想要申請護士計畫的所有期盼，包括需要良好的道德品格，都會完全粉碎，只要她剛好想起，以前曾經抓到我跟一個男人待在清潔工具間裡。

「我希望你背後的人不是我手下的護士，」她說著，語氣顯然不是開玩笑，看著我們很難為情，跌跌撞撞進入走廊。

阿信說：「不是的，夫人。」一陣尷尬的停頓。接著他衝口說出：「她是我的未婚妻。」

「你的未婚妻？」她顯然並不相信。

「我剛向她求婚。」

「在儲藏室裡？」

我幾乎可以看到阿信腦袋裡的小小齒輪轉個不停。沒希望了，我心想。亂掰一個故事，可信度是零。但令我吃驚的是，他把手放進長褲口袋，拿出一個絲絨小盒。裡面是簡單的麻花金戒指，有五顆細小的石榴石，排列得像是一朵花。他把戒指套上我的手指，對護理長露出得意洋洋的大大笑容。

她好吃驚，只能弱弱地微笑以對。「嗯……李先生，對吧？拜託不要在醫院場所做這種舉動。不過恭喜啊！」

阿信低下頭，看起來心滿意足，彷彿表演了一場魔術。這還真的是魔術。護理長態度軟化，所有的懷疑和責備都煙消雲散。她跟我們兩人握手，對我們表達最大的祝福。阿信刻意表現得很有魅力，這樣很好，因為我驚呆了。

我走在他們兩人稍微後面一點，努力保持鎮定。我左手的戒指太鬆了……我得彎曲手指，戒指才不會滑落；不過這沒什麼好意外的，畢竟那是為另一個女孩量身打造。女孩如果發現阿信用了她的戒指，以這種方式擺脫困境，她會怎麼想呢？

這個漂亮秀氣的金戒指一定經過慎重挑選。我無法想像會有女孩拒絕這樣的戒指，而就在這時，一波意想不到的孤寂浪潮差點淹沒我。一股令人窒息的孤獨寂寞害我牙齒好痛。

第二十一章

巴都牙也

六月十五日那一週

阿仁對於威廉家即將舉辦的晚餐聚會感到很興奮。這是每月一次的活動，由一群年輕醫師輪流舉辦。有些人有妻子，但即使已婚人士也常過著單身漢的生活，因為他們的家人回英國了。所以大多數客人都是男性，阿龍這樣說。少數人的妻子留下來，面對無聊的緩慢日子，延伸成空虛。擁有很多僕人，沒有家事要做，她們去當慈善志工、打打網球，而且如果小道消息能信的話，她們還交換丈夫。

「為什麼？」阿仁問。對他來說，換人和換房子似乎很麻煩啊，但是阿龍搖搖頭說，他太年輕了，不會懂。

但阿仁其實懂。有點懂。那與不快樂有關，雖然他認為威廉是很好的主人，而有些女子肯定想要他。醫院的那位女士浮上心頭，就是柔軟的頭髮很像馬來糕那位。她的名字是莉迪亞。星期日去過教堂之後，她跟著威廉回家。

根據他主人太有禮貌的神情，阿仁看得出來他不快樂。他顯然打算先讓莉迪亞下車，然後再送一位病人回家，但莉迪亞想方設法，堅持要來拜訪。阿仁之所以會注意到，是因為那位病人是南達妮。那是他的病人，他心想，湧起一股小小的自傲。

威廉和莉迪亞一起站在平房的客廳時，阿仁再次發現他們看起來好像。高大而蒼白，鼻子大而挺，雙手很修長。他無法判斷莉迪亞究竟有沒有魅力，但她似乎很習慣別人注意她甩動頭髮，以及交叉一雙長腿、穿著白色皮革涼鞋所展現的自信。

「病人怎麼樣？我是說，南達妮？」阿仁怯怯地問，但威廉的神情很開朗。

「恢復得很好。你想見見她嗎？」

「想。」

「檢查她的恢復進展，對你會很有教育意義，我會找一天帶她來家裡。」威廉說。

阿仁瞥了莉迪亞一眼，但她專心檢視書架，沒有跡象顯示她聽到他們的計畫。她與威廉一起穿越屋子，對於即將舉辦的聚會提供家具擺設建議。其中一些真的是相當好的建議，阿仁心想。

「星期六不會有太多女性，」威廉關切地說道。「你確定真的想來嗎？對你來說可能無聊到極點。」

她用手臂推了他一下。「噢，不會，我很想來。你要我擺一些花嗎？」

從威廉眼中驚慌的神色看來，阿仁知道花飾是他最沒有擺在心上的事。簡直太滑稽了，只不過他的主人很痛苦。

「不需要。家裡的阿龍會安排所有事。」說完這話，威廉帶她出去，開車送她回家。

阿仁記住這點，後來詢問阿龍，他們是否該找一些花來布置家裡。阿龍皺起眉頭。「要。我們需要在餐桌的正中央擺花，靠近門口的地方也要一點。」雖然阿龍顯露出忍受已久的樣子，但他很喜歡聚會的準備工作。

到了星期二，阿龍決定再次漂白桌布並上漿，雖然上次洗淨收好，但是發黃了。星期三，阿仁撢掉灰塵，將書背轉而朝外，全部排列整齊。阿仁認出一些書名，與麥克法蘭醫師家裡的一樣。《格雷式解剖學》，還有《刺胳針》和《熱帶醫學與寄生蟲學年報》幾本期刊。那些很長的字是先由麥克法蘭醫師念一次，然後阿仁坐在廚房桌前學著抄寫下來。他對那些書本點點頭，老朋友了，然後擦拭地板。

三隻胖嘟嘟的雞養在後面的木頭籠舍裡。牠們會做成雞排和娘惹炸雞，那是炸過兩次的酥脆雞肉，搭配甜辣醬享用。本地的牛肉很堅韌又精瘦，而且來自水牛，所以阿龍會做成牛肉「仁當」，慢燉的乾咖哩配椰奶；這樣主菜就很豐富了。同時，星期四他們把客廳所有家具移開，替地板打蠟。

「以免他們想要跳舞，」阿龍解釋說。「雖然只有兩位女士要來。」然而，他搬出留聲機，阿仁把針頭磨利。他們還會在那天晚上雇用另一名華人服務生，負責端飲料。威廉對這番忙亂的準備工作沒什麼興趣。阿仁問起他時，阿龍聳聳肩。「他有了新嗜好。」

這時他提起，阿仁也就明白，他的主人吃過晚餐就會消失。「他不是習慣早上去散步？」

「早上，晚上，有什麼關係嗎？只要她願意，」阿龍低聲喃喃說道。

星期五早上，園丁把切花送到廚房門口，阿仁抱了一大堆到餐廳去挑選。如果屋子裡有位女士，她就可以在聚會那天擺設這些花，但明天要專心烹煮食物。在這樣的大熱天，食物很快就腐敗，所以每樣東西都要現煮。阿仁小跑步回到廚房要搬運第二批綠色植物時，發現園丁與阿龍談了很久。

「你，小子！」園丁說。他是坦米爾人，身材精瘦矮壯，無情的太陽把他晒得黝黑。他很友善，會說馬來語；其他園丁只說坦米爾語。「想看點有趣的東西嗎？」

阿仁很興奮，跟著園丁走進花園。阿龍踏著笨重的步伐，悶悶不樂跟在他們後面，而他們繞到屋後，剛好是修剪整齊的草坪逐漸融入樹叢的地方。這裡是園丁不斷與周遭叢林搏鬥的最前線。沿著花園的邊緣走，他們靠近一塊崎嶇的地面，阿仁在那裡掩埋家用垃圾……從醫院偷來的手指也埋在那裡，玻璃小瓶安穩放在空的餅乾錫盒裡。

阿仁心跳加速，雙眼盯著他用來做記號的那塊石頭。在那片剛翻過土的地面上，石頭看起來很可疑。他沒想到有人會來這片垃圾場。除了阿仁以外，沒有人會來。

「這裡，你看得到嗎？」園丁說。

他指出一些痕跡：彎曲和折斷的枝條，還有個印痕壓在溼軟的土裡。那是老虎的獸跡。

至少，園丁是這麼說的，其實印痕只有模模糊糊的一半，阿仁看不太出來。不過確實有某種東西經過這裡。某種巨大且沉重的東西。樹下深處，乾燥的落葉形成厚厚的地毯。只有那裡露出泥土，有個腳印。男人蹲在獸跡附近，獸跡寬度比男人的一隻手掌更大。

「左前爪，」園丁說。

「你怎麼知道？」阿仁問。

園丁解釋，前爪往往比後爪大一點。老虎的前爪有四個趾頭和一個懸蹄，與拇趾相對。看起來像是那隻動物站在花園邊緣的樹下。而只有牠一隻腳的前爪在草地邊緣留下足跡。

「老虎很靈巧，牠來查看房子。」園丁說。

阿仁的心臟跳得好快。足跡剛好就在做記號的石頭旁邊，這代表什麼意思？他希望有某個成年人可以諮詢，但如果告訴威廉，他就得坦承自己偷了手指。他下意識地握緊自己的一雙小手，用力扭轉，非常焦慮。還有九天就到了麥克法蘭醫師魂魄的七七四十九天期限。一定夠時間把手指放回去吧？

阿龍瞧瞧那個模糊的印記。「這隻老虎少了一根趾頭，左前爪的小趾。」他說。

阿仁閉上雙眼，猛吸一口氣。他的耳朵變得敏銳；他的頭髮感到刺痛。他努力聆聽，但是什麼都沒聽見。他的貓感官連一點顫動也沒有。只有一種深邃的靜默，填滿了白色平房這片短草坪的綠色凹洞，很像叢林正中央的一只玻璃魚缸。

「我們是不是該放點祭品？」園丁不太有把握地說。他是印度教徒，而阿龍表面上是佛教徒；他們都有放置少量祭品和牲禮的傳統習俗。但阿龍沉下臉。

「要放什麼祭品……一隻雞？我只有三隻，而明天要用。況且，我們不希望牠回來吧！」如果是野豬或野鹿，可能就灑點血液或人類的毛髮，不讓牠們靠近，但這類東西無法嚇阻老虎。園丁對靜默的叢林拜了拜，用坦米爾語說些話。

「我請求他，老虎先生，拜託不要回來，」他微微笑著說。阿仁望著他的黝黑臉孔，臉上滿是皺紋。他實在不知道園丁到底擔不擔心，也不知道這是不是偶爾會發生，就像雨季或洪水一樣。他與麥克法蘭醫生相處時，儘管老人經常胡言亂語，但從來不曾有老虎漫步到這麼靠近房子的地方。說不定呢，外面沒有足跡，是因為老虎住在屋裡。麥克法蘭醫生的蒼白臉孔，缺了一根手指的左手在棉毯上微微彎曲，這些印象飄過阿仁的眼前，害他臉色蒼白。

阿龍抓住他的手臂。「不需要這麼害怕！老虎的活動範圍橫跨好幾哩，現在早就走遠了。」

❧

那天晚上，阿龍向威廉報告他們發現的事，他對雇主用的是蹩腳的英語。這是平房附近第二次發現老虎的獸跡；第一次發生在可憐女子死去那陣子。

「所以先生，您晚上不單獨出去，」阿龍做出結論。

威廉的臉上閃過一抹神色。「你也是。還有阿仁，不要自己一個人到處亂晃。」

阿仁端著一盤油炸小魚乾，是加了參巴醬的辣椒口味。從左側上菜，從右側端走空盤……這是關阿姨教他的。雖然窗戶開著，但房間很悶熱。園丁送進來的鮮花包括天堂鳥、美人蕉，以及朱槿的纖細木質枝葉，色彩強烈，看起來很像葬禮的供花。阿仁皮膚緊繃，微微顫抖；他的喉嚨好灼熱。花園裡的掌印令人擔憂，好折磨人啊！

「不舒服嗎？」威廉向阿仁示意，然後把手背放在他的額頭上。威廉的手很大，專業且客觀。「唔。發燒。去找阿龍要一顆阿斯匹靈，然後躺下來。」

阿仁還沒有完成晚餐上菜和洗碗的工作，但威廉對他下令。他走去廚房，阿龍那位老人呢，以憂慮的目光查看他蒼白的臉孔，然後遞出一顆阿斯匹靈，叫他上床睡覺。

阿仁搖搖晃晃走出廚房門，沿著有屋頂的走道，前往屋後的僕人宿舍。他整張臉發燙，雙腿軟綿綿的。逐漸長大的過程中，生病的人永遠是阿義；如果有流感或食物中毒，阿義一定比阿仁先中鏢。「我是示警系統，」阿義曾這樣說，皺著臉擠出微笑。「我會比你先死。」而到最後，他真的死了。

這時，阿仁在他的窄床上發抖，將薄薄的棉毯蓋著自己身子。儘管房間很溫暖，他仍覺得好冷。全身骨頭都痛。雖然有種平靜的感受，但頭昏眼花伴隨著病痛而來。他再也無法以清晰的思路想著老虎。

接著，他開始做夢。

這是以前做過的夢，就是阿仁站在火車月台上的那個夢，只不過這次火車停在火車站，而且阿仁不在那裡。他在一個小島上……比較像是河口沙洲，位於一條河流的中央，凝視著火車從水域對岸開過來。陽光從火車的空洞窗戶照進去。阿義在哪裡？

阿仁從河口沙洲的一端走向另一端，瞇著眼睛涉水而過，伸手遮擋光線。然後他看見他了，在對岸的河邊，跌跌撞撞瘋狂揮手。他的兩隻腳輪流跳上跳下，動作好熟悉。阿仁怎麼忘得了那種跳上跳下的動作？

「阿義！」他大吼。對岸小小的身影將兩隻手圈在嘴巴周圍，呼喊回應，但是沒有聲音。為什麼沒有聲音？而接著，阿仁意識到另外一件事。阿義好小啊！不只因為距離的關係，也因為他仍是八歲大，過世當時的年紀。改變的人是阿仁。不過阿義看到他似乎好開心，一團幸福感梗在阿仁的喉嚨裡。

這時阿義用手勢表達：「你好嗎？」

他指著自己，然後豎起兩隻拇指。「你呢？」

阿義豎起兩隻拇指。「別擔心。」

別擔心什麼事？他指的一定是老虎和麥克法蘭醫師，以及過去和未來所有的死者。阿義當然知道。他永遠知道阿仁煩惱的每件事。

阿仁呼喊回應他很好，他有一份工作，也已經找到手指，目前藏放在安全的地方。以啞劇方式表達這一切實在很困難，但阿義似乎能夠理解。也許聲音只能單向傳送，但阿仁不想浪費時間與阿義搞清楚這件事。

時間快用完了。

就在他想著這點的時候，河水漫上他的赤腳。阿仁往後跳，這才發現河口沙洲變得愈來愈小，也說不定是水面上升。

「花園有隻老虎，」他朝著水域對面大喊。「不過別擔心，我知道該怎麼做。」

阿義看起來很擔心。

「聚會結束後，我會回去甘文丁。」

阿義搖頭。

「沒問題喔，我獲得允許。然後我會照著麥克法蘭醫師告訴我的方法做。」

阿義的手臂激動揮舞，比畫著很複雜的動作。緊繃的小臉帶著憂慮。

「我不害怕，」阿仁說。

問女孩。

什麼女孩？阿仁想不起任何女孩或女人，除了關阿姨，不過她早就去南方的吉隆坡了。

水面逐漸上升，清澈的河水漾著漣漪，淹過泥濘的沙地。感覺有點奇怪。黏黏的，有點太濃稠，但是夠清澈，他可以看見每一塊卵石和漂浮的葉子。陰影處沒有半隻小魚。沒有水晶蝦，沒有水黽。沒有活的生物。

「我會游過去到你那邊，」阿仁喊道。「等一下喔！」

他伸出一隻腳踏入水裡。河水意外冰涼，一道渦流拉扯他的腳踝。但是對岸沒有很遠。

「不要！」阿義不要他進入水中。這時他急忙示意要阿仁停步。

阿仁並不是很擅長游泳，不過有自信能以狗爬式游那麼遠。他站在水深及踝的陰影處。好凍啊！他從來不曾覺得這麼冷。麥克法蘭醫師曾經借他很大一本看似昂貴的神話故事書，當時他要教阿仁讀書，而阿仁曾經仔細研究一些漂亮的插圖，描繪冰雪和陰鬱的天氣，麥克法蘭醫師說那在蘇格蘭很常見。「陰冷刺骨」，他這樣描述。有個故事講到一個小女孩賣火柴，最後那幅圖畫顯示她倒在雪地上，死了。她緊閉雙眼，但是面露微笑，而藝術家在她的嘴角畫上淡淡的藍色陰影。她體驗到的就是這樣的冰寒刺骨嗎？

他咬緊牙關。在沙岸的陰影之外，河水顯得沉鬱。有某種東西在河中翻攪，於是他遲疑一下。在對面的河岸上，阿義瘋狂比著手勢。「不、不、不！」但與他們分開的時候相較，這時的阿仁長大又變壯了。他以十一歲的自信看著河流，很確定自己辦得到。

這時河水上升到腰際，暗中攪動旋轉。拉扯力道很大。冰寒幾乎難以忍受，蝕穿了他的脊椎，把他全身的熱能全部吸出去。

阿義跪在對面的河岸上。他的臉孔扭曲，眼淚泉湧而下，瘋狂比著手勢。「停下來！」

阿仁想叫他不要哭；他很快就會到那邊去。但他的牙齒格格打顫得好厲害，連一個字都說不出來。鼓起最後一絲勇氣，阿仁把頭鑽進冰冷的黑水裡。

第二十二章

怡保 六月十五日星期一

早晨。我又凝視著天花板……這次是譚太太家的熟悉天花板。我坐起來，摸索著阿信給我的戒指，依然好好包在一塊手帕裡。我很想知道她長得什麼模樣，就是指圍與我不同的那個女孩。軟軟的金屬和深沉的色澤顯示它是二十四K金。母親總是告訴我，要確定拿到二十四K金的首飾，不要十八K或其他更差的數字。

「因為你可以拿去典當，」她就事論事地說。「得到比較好的價格。」

我父親過世之後，她肯定有一些與當鋪交易的經驗，這是當然的。我在五月花工作的短暫期間，男人曾給我一些禮物，像是銀墜子、細手鐲。我曾經很不情願接受餽贈，但其他女孩說我是傻瓜，居然拒絕這份工作的額外補貼。然而，母親是對的。那些廉價首飾在當鋪完全沒價值，雖然我試過幾次，以為可以快一點減少她的債務。我真想知道阿信花了多少錢。跟女孩在一起，提出分手的人永遠是他，不想給予承諾。就我所知，他從來不曾送這樣的禮物給任何人。

昨天護理長離開以後，我試著笑笑把它還給阿信，說道：「你應該要為你的女朋友好好保管。」這番話很得體又友善，就像幾年前我會對他說的話。

「繼續戴著，我們向所有人宣布訂婚之後，如果你退還戒指，看起來會很可疑。」他說。

當時我應該要打蛇隨棍上，詢問他女朋友長什麼樣子，又會在什麼時候帶她回家，但不知為何，我問不出口。如果你在一個月前告訴我，我聽到繼弟即將結婚的消息會覺得尷尬又難過，我可能會一笑置之；但現在只有一種奇怪的孤單感受。感覺像是再一次失去他，很像以前他決定拒我於千里之外的時候。但還是有差別：不只是阿信現在表現得很友善，彷彿以前困擾他的事情都已煙消雲散。他也變得更可靠，更像大人。更有魅力。

好吧！我就直說吧！

嗯，阿信一直很有魅力，只是沒有對我施展，也說不定是我刻意假裝沒看見。我全心全意想著阿明那張溫和的長臉，以及他腦袋後方的頑固亂髮，但是沒有用。我持續那麼多年的痴心迷戀已然消退，只留下困惑和內疚的模糊感受。

因此，取而代之的是，我捏造某種藉口，需要立刻回到怡保。我還沒看到佩玲的包裹，但護理長離開時，我們站在醫院前面，周遭的路人都看在眼裡。阿信最好將包裹妥善藏在醫院裡不要打開，等佩玲復原之後交還給她。

我搭上火車時，把戒指取下來，用手帕包好。既然那不是我的戒指，戴著似乎不太對。我把手帕塞進籐籃裡，同時感受到名片的銳利邊緣，是那個外國醫師給我的。威廉・艾克頓，一般外科醫師。我用手指勾著名片，心想也許我終究會聯絡他。

星期二下午，我去找阿慧，以便逃避與譚太太的家人一起吃晚餐。她暗示我那天晚上應該要在場，因為她希望我認識一名年輕男子：她丈夫的外甥，曾經遭到某位輕佻女子拋棄，現在決定要在年底前結婚。顯然只是要表明他可以結婚了。我覺得這對任何人來說都不是好兆頭。

我隨身帶著阿信的戒指，因為我不在的時候，譚太太一定會到處窺探。石榴石閃閃發亮，就像石榴的種子。石榴石是血色的寶石，帶有保護之意。小時候，有一名印度小販來販賣以棉線串起來的石榴石圓珠子項鍊。

「讓你的女兒遠離傷害。遠離邪惡、噩夢和受傷。也對愛情有益，」他對我母親這樣說，而意外的是，她買了一串給我。

那串石榴石我戴了好幾年，直到有一天我和阿明去河裡涉水，磨損的棉線終於斷了。小珠子落進流水裡，再也找不回來。尋思及此，我將戒指塞回口袋裡。那不是我的，可不能弄丟了。

阿慧站在鏡子前面，專注地在臉上撲粉。好好撲粉至少要花個十分鐘，粉撲不是在臉上塗抹，而是輕拍臉頰、嘴巴、耳朵、眼皮和頸部。啪啪，啪啪，啪啪，用上相當大的力道。蜜粉真的撲得很好應該可以持續好幾小時，於是你的皮膚顯現出「色彩、光滑和優美」，雜誌是這麼說的。我不知道對不對，因為我奉獻給粉撲的時間從來不超過三十秒。

「智蓮！你來這裡做什麼？」阿慧看起來很高興。

我坐在她的床上。「你今天晚上有班嗎？」我希望她不用上班，可以去某個路邊攤吃晚餐，吃點用香蕉葉包的烤魚，但她顯然準備晚上要出去。

「沒有。這是帶出場。」

帶出場的酬勞頗豐，比跳舞好太多了，而阿慧不像我白天有裁縫師學徒的工作。她說，她沒辦法忍受修剪和測量一整天，不過我指出帶出場似乎比較不好。

「對我來說不會，」她說。她對於帶出場發生的事情總是模糊帶過；吃晚餐，還有某種形式的肢體接觸，但她說多半是親吻和吃豆腐。「那在餐廳……他們在公共場所能做的很有限。」

我有一次問她，她有沒有做過其他事。她一臉頑皮，閉上眼睛眨了好一會兒。「當然沒有，」我們都笑得很不自在。有時候我很擔心她。

「你今天看起來很陰沉，」阿慧說。

我不想解釋週末的所有細節，只說我們把手指歸還給醫院。我以為她聽到這點會很高興，但她挑挑眉毛。

「『我們』是誰啊？」

「我和我弟。」我回想起阿信抱著我，一副不情願的樣子，在紫檀樹下，他的鼻息呼在我的頸背上。血液湧上我的臉，而我愈想用意志力驅散，情況就愈糟。

阿慧仔細端詳我。「那是你的繼弟，對吧？」

「對。他要結婚了。或至少，他對某人很認真。我很替他高興。」

我很怕阿慧會取笑我，但她反而伸出手臂摟著我。「噢，親愛的。男人是禽獸，對吧？」

「那讓我覺得很孤單，只是這樣。我們十歲就認識了。我……我非常喜歡他。」這番話非常不恰當，甚至無法解釋我感到何等的心煩意亂。而說不定我只是把簡單的喜歡和其他事情搞混了。「反正很可笑啦！」

阿慧站起來，走去梳妝台。「可是你們沒有血緣關係。」她的目光在鏡中望著我，手裡把玩著胭脂罐，心不在焉地把蓋子打開又蓋上。「我很想見見你這位繼弟。」

「為什麼？」

「因為男人是騙子。」她帶了一種尖銳的語氣，我以前從沒聽過。我知道阿慧離開某個村莊來到怡保，幾乎沒有回過家，但除了知道是那樣，我盡量不想刺探，只接受她想分享的部分。畢竟她對我也是這樣。

阿慧抬起頭。「智蓮，不要一副那麼擔心我的樣子啦！你真的很貼心耶！」

我很感動，努力一笑置之，改變話題。「你可不可以告訴領班，我這個星期不會去？」

「為什麼不去？」

我解釋上個星期五下班後，黃雲強跟蹤我，後來這個週末差點在醫院撞見他兩次。太多巧合了，讓人覺得很不安。

「就跟她說，我母親生病之類的。」而我真的需要找另一份工作，只是現在似乎不是提起這點的好時機。

「這個星期六在巴都牙也的私人聚會呢？」

「我會赴約。」那個報酬很高。

我們聊到聚會的安排，但我沒有很專心。這也許是我最後一次與阿慧、玫瑰和珍珠一起工作了。說不定這樣最好。特別是如果我想成為護士的話。然而，愁思籠罩著我，很像一團私人的雨雲。道別永遠都像這樣吧！

阿慧說：「來幫你練習塗唇膏吧！」上唇的曲線很棘手，我始終沒耐心好好塗。

「不用替我操心……你不會遲到嗎？」我說著，而阿慧對自己的手藝很滿意，將睫毛膏刷到我的睫毛上。

「讓他等。」

「那是誰？」

「每個星期三過來的銀行經理。」

他快要六十歲了，老人斑像蟾蜍一樣，有個習慣是舔嘴唇。「你不介意嗎？」

「老的比較好，」她漫不經心地說。「年輕人期待你迷戀他們，然後想盡辦法脫身。」

「阿慧！」我說著笑起來。「你好厲害喔！」

「智蓮，千萬別相信男人，」她悲哀地說。「連你那個很有魅力的弟弟也不能信。」

阿慧叫我不要等她。她還沒妝扮好，雖然我希望陪她赴約，但她搖頭，「愈來愈晚了，」於是我下樓去。

其實一點也不晚。事實上，時間還早，足以讓我及時趕回去，坐下來與譚太太和她丈夫的外甥一起吃晚餐。我不想回家，反倒轉個彎走進墨菲街。三輪車和腳踏車行色匆匆，擠過牛車和偶爾看到的汽車旁邊。到了波士打路的轉角處和怡保大公園的寬闊綠色空間，有個本地華人社群建造的槌球場，用來慶祝維多利亞女王登基六十週年的鑽石大慶，而我停在馬來聯邦酒吧餐廳的門前。本地居民和僑民都來這裡的長酒吧喝飲料，向一位海南人主廚點些西式菜餚，像是滋滋作響的牛排和雞排，搭著冰啤酒吞下肚。我不曾進去裡面，但是路過雅緻的殖民風格門面很多次。

我下定決心，總有一天，我要進去點一份牛排。但我不確定他們是否允許單身女性進去。我的心怦怦跳，這時有個人抓住我的手臂。

「智蓮？」是個年輕男子，留著時髦的薄鬍子。也因此，我差點認不出他。

「是我啦，羅勃！阿明的朋友，周羅勃。」

羅勃曾經在鐘錶店外面的長椅上，給我那個討厭的溼黏親吻。他現在完全是年輕男子，而且知道我現在做的事要付出什麼樣的代價，結果是很昂貴。不過他對我表現出渴望且有點興奮的神情，與以前一模一樣，這讓我很驚訝。要是我曾對華林的某位瘦削女孩真情告白卻遭到拒絕，我再次看到她可能不會這麼開心，但羅勃的個性顯然比較寬大為懷。

「你在這裡做什麼？」他的目光上下游移。我熟知那種眼神；我工作時，如果男人用那種眼神看我，我會非常小心，但這位只是羅勃啊，我對自己這麼說。更何況，他根本不知道我兼差做什麼工作。

「我只是路過，」我說。

夜幕低垂，這時處於神奇的藍色暮光時分，馬來聯邦酒吧的黃色燈光從大門和氣窗流瀉出來。

「我好久沒見到你了，」他說。「你過得怎麼樣？」

我們閒聊一些無足輕重的事。羅勃正在英國讀法律，回來度假。他講得很快，那些字句匆忙說出口，彷彿很怕我會走掉。他說著我不知道的大學和人們，我沒有很注意聽。

他說著說著停下來，再度盯著我看。

「很抱歉，」我內疚地說。可憐的羅勃，那麼富有，卻還是很遲鈍。「你說到哪裡？」

「沒什麼。只是啊，你看起來很好。」

可能是從酒吧流瀉出來的光線溫暖而悅目，讓一切事物沐浴著金光。就連羅勃也顯得很高雅，穿著昂貴的衣物，頭髮整齊光亮。我垂下眼睛，羅勃卻會錯意。

他鼓起勇氣說：「我聽阿明說，你還沒結婚。」

我愉快地說：「對啊，我去當裁縫師的學徒。」像這種時候，最好表現得活潑輕快。

「你喜歡嗎？」

「喜歡啊！」我說著，睜眼說瞎話。

「我很訝異你沒有繼續念書，像是進修去當老師或護士。」

「沒有錢，恐怕是這樣。」

他對我匆匆瞥了尷尬的一眼。「你有沒有考慮過獎學金？我家有時候贊助一些優秀的學生……周家基金會，你也知道。」

「我再也沒有上學了。」

「無所謂啊！我可以給你一份私人推薦信。」

我看著地上，不知道該說什麼。這是天大的好機會，任何女孩都會努力爭取……以及爭取羅勃。然而我忍不住想著，每件事都有其代價。於是我謝過他，說他真是好心，我會考慮看看。

「現在我恐怕真的得走了。」

羅勃不肯聽我說要走回家。「沒有很遠，」我說著笑了笑。

但他很堅持，我很快就發現原因。他帶我繞過轉角，前往一輛閃閃發亮的新汽車。車子是奶油色，帶有彎曲的線條，還有一塊格柵，在向晚的最後一絲光線中閃耀著銀光。

「坐進去，」他說著，打開車門。車子很漂亮。座椅是駝色的皮革，軟得像嬰兒的臉頰，而整輛車的氣味很濃郁：皮革、檸檬蠟，還有淡淡的汽油味。我坐下，交叉雙腳以遮掩鞋子前端的磨損，然後深深吸氣。能夠習慣這種移動方式會比較輕鬆。也說不定不會。因為說來可惜，羅勃是很糟糕的駕駛。

羅勃將車子開到街上，搖搖晃晃令人想吐，我緊抓著門把，指節都泛白了。他用腳踩下各種踏板時發出吱嘎聲，雙手也猛拉其他開關。我們衝過一個十字路口（羅勃還向一位憤怒的三輪車司機親切揮手），還差點撞上一個消防栓。最糟的是他繼續不斷說話。

「智蓮，」他大喊，壓過某人對我們猛按喇叭的吵鬧聲，「你整個夏天都在這附近嗎？」

簡直像是我還有其他地方可去。我咬緊牙關，很有禮貌說著「我會在這裡」。而接著，排出一大團濃煙之後，我們到了譚太太的店屋。

「喔，這裡啊，」羅勃說。「我有一次來這裡替我姊姊挑選衣服。」

我雙腿癱軟無力，不得不握住羅勃的手，讓他扶著我下車。也許這是他對付女生的老招，讓她們在車裡嚇破膽，於是還真的倒進他懷裡。

譚太太立刻從她的店屋走出來。她顯然一直在等我。

「智蓮，真高興你回來了。」她瞥了羅勃一眼。「這是誰？」

「我是她弟弟的老朋友，」羅勃說著，雖然他和阿信從來沒有特別熟。

「喔！」譚太太的好奇心與想要透露消息的欲望彼此拉扯。後者贏了。「智蓮，我們剛收到消息，你母親生病了。」

這是我一直很怕收到的消息，自從母親再婚之後。她「生病」可能代表任何一種意義，儘管事實上到目前為止，她的傷勢僅限於手肘扭傷或手腕上有指印。阿信的手臂因骨折而搖晃的印象，一直停駐在我內心深處。

「她流產了。」

流產？以華人的算法，就是多算一歲，我母親四十二歲，接近人生最危險的年紀，畢竟「四二」念起來很像「死了」。我一顆心往下直墜。

「你明天早上要回家嗎？」譚太太問。

「要，我會搭公車。」我突然想到，今天下午我才請阿慧告訴領班，我這個星期接下來都不會去，因為我母親生病了。真是烏鴉嘴！而現在，就像詛咒一樣，我的話在家裡應驗了。我想起自己夢中那條河的暗影，在水底下攪動的那塊形狀有不祥的感覺。

「我載你去。如果你想要現在就去也可以，」羅勃說。我完全忘了他的存在。「開車不是很遠。」

「你真的可以？」譚太太說。「真是好心啊！」

我擔心到心煩意亂，跑到樓上打包東西，留下譚太太不斷問他一堆問題。等到坐進車子裡，兩人沉默不語。令人安慰的是，羅勃不說話的時候，開車技術好多了。

過了一陣子，他說：「如果狀況非常糟，我們可以送她去醫院。巴都牙也的地區醫院比怡保中央醫院遠一點，但她在那裡可能得到比較好的治療。」

「為什麼？」

「因為我父親是巴都牙也地區醫院的董事會成員。」

我都不知道。有錢人生活在另一個世界，在那裡，工作和推薦都來得很容易。如果我待人處事機靈一點，或許能讓母親得到比較好的照顧，但我幾乎無法思考。過去幾星期來，我周圍的人們已經遭遇一次死亡、一次可怕的意外，而現在又有流產。

阿信會說那樣想太荒謬了，況且有誰知道在同一時間內，這個地區發生了多少次意外事件呢？舉例來說，我在報紙上讀到那個可憐的女子遭到老虎殺害。不是每件事都能歸咎於命運，不過肯定會有其他人叫我去買個神符，以便驅走惡靈。坐在羅勃的大車裡，我們在黑暗中趕路，我在腿上扭轉雙手，努力忍住不哭出來。

第二十三章
巴都牙也

六月十九日星期五晚上

很冷。冷得好可怕，阿仁覺得他的心臟會停止跳動。感覺水好黏稠，很像流動的膠質或凝結的血液。阿仁像小狗一樣甩甩頭，探看遠處的對岸。阿義正在瘋狂地跑上跑下，臉上顯現徹底的恐懼，嘴型說著：離開水啊！

他開始奮力划水。只要游泳就沒那麼冷，也說不定他的雙臂和雙腿只是變得麻木了。他游得愈遠，疼痛就愈模糊，阿仁覺得很好玩，感覺正在脫離自己的身體。有某種東西刮著他的腿。阿仁喝了一口水，低頭看到一排咧開的牙齒，還有一隻呆滯的眼睛從他腳下漂過。一隻死掉的鱷魚。牠翻滾著，漂進河川的水流深處，白色的腹部閃過眼前，接著墜入黑暗。河流深處還有其他東西。死魚，死蟲，死葉。阿仁叫了一聲，覺得好噁心。

這下子他驚惶失措，雙臂和雙腿亂揮亂踢。水流拉扯著他。他再度低下頭，看見更多形體。有個華人男子漂過去，頸部懸垂成尷尬的角度，感覺好像折斷了。有個年輕的坦米爾女子，嘴巴張開，但眼睛仁慈地閉上。沒有身軀，只有她那顆安詳的斷頭。阿仁哭起來，奮力掙扎。滿心恐懼。河水燒灼著他的肺。

有塊木頭撞上他。阿仁喘著氣，浮上水面，猛力一抓卻撲空了。眼看著木頭漂開而抓不到，他看出那是阿義拋過來的。又有一段圓木漂向阿仁。這一塊比較大，而隨著木頭撞向他，他同時看見阿義顯露絕望的神情。快回去啊！

於是他回去。他回去。

阿仁面朝下，趴在他的房間地板上。雙手平伸出去，就像天花板的壁虎一樣，只不過沒有地方可以墜落，他已經在底部了。過了一會兒，他哭了起來。

房門打開。是阿龍，他的臉擔心得皺成一團。

「哎呀！你有沒有受傷？」

阿仁頭暈目眩坐起來。阿龍探探他的額頭。「我稍早來檢查過……你發高燒。」

「現在幾點？」阿仁的聲音又乾又啞。阿龍用一條溫熱的毛巾擦擦他的臉。

「大概清晨五點。」

「好冷啊！」冰凍河水的記憶讓他的手臂寒毛直豎。

「是發燒的關係。」

阿仁發現自己感覺很好。沒有打著寒顫，沒有發燒虛弱。他擺動自己的雙腿試驗一下。夢境遠去，就像河水往後流走，而最驚人的是，他的貓感官，讓他探知外在世界那種看不見的電流脈動，回來了，在背景輕聲嗡嗡作響。

阿龍皺起眉頭，打量著他，看起來很像毛色花白的老猴子。「你一直大吼大叫，是在跟誰說話？」

「我弟弟。過世的雙胞胎弟弟。」

阿龍蹲坐在自己腿上，於是他的臉幾乎與阿仁同樣高度。

「你經常夢到他嗎？」

「不常夢到。不過感覺很真實。」阿仁說明著火車和河流，以及如果他更努力嘗試，有可能游過河到對岸去。

「你弟弟有沒有要求你去找他？」

「為什麼這樣問？」

阿龍嘆口氣，抬頭看著天花板。四周安靜。破曉之前，這種黑暗的空虛時刻太安靜了，連鳥兒都還沒開始啼鳴。馬來亞的位置靠近赤道；太陽要到早上七點才升起，白晝的長度幾乎剛好十二小時。

「你相信鬼魂嗎？」阿龍問。

阿仁很驚訝。阿龍對宗教抱持的懷疑態度，與他對於電流、無線電和汽車的懷疑態度是一樣的。

「我不知道，」阿仁說。然而，他的夢境與以前聽過的鬼故事並不一樣，不像那些蒼白的幽靈附身於香蕉樹、留著黑長髮的女子，以及腳的足尖轉向後方。

「我有個長輩可以看到鬼魂，」阿龍說。「他在麻六甲當家庭廚師。他說那棟房子發生很多奇怪的事。他們有個漂亮女兒，本來安排要嫁給一個死去的男人。」

「她真的嫁了嗎？」阿仁很感興趣，坐直身子。

「沒有，但他來自非常富有的家庭。他們要她當鬼新娘。」

「那她怎麼了？」

「她跟別人跑了。不過幾年之後，我的長輩變得很老了，他說她回來看他。而說也奇怪，她看起來與十八歲離開家的時候一模一樣。但那已是另一個故事了。

「我的長輩經常看到鬼。那非常困擾。他們和活人不一樣，永遠待在同一個地方。例如有一輛黃包車，他永遠看到一名乘客坐在上面：有個小男孩，他會試著坐在別人的大腿上。而另一次，有個女子整夜坐在他的床鋪旁邊，一邊梳頭髮一邊哭泣。不過他給了我一點建議，我現在就要告訴你，因為我覺得你需要。」

「什麼樣的建議？」

「不要跟死去的人講話。」

阿仁沉默了一會兒。從來沒人給他這方面的建議。「為什麼不行？」

阿龍搔搔頭。他看起既疲倦又蒼老。「因為死人不屬於這個世界。他們的故事結束了……他們得繼續前進。在墳墓之外，你不能聽他們的話。」

阿仁的思緒立刻飛向麥克法蘭醫師。「實現他們的願望不會讓他們開心嗎？」

「哼，不管開不開心，那也是他們的事，跟你無關。」阿龍搖搖晃晃站起來。「如果你覺得比較好了，回去床上。」

「不過今天有聚會，」阿仁猛然想起。

「我煮飯那麼多年了，比你活過的時間還要長。講得好像沒有你，我就應付不過來！」

阿龍在阿仁旁邊放了一杯溫熱的好立克，轉身要走。他伸出一隻手在阿仁頭上快速摸了一下。「記住我說的話，」他粗聲說道。

喝了熱熱的麥芽奶飲料，阿仁躺下，拉起薄薄的棉毯蓋在自己身上。阿龍不懂，他心想。還有一點事要做，然後一切就結束了。

第二十四章

華林 六月十六日星期二

等到羅勃的車子發出尖銳煞車聲，停在我繼父的店屋外面時，差不多是晚上八點，天色相當暗了。羅勃跳下車，但我已經衝到門口，摸索著我的鑰匙。百葉窗後方一片昏暗；情況這麼糟糕，他們已經把我母親帶走了嗎？風勢吹進陰暗的騎樓下方，弟弟或妹妹的鬼魂等待出生。也說不定他們已經在這個世界四處徘徊。

大門發出熟悉的喀噠聲，打開了。繼父的臉孔窺探著外面。他的人中很深，因此特別像石頭雕塑。出乎我意料之外，他看起來鬆了口氣，甚至很高興看到我。

「我母親在哪裡？」我問著，一顆心快要從嘴裡跳出來。

「休息。她沒事。」

他盯著羅勃，然後看著車子，那像一隻閃閃發亮的鯨魚擱淺在路邊。羅勃伸出手，自我介紹，我則焦慮地彎身走進門。有個暗暗的人影出現在繼父背後。是阿信。

我一直告訴自己，阿信看起來不像他父親，但從某個角度看來，其實有種詭異的相似度。繼父提著油燈火光搖曳，讓他們的相貌隨之搖晃，因此有種噩夢般的一瞬間，他們看起來像同一個人的過去與未來。我喃喃出聲，說著想要見母親，但無法掩飾我一瞬間的害怕畏縮。

阿信一定注意到了，因為他轉身避開。「她在樓下辦公室休息……她現在最好別爬樓梯。」

繼父的辦公室是個狹窄幽暗的房間，位於長條形店屋的中段。他把帳本放在那裡，另外還有金屬檔案櫃和大型算盤。我們匆匆穿越陰暗的店屋時，我說：「你為什麼不點亮更多燈？」

「醫師和黃阿姨離開之後，我父親把燈都熄滅了。你也知道他那樣。」

我確實知道。繼父偏愛坐在黑暗裡，特別是有煩惱的時候。我再度想起他打斷阿信手臂那個可怕的夜晚。當時也一樣，整間房子曾經黑暗又靜默。

「黃阿姨怎麼說？」

黃阿姨不是我們的親戚，不過我和母親搬進來之前，她就住在隔壁。她是鄰里間愛管閒事的人，不過她很喜歡我母親。

「顯然流了很多血。她把醫師叫來。我回來之前醫師就離開了，但是聽起來像早期流產。」阿信說話的語氣很慎重，讓我想起他正在接受醫學方面的訓練。但這是我母親，不是某個陌生人，於是我拔腿跑過前往房間的最後幾步路，打開房門。

只有一盞燈在桌上燃燒，照亮了地板上的臨時床墊。我母親的臉看起來比平常更蒼白，她的額頭很高又露出，彷彿頭骨從薄薄的血肉底下浮現出來。

她的手又乾又冰冷，但是努力擠出虛弱的微笑。「智蓮，我叫他們不要讓你擔心。我只是覺得有點虛弱，所以黃阿姨叫了醫生。」

我捏捏她的手。「你知不知道自己懷孕了？」

她瞥了阿信一眼，很難為情。阿信察覺到意思，連忙離開。

「我不知道。我一直都很不規律，你也知道。況且，我太老了，生不出小孩吧！」她四十二歲。還是有可能；我有些朋友的弟弟妹妹小了一、二十歲。

「你得讓他不要碰你。」繼父為什麼不能放過她呢？我幾乎說不出話，太生氣了。嘴裡滿是苦澀的滋味。

「不要那樣說，他沒有錯。我才是令人失望，沒有幫他生更多小孩。」

我用力咬著自己的嘴唇。在這麼虛弱的狀態下，沒道理嚴厲斥責她。我得找到其他方法，這時再度想起自己曾經多麼想要毒死繼父。

那天稍晚，母親去休息，而繼父回到他樓上的房間後，我和阿信出去吃東西。天氣熱到令人窒息。多數地方都已經關門，但阿信帶我去路邊攤吃河粉湯。我們坐在一張不穩的摺疊桌旁，有一隻桌腳墊著磚頭，旁邊坐了三名男子，他們打了整晚麻將，出來休息一下。

阿信去點菜時，我暗自聆聽那些男子討論他們打麻將欠的債。我母親也一樣，一定參加過這種麻將場合，積欠了四十馬來元。想到那筆錢，害我的胃絞痛起來，等到阿信端了一碗熱呼呼的沙河粉放在我面前，我只拿著筷子無精打采攪一攪。

他坐在我對面，開始狼吞虎嚥吃他的河粉。在乙炔燈的嘶嘶聲響下，加上撲拍繞圈的飛蛾，他看起來一點都不像我繼父，我感到一陣寬慰，把一口都沒吃的河粉推過去給他。

「我需要你跟你父親談談。」

「談什麼？」

像這樣討論我們的父母似乎不太對，但我非說不可。「他不能再碰我母親，她不能再懷孕。」在乙炔燈的明亮白光下，阿信的臉顯得很蒼白。「今天晚上我到的時候，已經跟他說了。」

「他會聽你的話嗎？」

他聳聳肩。這樣的對話，對他和對我來說一樣尷尬。「我確實告訴他，還有別的選擇。」

「像什麼？跑去妓院或者變成和尚？」我從阿信的碗裡用力戳起一顆魚丸。我才不管繼父怎麼做，只要能讓他離我母親遠一點就好。

「像是避孕。」他板著一張臉，以便掩飾尷尬。「總之，你不需要擔心那種事。」

「連我也懂『法國信』啊！」或者他們所說的「男性防護」……好像什麼英勇的行為。「我很確定他不會照做，那個老混蛋。」

這通常是阿信的台詞，我不會這樣講。一般來說，我避免稱呼他父親的名字。現在為了稱呼，我越過了那條看不見的界線。

我一直不確定阿信對他父親有什麼樣的看法。畢竟，我母親經常做出愚蠢的決定，讓我很想用力搖醒她，但我還是很愛她。我猜想，阿信也是同樣的狀況，無論他父親做了什麼樣的事。也許這就是家人的意義……由於責任和義務，你們彼此有著羈絆，永遠無法逃避。

然而他沒生氣，反而又用那種認真專注的眼神看著我。「你對這種事怎麼會知道得那麼多？」

我所知道的一切，全都來自工作時聆聽女生的對話。她們說，最好的方法是用「法國信」，或稱保險套，自從世界大戰之後就廣泛傳布。但不能向他解釋我是怎麼知道的。

「因為我完全沒有女性的纖細特質啊！」我氣呼呼地說。

阿信說：「如果我讓他答應，他可能會遵守承諾。」

是啊，那個頑固又冷酷的男人會遵守承諾啦。就好像他絕對不會原諒欠債這種事。阿信的這番話，微微觸動我心裡的一個開關。突然間，我懂了。

「你和他談了一個條件。」

「沒有，我沒有。」

「我說的不是今天，我是指兩年前。當時他打斷你的手臂。」

我讓阿信吃了一驚；我可以從他皺起眉頭和低頭看著湯碗而看得出來。

「你有，對吧？到底是怎樣？」

但阿信緊閉嘴巴。他絕對不會向我解釋那天晚上發生的事。

「嗯，我也可以跟他談條件。」

「不要。」阿信抓住我的手腕，動作既快速又用力。我痛得畏縮身子。他意識到了，慢慢放開手指。「你絕對不要跟我父親談條件。智蓮，答應我。」

我沒說話。有個方法可以從繼父那裡得到我想要的。問題是，他想要什麼作為回報呢？

回家的路上非常昏暗。一棟棟房子的形狀互相依偎，到了夜晚窗戶都關上，在我眼裡真是大錯特錯。等到阿信返回新加坡，我就沒有人可以吐露這些家庭問題的祕密了。對他來說則不同。他還有別人。

「戒指，」我說著，突然想起來。「我得還給你。」

「暫時保管好，」阿信說。自從晚餐之後他就變得很安靜；是個危險的徵兆，因為那表示他思考著某件事。「你先前跟羅勃在一起做什麼？」

「我們剛好遇到。對了，你去找佩玲的包裹，後來怎麼樣？」

阿信皺起眉頭。「你很蠢耶，跟她扯上關係。我想那會很麻煩。」

「我只是想幫忙啊，」我說著，覺得很沮喪。「你有沒有打開？」

「當然有啊！你永遠都不應該幫別人保管來路不明的東西。你不覺得那很奇怪嗎？她應該是利用你這個陌生人幫她拿東西。」他冷冷地說。「你名字的意思是『智慧』耶，應該要很聰明，可是有時候我覺得你非常蠢。」

我氣瘋了。那不是因為我缺乏智慧、人生沒有進步的關係。「嗯，你名字的意思是『信諾』，可是你一直換女朋友！」

那是很低級的一擊，於是阿信挺直肩膀，走得更快，把我拋到後面。我跟著，怒氣沖天，雖然我知道他名字的意思不只是信諾。「信」也代表了正直和忠誠，就像「五常」全都有更深刻和廣泛的意義，而我實在不能控訴阿信在那些方面不及格。在黑暗中，我又想起夢中那個小男孩說過的話。「我們每個人都有點問題。」

我慢慢走著，不想讓阿信覺得我追著他而心滿意足，但是等我繞過轉角，他卻等著我。有一次，另一個男生很討厭我老是跟在後面，居然把我鎖在一間廢棄的小屋內。他笑著跑開，而我嚇得一直哭，直到阿信後來找到我。回想起那件事，我喃喃說著：「我很抱歉。」他又邁開步伐，走在前面兩步的地方。再過不久他就要回新加坡。下一次我看到他，他會帶著未婚妻回來。我再度覺得喉嚨有種痛苦的壓力，彷彿吞下一整根筷子。

「我說，我很抱歉！」

阿信轉過身。「那才不是道歉。那只是大喊大叫。」

我早該知道的，最好不要指控他不忠。為了某種原因，那是他的痛處。「不要生氣啦，阿信。我只是覺得很嫉妒。」

「嫉妒什麼？」他停在一棵樹的影子底下，樹葉在月光下搖曳顫抖。四周的黑暗讓我比較容易說出平常絕對不會說的話。

「你去念醫學院，我一直很痛恨又羨慕。還有你生為男孩。還有可以選擇你想要的事物。」

阿信沉默了好長一會兒。「就這樣？」

他帶著尖銳的語氣。我心裡很不安，感覺搞砸了某種測試。我還應該說什麼呢？畢竟，他曾經交往一個又一個女孩，而我以前從來不曾反對。現在才要開始反對也太丟臉了吧！

我們回到家，彼此連一句話都沒說。我覺得好悲慘，每次和阿信吵架都這樣，不過這次我不太確定到底在吵什麼。屋內是徹底的黑暗和寂靜。繼父上床睡覺了，查看睡著的母親後，我們一路走向廚房。我點亮了燈，房間內充滿溫暖的燈光。阿信依然怒氣沖沖看著我，但他說「在這裡等」，然後跑去樓上。

我有種不好的預感；有種直覺，覺得看到佩玲包裹裡的東西可能會後悔。我焦躁不安，繞著廚房走來走去。收拾碗盤時，我突然有種尖銳的刺痛感，覺得有人看著我。難道黃雲強在店屋裡面變成實體？這當然太荒謬了。我呆立不動，聆聽著自己脈搏的沉悶咚咚聲，以及屋子內強烈的寂靜。我抓緊沉重的切肉刀，轉過身，面對打開的門。

確實有個人站在陰影處。不過那是阿信。真的是嗎？搖曳的燈光讓他顯現出渴求又氣憤的神情，我以前從未見過。那種像狼一樣的凝視，很像出現在營火周圍的動物。在這樣的一刻，我認不出他，於是害怕起來。

阿信望著我手中的切肉刀，只見他的嘴巴痛苦扭曲。

「你覺得我是我父親？」

他們有同樣的血脈並不是他的錯。「沒有……我只是嚇到了。」

阿信慢慢走進來，熱切望著我。

「他有沒有傷害你？」

「誰？你父親？」過去十年來，那個男人幾乎不曾承認我的存在。

他在廚房桌旁坐下來，雙手捧著頭。「我不在的時候，好擔心你。」

「我不會去煩他，」我忿忿地說。繼父有更好的方法可以控制我，包括母親眼中依然留戀的愚蠢愛慕，還有她手臂的瘀青。「反正總之，如果你那麼擔心，你應該回覆我的信啊！」

阿信轉變成危險的空洞眼神。「沒有我在身邊，你好像過得相當好啊！」

「你是什麼意思？」

「我說的是羅勃。你和他的關係那麼好，你從來沒提過。」

這太不公平了吧，害我大吃一驚。「我跟你說過，我們只是今天晚上碰巧遇到啊！」

阿信的眼神在我漂亮的洋裝上游移，還有紅色唇彩和睫毛膏，那是阿慧幫我弄的，幾個小時前我們還在她的房間裡又笑又鬧。那是打量的眼神，也是氣憤的眼神，讓我同時覺得全身發熱又冰冷。再向他解釋也沒用，更何況為什麼我得向他解釋呢？

「羅勃一直對我非常好啊！」我氣呼呼地說。

「對啦，」阿信說。「用他父親的錢。」

「你有什麼好在意的？畢竟，你用最快的速度逃開這裡。」

「我才沒有逃。」

「你放假的時候從不回家。你就把我丟下，丟在這間房子裡。」令我吃驚的是，我的眼睛竟然湧出淚水。憤怒的淚水，我這樣告訴自己，咬緊牙關。阿信準備開口說話，但是我打斷他。「你真以為我想當裁縫師？我恨死了。不過看起來，他們不會浪費一毛錢讓我繼續念書。」

「智蓮……」

「所以，你現在不要跑回來說你很擔心我。就我所知，你和那個人談了某種條件。所以你不會幫他工作，可以遠走高飛，想做什麼都可以。你這個膽小鬼！」

如果我想要，我大可傷透阿信的心。用惡意和殘忍的方法讓他傷心，就像挖出獵物的柔軟內臟。我的心怦怦猛跳，呼吸聲刺耳。我差點就期待看到廚房桌上滿是鮮血。

「那就是你心目中的我嗎？」阿信的臉變得慘白，像一張英俊的死亡面具。

我提醒自己，準備迎接令人難堪的反擊，但出乎我意料，他什麼話都沒說。只對我顯露出飽受打擊的神情，他從沒對其他任何人顯露出那種神情，即使他差點被打到沒命那時也沒有。

我不想看到阿信這個樣子。然而，在這一刻，我好討厭他。我回想起他的模樣，躺在鳳蘭的腿上，她的手往下滑，占有他赤裸的胸膛。她凝視他雙眼的眼神，微笑起來。

阿信把一個細緻的褐色紙包裹放在桌上。「你可以看看，不看也行，」他說。「讓你決定。」

他轉過身，走出廚房。我呆立原地，等著聽他的腳步聲再次爬到樓上，卻反而聽到他一路走向店屋的前方，打開大門，搭配無從遮掩的吱嘎聲。接著符咒打破了。我沿著走廊跑，那條又長又窄的走廊，穿越店屋的黑暗深處。

「阿信！」我說。「你要去哪裡？」

「回去醫院。」

「我以為你會留下來過夜。」

「我明天得工作。」他說這話的語氣，疲倦而有耐心，讓我心碎。

「現在沒有任何火車和公車了啊！」

「我知道。我跟阿明借了腳踏車。」

「可是那麼遠。」那要在黑暗又沒有鋪面的道路上騎上一個多小時，前往巴都牙也的道路爬升得很陡。

「那我最好趕快出發。」他對我露出慘然一笑。「別擔心，我不會有事。」

阿信推著沉重的黑色腳踏車，原本停放在商店前方，這時推到街上。我無助地跟在他後面。

「回去屋子裡，」他輕聲說道，抬頭看了繼父房間的窗戶一眼。「拜託。」

「阿信……我很抱歉。」我伸出雙手，從背後抱住他，把臉埋在他精瘦的背上。我可以感覺到他的胸膛起起伏伏。

「不要哭，」他說。「不要在街上哭。否則黃阿姨會跑出來，然後我們家又會傳出更奇怪的八卦。」

這番企圖說笑只會讓我哭得更慘，不過我努力忍住哭聲。默默哭泣是我們兩人在這棟屋子裡練就的技巧。阿信嘆口氣，把腳踏車架起來。過了好一陣子之後，他轉過身。即使如此，我還是不願放開手。我有種預感，如果我放手，就會發生某種可怕的事。這樣想很蠢，卻讓我感受到極大的孤單，於是抱得更緊。

「我不能呼吸，」他說。

「抱歉。」我們悄聲說話，留意到兩人站在街上，雖然這時所有鄰居一定都去睡覺了。月光灑落，清晰的影子呈現銀色和黑色。阿信看起來累壞了。

「讓我跟你去。你在那麼暗的路上騎車，我會擔心。」

「那要怎麼去？」他問，撫摸著我的頭髮。他以前從來不曾這樣，而我為了掩飾困惑，只好把臉埋在他的肩膀上。明天他又會屬於其他人了，但今晚他是我的。

「我坐後面。我們輪流騎車。」

「你太重了，我會累垮。」

「白痴啦！」我說著戳戳他。他抓住我的手腕，把我拉得更近。我呼吸急促，抬起臉。我幾乎確定他現在會吻我，但他停住了，放下雙手。在月光下，我無法判斷阿信眼中的神色。

「你應該要照顧你母親，」阿信說。

當然，他說得對。我好羞愧，連忙抽走自己的手腕。我到底在想什麼啊？期待我的繼弟真的會吻我？

「小心喔！」我說著，往後退開。我看著他摩擦火柴，點亮腳踏車的煤油燈。阿信跨上車，動作輕鬆流暢，然後騎進夜色裡。

第二十五章

華林 六月十六日星期二

當然，我做的第一件事是直接回到廚房，打開佩玲的褐色紙包裹；阿信提過，她墜落之後還沒有恢復意識。一陣戰慄傳遍我全身。我幾乎確定她是遭人推落，而黃雲強與這件事脫不了關係。算了，我又沒有任何證據。那只是一種感覺，空氣中的一陣抽動。

我打開雙層的不透水紙時，傳出喀啦聲。我屏住呼吸，有個玻璃標本瓶和一綑紙張滑落到廚房桌上。我現在對那種小瓶的形狀和大小很熟悉了。裡面有一根拇指。不像我從生意人口袋拿到的手指那樣乾燥且皺縮，而是保存在黃色液體裡，很像庫房的其他大多數標本。我把瓶子直立在油燈旁邊。說也奇怪，它不像那根用鹽乾燥的發黑彎曲手指讓我害怕。也許因為它有種不真實的氣氛，很像科學研究用的蠟質模型。我很確定它來自我們彙整過的遺失標本名單。

包裹裡面也有一些紙張。佩玲的娟秀字跡寫在信封上的地址是給張耀昌先生，那個生意人。讀別人的信件似乎不太好，但阿信對於幫助陌生人的警語迴盪在我耳際。我很快看了一下，確認了自己的猜想。這些是情書……一頁又一頁都是熱戀的思念與渴望。我的目光匆匆跳躍其上，不過沒多久就瞄到一些片段，像是「你什麼時候會告訴你太太」，甚至更令人難為情的，「你的唇吻上我的肌膚」。無論如何，這些信是真跡，而且非常輕佻。難怪她想要拿回來。如果有人匿名把這些信交給護理長，佩玲會被解雇。

那疊信底下有一張紙，是從筆記本撕下來的。筆跡與佩玲不一樣……比較像男性寫的。左側有一排名單，共有十三個名字，全都是本地人。張耀昌是倒數第二個。它的旁邊打了個勾，蒼勁的斜線彷彿有人要把它槓掉。紙張的右側是另一排比較短的名單，只有三個名字：J．麥克法蘭，W．艾克頓，L．羅林斯。

我盯著兩排名單。幾乎可以看出某種模式。在「J．麥克法蘭」這個名字旁邊有個問號，以及「太平／甘文丁」字樣。我記得這個名字，寫在病理學庫房的紀錄本上，是由W．艾克頓捐獻的標本。我清理庫房時，曾經遇到威廉．艾克頓。而「L．羅林斯」肯定就是羅林斯醫師，他負責病理學部。所以第二排名單是與巴都牙也地區醫院有關的英國醫師。

紙張的背面包含一些數字：看起來像是一些訂金的累積總計。我拿來一張新的紙，小心抄寫名單，然後將包裹重新包好，心想阿信會不會向羅林斯醫師提起這件事。

過了午夜。這種時候道路四下無人，阿信只有腳踏車煤油車燈的昏暗光暈。我一想到他要在黑暗中騎個好幾哩遠，經過安靜不動的挖礦疏浚機和偏僻的農園，就感到一陣焦慮。我能夠想像，再清晰不過了，阿信遭到一輛貨車輾過，或者老虎把他拖走。最近有一頭水牛遭到獵殺，有人在附近農園發現被吃掉一半的屍骸。有某種東西正在狩獵，潛行於外面的暗影裡。張耀昌不就是死在那樣的夜裡，在很晚回家的路上？

我查看正在睡覺的母親。輕輕撥開她細瘦臉頰上的頭髮，我很感謝她沒事，雖然我心裡有一部分很叛逆，想著如果她死了，就再也沒有什麼事能讓我成為這間房子的人質了。

母親康復的速度很慢，比過去流產的康復速度慢多了。繼父像平常一樣沒說什麼話，但沒想到他花了很多時間坐著陪她。這是第一次，我不禁心想，他是否終於意識到她變得多麼虛弱。她非常蒼白，嘴唇沒有血色，讓我有所警覺。

「出血停了嗎？」黃阿姨路過時這樣問。

「差不多了，」母親說。

黃阿姨看著我。「如果她發燒，你一定要帶她去醫院。可能是感染。」

我好想立刻帶她去醫院，但她一移動可能會耗盡體力。令人驚訝的是，繼父表達了同樣的憂慮。他坐在她身旁，握著她的手。「如果你不舒服，讓我知道。」

我以前從沒聽過他用這麼親密的語氣對她說話，但她似乎並不驚訝，於是我心想，私底下在臥房裡，房門關上時，他是否偶爾這樣對待她。不過我仍然恨他，我下定決心，沒有任何事情能夠改變我的心意。

後來，阿金跑來坐在廚房裡，而我把豬骨湯煮滾，湯裡加了乾紅棗，補充我母親的元氣。

阿金說：「你父親真的很擔心她。好體貼啊！」

我點頭。阿金過去這一年才搬來華林，也許不知道我們完全沒有血緣關係。

「你弟弟回去了嗎？」

「對，昨天晚上。」

阿金嘆口氣，我回想起上一次阿信回家時，阿金在他身邊跟前跟後的樣子。當時我沒有很在意；真奇怪，短短十天怎麼會有這麼大的變化。

「他有女朋友嗎？」她問。

阿信沒有向我們父母透露半點消息，但那也沒什麼好驚訝的。「我想有吧，」我說著，回想起許明在醫院對我提起的善意警告。「在南邊的新加坡。」

「喔，新加坡很遠耶！也許他會改變主意，選擇我。」

「也許吧！」我很羨慕她這麼真誠直率的決心。

「我們會生六個小孩，」阿金開玩笑說。「而且他們全都會很漂亮。」

我強迫自己露出微笑。「你怎麼會這樣想？」

「只是看到你和你弟弟……好好看的一家人啊！」

我很難為情，低下了頭。如果有人得知我對阿信的感覺有什麼樣的改變，那會很麻煩。我能想像繼父的憤怒、母親的羞恥。鄰居的悄悄話會說我們家肯定有什麼不成體統的事。

「你會幫我和你弟弟加油，對吧？」阿金說。「特別是既然你的男朋友很有錢。我聽說他昨天晚上開一輛大車子送你回家。」

我完全忘了羅勃，但應該要謝謝他。寫張紙條給他，但是我不確定該怎麼跟他聯絡。然而，我的問題解決了，因為羅勃下午順路來拜訪，隔天早上又來一次。第一次他帶來中藥材，第二次則帶了雞湯，用有蓋子的青花瓷碗盛裝。他解釋說，那是他家廚子做的，用的是銀色羽毛的烏骨雞，對病人特別有益。

這一切他考慮得非常周到，我覺得很內疚，特別是看到那碗湯濺了出來，灑在他汽車座椅的柔軟皮革上。羅勃的超爛駕駛技術一定難辭其咎，但是我沒提起，趕緊衝過去擦拭湯水的水漬。他花了點時間與我繼父聊天。我完全不知道他們聊了什麼，但母親已經恢復到能坐在客廳裡歡迎羅勃，而她很高興。

「這麼好的年輕人！」她這樣說，看著我幫她重新加熱雞湯。我默不作聲。我還沒辦法擦掉羅勃汽車座椅的湯汁污漬。那讓我覺得很不安。我又欠他一份人情。

現在是星期五，我回到華林已經三天了。三天來，我母親的臉龐恢復血色，也移回到樓上她與我繼父同住的臥房。我不讓她做任何家事，儘管她堅持自己很好。

「我待在這裡的目的是什麼？」我這樣說，並提醒她，譚太太讓我這星期放假。然而，我明天得回去怡保，因為私人聚會是在星期六。

這三天內，我沒有得到阿信的半點音訊。要是遭到貨車輾過或老虎吞噬，警察肯定會立刻與我們聯絡。然而，隨著漫長炎熱的星期五下午逐漸過去，我忍不住一直瞄著時鐘，期待他回來過週末。

我把褐色紙包裹和裡面的斷指藏在阿信的空房間內。我知道他平常把寶物藏在哪裡，就在角落一塊鬆動的地板下面，我把木板撬起來，將紙包裹塞進去。我站在阿信的房間裡，光腳踩著光滑的木地板，很難相信他曾在這裡住了那麼多年。房間完全是空的。

他要離家去醫學院時，瘋狂分類整理自己的物品。我從門口默默望著，他很有系統把每一種東西清理乾淨，甚至包括我們都收集的平裝版武俠小說。

「這些可以給我嗎？」我當時問。

他點頭，連轉頭都沒有。那時我才明白，阿信再也不打算回家。

叛徒，我心想。逃兵。

我縱身撲到他那張清理乾淨的床上，不禁想著鳳蘭是否曾經與阿信躺在這裡，他們又一起做過什麼事。他是否曾經慢慢解開她的上衣鈕釦，彎身親吻她，一隻手滑過去捧著她的乳房。他是否曾經對她露出慵懶的微笑，就像對我那樣，睫毛低垂？黑暗中躺在那裡，我緊緊閉上雙眼。我必須趕快終止這念頭；這個剛剛出現的全新情緒，在我胸口激烈顫抖。

於是，等到星期五下午來到，我聽見繼父的聲音響起，在店屋前方打招呼時，我告訴自己不能像忠心耿耿的小狗一樣，衝出去迎接阿信。然而，我的脈搏加快跳動，聆聽腳步聲沿著長長的走廊前進，一路走到後面的廚房，我正在這裡要把蒸熟的雞肉切成一塊塊。最好表現得很高興，我下定決心。不要表現出大半個夜晚都醒著，一把抓住十年以來的嫉妒之心。高興又輕鬆，就是要這樣。

「又回來了？我還怕有貨車把你壓扁呢！」我說。

轉過身，真是太糗了，我發現不是阿信，而是羅勃站在我後面。

「我的駕駛技術真的這麼差嗎？」他驚訝問道。

「真抱歉……我以為是阿信。」

看到我慌張的表情，羅勃眼睛一亮。「我不介意，」他說。「智蓮，我喜歡你像那樣跟我講話。」這樣可不好。他說我名字的語氣，害羞但快樂，有著熱戀痴迷的所有特徵。我以前在舞廳見識過，但是身為冷豔的路易絲，比較容易聳聳肩不當一回事。

「我一直很羨慕阿信和阿明，還有你們三個人那麼親密地一起長大。」羅勃說。

我試著一笑置之。「你有姊妹啊，不是嗎？」

「那不一樣。」他靠近過來，我以警覺的眼神看著他。如果他又試著得寸進尺想要吻我，我可能最後把整隻雞扔向他。我不禁納悶自己為何對他這麼抗拒。畢竟他是很好的對象。我不知道還可以怎麼辦，只好拿些蒸好的米糕甜點給他吃，米糕蓬鬆蓬鬆很像雲朵。

「你說你父親是巴都牙也地區醫院的董事會成員？」我故作輕鬆地問。

他滿嘴米糕，只能點頭。

我拿出佩玲包裹裡那些名單的抄寫備份。如果他有任何資訊可以解釋清楚的話，值得一試。

「你認得這些名字嗎？」

羅勃研究了很長一段時間。「立頓．羅林斯……他是病理學家。還有這一個，威廉．艾克頓，他是外科醫師。」

「那麼J．麥克法蘭呢？」

「我覺得他不是職員。」羅勃皺起眉頭。「不過我以前聽過這個名字。有個奇怪的故事到處流傳，跟北邊甘文丁一名女子的死亡有關。你從哪裡得到這些名單……醫院嗎？」

「沒什麼啦！」我說。

一道冰冷的暗影在我下方浮動。我好後悔問了羅勃，跟他那笨拙又善意的作風沒兩樣。

「智蓮，你看起來好悲傷，」羅勃說。「你在擔心什麼事嗎？如果有，你應該要告訴我。」

他的臉孔，配上呆傻而時髦的薄鬍鬚，以焦急的眼神凝視著我。我當然很擔心。擔心麻將的債務、高利貸業者，還有失去我的兼差工作。外加斷指那件小事，以及愛上我的繼弟，但我不可能把這任何一件事告訴羅勃。就在這一刻，阿金走進來。發現我們隔著廚房桌子凝視著彼此，連忙原路後退，露出祝賀的嘻笑神情。

我母親敦促羅勃留下來吃晚餐，不過他事先有約。我鬆口氣。阿信還沒到家，他們沒碰到面比較好。他對羅勃有種刺蝟般的敵意，一部分是羨慕，另一部分是我不了解的……天生就不喜歡吧，我猜。

出乎我意料之外，繼父出來跟我一起送羅勃離開。他那輛時髦豪華的奶油色龐然巨物開走了，伴隨幾聲尖銳的煞車聲，在路緣石的邊緣留下緊急煞車的車痕，也留下我們兩人站在街道上。繼父嚼著一根牙籤，像平常一樣面無表情，但我感覺到他的情緒軟化了，讓我有勇氣開口說：「羅勃的父親是巴都牙也地區醫院的董事會成員。」

他咕噥一聲。

「他說，如果我想要申請獎學金研讀護理學，他會幫我說好話。」

我們以前對這件事曾有激烈的爭執。繼父認為護士對年輕女子來說不是適當的工作，因為必須幫各式各樣的陌生人沐浴更衣，以及執行私密的行為，包括男人。

他轉身看著我。「那不是給單身女孩做的工作。不過如果你結婚了，你喜歡做就可以做。」

我幾乎不敢相信自己的耳朵。「我有沒有結婚到底有什麼關係？工作都一樣啊！」

「到時候你會是你丈夫要負起的責任。」

「跟誰結婚有關係嗎？」

繼父從嘴裡取出牙籤，打量它一下。「只要他有謀生之道，我不在乎你跟誰結婚，也不在乎你之後去做什麼事。」

我深呼吸一口氣。「你答應嗎？」

他凝視著我的眼眸。像這樣的時刻，不可能知道繼父到底在想什麼。

「是的，」他說。「一旦你結婚了，你就再也不是我要負的責任了。你母親也不用。」他對著羅勃在路緣石留下的黑色刮痕點點頭。「不過要學習如何好好開車。」

第二十六章
巴都牙也

六月二十日星期六

今天是星期六，聚會的日子。阿龍讓阿仁睡到很晚，他驚醒時幾乎快要早上九點了。高燒已退，幸福的神祕感受還在。

他急忙穿上白色家僕制服。阿龍已在廚房裡忙東忙西，攪拌一大鍋牛肉仁當，用椰奶慢慢燉煮，並用檸檬葉、香茅和小豆蔻增添香氣。

「燒退了？」他問。

阿仁點頭，眼神明亮。

「年輕真好，」阿龍咕噥著說，但他似乎很高興。而阿仁吃完早餐後，阿龍派他去做一大堆聚會前最後一分鐘的準備工作。

威廉在附近。自從在花園邊緣發現老虎的足印之後，到了傍晚他就不曾外出，而是將自己鎖在書房裡，寫更多的信。

阿仁經常好奇那些信寄去哪裡。郵差經過，拿了幾封，但永遠都不是那些很厚的奶油色信封，上面寫的地址是寄給名叫「艾瑞絲」的女子。阿仁對這點深感疑惑，只能推測威廉把那些信拿去俱樂部，放進那裡的郵筒。也說不定是去某棟占地廣大的殖民風格平房，直接交給她。無論多麼努力嘗試，阿仁都無法想像這位艾瑞絲女士的樣貌。唯一浮現心頭的外國女性是莉迪亞。他想像打開那些信、在迴廊上喝著茶的人是她。莉迪亞與威廉一起去醫院。有趣的是，他們算是相處和睦，只不過主人總是略往後退，彷彿莉迪亞讓他想起某種急欲避開之事。她一定非常失望；根據僕人們的八卦，周遭沒有別人這麼適合的了。

阿仁在長餐桌上擺好盤子和銀製餐具，還有漿洗過的餐巾，巧妙地摺成孔雀形狀。餐具是真正的銀器，是威廉在英國的家族代代相傳而來，每一件都刻有紋飾和華麗的花體字母「A」。阿仁花了整個星期三早上擦亮這些餐具。每一支湯匙和叉子都很有分量。阿龍說，由此可看出主人出身上流社會。上一位雇用他的醫師用的是不鏽鋼刀叉，不像這樣的銀器。阿仁怯怯地問威廉，他的家族是不是很有名，威廉只簡短笑了一下，說了什麼黑羊的，但是阿仁搞不懂綿羊和銀器有什麼關係。

威廉今天很緊張。他抽了一根又一根的菸，倚著迴廊的木頭欄杆，凝視著平房周圍美人蕉的茂盛綠葉。一定是因為他今天早上收到的短箋，由一位年約十三、四歲，綳著一張臉的僧伽羅年輕人送來。

阿仁正在門口甩動抹布，這時看到男孩騎腳踏車經過。

「把這封信交給你的主人，」他用馬來語說。

那是摺起來的手寫短箋。字跡有種孩子氣的不成熟氣氛，感覺寫的人對於寫這些字母不是很有自信。威廉先生，上面這樣寫。

「你需不需要我的主人回覆什麼？」阿仁好奇問道。

年輕人的神情很輕蔑。「不是我，是我的表親。告訴他，她想立刻見到他，她的腿出了毛病。」

阿仁一下子就懂了。「你的表親是南達妮？她怎麼樣？」阿仁想起南達妮的溫暖笑容，還有她那頭漂亮的黑色鬈髮。

「她想要見到『他』啦！」他噘著嘴。「我猜你不會知道，像你這樣的小孩子。你幾歲？」

「快要十三歲了。」

那個男孩笑起來。「別騙人。你十歲吧！也許十一歲。」

他是第一個猜到的人，阿仁默不作聲。有了這番勝利，那個男孩用比較友善的態度說話：

「把紙條給他，好嗎？你也知道，她父親發現了。」

「發現什麼？」

「你不用管啦！」他沉下臉，騎腳踏車離開，留下阿仁拿著短箋。他不知道該怎麼辦才好，只能走進屋子，遞給威廉。出乎他意料之外，威廉沒有打開，而是放進自己口袋。

「您需要送出回信嗎？」阿仁很好奇威廉為何沒打開短箋。

「不用。那只是誤會。」威廉轉過身，往回走到迴廊上。

晚上七點，第一批客人抵達，男士們身穿斜紋粗棉布做的熱帶輕薄西裝，兩位女士則穿漂亮的連身洋裝。莉迪亞很高大，另一位女士則是淺褐膚色，很像小老鼠，是其中一位年輕醫師的妻子。

他們在客廳閒晃，啜飲著飲料，那是由今晚外聘的服務生調製的。他是阿龍的朋友，在近打俱樂部工作的年輕海南人同鄉。他用靈巧的雙手擠著萊姆，搖晃冰塊使之融合。阿仁很想觀看，但阿龍催促他，於是他只聽到觥籌交錯和笑鬧談話之間的隻字片語。

雷斯里來了，那位紅髮醫師與威廉有好交情，他急著對小老鼠妻子說：「班克斯太太，希望你不介意。我不知道今晚有女士到場，還安排了餘興節目。是跳舞，你也知道。有女孩子，不過是非常正派的那種。」

「噢，我完全不介意，」她這樣說，不過看起來很憂慮。

阿仁端著托盤從他們旁邊繞過，很好奇哪一位是羅林斯醫師。出於內疚，他的思緒飛向埋在花園裡的手指。那位醫師有沒有注意到架上的標本不見了？阿仁回想起那道刺痛震顫的電流，很像訊息通過之前爆出的靜電，他在病理學庫房附近曾經感受到。他把頭歪向右邊再換左邊，很想知道如果來源真的是羅林斯醫師，他的貓感官會不會辨別出來。

然而沒有時間弄清楚。餐廳裡的長條自助餐檯已經放了幾鍋仁當和香噴噴的白米飯。酸酸的青芒果切絲加入藍花飯，這是一種沙拉，與薄荷、蔥頭和乾蝦米拌在一起，淋上萊姆汁和辣辣的參巴醬。威廉喜歡本地食物，吃咖哩當晚餐也是一種流行，但為了不要太冒險，阿龍把三塊雞胸肉做成肉排，並加入洋蔥肉汁醬和罐頭豌豆，讓口感比較滑順。雞腿肉則是炸過兩次做成娘惹炸雞，並用玻璃小碟裝盛醃漬食物和調味料。

而現在他們正要坐下來，威廉伸出手臂護送嬌小的班克斯太太，畢竟已婚女性要比未婚女子優先入座。阿仁站在餐櫃旁邊準備協助，他掃視著長餐桌和男士們的歡樂神情，看著他們打開亞麻餐巾，啜飲玻璃杯裡的飲料。阿龍告訴他那是真正的水晶玻璃。

莉迪亞與威廉分坐桌子兩端。她不時笑起來，很容易就讓膽小的班克斯太太相形失色。雷斯里靠過去，對威廉喃喃說些話，他看起來很生氣。

「舞女？你到底在想什麼啊？」

「……沒想到今天晚上會有女士。」雷斯里很尷尬，壓低聲音說話，只見威廉猛搖頭。

「你早該告訴我。」

「我覺得給大家帶來驚喜比較好玩。」

威廉呼喚阿仁過去。「告訴阿龍，會有一些女孩過來。多少人？」

「五位，」雷斯里說。「還有一名保鑣。來自正派的舞廳。」

「非常好。五名年輕小姐。等她們到達，帶進我書房。我希望呢，」他說著瞥向雷斯里，「這不是一場大災難。」

「只是跳舞嘛！就像你在週末下午的天聖旅館看到的差不多。」雷斯里的頭髮是令人很吃驚的顏色，像是帶有薑黃色的橘色，阿仁只在貓的身上見過。就在此時，他嚇了一跳，發現一直有人盯著他看，兩位男士以興味盎然的眼神看著他。

「舞廳會派一名保鑣。」阿龍說著，阿仁才剛蹦蹦跳跳跑來通知他這個令人興奮的發展。

「他們對這些事相當嚴謹，否則就不能做生意。」

「為什麼？」阿仁擦拭一個盤子。

「他們不想惹麻煩，至少正派的地方不想。」

「那麼不正派的地方呢？」阿仁問。

「那些地方你不該去。甚至年紀大一點都不行。」

阿仁很想多聽一點舞廳的事，但他有職務要執行。家具必須重新擺放，地板要撒一點粉方便跳舞。他把家具拖到側邊時，餐廳傳來笑聲和玻璃杯的匡噹聲。阿仁很好奇是否會有剩菜，但就算他想著這件事，他的犀利耳朵仍從廚房捕捉到粗啞的語氣。

「等等，等一下！你不能去那裡面！」那是阿龍的聲音。接著，更加急切。「阿仁！」

阿仁放下滑石粉罐，一個箭步衝回去。是那些舞廳女孩嗎？如果是，她們為何在廚房裡？不過只有一名年輕女子……是南達妮。她完全不適合在那裡，但看起來努力要向阿龍解釋某件事。阿龍氣急敗壞，用一隻手臂擋著門，手上仍抓著他用來炒菜的鋼質鍋鏟。

「你現在不能打擾他。回去家裡！」

南達妮看到阿仁，眼睛一亮。「我想見你的主人。」

「你的腿會痛嗎？」阿仁的目光向下移，看到她的腿依然纏著繃帶。

「不會，好多了。」

阿仁帶著南達妮從廚房門出去，到外面有屋簷的地方。

「你怎麼來這裡？」

「我的表親用他的腳踏車載我來。我需要跟你的主人談談。」

她看起來既悲傷又絕望，阿仁很擔心。也許她生病了，需要醫療方面的協助。

「我父親要把我送走，去芙蓉鎮我叔叔那裡。」她說。

阿仁還是不懂，這和威廉有什麼關係？不過他看出她眼裡的憂傷。「我會告訴他。在這裡等一下。」

等到阿龍轉身背對，阿仁趁機溜進餐廳，悄悄走向威廉。

「先生，南達妮來這裡要見您。」

威廉沒有轉頭，但他晒黑的臉依然變得蒼白。「她在哪裡？」

「外面。廚房後面。」

威廉沉默了一會兒。接著他把椅子往後推。「我離開一下，」他對左邊的紳士開心說道。對阿仁，他則喃喃低語：「帶她繞過迴廊，到另一邊去。」

威廉一站起來，阿仁就感受到尖銳的刺痛，那是一種警訊，有種看不見的時鐘滴答運行，開始計算威廉離開這些賓客的分分秒秒。像這樣在用餐期間離開座位很不禮貌，威廉又不喜歡事情懸在那裡不解決。於是他匆匆出去，帶著南達妮繞過屋子後面，前往迴廊。

她在崎嶇不平的地面一瘸一拐蹣跚而行。「你可以靠在我身上，」阿仁說。他們盡量不發出聲音，雖然阿仁不知為何要如此。餐廳的燈火在草地上投射出溫暖的影子；對話音量愈來愈大，然後爆出一陣笑聲。

「他們是誰？」南達妮問。

「醫院來的一些醫師。你餓不餓？」

她搖頭，但阿仁想著他們離開之前，他會端一盤食物給她和她的表親。到了屋子的另一側，威廉已經等在那裡，迴廊上有個暗暗的人影。看見他，南達妮急著匆匆走去。

阿仁從這個距離聽不見他們的談話內容，但威廉一定對她說了什麼話，因為她不時點頭。接著他伸出一隻手臂摟著她，還是兩隻手臂？阿仁好著迷。他伸長脖子，但在昏暗中看不太清楚。南達妮在哭嗎？阿仁往旁邊跨出一步，但是撞到人，是阿龍。他放輕腳步，在黑暗中繞過轉角而來，很像一隻又老又病的貓。

「你為什麼對他說她在這裡？」他忿忿地說。「最好讓她離開。」

「我以為她可能生病。」

「哼！只是相思病啦！不過呢，玩這種女孩就錯了。」

「為什麼？」

「因為她是天真那一型的，會把他的所有甜言蜜語照單全收。他離開餐桌多久？」

時間滴答滴答過去，威廉離開他自己的晚餐聚會而產生的空位漸漸要垮掉了。阿仁可以感受到那個空位開始搖晃震動：聚餐的賓客微微覺得奇怪，主人為何消失這麼久。

有個人影出現在餐廳的玻璃旁。是莉迪亞；她轉頭向背後說了些話，提到新鮮空氣，然後又消失。阿仁搞不清楚她到底看見什麼。可能沒什麼吧，畢竟很暗。

等到他轉過身，威廉進屋去了，南達妮蹣跚走回阿仁這裡。為了穩住身子，她把一隻手放在他的肩膀上。手很冷，阿仁突然有種不好的預感，彷彿那不是真正的南達妮，而是其他某種冰冷又瘦削的動物，跟著他從黑暗中走進屋子。

威廉回去坐進自己的位子，剛好趕上甜點上桌。麻六甲椰糖西米布丁，那是淋上椰奶和棕黑色椰糖漿的西谷米，還有烤木薯糕，是用磨碎的木薯根做成的金黃色蛋糕，香氣四溢。阿龍的手藝真的大突破，可惜威廉沒胃口。但他還是勉強吞下，點點頭假裝聽著眾人的對話。

等到甜點吃完，賓客移動到客廳，這時安排成跳舞的地方。威廉無意中聽到班克斯太太以緊張的語氣對她丈夫說：「也許我們應該早點回家。」

他希望所有人現在都回家。南達妮出現在他的晚餐聚會上，害他心慌意亂。她變成難以預測的危險因子，但他主要是生自己的氣。愚蠢，真蠢，他心裡這樣想，那種自我厭惡的熟悉感淹沒了他。威廉應該要早點意識到，南達妮的自願其實是天真的迷戀。非常糟糕。如果少數幾次的偷偷擁抱就足以讓她產生錯覺，他們的關係最好就此結束。

他當然還沒對她說出這種話，只有善意的言詞和莊重的抱歉神情。他希望那會滿足她，但如果她跑去找雇主，就是農園主人，也就是莉迪亞的父親，表達強烈的不滿，那就有破壞力了。好諷刺啊，他與安比卡的關係明明讓他感到更內疚。威廉立刻下定決心，他必須限定自己只能花錢買女人。比起遭人指控他誘拐年輕處女，那樣還比較好。他真是笨蛋啊，儘管下了那麼大的決心，然而他還是控制不了自己。

病理學家羅林斯那高大而駝背的身形遊蕩過來，威廉遲疑了一下。他再也不怕羅林斯，畢竟地方法官已經判決了，安比卡死於不幸的意外事件，但他遇到羅林斯時，依然小心翼翼。

今晚，羅林斯看起來比往常更像一隻鶴。「獵捕老虎的結果太差了，嗯？」

威廉點頭。「我很確定他們會再試試看。」

羅林斯搓搓下巴。他的雙手很大又白皙，威廉盡量不去想像那雙手用解剖剪刀切開皮膚。那樣很蠢啊，畢竟他自己是外科醫師。不過我只切開活人。不像羅林斯，他的病人全都是死人。

「你知道我對審理結果很不高興。」

威廉保持面無表情。

羅林斯說：「總是有這樣的案例，某件事很可疑，但是沒人相信你。我派駐緬甸時有過一次：他們說那是巫術，人們一個接一個死掉，不過那是胡扯。結果是私人的水井發生砷中毒。」

「你的重點是？」

「這個案例，」羅林斯說著，用他的鞋子刮著地板，一副心不在焉的模樣。「那名女子，安比卡。讓我有同樣的感覺。」

「你想必不是推測有人養老虎當寵物吧！」威廉笑得尷尬。

「不是老虎，是嘔吐物。我們找到頭時，還記得我是怎麼說的吧，嘴巴有嘔吐的跡象？」

在威廉的腦海裡，莫名閃現出安比卡那副殘破身軀的影像，就是他發現屍體半躺在灌叢下的模樣。一具無頭的軀體，配上橡膠般的灰槁皮膚。

「如果她吃下某種毒物，就能解釋動物為何沒有碰這個獵物。牠們的直覺異常精準：如果先直探胃部和腸子，多數的大貓都是如此，可能就會判定身體裡有某種東西是牠們不喜歡的。但是，法瑞爾當然不相信我的看法。我們可能永遠沒有證據，除非做了適當的調查……調查與她有關的人士，是否有任何情人或醜事等等。本地人講的巫術和老虎等等所有說法，只是煙幕彈。」

對威廉來說，這變成可怕的一晚。他吞嚥口水，提醒自己他沒有犯罪。但是訴諸輿論的力量，同時與安比卡和南達妮有關聯，就足以讓他在這小小的社交圈裡徹底滅頂。人們的目光會緊盯著他；只要他進入某個房間，大家就會壓低聲音說話。威廉以前在家鄉嘗過這種滋味。

穩住，他告訴自己。這只是羅林斯的抱怨。他的運氣會救他。「那麼，你有沒有碰過真正是巫術的案例？」他說著，希望轉移羅林斯的注意力。

「沒有。不過我看過一些運氣好到誇張的例子。」

「像是怎麼樣？」

「你也知道，賭博啦，或者像是還沒搭上船，那艘船就翻覆之類的。」

在這一剎那，威廉好想把自己奇妙的好運氣告訴羅林斯：他如何透過最細微的命運轉折，屢次剛好閃開麻煩事。例如偶然間發現那個生意人的訃聞，那人是他與安比卡之間關係的唯一目擊者。然而，最好不要對羅林斯透露太多事，他還在大發議論，講著各種不同的運氣。「華人說那是你的命。你待過中國，對吧？」

「我在天津出生。我父親是副領事，」威廉說著，對於改變話題覺得鬆口氣。

羅林斯以興味盎然的眼神看著威廉。「那現在呢？所以你會講中文？」

「不會，我七歲時我們就回國了。我有個奶媽曾教我講中文，但是我忘了。」

然而，他沒忘記那些雅緻的街道，還有外國租界寬闊大道上的歐式建築，以及它們後方錯綜複雜的巷弄和胡同。在他的記憶中，天津永遠都是冬天，那個城市位於中國的遙遠北方。乾冷的冬天，燃燒驢糞的強烈氣味，從大草原吹襲而來的刺骨寒風。

「我很驚訝你沒有同樣從軍。」

有一些原因讓他沒有跟隨父親的腳步，但他不想討論那些原因。他反倒說：「我還是會寫自己的中文名字，但是不太會念。」

他拿出自己那枝閃亮的黑色鋼筆，在一張紙上笨拙地寫了三個字。

「那是中文字？」雷斯里問，從他背後窺看。賓客全都好奇圍觀。

莉迪亞捏捏他的手臂，說她好佩服。「我也曾經有中文名字。在香港有個算命師寫給我。」

「在寄宿學校的時候，我用它當作祕密記號，」威廉語氣輕快地說。「用了好多年。可能就是因為那樣，我還會寫。阿仁……你怎麼念這個名字？」

阿仁很害羞，搖搖頭。雖然他會說廣東話，但很多漢字不會念。不過阿龍可能會。眾人吱喳嘻笑，湧進廚房，不理會威廉的抗議，把他的廚師叫出來比較簡單啊！

令他驚恐的是，他第一眼就看見南達妮靜靜坐在廚房桌旁，吃著一盤食物。他憤怒地朝阿仁看了一眼，只見阿仁內疚地低下頭。男孩一定給了她一點東西吃。嗯，這不能怪他。他的心地比我好，威廉心想，極度渴望南達妮會消失，不再用那種悲傷的眼神看著他。

阿龍非常討厭這麼多人入侵他的廚房，但他用骯髒的白色圍裙擦拭雙手，瞧著那張紙。

「為禮安。」

「就是這樣念。」威廉尷尬一笑，很想盡快逃離廚房和南達妮。「那源自我的英文名字，『威廉』。」

「不過那是什麼意思？」莉迪亞問，盯著南達妮，只見她更縮進自己的座位裡。

阿龍以中文對阿仁說了些話，阿仁點頭。

「他說，多數外國人的中文名字只是寫出他們名字的讀音，不過這個名字有意義。」阿仁指著中間那個字。那個字看起來比較複雜。「這個字是『禮』，意思是以適當的秩序做事情，像是儀式。而這個字，『安』，意思是平安。如果把它們和『為』放在一起，意思就是『為了秩序和平安』。」

廚房陷入靜默。阿仁從紙上抬起頭，發現每個人都盯著他，看起來很害怕。

「他是你的家僕？」羅林斯打破安靜。

威廉點頭。雖然他渴望逃離南達妮，她卻坐著動也不動，像老鼠一樣，但他仍對阿仁語氣溫和、清晰明瞭的解釋感到驕傲。

「你到底是在哪裡找到他的啊？」

威廉催促所有人離開擁擠的廚房。「說來話長，最好過去中間講。」他說。

有人在留聲機上放了一張唱片，外面有起起落落的對話聲。兩位客人逗留在廚房裡：莉迪亞走過去找南達妮閒聊，還有羅林斯。對其他人找個藉口後，威廉往回走。他必須阻止莉迪亞與南達妮講話，以免莉迪亞發現他們的關係。她對這類事情很敏感。

但是等到他快要進入廚房時，莉迪亞已經轉身要離開。迎上他的目光，她笑了笑，猜中他會回來找她。他勉強擠出一抹微笑，看著她走到客廳，覺得有一波內疚感淹沒了自己。

羅林斯還在對阿仁講話，不想跟著莉迪亞出來，也沒有理會南達妮，只見南達妮以悲傷的眼神望著他；威廉倚著門，聆聽他們說話。

「你主人名字裡的『禮』……是不是儒家的『五常』之一？」羅林斯說。

「是的，」阿仁回答。「其實我的名字也是五常之一。」

「真的嗎？」羅林斯說。「你是哪一個？」

「我是『仁』。」他很焦躁，拉扯著白色家僕制服的袖口。

「『仁』是仁慈對吧？『義』是公義，『禮』是禮儀或秩序。『智』是智慧，而『信』是信諾。」羅林斯一邊用手指數算，一邊背誦。「『使人以有禮，知自別於禽獸』。」

阿仁一副很佩服的樣子。「您怎麼知道這麼多？」

「我讀過一點。」羅林斯若有所思地打量他。意外的是，他與小孩子相處的態度很輕鬆，不像他自己，威廉這樣心想。這是當然的了，羅林斯自己有小孩。

威廉悄悄朝走廊很快偷看一眼。莉迪亞仍然站在那裡，顯然正與某人交談。如果他現在出去，她一定會攔住他，問一堆各式各樣的問題，包括南達妮此刻為何坐在他的廚房裡。

「阿仁，這位羅林斯醫師是我們的首席病理學家，」威廉說。沒想到男孩稍微扭動身子，很像突然認出來。

「您負責管理病理學庫房嗎？醫院的那一個？」阿仁略顯遲疑問道。他沒有立場詢問賓客。

「是啊，你想參觀嗎？」羅林斯愉快說道。

阿仁搖頭。他的臉上出現難解的表情，彷彿有種莫名的失望。

大門口出現一陣騷動。

「啊，我們的訪客，」威廉說著鬆口氣。「你有沒有聽到雷斯里的驚叫聲？」

「那是什麼？」羅林斯問。

「有些舞廳的女孩從怡保來。阿仁……去開門。」

但是阿仁呆若木雞。他瞪大雙眼，宛如小孩子的細瘦肩膀幾乎像發抖。他看起來像捕鳥的獵犬。威廉這樣覺得。完全像一隻狗，因為一開始帶錯路而很失望，這時則鎖定正確的氣味。接著，阿仁有點像夢遊的人一樣，直直出了廚房，沿著狹窄的長條通道走去，然後打開大門。

第二十七章

巴都牙也 六月二十日星期六

星期六晚上我們有五個女生：阿慧、玫瑰、珍珠、我自己，還有另一個女生叫安娜。她平常上星期四和星期六的班，所以我從沒見過她。安娜非常高大……比我更高，而且豐滿到很性感的程度。領班說，她挑選安娜參加這次私人聚會，是因為外國人跳舞的時候不喜歡彎腰。

「你挑選我也是這個原因嗎？」等待雇來的車子時，我這樣問。她以嚴厲的目光看了我一眼，好像覺得我很放肆，不過我還滿認真的。

「當然不是！」阿慧說著，捏捏我的手臂。「她挑選你是因為你很受歡迎。」

領班雇的車子很大，雖然不像羅勃的車子那麼長和優雅。安娜坐在前座，因為她體型最大，我們其他人擠在後座。有位保鑣，就是下巴有一顆痣的那位，他叫阿強，會擔任我們的司機和護衛。

「行為不要脫序，」領班說著，以銳利的眼神掃視我們。「跳舞時間是三小時，從九點到午夜。阿強會處理錢的事。如果碰到任何麻煩，立刻讓他知道。」

阿強點點頭，他的寬臉面無表情。有傳言說，他要不是領班的姪兒，就是她的情人之一，但我很高興是阿強。他總是讓我覺得很可靠，而且從來不曾處心積慮要與我們女生調情。玫瑰和阿慧對著車子咯咯傻笑。珍珠說，她以前從來沒坐過這種車。我心想，如果我與羅勃結婚，我每天都能搭他那輛鋪著柔軟皮革的奶油色漂亮車子。但我也得做其他事，像是坐在羅勃腿上親吻他。想到這點讓我覺得牙齒好痛。我不希望想到羅勃，但如果改成想像阿信，我感受到一股奇怪而激動的興奮感。不過想著阿信是沒用的……只會讓我陷入更深沉的憂鬱。

結果，阿信直到星期六才回華林。他推開大門時，我們剛好要坐下來，準備早點吃午餐。

「以為你昨天晚上會回來，」繼父說。

「我得工作。」

阿信沒有看我，雖然我跳起來，跑去幫他拿一盤炒麵。我有種即將出事的感覺。也許他仔細想過星期二晚上我所說的那些惡意指控，確定了他其實很討厭我。

「你週末要住下？」我母親問。阿信點頭。

除了雙眼下方乾薄如紙的皮膚，以及上下樓梯比較緩慢，她幾乎恢復正常了，因此我對於要離開她比較沒有那麼內疚。

「我吃過午餐要回去怡保，」我提醒她。

「譚太太不能讓你放假到星期日嗎？」

事實上譚太太說不需要急著回去，但我不可能對母親說，有人付錢給我，要我去私人聚會陪外國人跳舞。這是我第一次也是最後一次做這種事，因為我下定決心要去找羅勃借款。比起母親為了打麻將欠債而去找的高利貸業者，向他借錢好太多了。下一次分期付款的日子剩下不到一星期。我咬緊牙關。假如繼父發現了，就再也不會像這樣安安靜靜坐在餐桌周圍。他的怒氣既迅速又難以預測；他的態度可能冷酷又實際……或者不會。瞥見我母親低著頭，我只知道不值得冒那種險。

「參巴醬，」繼父咕噥著說，端起盤子，沒有看我。

我去舀那種香料辣醬時，聽著他們三人談話。阿信問我母親覺得怎麼樣，並與他父親討論錫礦的價格……正常而有禮的對話，雖然怨恨難消。也許因為他們現在以平等的態度對待阿信。至少比我平等。我默默坐下，吃著我的麵。阿信完全沒有對我說話。

而現在，母親繼續談著羅勃，以及他有多常前來拜訪。我匆匆瞥了阿信一眼，但他只顯得很無聊。

「邀請羅勃過來吃晚餐會很好。謝謝他幫了那麼多忙，你知道吧！」我母親滿懷希望地說。

「邀請他下個星期五來，」繼父說。這讓我很驚訝。他從來不曾對我的朋友感興趣。「阿信，你也要在家。」

「當然。」阿信面無表情。

「我和智蓮前幾天晚上談過，」繼父繼續說。我驚慌起來，瞪著他看。繼父今天到底怎麼了？

「談什麼？」母親焦慮地看著我。

「我對她說，只要她結婚，她想要做什麼都可以。無論是護士，或者老師，或者跑去參加馬戲團。」他舀了一匙參巴醬到自己盤子裡，再擠上萊姆汁。

我抬起頭。「你答應了，對吧？」

「是的。等到你結婚，你就不是我要負的責任，你母親也不用負責。」出乎我意料之外，繼父不是看著我。他反而看著阿信。小心翼翼的，很像一隻貓觀察著蜥蜴。

阿信顯得漠不關心，繼續吃飯。才不過上星期，他曾經氣呼呼叫我結婚之前要告訴他，因為我一定會做出愚蠢的決定，但現在完全看不出他有那樣的擔憂。他的眼神很冷淡，而且連看我一眼都沒有。我把椅子往後推，喃喃說著要打包就轉身去樓上。也許我不該那麼驚訝。我知道繼父多麼瞧不起我，認定我身為女生多麼沒用，甚至不是他自己的女兒。但是看到阿信再度將我排拒於千里之外，遠比想像中更加痛苦。這不是第一次了，我真想知道自己究竟是愛他還是恨他。

我摺著棉質的薄毯子時，母親走進房間。她怯怯地看著我，坐到床上。「羅勃要載你去嗎？」

「沒有。」

「你知道吧，如果和他有結果，我會非常高興。」

「他沒有向我求婚，」我簡潔說道。

「可是如果他求婚，你會考慮嗎？」

「好吧！」

我抬起頭，看到阿信探頭進來。如同以往，他連一步都沒有踏入我房間。這是老習慣了，但既然我們都不再住在這裡，到底有什麼關係呢？

「父親想知道收據在哪裡，」他對我母親說。

「喔，我會拿給他。」她站起來，我也一樣。我不想留下來與阿信獨處。還記得我在月光下抬起頭，滿懷期待，而他是如何停下動作，反而放開我，害我滿心都是強烈的羞辱。

「智蓮，」我在狹窄的走廊與他擦肩而過時，他低聲說道。即使是中午，也只有一點光線照進我們兩個小房間旁邊的走廊。這棟店屋裡面如此昏暗，如此狹長，很像生活在一條蛇的腹部裡。

「怎樣？」

「我得跟你談談。」阿信對著我彎下暗暗的頭。

「你在樓下對我那麼沒禮貌就不行。」

他一度皺起眉頭。接著他的嘴角抽動幾下。

「你真的很遲鈍耶，」他說。「你不懂怎麼表現得像女孩子嗎？」

我氣炸了，張開嘴準備告訴他，我每個星期三和星期五其實是五月花的二號女孩，但隨即閉上嘴，什麼話都沒說。

「不過我就是喜歡你這樣。」

傷口上撒鹽。對啦，他很喜歡我，喜歡到根本沒有把我當成女生。

阿信以更嚴肅的語氣說：「我父親真的答應了？只要你結婚就不會干涉你？」

「他說，只要有正派的工作，他不在乎對象是誰。」

「我懂了。那樣很好，對吧？」

為什麼阿信對這件事那麼高興？

「你還好嗎？」他仔細盯著我，而我強迫自己顯得很高興。

「我打開你從佩玲那裡拿到的包裹，」我說著，改變話題。

他挑起一邊眉毛。「然後？」

「我想，你應該把遺失手指的事告訴羅林斯醫師，畢竟那是他們醫院的財產。」

「我會去說，」阿信說，「只不過我回去庫房找原本的那根手指，就是你物歸原位那個，它已經不見了。」

「你是什麼意思，不見了？」

阿信伸手摀住我的嘴。「不要那麼大聲。」

「我把它放到架子上，雙頭老鼠的後面，」我輕聲說著，不想讓母親偷聽到我們說話。

「嗯，那裡沒有。」

「你確定？」

他對我做出氣炸的表情。「如果我告訴羅林斯醫師，我想辦法找到一根遺失的手指，但現在又不見了，他會覺得我瘋了，或覺得是我自己偷走。最好什麼都別說。」

「可是如果有人查看目錄，就會發現那個標本不見了，而最後整理庫房的人是你。」我永遠聽不到他的答案，因為就在這一刻，樓梯傳來重重的踩踏聲，警告我們我繼父走近了。我們匆忙彈開。阿信消失在他的房間裡，而我逕自走下樓，冷冷地與繼父擦肩而過，彷彿我剛才並沒有站在走廊上，與他兒子討論一些遭竊的身體器官。

但我忍不住一直想著那件事，即使那個星期六晚上坐進雇來的車子裡，心不在焉聽著阿慧和玫瑰喋喋不休。車子開上一條漫長彎曲的馬路。四周非常安靜又黑暗，就像大多數的路程，沿著空蕩道路前行，路邊是叢林的樹木，以及橡膠園和咖啡園沙沙作響的葉子。

等到車子停在一整排車輛後面，靜默持續了一陣子。接著玫瑰和珍珠跳下車，整理身上的衣裙，撥順自己的頭髮。我以前從沒來過這種大型的私人平房，耀眼的燈火從前面窗戶流瀉出來，因此周遭的樹木和寬廣的黑暗草坪彷彿擠在房子周圍。微弱的笑聲和留聲機的細微樂聲從打開的窗戶飄蕩出來。我看了阿慧一眼，但她看著門口。她的臉上有種艱難的神情，我才明白她正在鼓勵自己走進去。我們很習慣本地人，但外國人是另一回事。坦白說，我很害怕。

「正門或後門？」她問阿強。

他查閱一張紙。這裡好暗，他得舉高一點瞇起眼睛看。「正門，」他咕噥說。

阿強敲敲門，處理引見進屋的部分。我站在安娜後面，她是唯一比我高的女生，然後盲目跟著其他人進去。有不少喧鬧聲。我根本不知道要看哪裡，但是沒關係，畢竟有人引領我們走向房子側邊。

「阿仁，帶這些女士去書房。」

我頸背的毛髮全都變成像針刺一樣。我很擅長記住聲音，包括音高和音色，而告訴自己所有的英國人聽起來都一樣是沒用的。我早該考慮到這樣的可能性，威廉・艾克頓，巴都牙也地區醫院的外科醫師，可能會參加這場私人聚會。而現在我無法脫身了。

我們在另一個房間等待，直到他們準備迎接我們，這樣還滿正常的，珍珠說。況且，我們到得有點早。阿強是非常堅持守時的人。這個房間是某個人的書房：非常整潔的人，從書桌就看得出來，墨水罐和吸墨紙擺放的角度一絲不苟。地板上有張虎皮，是真品。玫瑰說那讓她忍不住發抖，但我覺得它看起來相當悲傷，綠色的玻璃眼珠固定於驚愕的凝視。我心想，等到威廉・艾克頓認出我，我的眼神也會像那樣。任何成為護士的機會都再見了，至少在這間醫院是這樣。

「你們有沒有看見那個小家僕？」玫瑰說。「幫我們打開門那個？我覺得他的眼睛好像要掉出來，瞪大眼睛看成那樣。」

我沒注意到，不過阿慧看到了。「要追女生，他有點太年輕吧！」她凶巴巴地說。她的緊張一觸即發：一開始，同樣的高亢情緒也吸引我注意著她。

阿強敲敲門。「該走了。」

在那之後，如同平常一樣公事公辦。阿強帶我們出去，很像一整串花枝招展的人，而一名年輕的紅髮醫師介紹我們。那是玫瑰的常客，她輕聲說。

「非常優秀的舞蹈老師，來自名聲優良的機構，」他高聲說著。有些戲謔的交談繼續著，但沒有很多。威廉・艾克頓正在後面與一名賓客交談，似乎沒注意到，謝天謝地啊！我注意到兩位女士……有男有女總是比較好，只是我不確定從女士的角度來看，她們是否樂意看到我們。一位女士看起來很像小老鼠，但另一位非常高大又美麗。

她伸出一隻手放在艾克頓的手臂上，彷彿宣示主權，開始跳舞。我們有五個女生，而至少有十二名賓客，除了兩位女士，所有的男士已經興致勃勃準備跳舞。我本來以為一開始他們會畏縮不前，但多數賓客很年輕，顯然期待有段美好時光。不過他們基本上很有禮貌。沒有大喊大叫，或霸占女孩子，活像我們是牲口，我暗地裡一直很怕沒有舞廳的嚴格收票制度就會如此。很容易看到這樣的活動變得一發不可收拾。

我和一名黃棕色頭髮的矮小男子共舞，接下來的那位有手汗。音樂速度非常快，比五月花的樂團演奏得更快，而且是五、六年前流行的舞蹈，像是查爾斯頓舞和黑臀舞。我明白這是要看看我們到底行不行。這實在很荒謬，因為我們當然會跳。

等到音樂停下來，我們氣喘吁吁，因為有好多快樂跳動和揮舞雙臂的舞步。如果持續這樣的步調，可能今晚還沒結束我就累垮了，但幸好下一首曲子是華爾滋。

這一次，我與一位安靜的年輕男子共舞，他摟著我的腰的力道有點太緊。你得要注意這種默不語的人；他們可能鬼鬼祟祟令人頭痛。我們繞著房間鎮定旋轉時，我偷偷瞄著威廉・艾克頓。如果運氣好，他可能始終不會與我共舞，而且也許我塗了這麼多眼影和蜜粉，他根本認不出來。我們在靠近餐廳的地方來個急轉彎，我瞥見一個身穿白衣的嬌小身影。

一瞬之間竟然能看到那麼多細節，實在令人詫異。那張臉消失之前一閃而過，宛如一道閃電。我一度不敢相信自己的眼睛。我想要轉身回去，但舞伴帶著我們往反方向前進。

「那是什麼？」他說。「你的樣子好像看到鬼。」

那正是我心裡的感受。小小的國字臉，認真的眼神和剪得很短的頭髮。那是我在夢中看到的小男孩。我踉蹌幾步，差點跌倒。

「沒什麼，」我說。

他讓我們轉圈，但門口現在空無一人。我一定是冒出幻覺。

「你們華人女孩好苗條，」我的舞伴說著，面露微笑。他的手沿著我的背更往下滑。「有沒有人說你長得真的很像路易絲・布魯克斯？」

他的口氣呼出牛肉仁當的氣味。猛力轉身，我重新調整兩個人之間的間隔。再往餐廳門口瞥了一眼。依然沒人。我的小鬼不見了。

「她真的很像，對吧？」是威廉・艾克頓。「我可以換手嗎？主人的特權，你也知道。」

我的舞伴看起來很生氣，但把我讓出來。我不確定這樣到底該不該高興。整體來說，我覺得交換結果更不好，雖然我很感謝艾克頓把我從尷尬的擁抱解救出來。

我們默默跳著舞，我的肩膀很緊繃，脖子緊張僵硬。他的舞技很好，大多數外國人通常如此。他們一定全都學過。

正當我要開始慶幸威廉．艾克頓沒有認出我時，他說：「那麼，路易絲，你好不好？」

第二十八章

巴都牙也

六月二十日星期六

阿仁在廚房跑進跑出，清理餐桌上的盤子。這樣非常痛苦，因為他第一次在醫院感受到的訊號，如今出現在這裡。自從打開大門就呼喚著他。他的耳朵嗡嗡作響，皮膚陣陣刺痛。在阿義死後已經好久沒這樣了。三年來孤身一人，唯一的信標在荒煙蔓草間，而現在，訊號又來了。

有人跟我很像，他心想。他好想拋下一切跑去找，但阿龍給他一件又一件的任務。

阿仁早些時候打開門，女孩們湧入，衣裙窸窣作響，說話輕聲細語，努力壓抑笑意。她們匆匆經過，而阿仁，昏頭轉向，瞪大雙眼，無法精確找出訊號來自何處。

而現在，她們在客廳跳舞，留聲機播放著音樂。空氣瀰漫著緊張的電流和賓客宛如動物般的好奇心。阿仁感受到興奮的迷霧，讓今晚每件事都染上不安的色彩。

他只要能開溜，就跑去客廳偷看，這讓阿龍氣壞了。另一位華人服務生從阿仁肩膀後窺探。

「你在看哪一個？」他問，目光盯著那些女孩。

阿仁皺起眉頭，用他的貓感官努力感受，看不見的細絲宛如水母的觸手一樣飄浮移動。「我不確定。我無法分辨。」

有五個女孩，全都是華人，穿著時髦的西式洋裝。音樂的躍動很有感染力，跳舞的速度非常快。他們交叉雙腿，膝蓋互碰，手臂互攬。男士們熱得喘氣，一個接一個脫去外套。

「我喜歡那一個，」服務生咧嘴笑說。他指著身穿粉紅色洋裝的女孩，一對彎彎的眉毛顯得很精明。「不過她也很好。」最高的女孩，跳舞時一對胸脯跟著抖動。阿仁的頸背熱起來，卻隱隱為她感到尷尬。但她們兩人都不對。

房間裡擠滿了比阿仁高大的人。沒有跳舞的人站在周圍面露微笑，隨著留聲機更換唱片而鼓掌拍手。

「喔喔喔……短頭髮的那個。腿很美。」那個服務生自得其樂，伸長脖子看著一位苗條女孩，她身穿淺藍色洋裝，頭髮剪短，顯露出長長的頸背。

阿仁的心臟怦怦狂跳。直直的眉毛，大大的眼睛，烏黑的頭髮剪出瀏海，在某人的臂彎中舞動經過時飛揚起來。腦袋裡的嗡嗡聲如此響亮，害他蹣跚搖晃，只好倚著牆壁穩住身子。她直直盯著他，因為認出他而瞪大雙眼。

阿仁全身緊繃，正準備跑出去抓住她的手腕，但阿龍惱怒的臉出現了。他像老鵝一樣氣呼呼的，把阿仁和服務生趕回去執行工作，雖然阿仁對他的指令幾乎充耳不聞。

「你們兩個是怎麼回事？」阿龍氣憤地說。

「只是有點好玩，」服務生說，但阿仁沉默不語。

她怎麼會認識自己？她也感受到同樣的電流訊號嗎？不，是別的原因，由視覺方面認出來。那讓他心煩意亂，她臉上的震驚表情。

「不要墜入愛河，」阿龍說。「我們今天晚上夠忙的了。」他扭頭看著廚房桌旁的空座位，半個小時前南達妮坐在那裡。

「她回家了嗎？」阿仁問。外面很暗，新月在空中只是細細一彎。他走向廚房的紗門，打開門，看見送信來的那個僧伽羅年輕人的臉。

「南達妮在哪裡？」他說著，顧不了客套。「她要我回來接她，所以我來了。」他推擠著闖進廚房。「南達妮！」

「她不在這裡，她回家了。」阿龍說。

「她走不遠。她要怎麼回家？」

他說的對。南達妮跛著腳，早先她是倚在阿仁的肩膀上，讓他扶著繞過屋子去見威廉。

「嗯，她大概二十分鐘前出去的。」阿龍皺起眉頭。

那位表親沒說一句話，再度走出去。阿仁望著甩動的門，不禁心想是否應該幫他找一找。

「她可能在外面等，」阿龍說。「好了，快點去收空玻璃杯。」

另一位服務生去招呼吧檯。阿仁跟著他，胃部凹處很不舒服。夜晚那麼暗。南達妮會不會跑去外面，從打開的窗戶痴痴看著屋內？但是等到他再度進去客廳，南達妮的事情立刻飛到腦後，因為身穿淡藍色洋裝的女孩就在他面前，正與威廉共舞。

那對舞伴旋轉的模樣，很像花朵沿著溪流往下漂流，而阿仁看到他的主人笑笑的。不過她沒有笑。她的神情很嚴肅，沒說什麼話，但舞技很好，完全是專業的跳法。就連阿仁也看得出來。

威廉與他目光交接，而令他吃驚的是，威廉用下巴指指阿仁。女孩抬起眼，凝視著阿仁。又來一次，那種難以忍受的電荷，讓他好想抓住她的手。他們每一次旋轉經過，她都轉過頭，彷彿確認著阿仁仍然在那裡。

威廉對她說了一些話。她的嘴巴動了動，但是到底說了什麼？而他的主人為何低下頭，似乎考慮著什麼事？阿仁想到在夜裡某處等待的南達妮，胸口升起一種想要抗議的感覺。威廉這樣做實在不對，不能對藍衣女孩那樣，她緊皺著直直的黑眉毛。

他試圖解讀她的心思，也用同樣的方法解讀威廉，就像在醫院能感受到能量的殘跡，但無論他如何費力凝視著他們，卻什麼都沒感受到，只有難以理解的空白。阿仁隱約聽到一些聲響，一陣騷動來自廚房。他猶豫不決，不想離開門邊這個位置，接著奔跑離開。

在廚房裡，南達妮的表親氣呼呼地對阿龍說，即使找遍整個地方，還是找不到她。

「那跟我們有什麼關係？」阿龍在他的骯髒白圍裙底下握緊拳頭。

「她在這裡。如果她失蹤了，那也是你們主人的錯。」

阿仁說：「我會找到她。她可能繞到另一邊迴廊。」

「你不能去。」阿龍以氣憤的神色看著阿仁。「你年紀太小。阿勝！」他把那個兼職服務生叫過來。「再去幫他找一次。帶這盞燈去。」

阿龍的濃密眉毛向下皺得厲害，阿仁突然明白他的憂慮。在外面那片蕨類沙沙作響的黑暗中某處，有隻掠食動物曾經在柔軟的泥土地留下很深的掌印。

「南達妮怎麼樣了？」他焦慮大叫。

「我不希望她在外面，她可能已經在回家的半路上。」阿龍說。

這是合理的猜測，更何況現在有兩個人在找她。阿仁回到客廳，去拿他收了一堆髒杯子的托盤。空氣中有濃烈的菸味與汗味。威廉現在與另一個人共舞，是眉毛彎彎的粉衣女孩。阿仁遲疑一下，心想是否要對他說南達妮不見了，但隨即改變主意。他只會對這樣的干擾感到心煩。阿仁轉身時，聽到粉衣女孩大聲對威廉重複說她的名字。「阿慧。我是阿慧，」她賣弄風情地說。

威廉注意她的程度似乎與阿仁的女孩沒兩樣，就是那個藍衣女孩；不知為何，他見狀鬆了口氣。

有位賓客要一杯新的飲料，但服務生應該要負責吧檯，他卻還在外面找南達妮。阿仁只知道一種飲料的調製方法，就是一半威士忌兌一半蘇打水，他用了威廉喜歡的調配方法，於是約翰走路威士忌讓毛玻璃杯呈現中國茶的色澤。他的客人見狀大樂，叫一位朋友過來，阿仁因而發現自己周圍全是歡笑的臉龐，看著他調配一杯又一杯的飲料。

「抱歉，沒有冰塊了，」阿仁說著收拾冰桶和夾子，鬆了口氣，從人群之間鑽出，直奔廚房。也許這時服務生和南達妮回來了。但只有阿龍駝背瘦削的身影，焦急地探看後門外面。

「他們有沒有找到南達妮？」阿仁的胃抽搐了一下，很不舒服。

「還沒。」

「讓我去找。」阿仁很確定可以找到她。他的貓感官抽動一下、兩下。

阿龍皺起眉頭，歪著滿是皺紋的脖子，很像海龜。「查看房子，以免她從側門跑回來。」

阿仁放輕腳步跑出去。他很清楚如何不必經過賓客湧入、走動談話的公共空間快速繞一圈。後側通道，書房和餐廳之間的走廊。每到一扇窗戶，他就停下來探看外面，以免南達妮剛好等在另一側，待在黑暗裡。有太多傳聞是關於意圖復仇的女子趁著夜色前來，例如「女吸血鬼」的故事，有名女子因為生產或懷孕而死，變成會吸男人的血；她看起來像是漂亮的長髮女子，要馴服她只有一個方法，就是用鐵釘堵住她頸背的洞。還是把她的長指甲剪下來，塞進她頸部的洞？阿仁不是很確定，總之她很生男人的氣。還有其他生物，像是「小鬼」，巫師養小鬼當作僕人，叫他們去偷竊和跑腿。那讓他憂心忡忡想起自己的棘手任務。阿仁像小狗猛力甩頭。今晚有某種因素，包括停不下來的不安感受、歡笑的舞者、南達妮的痛苦神情……讓他的背脊顫抖個不停。

他的貓感官變得平靜，看不見的觸鬚捲曲收起，好像很怕刺透這棟房子外面碰觸不到的靜默。一切盡歸寂靜，因期待而顫抖。奔跑會比較快，但奔跑會更糟，彷彿向他的恐懼投降認輸。

到了威廉的書房，他呆立不動，手放在門上。地板上的虎皮，血盆大口齜牙咧嘴，那是此刻他不想看到的東西。不想在黑暗中看到，微弱的新月映照在死亡的眼睛上。

阿仁低聲嗚咽。阿義，他心想。我不想要孤孤單單。他從走廊望進燈火通明的客廳，她在那裡，他的藍衣女孩，倚著牆壁，直直看著他。她朝四周張望，然後溜進走廊，來到阿仁身邊。

「我是智蓮。」她的聲音低沉且友善。「你是誰？」

「我是阿仁。」他的胸口揪成一團。一，二。呼吸。

「阿仁……意思是『仁慈』？」

「對。」

「可是你長得比較高大！」她瞪大雙眼，端詳著他，滿臉驚訝。接著她自己想通了。「我是說，你看起來很像我遇過的一個人。你認識我嗎？」

阿仁不知道怎麼回答。嚴格來說，他以前從未見過她，但全心全意相信他們屬於同一個整體。這種感覺如此強烈，他覺得喉嚨噎得好緊。「不認識，」最後他說，可是這樣好像坦承自己的失敗。

「你幾歲？」

「十一歲。」自從離開孤兒院以來，這是他第一次對別人說出自己的真實年齡。此刻近看，她非常非常漂亮。或至少對他而言是如此。不過有人可能會說，她的短髮和瘦削身形太像男孩。

「你有兄弟嗎？」

「有。沒有。」阿仁對這個問題答得結結巴巴。關阿姨告訴他，絕對不要再對每個人說他有弟弟，畢竟那會讓人很困惑。不過對他來說，阿義依然存在。「有，」他最後這樣說。

「他叫什麼名字？」她仔細看著他，彷彿這是某種測試。阿仁好想跳過這一題。

「阿義。」

呼出長長的一口氣。「仁和義。嗯，我的名字是『智』，代表智慧。那對你有沒有意義？」

「阿姊，」他脫口而出。這樣稱呼她是對的，表示他完全理解她說的話。他們是一個組合的成員，她和他；他自始至終都知道。一波令人暈眩的狂喜淹沒了他，而她笑起來，雙眼閃耀光芒。

「而你的兄弟阿義，」她興奮說道。「讓我猜猜看，他年紀比你小？大約七歲或八歲？」

「是的。」阿仁正準備告訴她，阿義比他小，是因為死亡增添他們之間的距離，但他突然住口，不知道如何提起這件事。不要在這裡，在窗戶的昏暗陰影裡。「你認識我弟弟？」

這時換成她遲疑了，感覺好像透露太多事。「我也不知道。不過我也有一個弟弟。他名叫阿信，所以我們組成『五常』裡面的四個。」

「事實上有五個，如果你把我的主人算進去。」

「你是什麼意思？」

「他也有中文名字……他今天晚上這樣說。名字裡面有『禮』。」

「你確定？」她莫名顯得慌亂。

「是的，不過也許不算，畢竟他是外國人。」

「阿仁！」阿龍出現在走廊上。

阿仁很內疚，連忙轉身。他應該要尋找南達妮的下落，而不是與陌生的年輕女子交談。「來了！」他這樣說，但阿龍已抓住他的肩膀。

「你有沒有找到她？」

「沒有。」阿仁不懂阿龍為何這麼擔心。

「現在不要去外面。」

「為什麼？」

「哎呀！因為老虎在花園裡。阿勝和那個南達妮的表親信誓旦旦說剛才看到牠。」

「哪裡？」

「花園後方，你埋垃圾的地方……還記得掌印嗎？現在留在屋子裡！」

「你有沒有告訴主人？」

「他去拿他的獵槍了。」

「要殺了牠？」智蓮問道。

阿龍瞥了她一眼，活像直到這時才第一次發現她的存在。「把牠嚇跑，這樣客人才能離開。用那種槍殺不死老虎。」

他轉過身，跑掉了。而到現在，阿仁才發現屋子裡的氣氛變了。出現逐漸升高的嗡嗡聲、警告的叫聲，以及愉快的興奮之情。「有老虎！是之前那天晚上俱樂部會員等待的同一隻老虎嗎？」班克斯太太向她丈夫哭訴：「我就知道我們應該要早點離開。」但男士們都很熱切。這就是他們前來東方的目的：刺激的冒險行動，像是花園裡有老虎、充滿東方風情的舞女，還有他們床上有眼鏡蛇。羅林斯大聲叫道「可能已經走了」，但沒有人想要相信他。

不過阿仁覺得很可怕，感覺可能會出事。今天晚上的巧合也太多了，太多徵兆提出警告。他早該注意到那些徵兆，但他一直分心。現在南達妮不見了，老虎暗自等待，就在昨天發現獸跡的地方。如果沒有獵物，什麼樣的野獸會這麼快又跑回來？

阿仁知道那個地點是他埋下手指的地方。如果他歸還手指，也許老虎就會把南達妮送回來。他悶悶叫了一聲，衝向迴廊。

「你在做什麼？」智蓮抓住他的袖子。

「我得把它還回去。」他有種特殊的感受，覺得她聽得懂。「牠想要那根手指。」

「什麼手指？」在昏暗的光線中，她的臉色蒼白又慘綠。

「麥克法蘭醫師的手指！我得把它放回去！」

猛力拉扯一下，阿仁掙脫了，從迴廊上的門跑出去。現在去拿正是時候，趁著威廉還沒把獵槍拿出來。他不怕老虎，他這樣告訴自己。那種幽靈老虎，只獵捕長髮女子。

其實這是騙人的，因為他好害怕。他的頭砰砰作響，他的肺激烈燃燒。但阿仁很確定，從骨子裡確定，南達妮所剩的時間非常少了，也許她已經死了。但是不會，老虎回來是要給他一個暗號。最後的機會。

「我很抱歉，」他喘著氣說。他應該從一開始就要執行麥克法蘭醫師的願望。他許過承諾，對吧？如果沒有遵守承諾，就會發生這種事。

在外面，黑暗有種溼漉青翠的氣息，活像是泥土本身正在呼氣。阿仁盲目跑過草坪，直奔垃圾場。他氣喘吁吁，絆倒、爬行、站起。他背後有著來自遠處的叫喊聲。門板甩上，窗戶打開。

而現在，他在柔軟的泥土中胡亂摸索，把他用來做記號的石頭拋到旁邊去。沒有鏟子，什麼都沒有，只有徒手和斷掉的指甲。

快點，快點啊！

然後他聽見了，一陣隆隆的咆哮聲。音調好低沉，空氣為之震動；他可以感覺到自己的骨頭隨之震動。他身上的每條肌肉都凍結住，頭髮也全部豎起。在這一刻，阿仁再也不是男孩或甚至人類。他什麼也不是，只是一隻無毛的猴子凍結在地面上動彈不得。

吼叫聲持續了一次又一次，空氣中充滿穩定的轟鳴聲。他暈頭轉向，無法分辨聲音來自何方。接著傳出咳嗽聲，一種刺耳的咯咯聲，猛然切斷吼叫聲，復歸平靜。

他聽得到屋子那邊傳來微弱的叫喊聲。有個女生的聲音尖叫著說「住手」或「不要啊」。

但阿仁像瘋子一樣挖著土。很靠近了，他可以感受到餅乾錫盒的邊緣。拇指的指甲撕裂開來。將蓋子移開。盒子打開了，小小的玻璃瓶子在他污穢的手中叮噹作響。阿仁重重嘆氣。他蹲伏在地上，轉身面對屋子。接著一陣閃光，以及震耳欲聾的轟鳴聲。

阿仁瞪大雙眼，倒在地上。他好驚訝，什麼都感覺不到，只有麻木。他抬起左手。左手溼溼的，滑滑的，看起來像生肉。接著，疼痛的襲擊讓他倒向側邊。阿仁彎起身子，像舊報紙一樣皺縮癱垮。他最後看見的是他的藍衣女孩。她把他抱到大腿上；她的漂亮衣裳滿是鮮血。如果是她就沒問題了，他心想，然後將玻璃瓶從完好的右手塞進她手裡。

第二十九章

怡保

六月二十日星期六

那天晚上把我們全部帶出去的人，是阿強。他一發現事有蹊蹺就展開行動，因為聽到那麼多喊叫聲和吵鬧聲，接著當然有槍聲，槍聲炸裂夜晚。也是他，拚命尋找最後掉隊的我，他隨著眾人跑出去，湧到黑暗的草皮上，抓住我。我對那些事毫無印象。只要閉上雙眼，我就還在那裡。白色口鼻一閃，年輕動物高亢尖銳的嚎叫。

我的衣服滿是鮮血，暗色的污斑沾染著淺藍色的絲質布料。其他女孩全都不想坐在我附近。她們擠到車子的另一側，以粗啞的語氣高談闊論。珍珠哭起來，我還記得她有個小男孩。

我早該阻止他。男孩衝出去，從迴廊門飛奔而出時，我應該要回到屋子裡，警告大家他跑出去了，但我像笨蛋跟在他後面跑，在黑暗中、在未知的花園裡跌跌撞撞，絆倒，跌落，繞一圈回到屋子。要是我沒有浪費那麼多時間就好了！接著是那個男人的黑暗形影，拿著一把槍從屋裡跑出來。我立刻就認出來……我繼父有個朋友用那種槍獵殺野豬；長棍一般的暗影，他捧著的方式，夾在手臂底下。

「住手！」他舉起槍時我尖聲叫道。「不要啊！」

但是太遲了。

我們後面傳來喊叫聲：艾克頓，你擊中了沒？不過我已經知道他射中的是什麼。我衝過他身旁，一邊哭泣。那個老廚師提著燈籠一路跑過去，面如槁灰。在提燈的光圈中，男孩癱倒在地。他好小。這是我的第一個念頭，看到那個可憐的小小身軀，身上隱約有樹木和灌叢的影子。他一定是正在挖掘東西，因為他的手臂直到手肘都沾滿泥土。他的臉上呈現徹底驚駭的神情。我無法看著他的左側和手臂，因為浸潤著鮮血，在光線中看起來是黑色的。那條手臂……手掌到底有沒有留著？我跪在他身旁，跪在凌亂的青草和挖翻的泥土上。他看著我，嘴巴動了動。

「把它放回去，」他虛弱說著。「放進我主人的墳墓裡。我答應過。」他用完好的右手，把某種東西塞進我的手掌裡。一些男人從旁邊跑過，喊著一些指令。

「移到旁邊去！移開，拜託！」

一隻手抓住我的手肘。是阿強。「該走了。」

「等一下！」我想聽那些男人說什麼，只見他們抬起那孩子，他身軀癱軟，就像佩玲一樣垂著腳搖搖晃晃。今晚這裡有很多醫師；他們知道他的傷勢如何，以及他究竟會活下來還是死掉。

阿強把我拖走。我的手臂無法掙脫他那鋼鐵般的抓握。「我們現在要離開。」

於是我們離開了。其他女孩已經等在車子裡。她們看到我問了一連串的問題，但我說不出話，無法回答。

「你到底在外面做什麼？」阿慧說。她似乎很激動，事實上比我更激動。麻木讓我的雙手雙腳都動彈不得；舌頭也厚重乾澀。

「我看到他跑出去，」我終於開口說。「所以我想要阻止他。」

「子彈可能會射中你啊！」阿慧用力抓住我。

「不要這樣，我的衣服都是血。」我說。

回去的路程似乎比前來的時候短一點，絲帶一般的昏暗道路綿延了一哩又一哩。過了一會兒，其他女孩又開始交談，猜測著究竟發生什麼事。

「真是白痴啊，射中他自己的家僕，」玫瑰說。

「嗯，他好像是孤兒，所以如果他死了，沒有家人能幫他爭取權益，」安娜說。

我什麼都沒說，只是凝視著窗外。我的手指依然緊緊抓住男孩阿仁交給我的物品。我感覺到胃揪成一團，根據滑溜的玻璃圓柱體形狀，我完全知道那是什麼。我不需要看到。不想看到。

我的衣裙沒有口袋，而我隨身攜帶的小包包已經因為匆忙離開而掉了。反正那裡面沒太多東西，只有我家裡的鑰匙和胭脂。阿慧曾經教我，如果我真的得出去外面工作，千萬別在手袋裡留下洩漏隱私的資訊，像是我的名字或地址。但在此同時，我沒有地方能放置自己的重擔，就是阿仁塞給我的這件討厭的禮物。

他為什麼有這根手指？那像是一種詛咒，就像那些邪惡的故事，你愈是想要拋棄某種東西，它愈是回到你身邊。夢中小男孩的身影和阿仁的臉龐融合在一起。兩者相同，卻也不同。

這時我們穿越一些我認得的街道，萬里望村，而很快就到了華林，我繼父店屋的所在地。阿強打算在各自的住家讓我們下車，畢竟很晚了。然而我怎麼可能身穿染血的衣裳、沒有帶鑰匙，就這樣偷偷溜進譚太太的裁縫店？

「跟我一起過夜，」阿慧輕聲說，彷彿讀懂我的心思。「我會借你衣服。」

我略顯遲疑，而她必定感受到，因為她說：「你嚇壞了。來吧，我會照顧你。」

她的語氣好體貼，讓我喉嚨一緊。我想，我真的很想要那樣。有某個人把我掐緊的手指撬開來，拿走那個玻璃小瓶，那裡面裝著死去男人的手指。車行經過繼父商店所在的拿乞路時，我忍住想要跳下車、跑回家的衝動。我好想母親。想把臉埋在她的腿上，感受她柔軟的手撫摸我的頭髮，忘了所有的一切，只剩我們兩人。

我不希望想到阿信……想到他臉上高興的神情，當時他討論著我繼父對我婚姻的承諾。那不是好事嗎？

「好吧，」我對阿慧說。「我會跟你去。」

在阿慧的租屋處，我清洗乾淨，借了睡衣。我用冷霜卸妝時，阿慧過來坐在梳妝台上。

「你還好嗎？」

我呆呆點頭。

「去睡覺，」她說。

阿慧的床是狹窄的單人床，我的頭一靠到她旁邊的枕頭，立刻感覺到一道強勁的水流把我拉開。一種冰寒的麻痺感滲入我的雙臂和雙腿。我努力保持雙眼睜開，但不斷下墜。隱約之中，我聽到阿慧說了些話，但是聽不懂她說什麼。水流實在太強勁。於是我向下墜落、墜落，比最深的湖泊還要深，最後抵達我漸漸非常了解的那個地方。

這一次，我站在陽光普照的岸邊，一雙赤足浸在清澈的水裡，水深及踝。一點都不冷，還是一樣，朦朧的午後熱氣讓遠處的樹木微微閃動。也像以前一樣，這份平靜讓我放鬆，雖然我很快就步出水域。那麼透明、清澈到虛假的水域，藏匿著逐漸上升的暗影。

周圍沒有半個人，連那個小男孩都不在。既然到了這裡，我就出發去找他，穿越波浪般的草地，但是等我到了廢棄的火車站，放眼所及沒有半個人。連火車都沒有，不像以前每次都看到。時間延伸著……我實在不知道過了多久。焦慮折磨著我，眼看陽光維持於固定的角度。我不想被困在這裡。那個小男孩是怎麼說的？假如我找到他的名字，就可以召喚他。

「阿義！」我輕聲喚道。

靜默讓我好緊張。我轉身望向月台的另一側，他在那裡，就站在我後面。那麼近，他伸出小手就能碰觸我的背部。我微微尖叫了一聲。

「你呼喚了。」他看起來非常嚴肅。沒有笑容，沒有開心揮手。此刻我仔細檢視他。他們之間有些不同。阿仁比較高，臉比較長，比較有大人的模樣。也許兩、三年的落差讓他們兩人有了區隔。

「我遇到你哥哥了。」

他憂慮點頭。

「他今晚中槍了。」想起那片黑暗和搖曳的燈籠火光，鮮血在殘破身體上蔓延開來，我的眼裡滿是淚水。

「我知道。那正是火車不在的原因。」

火車以單一鐵道運行，只沿著一個方向開動。

小男孩爬上木頭長椅，我坐到他旁邊。這樣比較容易交談。「你死了，對吧？」我說。「他們說阿仁是孤兒……他的家人全都死了。」

他把頭轉開，小小圓圓的頭此刻看來好熟悉。雖然他和阿仁的相似度令人尷尬，但也有不同之處。他們的習性，他們的聲音。我回想著幾個小時前阿仁對我露出的高興表情。他看見我多麼快樂啊，彷彿他這輩子一直等著我，於是我又覺得好想哭。「沒錯，我死了。」阿義的臉轉回來看我。看起來光滑且真誠，但我有種感覺，他極度專注。這讓我很不安，他看起來比阿仁年輕好多，卻也老成好多。也許他有時候講話就像那樣，很像大人。

「你為什麼沒告訴我？」

他搖晃一隻穿著涼鞋的小腳，皺起眉頭。「沒有其他人曾經像你這樣出現。他們全都搭火車來。不過你就……出現了。那樣很好啊，我想。」

「為什麼？」

「因為如果是搭火車來，你就是像其他所有人一樣。像我一樣。」

我冒出好多問題，但他盯著我，微微搖頭。

「阿仁會死嗎？」

「我不知道。」他臉上出現憂愁的神色。「火車走了。表示另一個人很快就會來，但我不知道誰會在那上面。」

「你就是那樣嗎？你自己在這個車站下車？」

「是啊！很久以前。我和阿仁是雙胞胎。」

雙胞胎。「就像我和阿信。我們其實不是雙胞胎，但我們同一天出生。」

「我不認識阿信，」他皺著眉說。「他不像你這樣做夢。」

「對，他沒有，」我慢吞吞地說，回想起阿信的母親給他的那張護身紙。有個咒語可以對抗噩夢，就是叫喚「貘」，一種吃夢的黑白野獸，把噩夢狼吞虎嚥吃掉。不過如果你叫喚「貘」太過頻繁，牠會把你的希望和欲望也吃掉。

阿義說：「所以我們占了四個人。你有沒有找到第五個人？」

「我想是有。」我回想起威廉．艾克頓，以及阿仁曾說他名字的「禮」代表禮儀、秩序。有某件事讓我很困惑，就是他是外國人，我不懂他怎麼會有中文名字。

「我告訴過你，我們每個人都出了問題。事情沒有朝正確方向進行。」

「我該怎麼辦呢？阿仁給我的手指又該怎麼辦？」我把它藏起來，趁著阿慧在浴室裡，我用染血的舞衣把它捲起來。

阿義嘆口氣，搖晃他的一雙短腿。「那是他主人的事。你就做你覺得正確的事。」

我心裡響起警報聲，很像有個遙遠微弱的鐘聲開始響起。不對，偶爾會響起，只是我一直沒注意。「阿義，看著我。你為什麼沒有更擔心阿仁？」

他弓著背，扭動身子移開一點，似乎無法忍受直視著我的眼睛。突然間，他又變成小孩子。

「你一直等待他死掉，對吧？」

那種充滿內疚的神情。整張臉皺成一團，充滿悲哀，快要哭出來。我想搖搖他，但我以前從沒碰觸過他。連上一次在水中深處遭到黑影追逐而逃出去的時候也沒有。

「你怎麼可以那樣？」我痛苦說道。「你自己的哥哥耶！」

這時他放聲痛哭，肩膀抖動，拳頭摀住雙眼。

「我不是有意的。至少，一開始不是。」他打嗝，抹掉臉上的淚水。「我愛阿仁。他是我的一切。」

「那你為什麼留下來？」

他搖搖頭。「我們以前從來不曾分開。我也知道他沒有我會很痛苦。他要怎麼面對孤單呢？所以火車越過河流時，我下了車。這是這一邊的第一個停靠站。我很確定再往前會有更好的地方，但是沒有阿仁的話，我不想去。」

「所以你留下來。」我以嚴厲的眼神看著他。

「不是只有我這樣，總是有幾個人下車，你以前看過他們。」

我回想起第一次沿著河流往下漂時，有幾個模糊的人影在岸邊遊蕩。

「然而，到最後，他們全都放棄了，繼續往前行。那樣沒有意義，你懂吧！從這一邊，你不能呼喚任何人或跟他們講話。」

我仔細看著他。「不過你可以。」

他點頭。「我們永遠有這種雙胞胎的能力。我下火車時，發現自己還是能感受到。非常微弱，就像無線電訊號。所以我沒有繼續往前走，只要我還能感受到阿仁在另一端就不走。」

他看起來好小好可憐：一個小孩子，等他哥哥等了三年。獨自等待，在一處荒蕪的岸邊。我好同情他，但是同時，我也知道他的所作所為徹底錯了。

「我發現只要在這裡，我可以從河的這一邊叫他，事情就會發生在他身上。災禍之類的。有時候，我覺得好想搭上火車離開。可是總是臨陣退縮。我不希望阿仁忘記我。」

「我覺得他不會忘記你。」

但是他沒有聽到我說的話。「剛開始覺得我只是觀望等待，有時候可以看到他做的一些事。接著發現，我得等待很長很長的時間，說不定要等待他過完這輩子。而阿仁一直在變，他漸漸長大。總有一天，他會完全忘了我。」

「所以你試著引誘他過來？」

阿義轉過來看我。他的眼神那麼悲哀，我根本沒辦法生他的氣。「我想，我們在一起會比較快樂。不過我從來沒有想辦法讓他過來。算是沒有。只有那一晚，他發高燒，出現在那邊的沙洲上。」他指著河中一道細細的白色沙地。

「他想要過河。他真的很想！他甚至自己跳進河裡。我嚇壞了，因為河水裡面有某種東西，就是因為那樣，人們沒辦法游回另一邊。」

我回想起黑影，從河水深處升起，我忍不住發抖。

「不過我叫他回去。用那種方式過來是沒用的。他會與自己的身軀分離開來，那樣更糟。」

「你的意思是說，就像昏迷？」

阿義瞇起眼睛。「我不知道那個詞的意思是什麼。」

「你的身體活著，但是失去心智。」

「對。那麼我們兩人都會困在這裡，等待他的身體死掉。」

「嗯，」我疲倦地說，「你的願望實現了。你哥哥現在快死了。」

阿義低下頭，痛苦地盯著自己的雙腳。

「所以你要怎麼辦？」

他又哭起來。「『義』的意思是正義。我應該有能力選擇正確的事，可是我不行！」

「不要哭，」我說著，努力克制想要擁抱他的衝動。現在我完全知道自己身在何處，有種危險的刺痛感。「你也是一番好意。」

「可是那樣還不夠好啊！」他大喊，揉著紅通通的臉，顯得非常痛苦。「一番好意和做出正確的事，兩者是不一樣的。也許我們全都遭到詛咒。我們全都應該出生在同一個家庭，或甚至是同一個人，而不是像這樣受到時間和空間的分隔。」

我們五個人應該產生一種和諧狀態。畢竟，儒家的「五常」不是描述完美的人嗎？一個人拋棄了倫常就失去人性，變得與禽獸無異。我茫然失措，納悶著這種事是否全都發生在我們身上。

「所有的問題都與秩序有關……事物改變方向和重新排列的方式。我們每個人迷失得愈遠，每件事就會歪曲得更厲害，」阿義痛苦說道。「而第五個人是最糟的。」

「你說的是什麼意思啊？」

不過他漸漸淡去。整個世界淡化成灰色，儘管我奮力掙扎，也只能喘氣、亂揮，一片令人窒息的柔軟安靜掩蓋住我的嘴巴與臉龐。

「阿義！」我尖聲大叫。「放過阿仁吧！」

第三十章

巴都牙也　六月二十一日星期日

阿仁的眼睛倏然睜開。閉上。再次睜開。他的嘴巴很乾，覺得腦袋好遲鈍，彷彿有人塞了棉花在裡面。一張不熟悉的臉孔飄蕩到視線內。是一名外國女子，她的頭髮用白色小帽拉緊固定在腦後。

「他醒了。」

另一張臉是威廉。他嘴巴繃得很緊，眼睛底下皺出兩條深深的紋路。「阿仁，你聽得到我的聲音嗎？我們在醫院。」

醫院。這能解釋他周圍空蕩的感覺，是長條形的醫院病房。床也比較大，比阿仁睡的床鋪長多了。他的左側有種沉重感，而且完全感覺不到自己的手臂。

「痛不痛？」

在一層層的麻木底下，阿仁的身體很痛。一種深層的疼痛，埋在某種人造工具底下。光線很亮；已經是白天了。

「艾克頓先生，您現在最好回家。」說話的是護士。「您已經在這裡待了一整晚。」

「護士長，只要再一下下就好，」威廉轉回來看他。

好奇怪啊！阿仁現在能看到威廉身上延伸出來的所有絲線。噴出那麼多細薄的絲線，很像把蠶繭拆解開來。他以前從來沒辦法看到，只是感受到能量的火花。但現在，他的貓感官比以前更強烈，也說不定只是因為他的身體如此殘破。甚至不用看到威廉那張心煩意亂的臉，他就知道了。

「阿仁，我真是太抱歉了。我昨天晚上開槍打中你。」

所以就是這樣啊，撕裂他的閃光和轟鳴聲。阿仁睜著一雙大眼眨也不眨，看著威廉。

「不過你會沒事的。嗯，幾乎啦！你失血很多，但是我們想辦法把大部分的槍傷都處理好。倒是槍傷周圍的團塊讓我真的很擔心……軟組織的感染，你知道吧！」威廉的下巴移動著，很像嚴重損壞的發條玩具。

「艾克頓先生！」又是護士開的口。「真的夠了！」

威廉住口，舌頭舔過乾燥的嘴唇。「好，當然。如果你需要任何東西就告訴我。」

阿仁的喉嚨非常乾燥，難以開口說話。「南達妮，」他說。他以眼神示意問問題。

威廉以茫然的眼神看著他。「啊！南達妮。我不知道她在哪。別擔心……她一定會出現。」

不行，你得找到她！阿仁的氣憤神情宛如一把刀劃過。威廉繃緊一張臉。「我們當然會找到她。好嗎？只要……現在好好休息。你能夠休息一下很重要。」

阿仁又陷入半睡半醒的狀態。他隱約意識到門打開又關上。太陽爬得更高，然後開始變暗，雖然阿仁不知道這是哪一天。在某個地方，他的身體變得更虛弱也更冷，還是發燒畏寒？有人來檢查他疼痛的那一側，解開他手臂上的大團繃帶。

「……又出血了。看起來很糟。」

「……有感染的危險。」

阿仁閉上雙眼。在他們背後，另一番景色向外開展，明亮而熾烈，很像發燒的夢境。啊，在那裡，他恐懼已久的老虎。牠站在他面前，巨大得難以置信。精瘦壯碩的身軀逐漸縮減成猛力甩動的尾巴。這不像威廉書房地板上那塊陳舊淒涼的虎皮，也不像阿仁想像中幽靈般的慘白生物，與麥克法蘭醫師的臉孔一起遊蕩於叢林裡。牠就只是巨大而耀眼的野獸。他無法理解的動物。令人驚訝的是，阿仁感覺不到恐懼，只覺得徹底鬆口氣。

所以你就是這個樣子啊，他心想，雖然這樣對牠說話好像不是很莊重。

牠那鮮豔毛皮上的條紋陣陣波動；黃色眼睛像燈籠一樣熾烈發亮。阿仁只能垂下眼睛。老虎發出低沉的「啊嗚」吼聲。接著牠轉過身走開，踏著從容的步伐，既沉重又柔軟。牠要去哪？

在閃爍的景色中，阿仁看見熟悉的小屋輪廓……一個火車站，就像他搭上火車的太平車站，當時是麥克法蘭醫師過世之後，他第一次也是唯一一次搭火車。跟隨走去似乎很正常。他向前踏出一步，接著回想起某件事。

「南達妮……她在哪？」他對著老虎的背影叫道。

沒有回答，只見牠尾巴的白色末端宛如催眠一般來回甩動。這時他看到了：一名女子的不規則足跡。修長且漂亮的腳印，拖著左腿跛行。

「南達妮在這裡嗎？」如果在，她一定會朝向火車站而來，阿仁又踏出一步。老虎轉頭怒吼。那是警告嗎？阿仁無從得知，但他的側邊好痛，火燒一般的疼痛傳遍他全身，往上傳到無用的左手臂和手掌。阿仁咬緊牙關，強迫自己繼續走，跟著腳印走向火車站。

第三十一章

怡保　六月二十一日星期日

一次撞擊。撞得我肺裡的空氣全部擠出體外，整張臉壓在堅硬又冰涼的表面上。我一度躺在那裡，動彈不得。

「智蓮……你還好嗎？」阿慧出現在我上方；我躺在她房間的地上，身上纏著棉質的薄毯子。照進她房間的陽光很高又炎熱。

「你從床上跌下來，在做噩夢，一直掙扎，哭著叫『阿義』這名字。我很怕吵醒你。」她說。華人不喜歡把別人從睡夢中突然叫醒，免得害人家靈魂出竅。雖然覺得很感激，但我沒想到阿慧這麼迷信。誰會知道我是在哪裡遊蕩呢？

我無力地坐起來，思緒像一窩螞蟻一樣亂糟糟。我有種感覺，差點就抓住某種滑溜的東西，某個念頭的尾巴一閃而逝，就像阿義哭泣的臉龐。

「到底怎麼了？」阿慧說。

我看著昨晚穿的藍色洋裝。依然整齊捲好，放在椅子上，如同我昨天放置的樣子。我不想把那根玻璃瓶裡手指的事情告訴阿慧，那只會讓她心煩意亂。還有其他更迫切的事情要擔心。像是阿仁經歷昨晚的事情是否活下來，以及我用染血洋裝裹住的纖細玻璃小瓶到底該怎麼辦。

於是，手指又回到我手上。阿慧借我一件連身裙後，就出門去辦事；我仔細檢視那根手指，心裡有種無從逃避的恐怖感受。那是同一根手指，包括蓋子上的數字，以及金屬旋蓋上的細微凹痕都一樣。

麥克法蘭醫師的手指，阿仁跑出去衝進黑夜之前曾經這樣說。它是怎麼從病理學的庫房，也就是我放置的地方，一路跑到昨晚的聚會？我覺得好難受。要是我能阻止阿仁衝出去就好了。或者，就在威廉．艾克頓將獵槍夾在右手臂下，堅定走出屋子時，如果我能喊叫得更大聲就好了。路徑繞來繞去，手指消失又出現……然而，我隱約覺得這一切的背後有種模式。我在夢中詢問阿義該怎麼辦時，他似乎異常不感興趣。「就做你認為正確的事，」他曾經這樣說。但也許那只是因為，他真正在乎的只有阿仁。而阿仁，我們都知道，快要死了。

我焦慮又激動，只得前往五月花。也許阿強對於阿仁的狀況有進一步的消息。這時接近中午；舞廳還沒開門，所以我從後門進入，走到領班那間狹窄辦公室的外面，在走廊上等待。那裡像是松鼠窩，書桌上堆了高高的紙堆，但我知道千萬別低估她。她是非常厲害的生意人。

領班說阿強不在，但她完全知道昨晚的大失敗。

「那個男孩子還好嗎？」我問，無法隱藏自己的憂慮。

「不知道。不過他很可能還活著，畢竟沒人來找我們。我們也還沒收到款項。嗯，就是因為這樣，我不喜歡接私人聚會。我聽說你看到那個遭到槍擊的男孩。很嚴重嗎？」

我點頭，不想談論。

「可憐的孩子。」

「我覺得沒辦法在這裡繼續工作了。」

現在似乎是辭職的好時機。我不太可能找到另一份能拿到這麼好的酬勞的兼職工作，但是不值得冒這種險。我會請羅勃借錢給我。

她看起來並不驚訝。「早就覺得你可能會這樣想。嗯，我不會說不遺憾……你是下午班最好的女孩之一。如果你改變心意，就告訴我。不過呢，下個星期六你可以再幫一次忙嗎？我少了幾個女孩。」

我點頭。離開時，我突然想到，這是最後一次走過這條骯髒的薄荷綠色走廊了。所有的笑語和夥伴情誼，痠痛的雙腳，以及把胡亂游移的雙手揮開等等，全都會告一段落。不過這樣也許比較好。

第三十二章

巴都牙也

六月二十二日星期一

所有的一切分崩離析，威廉這樣想。

現在是星期一早上，他回到醫院查看自己的小小受害者。受害者還是正面的字眼。一次又一次，威廉反覆回想那天晚上的情景：阿龍把他拉到旁邊，告訴他花園裡有老虎，狂熱的興奮之情傳遞到整個聚會，而他打開槍櫃取出獵槍。為什麼，為什麼他會那樣想呢？

威廉又不是經常打獵的人；普迪牌獵槍也是艾克頓家另一件昂貴的傳家寶，就像高級銀器和水晶杯，他越過大半個世界把它們辛苦搬來。既然他的家人已經跟他斷絕關係，為何要這麼麻煩呢？因為無論到了哪個地方，頭銜和血統都能打開機會，即使他假裝鄙視也一樣。驅使他拿出獵槍的原因，也許正是這樣：可以對著黑夜開個幾槍，嚇跑老虎，大肆表演一番。他真是笨蛋啊！

他曾犯下的所有錯誤，全都是被情緒沖昏頭。事實上，那晚稍早他曾經很焦慮，但以為與南達妮有關，覺得一定要跟她脫離關係。他走到屋外時，右手臂底下用揹帶揹著獵槍，很久以前父親曾教他這樣用槍；他本來遲疑一下，但是太遲了，即使女孩曾經尖叫要他住手。

那個叫路易絲的女孩怎麼知道灌叢裡的窸窣聲是阿仁，而不是某隻動物？只要閉上雙眼，他依然能看到她，從黑暗中狂奔而出，跑進阿龍的燈籠灑落的光圈。淺藍色的衣裙，神情驚駭而緊繃。而就連當時，他心中黑暗的部分——他永遠努力壓抑的那部分——仍然覺得她的驚恐很誘人，搭配纖細的雙腿和長長的睫毛……很像一頭受驚的母鹿。

謝天謝地，他裝填的是小型的六號鉛彈。萬一是大型的鹿彈，因為有不可避免的散彈效果，即使隔著那樣的距離，阿仁也絕對沒命。羅林斯說，他很少在小孩子身上看過這麼麻煩的傷勢。左手有一根手指遭到嚴重擊爛。是第四指，無名指。威廉發現自己不曉得在擔心什麼，想著這是否表示阿仁永遠不會結婚，因為沒有無名指可以戴戒指。但這樣想根本沒用，因為儘管受到仔細的醫療照護，阿仁依然快要死了，不知該做何解釋。

他無法理解，沒有人能理解。傷口很乾淨，縫合良好。沒有擊中重要器官。也許是驚嚇過度。威廉曾聽說戰場上的士兵當場倒斃，心臟像鐘錶一樣停止跳動。然而這無法解釋阿仁的急遽惡化。怕的是敗血症，特別是在熱帶地區，傷口快速腐爛。

「這個男孩幾歲？」羅林斯那天晚上曾這樣問，當時他們在一片血泊中奮力尋找彈片。盡可能移除最多的彈片是很重要的，而除了用石炭酸一直沖洗，沒有什麼方法能避免感染。

「十三歲，他說的。」

「不可能！他最多不可能超過十歲或十一歲。」

威廉覺得自己怯懦又羞愧。他當然早該知道才對。如果阿仁死了，沒有人真的在意。別人會說，威廉是笨蛋，射死自己的家僕，但這一切都會平息，因為阿仁是孤兒，沒有人會幫他說話。除了我以外，威廉心想。

威廉出去要開車時，發現阿龍站在車子旁邊。他拿著鋼質的印度式飯盒，那是用來盛裝午餐的容器。他臉上的皺紋看起來比以前更深了。

「先生，讓我去醫院。」

「你想看阿仁嗎？」

他點頭。

「好吧！」威廉感受到錐心的內疚感。這位老人一定很喜歡阿仁，這是當然的。

到了醫院，威廉檢視阿仁的圖表。不好！他持續微微發燒。更糟的是，男孩開始呈現出威廉所擔心的凹陷神情。阿龍把印度式飯盒放在桌上，坐在阿仁的床邊，輕聲對他說著廣東話。阿仁沒有回應；他閉著眼睛，眼袋是青色的。威廉沒辦法再多做什麼。他猶豫再三，站在那裡，很好奇阿龍對他說什麼。

「他在睡覺，是嗎？」他問。

「或者夢遊。」

威廉皺起眉頭。完全沒道理啊！阿龍摸索自己的口袋，拿出一個細細的小玻璃罐，原本裝鯷魚的那種。威廉不可置信地看著它。那是一根小孩子手指的破碎末端，漂浮在茶色的液體裡。

「那是阿仁的？」他說著，努力把喉嚨裡的膽汁嚥下去。

「是的，我找到了。」

天啊！真是太悲慘了。那讓他回想起麥克法蘭的手指，當時他必須將之截肢，因為他在他們那趟旅程出現了敗血症，不過眼前的狀況更糟，因為是小孩子的指頭，而且用這麼可怕的方式保存起來。

「你知道吧，我們沒辦法把它接回去，」威廉說著，心想阿龍一定花了好幾個小時徹底搜尋灌叢和草地，尋找這根小指頭。奇怪的是他居然比烏鴉先找到。

阿龍點頭。他正準備把瓶子放在阿仁床邊的桌子上，威廉阻止他。如果阿仁醒來，那可能會嚇到他。阿龍到底在想什麼啊？居然有這種野蠻人的迷信。威廉把玻璃罐放進口袋。

「我會收起來，只是以防萬一。」他轉過身，準備繼續工作。「對了，那是什麼液體？」

阿龍一臉茫然。

「你把它保存在什麼裡面？」威廉很有耐心問道。他必須知道那是什麼，需要的時候才能更換固定液。

「約翰走路，先生。」

威廉回到他的辦公室時，有訪客等著他。他的心一沉，認出那個高瘦的外型是本地的警察督察賈吉特．辛赫隊長。自從在橡膠園發現安比卡的遺體後，威廉就沒見過他；實在沒有理由見面，畢竟安比卡的死因已經定調為不幸的意外。但此刻，他站在威廉的辦公室，彷彿本來就屬於這裡。同一位馬來人警察也在場。

「隊長，有什麼我可以幫忙的嗎？」威廉以友善的態度說道。「是關於槍擊事件嗎？我昨天報了警，他們說我可以去山下的警察局製作筆錄。」

「我其實想要聽取另一件事的供詞。」

「什麼事的供詞？」威廉的警戒心升高了。還是與安比卡有關嗎？

辛赫隊長仔細端詳威廉的神情。「所以你還沒聽說？關於你的一個病人……南達妮．維傑達沙。」

「她發生什麼事嗎？」

「她恐怕已經死了。」

威廉的心情跌到谷底。「死了？怎麼可能？」

「艾克頓先生，你最後一次見到她是什麼時候？」

威廉匆匆回想，心神渙散，然後重新振作起來。「星期六晚上。她來到我家。」

「什麼原因？」

威廉考慮要說謊，但心裡的直覺告訴他不要這麼麻煩。「她想要在離開之前見我一面。她到底怎麼了？」

辛赫隊長以銳利的琥珀色眼睛看著威廉。「她很苦惱嗎？」

「算是吧！」威廉拿下眼鏡擦了擦。「他父親發現我們是朋友，準備把她送走。送去給一位長輩，我想是那樣。」

「而你和她到底是什麼樣的關係？」

這正是威廉一直擔心的問題。「我向她示好。我覺得她很漂亮，去過幾次她住的地方，一起去散步幾次。」

「你認識她沒有很久？」

「她的腿最近意外受傷。」

辛赫隊長點點頭。「是的，這樣沒有太多時間能發展一段關係。」

「我能知道你為什麼這樣問嗎？」威廉的語氣既尖銳又冷淡。

辛赫隊長雙手一攤。「根據她家人的說法，這個週末，她的日常作息只有一項不尋常的改變，就是跑去見你。她的表親說，她離開你家時，看起來相當苦惱。」

「是的，我已經對你說過了。她不想去長輩那裡，但我覺得她應該順從父親的期望。而且她對我們的友誼想太多了。好，拜託告訴我，她到底怎麼了。」

隊長突然變得很爽快。「星期六晚上，她離開你家不久就失蹤了，但後來她的表親發現她在路上走，於是用腳踏車載她回家。她像平常一樣上床就寢。到了星期日早上八點半，有人發現她的屍體，躺在距離她家不遠的灌叢裡。」

「是老虎嗎？」威廉的思緒立刻跳向安比卡可憐兮兮的屍體。

「不是，雖然星期六晚上你家花園好像有一隻老虎。」

「對，」威廉心不在焉地說。

「以維傑達沙小姐的例子，她恐怕嘔吐得很厲害。我們正在調查一些可能性，像是發生某種意外，或者自殺。」他的目光若有所思，落在威廉身上。

「自殺？她很苦惱，但沒有自殺傾向吧！」

「她的家人也認為不會。今天早上，屍體會送去解剖。」

「誰執行……羅林斯嗎？」

「是的。根據他的第一印象，她在清晨吃了某種東西，早餐之前。也許是某種民俗藥方……她母親說，她抱怨胃痛。」

「那麼，你為什麼需要我的供詞？」這時威廉覺得頭鈍鈍的，膝蓋因為緊張而疲軟。

「我們只是想確認你這個週末的行蹤。但是星期六晚上，顯然大部分時間都在醫院照顧你的家僕，」辛赫隊長語氣平穩地說。難道是威廉的想像嗎？還是這個男人一直蓄意誤導他？「我查詢這個地區最近的死亡事件，注意到你有另一個病人也在不久前過世。一個生意人，甲板鎮的張耀昌先生……他顯然是在路上跌倒而死。」

「我在報紙上讀到那件事。可憐的小夥子。」

「根據他太太的說法，最後為他看診的人是你。」

「那是闌尾炎，半年前的事。」

「這當然與他後來的心臟衰竭或頸部斷裂無關。」

「他發生那種事嗎？」那個生意人過世後，這是威廉第一次聽說相關的詳情。訃聞只寫了「猝死」，但心臟衰竭或頸部斷裂聽起來真的很有殺傷力。

「顯然他喝了酒，跌進大雨的排水溝，跌斷脖子。不過有位目擊者說，他不久前抱怨胸口疼痛，但屍體沒有解剖。」

威廉猜想也沒有，畢竟有相當合理的死因。

辛赫隊長感謝他撥出時間，轉身準備離去。「你最近跟死亡和意外事件還真有緣啊！」

他離開後，威廉癱在一張椅子裡。所以南達妮死了。他的胸口有種空虛感，有種緊繃的痛苦感受。她是為了他而死嗎？不，感覺不大對。然而有種難以抵擋的情緒是罪惡感，因為在星期六晚上，難道他沒有表現得強烈又急躁，希望南達妮就此消失？

到底是什麼樣的原因，讓一個各方面都很健康的年輕女子倒地而死？威廉的雙手摀住眼睛。

他的內心漸漸萌生一種可怕的懷疑，覺得有種難以捉摸的力量會重新安排一個個事件，以便順著他的心意。整件事與艾瑞絲有關；還有安比卡，從她要求更多金錢開始。然後是生意人，撞見他和安比卡的韻事之後就順利死去。而最後是南達妮。這些事件變幻無常，讓他驚駭莫名，彷彿他只要說「我希望不是這樣！」，事件的模式就會重新安排，符合他的心意。像是一則恐怖的鄉野傳奇，你所有的願望，無論邪惡或愚蠢，全都心想事成。

而或許，也像鄉野傳奇一樣，代價要用鮮血來償還。

第三十三章

怡保／巴都牙也

六月二十六日星期五

整個週末，我發狂似的翻閱報紙，想看看是否提到巴都牙也的死亡事件，但是什麼都沒有。不過事關一名孤兒家僕，也許不太有報導的價值。我看著那個小玻璃瓶，忍不住回想起阿仁既虛弱又粗啞的聲音。「把它放回去，放進我主人的墳墓裡。」他這樣說。

華人有時候會從墳墓掘出遺體，他們稱為撿骨；過世七年後，把遺骸挖掘出來，送回祖居地。如果你沒有家人，而且客死異鄉，你會變成餓鬼，永遠在世間飢餓徘徊。為了避免這樣，骨頭要用白酒仔細清洗，擺放在一塊黃布上，然後再裝入一只陶甕。假如有細小的骨頭找不到，則必須製作替代品。

不全的組合，違背的承諾。黑暗的想法，宛如鰻魚在我腦中扭動。我實在是心神不寧，於是星期五那天，譚太太叫我乾脆休假。

「擔心你母親，對吧？」她說。

我懷著罪惡感謝謝她，其實我母親的健康逐漸改善，我更焦慮的是她的債務。店屋的狀況有點太過平靜，無疑是因為繼父突然意識到他可能又要變成鰥夫。然而如果債主現身，所有的善意說不定都化為烏有。我緊握雙手，試著壓抑內心不斷上升的憂慮。如果阿信在身旁，肯定會帶來一些安慰。他是我唯一想要談話的對象，向他細訴阿仁遭到槍擊，以及手指如何回到我手上，然而一想到阿信的反應，我也覺得膽戰心驚，很擔心他發現我做的工作是收錢提供娛樂。一道陰影橫亙於我們之間；我不能跑去向他吐露祕密心事。不過最迫切的憂慮是阿仁……他究竟是活著還是死了？我最後一刻對阿義的懇求是否產生影響？因此譚太太催促我離開裁縫店時，我立刻直奔巴都牙也。先前通知領班之後，我曾向阿強詢問當晚那棟房屋的地址。他很不願意講。

「如果男孩死了，」我說，「我願意潛心供奉他。他是孤兒，對吧？」

阿強咕噥一聲，接著拿來紙片，草草寫下地址。「不過呢，我會試的第一個地方是地區醫院。如果他活下來，他們可能帶他去那裡。」

等我到達巴都牙也火車站，下午已經過了一半，炎熱程度與我們整理病理學庫房那天不相上下。醫院似乎非常忙碌，我可能要冒險匆匆探訪，別撞見阿信或窄臉的黃雲強才好。

我步下火車時，注意到兩名男子走近，兩人都低著頭。一個人非常高大，略顯駝背，有明顯的鷹勾鼻。他看起來很眼熟，然後我意識到曾在那場不幸的聚會上看過他。另一人是威廉．艾克頓。我衝到一根柱子後面，希望他們從旁經過，但他們剛好走到柱子的另一側停下來。

「感謝載我一程。」這是高個子。

「很樂意讓你少走一點路。羅林斯，你真的覺得那是謀殺？」

誰死了？我的念頭跳向阿仁。但羅林斯又開口說話。「或者是自殺。她要不是自己服毒，就是別人毒死她，我一點都不懷疑。」

「天啊！真不敢相信。」

「她星期六晚上不是在你家……坐在廚房裡的本地女孩？」

「對。她是我的病人，她和阿仁很友好。」他的語氣異常警戒。

「你不需要自責。死亡時間是星期日清晨，所以誰知道發生什麼事。」他好像太熱切了一點，彷彿又有一個人看穿艾克頓的刻意切割。「可能是植物性的毒素，不過我們或許沒辦法檢驗出來。我會問怡保的實驗室。如果只是本地女孩自殺，或者服用什麼愚蠢的藥物，經費不會支付這一路送去吉隆坡的費用。法瑞爾會叫我自己想辦法。」

只聽到一聲嘆息。「好吧！感謝讓我知道。」

快速的腳步聲。我留在原地，心情很激動。如果威廉．艾克頓真的是第五常，那他一定是「禮」，秩序和禮儀。麥克法蘭的手指遭到截肢時他在場，他的名字也在佩玲的神祕名單上。而現在，又有其他人死了。

我等了幾分鐘，確定他們已離開。裝進玻璃小瓶的手指放在我的口袋裡，畢竟我不能把它留在譚太太找得到的地方。我考慮把它放回病理學的庫房，但有種不好的預感。不知怎的，它找到方法悄悄離開這裡，把自己埋進威廉．艾克頓那棟平房外的黑暗泥土，活像是既定的行程。這樣想讓我忍不住發抖。

我深深沉浸於思緒，沒仔細看就走出路邊，有輛汽車猛按喇叭。我嚇一大跳，抬起頭，發現那輛車是奧斯汀轎車，而威廉．艾克頓正在開車。我好想踹他一腳……如果剛才的躲藏只是為了五分鐘之後遭他輾過，那麼躲藏有何意義呢？

「路易絲，」他說著，身子探出車窗外。「想要搭便車嗎？」

既然他已經看到我，走路去醫院又是漫長的上坡路，於是我坐進車裡。艾克頓看到我似乎沒有很驚訝，只顯得心煩意亂，彷彿思索著某件事。

「阿仁怎麼樣……你的家僕？」我說。「他還好嗎？」

「他還在醫院。你今天在那裡工作嗎？」

他可能猜想我在那裡有一份工作，畢竟我曾經整理病理學的庫房。不過放鬆的感覺淹沒了我。極度開心，由衷鬆口氣。阿仁活下來了！

「我弟弟是醫護員。我只是來幫忙。」

「你弟弟……你是指那天跟你在一起的小夥子？」

「對。」

艾克頓很快瞥了我一眼。「我沒想到。」

「我們長得不像。」我不禁納悶自己為何老是為這件事道歉。

「我想的不是那方面。」他笑起來。「總之，你想見見阿仁嗎？我自己也要回去。」威廉．艾克頓的駕駛技術比羅勃好多了。至少，他換檔的時候不會來個急轉彎，讓人嚇破膽。排除了汽車可能造成的死亡恐懼，我偷偷打量他，他的態度令人消除敵意，再次讓我印象深刻。我猜想，他能夠表現得這麼隨意，是因為他沒有真正把我當成一個人，只是又一個可替代的本地女孩。

車子開始爬坡時，他說：「路易絲，你聽好……星期六晚上的聚會，你有沒有碰巧看見一個僧伽羅女孩？她名叫南達妮。」

這一定是他們在火車站討論的女孩。死去的那個。「她去那裡找你嗎？」

他很快抬起頭，望向窗外。罪惡感。「她來到廚房，阿仁給她吃點東西。」他掩飾了某件事。一段回憶在我內心翻騰：阿仁的驚駭臉孔，在走廊的黑暗裡顯得慘白，然後那名華人老廚師走出來告訴他某件事。

「我想，阿仁在房子裡找她。」

他抽搐一下。「阿仁對你說過什麼話嗎？提起她為何在那裡？」

我搖頭。他關心的到底是什麼呢？這時我們經過一些占地廣大的殖民風格建築，四周有修剪整齊的漂亮草坪。從車子裡看到的景象與步行經過很不一樣。這像是一場夢，眼前的景色平順滑過，我也對他這麼說。那只是閒聊，但他似乎很著迷，也急著轉移南達妮這個話題。

「路易絲，你做的是哪一類的夢？」艾克頓散發出多愁善感的孤獨感，與五月花的一些顧客很相似，那些人在舞廳待了太久，花錢跳了一支又一支的舞。但現在是我的好機會，搞清楚他是不是我們的第五個成員。

阿義曾說，我們全都出了一點問題，也許違反我們所應具備的五常。我自己的選擇，包括在舞廳工作、與一根死人手指糾纏不清，以及說了一個又一個謊言……可能很難稱為智慧，儘管我在學校算是相當聰明。我想像我們五個人構成一種模式。五人一組，自然而然湊在一起，就像一隻手的五根手指。迷失得愈遠，我們世界的平衡狀態就愈扭曲。比較不像人類，而是更像野獸。宛如野獸的一隻爪子。

而未知的第五人又是如何？根據阿義所說，全部人最糟的一個。當然，「禮」代表的是秩序、禮儀。做事採取恰當的方式，不要因為一己私欲而抄捷徑。

「有時候我夢到一條河，」我緩緩道出。「有一列火車，還有一個小男孩正在等我。」

「那真好玩，我也夢到一條河。」

「永遠都是同一條嗎？我的是喔……夜復一夜，很像連續的夢境；一個故事逐漸開展。」

「一個故事逐漸開展。」這番話似乎觸動了他。「這樣講好有詩意啊！」

「你的夢裡發生什麼事？」我在這裡小心翼翼踏步，謹慎行事。我在五月花這樣做過無數次。他們說想要跳舞，其實只想聊聊自己。

「在我的夢裡，我看到某個人站在河裡。她一直在那裡，而且一直說著同樣的事。」

我忍不住發抖，回想起阿義臉上泛紅又激昂的神情，他想要引誘阿仁的內疚告白。「她求你去找她嗎？」

「沒有。她對我非常生氣。」一抹微笑，像鬼一樣慘白。「也因為那樣，」他低聲加了一句，「我改成寫信。」

「她是誰？」

不過符咒打破了。艾克頓笑得很不自在。「我一定讓你覺得很無聊。」

「完全不會，」我匆匆說道。「很有趣啊！」

他以銳利的眼神看我一眼。「你講起話來不像本地的大多數女孩。」

對，我講話像舞女。不過我當然沒有這樣說。要像這樣拖延對話，重點是整個講完再下結論。或者，在這個例子裡，找出更多資訊。

這時，艾克頓的眼裡燃燒著火花，那一點小小的火焰讓我很緊張。「路易絲，你是非常有趣的女孩。似乎是命運，讓我們一直遇到彼此，對吧？」

我們這時抵達醫院，他也停好車，但沒有要移身下車的意思。我猛然想起阿慧的警告：不要跟男人一起坐進車內。

「謝謝你載我一程，」我說著，拉動車門。把手與羅勃的車子不同，而在那一瞬間，它卡住了。眼看艾克頓傾身靠過來，我一度驚慌起來，但他只是要幫我開門。難道不是？他的手掠過我的膝蓋。這裡沒有保鑣，沒有阿強和他的警戒目光，我感到一陣驚慌。假如他壓制著我，我絕對無法脫身。我猛然推開車門，差點摔出去。

「你還好嗎？」他說。然後再度陽光普照，明亮無害的一天，而我看起來很可笑，幾乎摔出車外。我凝視他的雙手，告訴自己，一定要想像那種突然出手掠奪的感受。聰明的外科醫師的雙手，抓握力會像老虎鉗一樣緊緊夾住。

「威廉？」是女子的聲音。星期六聚會中那位高大的金髮女子。她正站在醫院的屋簷下，彷彿等著有人來接，這時她走過來，別緻的皮革涼鞋踏著快速的步伐。白色的涼鞋，那種樣式我從未在本地見過。我掙扎著站起來，面紅耳赤，連忙撫平裙子，希望她不記得我曾出現於聚會，但她的銳利眼神告訴我，她記得。

艾克頓轉變成溫和友善的神情看著她。「哈囉，莉迪亞。不知道你今天會來。」

他稍早洩漏的罪惡感和焦躁不安都不見了，我才意識到，那是因為像我這樣的本地女孩不太重要。然而，莉迪亞就不一樣了，她是他們自己人。

「謝謝你載我一程，」我說著，準備溜走。我對莉迪亞禮貌地點個頭……忽視她好像不太對，雖然她盡全力假裝我不存在，但艾克頓說：「等一下，我會帶你進去病房。」

假裝是沒用的。我不可能自己找到路。他動作太快了，立刻向莉迪亞解釋：「她來這裡探望阿仁。我的家僕，你也知道。」

「是那樣嗎？」她的神情軟化了。「可憐的男孩。他怎麼樣？」

「不好。他在成人病房，兒童病房沒有床位。」

「喔，難怪我稍早帶著借書書庫到處繞都沒看到他。」她轉身看我，動作僵硬。「你跟他有關係嗎？」

我點頭。要解釋我對阿仁感受到的強烈保護欲望，實在是太困難了。

「威廉，我們得談談，」莉迪亞壓低聲音說。

他瞥了手錶一眼，突然顯得很忙。「現在真的不是好時機，我預定要去病房。」

「我會跟你去，」她說。「我也想探望你的家僕。」

我跟在他們後面，只見他回過頭，以會意的神情看我一眼。阿義曾說要小心，第五個人是我們所有人之中最糟的。艾克頓到底要我怎樣？

第三十四章
巴都牙也
六月二十六日星期五

今天是星期五，但阿仁完全不知道時間過了多久。他一直很不舒服，雖然用「不舒服」描述他的感受並不是很正確的字眼。比較像是受創或破碎。有些繃帶已經移除，包括他左手的大團繃帶。那隻手現在缺了一根手指。護士不想對他說這件事，她們吞吞吐吐，最後抓了一名本地醫師進來，對他說出很簡單的那幾個字。彷彿這樣就有差別。

突然之間，難以解釋，阿仁好渴望麥克法蘭醫師。他的粗濃眉毛，刺耳聲音。他一定能夠解釋，清楚又深情。失去一根手指比失去整隻手或失去你的性命要好多了。他需要想起麥克法蘭醫師是什麼原因呢？他的腦中有個看不見的計數器嘶嘶作響，要遵守的承諾只剩兩天了，但阿仁很累，非常虛弱，幾乎睜不開眼睛。護士幫他量體溫，輕聲為他加油。威廉一天來兩次。

「你飽受驚嚇，」他神情愉悅地說，但眼神很嚴肅。「有時候身體需要一點時間。」

「他們有沒有找到她？」那種折磨人的焦慮又來了。

「你是指南達妮嗎？別擔心，她那天晚上回到家了。」

阿仁無力地搖頭。「不，她還在遊蕩。在外面某個地方。」威廉的臉上出現焦慮的神情。他突然把護士拉到旁邊，討論著某件事，搖搖頭警告她，然後才離開病房。一陣微微的狂熱竄過阿仁的血管。他還有另一個地方急著要去，但是除非睡著，否則他永遠想不起來那是什麼地方。他有種感覺，他身在一趟旅程的中途；其他事情都造成干擾。

阿仁醒來，感到一陣疼痛。護士幫他量體溫，看起來很不高興。阿仁費了一番工夫縮起左手臂，那裡依然包紮著，他不禁納悶自己是否還能工作：擦亮皮鞋、熨燙襯衫和煎做蛋捲。萬一威廉再也不想要他了呢？有那麼多其他男孩需要工作機會……年紀較大、身體較強壯、十指健全的男孩。阿仁希望找到人聊聊，但病房空無一人，其他病床很像白色的繭。

有一位護士說，阿龍昨天來過，當時阿仁在睡覺，於是留下一個印度式飯盒，裡面裝著甜甜的紅豆湯，是阿仁很愛吃的。聚會之後，阿龍是不是自己一個人努力打掃整棟房子？阿仁的眼睛好乾。全身骨頭都痛。該走了，他心想。但是要去哪裡？

走廊有聲音。又是威廉，今天第二次來探望。而在他後面，還有別人。他忘不了那種嗡嗡作響的興奮顫抖。阿仁掙扎著爬起來。她在這裡！聚會上那個女孩。沿著牆壁粉刷成白色的長走廊，他感受到她靠近。他的貓感官抖動著，環繞著他的沉悶呆滯一掃而空。但她走得愈來愈慢，落在後頭。為什麼呢？

威廉進入病房。他面帶微笑，很高興看到阿仁這一次坐了起來。「我幫你帶來訪客。」

然而從威廉後面窺伺的人，並不是阿仁的藍衣女孩，而是莉迪亞。「哈囉！」她的語氣太熱絡，有些人對於被領養的小孩感到不知所措。「我帶了一些書給你。」

她把裝了書本和雜誌的借閱推車推進來，阿仁立刻對於輕視她感到內疚。「我今天早上去兒童病房，但完全不知道你跑來這麼遠的地方。」

威廉看著阿仁的紀錄表格，檢視他的包紮狀況。阿仁的目光不經意地瞥向書本推車。莉迪亞挑出一本字母書，上面有瓢蟲的標誌。「這本如何？」她說。

阿仁打開介紹「A」那一頁。「謝謝你，」他輕聲說，努力掩藏自己的失望。

「莉迪亞，換一本書給他，」威廉語氣平靜地說。「他的閱讀能力相當好。」

「喔！」莉迪亞臉紅了。「嗯，我們今天的書有點少。」

阿仁為她受到這樣的責怪感到抱歉。但她眼中有充滿希望的光采，表示她不在乎。她把一本書遞過來，書名是個女生的名字，「簡愛」之類的。真的有人姓簡名愛嗎？阿仁心想。還有另一本，薄薄一冊掉出來。《黑暗之心》[31]，但莉迪亞很快抓住它。「喔不，親愛的。不是這本。」

但阿仁捕捉到那道電流的震顫。它再度移動，走向門口而來。來自聚會中那位女孩，她認真凝視，尋找著阿仁。等到看見他，她的神情亮了起來。

⁂

阿仁很開心，非常開心。她坐在他旁邊，今天沒有穿著藍衣，而是皺皺的白色棉布衣裙。

「我很高興你還好，」她說著，倒了一杯水給他。威廉和莉迪亞退到空蕩病房的另一端，莉迪亞表面上重新登記她推車裡的書。

阿仁捕捉到他們對話的短暫片段。不過他沒有特別關心，因為智蓮坐在他床邊的椅子上，對他微笑。

「很痛嗎？」

阿仁想要向她保證，他真的好了很多很多，但有一種令人麻木的虛弱感控制住他。他喘著氣，發不出聲音。他的臉蒼白如灰，智蓮以驚愕的目光盯著他。

「你看起來很不好。我該叫護士來嗎？」

不，他不希望她離開，但他能感覺到那個掉下來了，那道模糊的灰色面紗，讓他麻痺，讓他脫離。回到另一個地方，他在那裡的任務尚未完成。智蓮驚惶失措，望向威廉和莉迪亞，他們在病房的另一端沉浸於對話。威廉肩膀的緊繃模樣顯示拒絕干擾。

「我會去叫護士長，」智蓮說著，以她男孩子氣的快速動作跳起來。在病房的遠處角落，威廉猛然轉頭，看到她突然衝出去大吃一驚。

莉迪亞歪著頭靠向他。他們一起站在窗戶邊，看起來很速配。她動著嘴巴，究竟說了什麼，

31《黑暗之心》（*Heart of Darkness*）：英國小說家康拉德（Joseph Conrad）的作品，探討殖民、種族、野蠻和文明等主題。

讓威廉的神情變得嚴峻，嘴唇緊抿成一條線？

「……知道艾瑞絲的事，」她說。

威廉一直寫信的對象就是這位女士。那些信寫在又厚又軟的米色紙上，你用指甲掐一下會有凹痕。威廉看起來很不高興。

「現在不要講那件事，」他說著轉身離開。

「那要何時講？」她跟在他後面，不在乎這時有人偷聽，畢竟病房裡只有阿仁。「我們是同類的人，你和我，」她說。她的雙眼閃閃發亮，不過那究竟是雙眼噙淚還是其他情緒，阿仁說不上來。「我想要幫忙。拜託，讓我幫忙。」

威廉勉強對她擠出微笑。「我得走了。」

莉迪亞凝視他退避的背影。一陣微風從打開的窗戶吹進來，讓白色窗簾陣陣飄動；四周好安靜，你可以聽見走廊的時鐘滴答響。莉迪亞一臉尷尬，推著她的書車沿著空床之間往回走。她在阿仁的床邊停下來，彷彿想要質問他，但在這一刻，智蓮回來了。她看起來很煩惱，垂頭喪氣。

莉迪亞斜眼看了她許久。「你是路易絲，對吧？」她說。

一陣短暫的停頓。「對。」

「我很想知道你怎麼認識艾克頓先生。」

「我不認識他。他只是今天早上剛好路過車站，載我一程。」

莉迪亞似乎對這樣的答案不太滿意，又詢問更多問題。她在哪裡工作，她的家庭是做哪一行的，她幾歲。智蓮很有禮貌，但是十分謹慎。

「我可以問你為什麼想知道嗎？」

阿仁暈頭轉向，虛弱地盯著她們兩人的側臉。一人留著金色鬈髮，另一人的黑髮剪著整齊的瀏海。

「我只是對於你的……工作，感到好奇。你是不是有什麼煩惱或需要幫忙。」講到「煩惱」這個詞，莉迪亞的眼神變得敏銳且關心。但是智蓮很小心，只說她在舞廳的工作是兼差，而她很好。

莉迪亞仔細端詳她一會兒。「嗯，如果你需要善意的耳朵就告訴我。我很有興趣幫助本地女孩找工作，這樣她們才能讓自己變得更好。現在這個時代，女孩可以做很多事，只要男人願意讓她們做。」

「謝謝你。」她的話觸動心弦，因此智蓮的憂鬱眼神軟化了，看起來真的很感動。「你真是好心人。」

「我們女性必須團結……其實呢，我對橡膠園的女孩傳授衛生課程。」

「什麼樣的課程？」智蓮顯得很感興趣。

「嗯，主要是基本的醫療保健知識，女性需要的。」她們之間交換心領神會的一眼。「如果你需要任何物品就告訴我。那是我覺得對外界有點幫助的一種方法。喔，對了，」莉迪亞壓低聲音說，「在艾克頓先生身邊要小心。」

「為什麼？」

「他……嗯，他周圍發生一些奇怪的事。你有沒有注意到？」

智蓮的臉上出現一種好奇的神情。「什麼樣的事？」

「跟他扯上關係的那些人，往往運氣都很差。特別是年輕女子。」

威廉猛然吸氣。他的胃好痛，整個人倚著洗手間的白色陶瓷水槽，雙手緊抓著水槽的滑溜表面。一種灼熱而扭絞的感受。他抬起蒼白而汗溼的臉，凝視鏡子。

所以，莉迪亞知道艾瑞絲的事。他早該知道這種事終將來臨。其實他早就發現她們長得很像。她們到底是二等親或三等親，或者莉迪亞講了什麼，根本都不重要。他太震驚了，什麼話都沒聽進去。

而現在，他該怎麼辦呢？莉迪亞想要怎樣？那會很棘手。莉迪亞跋扈而善意的態度，完全就是他討厭的那種類型。威廉抹抹嘴。下次再碰面之前，他必須盡可能找出她的每一項資訊：她的過去究竟有什麼樣的祕密，才會在一年多前把她放逐到馬來亞，沒有丈夫，沒有工作，根本無事可做，只能在俱樂部打打網球和擔任志工。「知己知彼」，他這樣心想。

接著，在一陣狂怒的極度痛苦中，他渴望莉迪亞就此消失。

第三十五章
巴都牙也

六月二十六日星期五

短短幾天，阿仁的體重掉得很驚人。臉頰凹陷，宛如薄紙般的皮膚顯露出藍色血管。聲音既微弱又粗啞，彷彿要說每個字都歷經一番掙扎。但他看到我顯得很高興。

「關於你給我的手指，」等到莉迪亞離開，我略顯遲疑對他說。我不想把它拿出來，但是怕他會擔心。「我幫你保管。」

一陣痙攣傳遍他的臉。那種表情是驚慌，還是急切？「剩下兩天，」他輕聲說。「把它放回去。放回他的墳墓。」

我彎下腰，試著聽清楚他說的話。他的臉上顯現陰鬱且呆滯的神色。

「你是什麼意思？」我問，但他沒聽到我說話。阿仁的眼睛閉上了。床上別無他物，只留下他孱弱輕薄的身軀，宛如蚱蜢的外殼。我一度很怕他死了。我碰觸他的手，冰冷，但是瘦小的胸膛不均勻起伏。護士曾說阿仁的狀況並不好，但他們找不出原因，我最好不要讓他太累。她說的對；他的狀況真的很糟。

「你是他的親戚嗎？」她問。

「不是。為什麼這樣問？」我焦慮說道。

她對我射來令人不安的目光。「嗯，如果你認識他的親戚，請他們過來探病。要快。」

我離開病房，有種即將出事的感覺。我還有好多問題想問阿仁：那根手指最後怎麼會埋進花園？而且他為何要我把它放進某個墳墓？很多令人不安的想法，宛如水下的暗影飄忽移動。我曾問護士，佩玲之前摔下去，現在是否康復，而她搖搖頭。她還沒有恢復意識。護士以怪異的眼神看著我，看來心裡很納悶，我為何會跟這麼多不幸的人牽扯在一起。

午後漸晚，大家漸漸離去。我無法把莉迪亞的焦慮警告拋諸腦後。她叫我離威廉・艾克頓遠一點，那是什麼意思？她壓低聲音的講話方式，彷彿很怕遭人偷聽，讓我很好奇她到底在擔心什麼。她同樣提到運氣，讓我聯想到生意人。一般人講到好運，也許只是想要覺得很有力量，彷彿可以操控命運。就像賭徒執著於某些幸運數字，或者根據魚身彩色鱗片的數目購買樂透彩券。那對我來說全是很糟的主意。

繞過轉角，我認出上次與佩玲在餐廳外面講話的地點。如果繼續沿著這條路徑朝山坡下走去，就會經過她發生悲慘墜落的地方。就是這裡。她從樓梯跌下去，墜落的地方與底部有段距離。狹窄的樓梯兩側都有堅固的扶手，讓我聯想到阿信的觀察。如果她失足跌倒，她沒有想辦法阻止自己的跌勢實在很奇怪，很可能有人把她推下去。

我抬起頭，有個東西快速移動讓我提高警覺。有個黑黑的頭從樓梯頂上伸出來，但傍晚的陽光很刺眼。白色制服一閃而過，我一度以為那可能是阿信，踏著他的大步伐跑來找我。但無論那是誰，他都失去蹤影。我也該走了。有遮蔭的走道空無一人，我繞過醫院側邊，經過熟悉的病理學庫房門時，我停下腳步。萬一來自生意人的手指還在那裡，而阿仁遞給我的其實只是另一個「分身」，像蠕蟲一樣，從他挖掘的黑暗泥土冒出來呢？這樣一想，我覺得很不安，必須自己親眼一瞧。我試轉門把。沒想到轉動了。

進入室內，一切多半像是我和阿信遺留的樣子。我把梯凳拉到標本架那邊。向上伸出手，經過一顆腎，然後是裝有雙頭老鼠的罐子。我向後窺探。什麼都沒有。那個小瓶子裝著一根乾燥發黑的手指，它原本立著的地方是空的。所以它沒有像噩夢一樣自我複製。感謝老天爺。我正準備步下梯凳時，門打開了。

是黃雲強。我早該想到會是他。他就像一場噩夢，出現在我去的每個地方。脈搏咚咚作響，我屏住呼吸，看著他在背後關上門，從容不迫。

「找什麼東西嗎？」他問。「像是一根手指？」

「這個架子上沒有半根手指，」我以挑釁的語氣說。

「我知道。我有一天來看過了。」他繞著圈子愈走愈近，我從棲身之處緊張兮兮盯著他。

「阿信知道你在五月花的工作嗎？」

所以他那天在醫院認出我了，雖然我企圖隱藏自己的臉。我覺得站在梯凳上非常暴露又脆弱，很像準備接受吊刑的受害者。

「再從頭來一次吧！」他說。我從他不自然的微笑，瞥見尖銳的犬齒。「手指的事情你騙我。你是張耀昌的舞廳女友之一嗎？」

「不是……我是意外撿到。」

他對我露出懷疑的表情。再跨一步，逐漸逼近。「那麼佩玲呢？我聽說你問過她的事。她有沒有給你任何東西？」

佩玲是不是說過什麼？她說生意人有個朋友在醫院，她不喜歡那個人；她很怕那個人會拿到她的包裹。我想，是那張名單。那些醫師和病人的名單，以及反面寫的金錢總數。我依然站在那張可笑的梯凳上，突然想到如果他把我往後推，我會摔得腦袋開花，就像佩玲從樓梯跌下去。

我側轉過身，向後伸手，胡亂摸索那些玻璃罐。我拿起雙頭老鼠的玻璃罐，用力甩向黃雲強，罐子撞到他的手臂砸碎了，濺出噁心的液體。他厭惡地大叫一聲，彎下腰。接著我跳出去，這輩子跳得最遠的一次，企圖從他旁邊跳過去，但他抓住我的手腕。我喘不過氣，無法尖叫，只好咬緊牙關，使勁猛扯。他在溼溼的地板上一滑，從我旁邊猛力摔到門上。他在那裡站了一下，神情緊繃，彷彿下定了決心。接著他轉動門把，跑出門外，在我面前鎖上門。

「讓我出去！」我大喊，拚命敲門。

他將嘴巴貼在門上。「想一想我問你的事，我會回來聽答案。」他說。

我大喊大叫，直到聲嘶力竭，不過黃雲強早就走了。那是星期五晚上，週末只有最基本的人力，負責照顧住院病人。驚慌之餘，我嘗試各扇窗戶。窗戶都非常高，而且大部分刷上油漆封閉起來。唯一打開的窗戶是氣窗，頂部以水平方式翻轉開來。那種窗戶需要一根很長的鉤子才能開關，但它的位置非常高。

我將桌子拉到窗戶那邊，爬上桌面。還不夠高。我把椅凳放到桌上。即使盡量避開那隻癱在地上的雙頭老鼠，潑灑出來的甲醛煙氣仍然害我淚眼汪汪。我一定會做相關的噩夢。我站上去，感受到椅凳和桌面的雙重搖晃，害怕得不敢往下看。我把頭從氣窗伸出去。最終會有某個人發現我，雖然我很怕如果尖叫求援，最先回來的會是黃雲強。我深呼吸一口氣，把籃子從開口扔出去，然後自己爬上去。好擠，即使我側身把自己塞過去也一樣。太擠了。我卡住，距離地面八呎高。拜託，我心想。我再也不會多吃一顆包子了。一陣撕裂聲，我的裙子勾到鉸鏈。窗子頂部刮過我的脖子，接著我穿過去了，我瘋狂亂抓窗台，雙腳懸空。

我沒抓好，手一滑往下摔。著地時，腳踝一陣劇烈疼痛，手掌也因刮過牆壁而陣陣刺痛。奔跑的腳步聲繞過轉角而來。我嚇呆了，很怕是黃雲強跑回來，不過只是許明。真高興看到他那張友善的胖嘟嘟臉孔。

「我聽到尖叫聲，」他說。「你還好嗎？」

「腳踝扭到了。」

幸好許明似乎比較有興趣抬頭看著我的裙子，而不是問我怎麼會從建築物的後面摔下來；我連忙把裙子往下拉，瞪他一眼。

「你跑過來的路上有沒有看到黃雲強？」

「沒有。」許明機警地看了我一眼。「他想要什麼嗎？」

我只想找個安靜的地方坐下來，等到雙手不再發抖。我該要告發黃雲強嗎？他可能會宣稱那是惡作劇，或者我騙他進入庫房，想要引誘他。事實上，他只要嚷嚷說我在舞廳工作，就足以削弱我證詞的可信度。假如阿信發現，那就麻煩了；他平常那麼冷靜，發起脾氣也是很暴躁。心煩意亂之餘，我說：「他正在找一個包裹。」

「是佩玲的嗎？她發生意外之前，我看到你們兩個在講話。」

「她希望有人幫忙。」結果也沒幫到什麼忙。「黃雲強是什麼樣的人？」

「他是很笨拙的傢伙。緊跟著羅林斯醫師，那位病理學家。他幫醫師做很多工作。」

羅林斯是名單上的另一個名字……那就是黃雲強有庫房鑰匙的原因嗎？我皺起眉頭，努力思索。

「所以那個包裹裡面有什麼？」

我能對許明有多少信任呢？這間醫院發生的事情，他似乎知道很多。我緩緩說道：「列了一些名字和數字。但今天的事請不要告訴阿信，這是私人的事。」

許明滿心同情地說：「別擔心，你可以相信我。」

我們分享祕密，他似乎很高興，而回想起他提過頭骨和虎人，我問：「你知不知道什麼迷信與手指有關係？」

「嗯，馬來人說，每一根手指都有個性：拇指是母親的手指。然後是食指，用來指出方向。第三根手指是鬼的手指，因為比其他手指更長。第四根是無名指，戴戒指的手指。小指是聰明的手指。」

每根手指都有個性的想法讓我很困惑，彷彿他們是五個小人。許明往旁邊瞥了我一眼；我很確定他知道我隱瞞了事情。但他只用友善小豬的語氣說：「佩玲是我的好朋友，我很樂意幫忙。那些名單……你可以拿來給我看一下嗎？」

我點頭。如果他可以理出個頭緒，也許我可以得到一些談判的籌碼，用來對付黃雲強。

第三十六章

巴都牙也

六月二十六日星期五

熱到令人窒息的下午，阿仁持續昏睡。他推開令自己漂泊又麻木的濃霧。他必須穿越過去，前往另一個地方。那個明亮又熱切的地方，每種事物都像玻璃一樣清晰，也像石頭一樣銳利。他耗盡身上每一絲力氣，但突然間，他就在那裡了。褪色的長草，雜亂的矮叢。以前這裡有一隻老虎，他還記得。但現在到處都沒看見。他搜尋泥濘的地面。他到底在做什麼？有那麼重要嗎？有。南達妮。他必須找到她。

威廉說，她那天晚上在聚會之後安全回到家，但阿仁不相信。她不在巴都牙也。她在這裡。他很確定這點。

在那片熾熱且如夢一般的景色裡，阿仁跟隨著柔軟土地上的腳印。它們通往前方，左腳拖行，穿越及腰高度的草叢前往遠方，他瞥見那裡有火車站。他焦慮心想，這些腳印一定是南達妮的。阿仁自從那天救了她的腿，就覺得對她有責任，雖然她的年紀比他大。因為某種原因，麥克法蘭醫師說的話浮現他的腦海，那是一番充滿深情的訓誡。「阿仁，好心會是導致你死去的原因。」但沒這回事，對吧？

阿仁很固執，跟著那些腳步。路徑曲折，無論是誰走出來的，他一路走去似乎變得愈來愈虛弱。他的貓感官抽動著，朝向單一方向微微顫抖，只是遇上一堵空白的高牆，宛如天空一般遼闊。在那裡的後面，躺著阿義。

阿仁緩緩前進，他瞇起眼睛，燦爛的光線把景色燒灼到眼裡。火車站以穩定的速度逐漸靠近。隔開他和阿義的高牆也是同樣的方向。因為某種原因，有個藍衣女孩浮現心頭。再說一次她叫什麼名字……智蓮？他的思緒忽隱忽現。威廉與她共舞。她看見阿仁時瞪大雙眼。在黑暗中奔跑繞過房屋，查看窗戶尋找南達妮，還是有其他蒼白冷漠的人可能從窗戶外面向內窺探？復仇心很重的長髮女子，遭到愛情的欺騙。而最後，爆裂的閃光劃破夜晚……但他無法回想起更多細節。此刻這是現實，燦爛的陽光與未知的期待一同顫抖。

腳印引誘他前行，繞過的樹叢生長著蠟質的暗綠色葉子。夾竹桃，他心想，看著輕薄的花朵，然而到底是誰很不喜歡這種花，他實在想不起來。一名上了年紀的華人，在圍裙上擦拭雙手，用不以為然的語氣說，主人應該要把它砍掉。阿仁眨眨眼，記憶消失了。

阿仁繞過那個樹叢時，差點絆倒在她身上。她坐在地上，揉著自己的左腳踝。她的黑色長髮糾結在一起，等她抬起臉看著他，阿仁驚嚇不已。那根本不是南達妮。事實上，他以前從未見過這名女子。

他們默默凝視著彼此。她是華人，有著酷似兔子的蒼白臉孔。她的眼角是粉紅色的，彷彿已經哭過，等她笨拙地站起來時，才發現其實沒有比阿仁高多少。「你是誰？」

「我是阿仁。」

她盯著他。「你是真實的人嗎？」

「是啊！」

沒想到她抓住他的手肘。她的觸摸很冰冷，阿仁驚呼出聲。

「你很溫暖，」她說。她彎下腰，抓住自己的腳踝。「我不太能走路，一定是扭傷了。」她表情扭曲，直起身子，這時阿仁終於看出她有什麼地方不對勁。一隻手臂彎曲，肩膀呈現奇怪的角度，拖著腳向前走。她看起來壞掉了，很像把牽線木偶的線都割斷了。

「痛不痛？」他問。

「不太痛。我是護士，」她說。「所以我想，我的手臂可能骨折了，或者肩膀脫臼。」

「你不記得嗎？」

「從高處墜落。」她皺起眉頭。「我的頭很痛。反正等我們搭上火車，一切都會比較好。你也是。」

阿仁低頭看，這才發現他也一樣，受傷了。他的左手臂和左側都纏著繃帶，而他有種不安的感覺，覺得自己應該記得為何如此，但是想不起來。他們步行繞過夾竹桃樹叢，而從這裡看去，火車站清晰可見。阿仁的同伴看到眼前的景象似乎振作起來。

「你是從哪裡來的？」她問。

「我不知道。」他看看自己背後，但什麼都沒有，只有搖曳的青草。

「來吧，」他的同伴說。「我們得出發了。」

第三十七章

華林／怡保

六月二十六日星期五

我心煩意亂地搭公車前往華林，只要閉上雙眼，還是能看到黃雲強的戽斗下巴，以及他要把我鎖進庫房之前，那種一閃即逝、工於心計的神情。真想知道他回去發現我不見時，會有什麼表情。可以確定的是，我一定很快又要應付他。勇敢啊，親愛的女孩，我這樣想，雙手緊緊壓住愈來愈焦慮的胸口。

我在店屋待了平靜的一晚，幫母親的忙。觀察她那虛弱的身子，我想著阿仁。我強烈懷疑他快要死了；他那灰槁的臉色把我嚇壞了，雙眼緊閉的模樣很像靈魂解開纜繩準備飄蕩。我可以為他做什麼呢？

「別擔心，」母親的聲音打斷思緒。「一切都會很好。他喜歡你。」

我的心嚇得猛跳一下。不過她指的是羅勃，這是當然的。我心不在焉聽著她絮絮叨叨說著他的心地有多好。

「對啊，」我點頭說著，心想很快就必須依賴那樣的好意。羞恥感淹沒了我。如果我要求借錢，羅勃肯定不會拒絕我吧？那與接受一鍋雞湯很不一樣。最近有那麼多不對勁的事情要煩惱，我覺得很受不了。阿仁說的「只剩兩天」到底是什麼意思？

隔天早上，我悄悄離開，回到怡保，向母親解釋我要去幫譚太太完成一件衣裙。「訂單很趕，」我說，但真正的理由是我答應領班去五月花代班，也是最後一次排班。

到達譚太太家時，時間剛過中午。「啊，你來了！」她開門見山地說。「我以為你整個週末都會待在華林。」

「我要幫一個朋友的忙，」我說著，滿心罪惡感。

幸好譚太太不大感興趣，而是自曝一些消息。「你弟弟來找你。他，還有那個年輕人。」

「哪個年輕人？」

「那天晚上載你回家那個。羅勃，你說他的名字是這樣。」

羅勃和阿信到底找我做什麼？他們是最不可能在一起的兩個人；他們甚至沒辦法和睦相處吧！

「你弟弟先來，然後他快要離開時，那個羅勃也來了。我對他們說，你已經回家去了。」

「他們有沒有說要做什麼？」

「沒有，你弟弟說他得去見某個人。」譚太太又稍微靠近一點。「你要跟那個羅勃穩定交往嗎？」

「我們只是朋友。」

她對我露出懷疑的神情；我實在不能怪她。羅勃和那輛像大船的汽車太引人注目了。大部分女孩站在我的立場可能會快樂得飛上天。

「如果我提早結束，可能今天晚上會回去華林，」我說。

「好吧！」譚太太開心揮手，看著我離開。有兩個地方可以過夜有很大的好處……你永遠可以宣稱你待在另一個地方。我心裡盤算著一件事，如果要去做，我需要至少一天多的時間。

❖

在五月花後側的陰暗走廊裡，領班攔住我，把一個信封塞進我手裡。它發出美妙的肥厚沙沙聲。「他們付了私人聚會的費用。嗯，阿強去跟紅髮醫師收錢。這是你的一份，外加欠你的薪水。已經把你的東西整理好了嗎？」

「快好了。」

我在更衣室裡放了一件備用洋裝，打算今天要穿。我們所有女孩都如此，以免萬一衣服扯破或灑到東西。我覺得很感傷，匆匆走過漆著薄荷綠色油漆的走廊。阿慧在更衣室，將胭脂拍到臉頰上。她輪每個星期六的班，從下午一路跳到晚上。

「你今天上班？」她看起來很驚訝。

「她請我來幫忙，」我說，掙扎著穿上洋裝。

「來這邊，我幫你。」阿慧熟練地幫我解開鉤子。我得趕快告訴她我會辭職，但我們趕著準備就緒，現在似乎不是好時機。

我以前不曾在星期六下午來上班；人潮很多，樂隊演奏比較多的本地舞蹈音樂，像是久賈舞。音樂很歡樂，讓我短暫忘卻煩憂，我還滿享受的，雖然我的常客一個都沒看到。我會想念這些：打蠟的舞池地板，樂手汗溼的臉龐，我現在跟他們很熟了，經過時都會點頭微笑。香菸與汗水的氣味，我疼痛的小腿，還有阿慧那些犀利的搞笑評論。我與一名胖嘟嘟的政府職員跳完一圈後，溜進沒拉起警戒繩的舞者圍欄，感到一陣後悔，也許我終究不該辭職。

我到今天才認識其他幾位女孩，畢竟我們通常在不同天輪班，但安娜也進來了。自從私人聚會那晚之後，我就沒見過她。

「我剛才看到好東西喔！」安娜總是顯露出睡眼惺忪的慵懶氣氛，今天這讓她的高大身材變得更加豐滿性感。

「什麼？」

「一個真的很帥的傢伙。他在外面等朋友。我跟他說好，他進來要跟我跳舞。」

其他女孩呵呵笑。我漫不經心聽著。

「你說『真的』很帥是什麼意思？你老是那樣說啊！」

「不過他很帥啊！可能是新加坡或香港來的演員？」

一堆人聽了翻白眼，但大家都相當好奇，包括我自己在內。很多華人戲曲明星飽受情書和自家菜餚的轟炸，還有來自瘋狂女戲迷的金錢。我認識的人之中，唯一會覺得應該出現在電影裡的，只有阿信。接著我浮現一個可怕的念頭：也許真的是阿信。

「他很高，肩膀很寬。臀部窄窄的，還有北方華人的那種容貌，鼻子和顴骨很挺。」安娜說。

驚慌逐漸延伸；好像有一群火蟻沿著我的背部傾注而下。

「你們看，他在那裡！」

我的胃急速下墜。真的是阿信……跟他一起來的是羅勃和黃雲強。三個人魚貫穿越人群，黃雲強帶著他們走。他搜尋女孩們的臉孔，一張窄臉配上伸長的下巴顯得很機警。我們目光相遇。我一無所有，連扇子都沒有，無法從坐著的地方遮擋他得意洋洋的眼神；一朵大大的胸花和編號別在我胸口，很像待售的商品。驚慌之餘，我好希望動彈不得的雙腿能跳起來。他們靠近時，我耳裡響起一陣隱約的轟鳴聲。就算黃雲強已經看見我，只要羅勃和阿信沒看見就沒關係。快跑！

我喘著氣，離開座位，跌跌撞撞穿越其他女孩，伴著她們的驚訝呼聲。黃雲強抓住我的手腕。「我一直在找你。」

我望向他後方，盯著羅勃震驚的表情。我無法承受看到阿信。羅勃瞪大雙眼，眼白部分好清晰。他也張大了嘴。閉上。再度張開。「智蓮……你在這裡工作？」

我低下頭，滿心痛苦。

「你真的在這裡工作？像妓女一樣？」

他的聲音充滿懷疑。太響亮了，活像朝臉上打一巴掌。時間變慢，像噩夢一般緩慢爬行。我看到阿信緊繃著下巴，肩膀的抽動無從遮掩。我認得那種危險的信號，完全像繼父暴怒的時候。可以預見這一幕未來呈現於畫質很粗糙、畫面跳動的新聞影片：阿信一拳打在羅勃的嘴上，打斷他的牙齒和鼻梁，然後關進監獄，全都是因為我這種非常、非常愚蠢的選擇。

我縱身衝到羅勃面前，頭受到側向的一擊，力道好大，害我耳朵嗡嗡響，雖然阿信最後一刻肯定稍微收手。我倒下去，與羅勃的手腳好像打了結。尖叫聲，一陣瘋狂混亂。樂手搖晃身子，小喇叭吹出不和諧的音符，接著很鎮定地再次吹奏。阿信雙手捧著我的臉。「你白痴啊！」他說。

阿慧像鳥身女妖一樣尖聲大叫：「你在幹嘛啦？」

「沒事。」我喘著氣，掙扎著站起來。「他是我弟弟。」

我用力拉他，絕望讓我刺痛的耳朵變得麻木。保鑣連忙衝過來，身在角落的領班滿臉憤怒。

「智蓮！」羅勃叫道，但我拔腿就跑，從人群間的空隙飛奔而過，一張張臉孔滿是驚訝，一張張大嘴含糊說著「喔」「啊」。我拉著阿信跟我一起，他的手抓在我手裡。在我們後面，阿強穿越一對對舞伴衝過來，一邊碰撞一邊道歉。我們跑出側門，沿著薄荷綠色的走廊跑到標示「私人」的房間。更衣室的門轟然打開。我抓起我的袋子……裡面有手指啊！

阿強衝進走廊，他的喊叫聲迴盪其間。接著我們跑出去，衝出後門，跑到舞廳後面的泥土路上，我們在那裡跑了又跑，彷彿追逐著我們的是惡魔本身。

第三十八章

怡保／太平

六月二十七日星期六

一切都結束了，我心想。我不知道有什麼力量掌控著，但我和阿信像小孩子一樣奔跑，彷彿是被人抓到偷拔鄰居樹上芒果的十歲小孩。我們沿著一條又一條街道不斷奔跑，直到我再也不認得自己身在何方，於是彎下腰，喘著氣，倚著牆。

「沒有人追我們，你知道吧！」阿信說。

阿強只不過把頭伸出後門，大聲喊著：「路易絲！怎麼啦？」好像假如我停下來跟他說話，就會像是什麼事都沒發生。阿強還滿講道理的；顧客之間的爭吵一天到晚發生，而唯一曾經受傷的人就只有我自己。

「痛不痛？」阿信幫我檢查，查看瘀青的狀況。「我不是故意要打你。」

「我很好，」我說著，把他的手甩開。

「我確定你很好，」他冷冷地說。「能跑半哩的人，的確可能是很健康啦！你到底為什麼要跑？」

羞恥讓我臉頰火燙。「我受不了羅勃臉上的表情，還有你們全部一起出現。」那些字眼，「像妓女一樣」，依然在我耳裡迴盪。

阿信累極坐下，倚著粗糙的灰泥牆。母親曾大力灌輸我們，只有乞丐、醉鬼和吸食鴉片的人會在光天化日之下坐在街上，但現在周圍沒有半個人，所以我也坐下。

「你為什麼要像那樣跳到他面前啊？」

「因為你會揍他。」

「他活該啊！混蛋。」

我苦著一張臉。「你也生我的氣嗎？」

「你是怎麼想的？」他意味深長地看著我。

我努力盯著路面上的一條縫隙。看起來很像近打河的地圖。「沒有太多選擇，其他工作的酬勞都沒有那麼好。不過我不是妓女。」跟我的繼弟有這種對話真是太可怕了，我心想，他是我可能愛上的人啊！我應該把這輩子所有最糟的時刻都寫在日記裡。五十年後可能覺得很好笑，但現在不好笑。現在絕對不好笑。

「我想也是。像那樣的地方對旗下的女孩很小心。」

「你怎麼知道？」我斜眼瞪著他，皺起眉頭。

「我以前去過舞廳。新加坡有很多。」

突然間，我好氣阿信，因為我幾乎無法坦蕩蕩看著他。「那麼我想，把這件事告訴你應該沒什麼好擔心的吧！」

他歪著頭抬起臉。「你擔心我？」

太近了，我心想。他實在靠得太近了，輕鬆的碰觸讓我失去戒心。我突然往後靠。「不只是你，還有我母親，譚太太。還有羅勃，那是當然的。從他的觀點來看，我很墮落。」我說。

阿信的語氣冷冰冰。「如果他看不出你顯然是個處女，那他就是個白痴。」

我實在太丟臉了，不知道該看哪裡才好。耳朵發燙，臉像火燒。我想，我應該要高興吧，阿信從未懷疑我的貞潔，畢竟貞潔對女性來說那麼寶貴，但他做事常常不由分說就做了，我好想打他一巴掌。「那不關你的事，」我氣呼呼地說，準備跳起來。

阿信抓住我的手臂，把我往下拉。「當然關我的事，」他咬緊牙關說。「我不喜歡那樣。我完全不喜歡你做那種工作。那很蠢，很危險，你很幸運沒發生什麼事……到目前為止。」

「我沒有選擇的餘地啊！」阿信竟敢對我說教，他在新加坡除了讀書和好好過日子，根本沒什麼好擔心的啊？我把臉埋在雙膝之間。

阿信把手輕輕放在我頭上，彷彿很怕我把他的手甩掉。「你為什麼不寫信給我，對我說你需要錢？」

「我怎麼敢？你從來不回信給我啊！」

「那是因為……」他把話吞下去。無論他要說什麼……另一個女生，另一個我所不知道的世界……他顯然都不想說，我也不想逼迫他。「我有種感覺，你在做像這樣的事。」

「你是什麼意思？」我悶聲問。

阿信搖頭。「某種見不得人的工作。母親流產後告訴我，她打麻將欠債。她說，你靠做衣服幫她償還債務，但是你不可能賺到夠多的錢。」

「那就是你今天來的原因嗎？」

「不是，我完全不知道你在哪裡工作。是黃雲強帶我去那裡。」

我挺直身子。「為什麼？」

「不知道。不過他一直兜圈子問你的事。而且還問我，有沒有注意到病理學庫房有些標本不見了。我當然裝傻，跟他說我還沒好好計算完畢。」

所以黃雲強把我鎖在庫房裡的事，他完全還沒對阿信說。他帶阿信去舞廳，是不是要對我施壓？有一位家庭主婦從隔壁門口走出來，側過頭瞥了我們一眼。現在是星期六下午，體格健全的年輕人不應該坐在像這樣的人行道上，所以我們又開始漫無目的地走著。如果碰上主要街道，我們一定找得到公車站，然後我想，阿信就會回去巴都牙也。這個想法讓我滿心寂寞。

「他也問，我有沒有聽過虎人的手指。」

「什麼？」

「醫院顯然應該收藏了一根虎人的手指。」

我的心思跳到聚會當晚，以及阿仁的奇特反應，他一聽說有老虎就突然衝進黑暗裡。我皺起眉頭。「我們正在整裡病理學庫房的時候，許明提過那件事。」

「嗯，雲強說永遠都有人想買。」

我們到達一個公車站。還有其他人，所以我們不能再聊斷指和虎人，但我好奇心想，黃雲強是不是偷偷賣掉病理學標本。我曾聽說堅硬的虎眼石、山羊和巨蜥腹中的胃石，都在黑市賣出令人吃驚的高價。據說它們能帶來好運、讓情人陶醉，或者詛咒敵人死去。我想著那根皺縮的黑色手指，它神祕地回到我手上，就連現在都在我的提袋裡喀啦作響。

「阿信，」我說著，打開我的袋子，讓他瞥一眼。

他瞪大雙眼。「你從哪裡拿到的？」

就在這時，公車到了。我們很幸運找到兩個座位，隨著公車搖晃前進，我對他述說之前發生的每件事。每件事，包括那些夢，還有阿仁和他那位過世的雙胞胎弟弟，阿義，渡過河流。我得靠過去，對他附耳輕聲說話，才不會讓其他人聽見。有時候我想，我永遠不會忘記那段穿越城鎮的車程。午後陽光的熾熱，吹到我們身上的風塵，前方婦人腿上放的東西聞起來像檸檬葉。阿信凝視窗外、認真聽我說話的鮮明輪廓。我看著他，永遠不會感到厭倦，我心裡這麼想。

❧

說來幸運，這班公車穿越城鎮，前往怡保火車站，在下午陽光中，那是一棟白色與金色的龐然巨物。

「我會目送你離開，」我說著，努力顯得高興。

「那你要去哪裡？」

我把自己的手提袋抓得更緊。「回去譚太太那裡。」

「騙人，」他說著，沒有生氣的意思。「你到底要去哪裡？」

掩飾也沒用了。「我要去太平，下午有一班火車。」我沒辦法忍受回去譚太太家，擔心羅勃應該會出現，臉紅和憤怒等等一大堆事。或者更糟的是，看似道歉卻是彼此指責。況且，我早就承諾了另一件事。

出乎我意料之外，阿信只是看著我。「你有多少錢？」

事實上，還滿多的。領班交給我的不只是聚會的酬勞，還有欠我的薪水。

「我也有錢。走吧！」他開始快步前行，一雙長腿越過火車站的磁磚地板。「要去進行一點盜墓行動了。」

我們當然不是要去挖掘遺體，阿信幫我們買票後，我氣呼呼地這樣說。我們是要把某個東西放回去，所以比較像是復原墳墓。阿信說那差不多是同一件事吧！我不知道該怎麼解釋這種急切的信念，如果我照著阿仁的要求去做，也許他就不會死。

「阿義說秩序全部搞亂了，我們應該要試著整頓秩序。」

「什麼秩序？」

「事情執行的方式，就像儀式。」我皺起眉頭，努力回想我對儒學的理解。

「你有沒有想過，那所有的一切可能只是你的幻覺？」

我們這次搭上向北開的火車。又是三等車廂和堅硬的木頭座椅，但我精神大振。我愛火車。

「不然我還能怎麼辦呢？而且你要怎麼解釋那些夢境，還有阿義？」

「他只說了你已經知道的事，」阿信怒氣沖沖地說。「那像是你自己的對話。」

「那阿仁又怎麼說？他看起來就跟與阿義一模一樣，只是年紀大了一點。他那天晚上也認出我了。」

「巧合吧！所有的華人小男孩看起來都很像。」

「麥克法蘭醫師和他的手指呢？我們五個人和我們的名字，還有每一件事怎麼湊在一起……你怎麼解釋那所有的事？」

他聳聳肩。「沒辦法。」

「如果阿仁死了，至少我做過他請求的事。」我發著抖說。阿義的話，「他主人的事」，迴盪在我的腦袋裡。黑暗。沙沙作響的葉子。我想起那篇報紙文章，提到農園裡發現一具無頭的女性身軀。阿仁的主人究竟是誰，或者究竟是什麼？

「而佩玲包裹裡的拇指呢？」

「你應該對羅林斯醫師說那件事。說你懷疑有某個人，可能是黃雲強，正在偷那些器官。」

阿信以凶惡且低沉的語氣說：「等我再看到雲強，我要殺了他，竟然那樣把你鎖起來。」

「不要啦！」我以警告的眼神看著他。「不過你應該要舉報他。如果他一直販賣虎人的手指，天知道還有什麼其他的護身符，那就能解釋生意人的口袋為何有根手指。他們是朋友……佩玲說過，她的情人有個朋友在醫院，她不太喜歡那個人。」

「那麼佩玲包裹的其他東西呢？」

那就比較複雜了。也許要拿去勒索錢財，或者他們吵了一架之類的。我隱約意識到模式正在改變，變成某種新的結構，就像我心目中的手指影像。五根手指，彈奏著未知的曲調。我有種不安的預感，那是一首輓歌。

佩玲包裹裡的手寫名單上，「麥克法蘭」名字旁邊的注記寫著「太平／甘文丁」。我很確定那晚阿仁要跑進黑暗時，他指的就是這個人。我也同樣確定他死了，畢竟阿仁提到一座墳墓。太平是相當小的城鎮，不過那裡是霹靂州的首府，據說怡保很快就會接手那份榮譽。我不太確定甘文丁在哪裡。也許是太平周圍的衛星村莊，就像華林與怡保的關係。如果麥克法蘭醫師是在這個地區過世的外國人，他只有可能在一個地方：聖公會墓園。

我解釋給阿信聽，他點頭，這讓我更懷疑了。對這趟臨時起意的旅程，他不可能這麼容易妥協吧！

「你明天要工作嗎？」我問。搭火車的話，太平距離怡保有五十多哩，但要花一陣子才能到那裡，因為鐵道彎彎曲曲，還要停靠珠寶[32]和瓜拉江沙[33]等所有的車站。以這樣的速度，我們要到下午五點才能抵達。晚班火車是八點往回開，時間足夠去墓園，但我很擔心阿信。

「我明天下午才開始值班，」他說著閉上眼睛。「別再說話了，我需要思考。」

我無法判斷他是否只是用這個藉口睡個覺，但我沒再煩他。火車慢慢搖晃前進，樹木以穩定的模糊綠影匆匆掠過。打開的窗子吹入微風，讓我保持頭腦清醒。

阿仁，我心裡想著。你還活著嗎？阿義曾說，他發現只要在那邊岸上逗留夠久，就可以把阿仁拉到另一個世界去。死亡的世界。也許那根手指，在我袋子裡喀啦作響的乾燥黝黑手指，也能施加同樣有效的拉扯力道。阿仁似乎不得不遵守他許下的諾言，因此一聽說有老虎在外面，他不由分說就衝入黑夜。也說不定他是受到引誘，跑出去在黑暗中遭到槍殺。

我最多也只能幫他完成任務，把那根手指埋進去。至少把拉著他奔赴死亡的連線切斷一條。然而另一條，我擔心力量太強了。火車喀啦作響向前行，叢林匆匆飛掠宛如夢境，我閉上眼睛。

有個刺耳的嘶嘶聲。我嚇了一跳，發現火車抖動著停下來。

「睡得好嗎？」阿信一臉頑皮樣。事實上，我睡得很好，但我發現糗大了，我的頭竟然枕在他的肩膀上。很多人把頭頂架上的行李拿下來。只有我們兩人沒有隨身物品。

「你也睡昏了吧，」我說著，一邊走下火車。「或者你只是『思考』？」

他的心情似乎非常好。「沒有，我想好了。對了，舞廳那個女生是誰？企圖把我頭髮扯掉那一個？」

「那是我朋友阿慧，」我說。

不知為何，我對他這麼感興趣覺得很不安。拜託，阿信，我心想。不要是阿慧。到目前為止，阿信從來不曾與我的好朋友約會，無論她們如何對他拋媚眼。以前我覺得沒關係，因為專心想著阿明，但如今有關係了。

太平火車站是一棟低矮的漂亮建築，與巴都牙也火車站建造在同一條殖民時代鐵道沿線，有很深的遮蔭屋簷和山牆。太平坐落於石灰岩山丘腳下的豐饒平原上，最有名的是馬來亞雨量最多的城鎮之一；太平也很靠近太平山，有一處小小的山區度假村，很受度蜜月的新婚夫婦的歡迎。那些全都與我無關，畢竟我絕對不可能在不久的將來成為周羅勃的太太。

阿信說：「你板著一張臉在想什麼？」

「羅勃，」我說。「跟他完全結束了。」

「你在乎嗎？」

「我本來希望他會借我一些錢，償還我母親的債務。」

32 珠寶（Chemor）：位於怡保北方約二十公里的城鎮。
33 瓜拉江沙（Kuala Kangsar）：位於怡保西北方約五十公里，再往西約三十五公里即到太平。

阿信停下腳步。「不要問他。如果你需要錢，我有一些。」他很生氣，又開始邁步前行。

「你今天到底為什麼跟他在一起？」我問，小跑步跟上。

「他去譚太太那裡找你，然後就一直跟著我，就算試著甩掉也不行。」

「我想，他一定發現了。雖然我很久以前就告訴他，我們不適合。」

「你是什麼意思，『很久以前』？」

來不及了，我想起以前阿明是怎麼說的，千萬不要提起羅勃的親吻。「你去醫學院之前。」

「你為什麼沒有告訴我？」

「我告訴阿明，」我充滿戒心說道。

不知什麼原因，這似乎讓阿信更加生氣，但他什麼也沒說。他有什麼好在乎的呢？他上星期不是告訴我，如果我結婚會很好嗎？我們默默走著；我覺得很難過，因為兩人又吵架了。

❖

根據售票員的說法，聖公會墓園大約在一哩之外，靠近植物園。阿信在火車站附近幾家不同的商店停下來，出來的時候拿著一個褐色紙袋。我沒有陪他進去，因為我還穿著之前在五月花換上的緊急備用連身裙，是淡黃色的細肩帶洋裝。看起來比較適合去參加派對，而不是在馬來聯邦鐵路沿線隨處亂晃。

「你買了什麼？」

他打開紙袋，裡面是一把全新的鏟子，也有一些其他東西……一把牙刷、膠布，還有另一個扁平的盒子；我問他為何要買這些東西。

「因為只買一把鏟子感覺很可疑，他們會想知道我打算挖什麼東西。」

「我早就知道你有罪犯的思考模式，」我說。

阿信笑起來，我們之間的憂慮煙消雲散。我們在附近的咖啡店快速吃了點東西，不過我渴望去墓園。萬一麥克法蘭醫師根本不是埋葬在那裡呢？但阿信說，如果沒吃東西，他就不會繼續走，我也不該去。

「晚一點比較好，附近的人比較少，」他說著，把一盤炒粿條吃得一乾二淨，配料有豆芽、蛋和鮮蛤。

「萬一下雨呢？」

阿信聳聳肩。「別忘了，這全是你出的主意喔！」

他的黑眼睛凝視著我，而我儘管用上所有的意志力，還是臉紅了。有人像那樣看著我，害我頭好暈。阿信的眼裡有光，閃爍著奇怪的光芒，讓我的胃揪成一團，彷彿掉進一個洞裡面。他的目光慢慢往下移到我的頸部，到我的喉嚨凹陷處。我穿的淡黃色洋裝很吸睛，因為是斜向的剪裁；新作法，譚太太這樣解釋，更加凸顯自然的體態。有意無意地，我在胸前交叉雙臂。

「你總是穿這樣去工作嗎？」他問。

「沒有。」我開口解釋這是備用的連身裙，沒有常常穿。我講得結結巴巴，阿信聽著，整段期間用難以解讀的目光看著我，目光那麼直接，感覺比較像是觸摸，而不只是觀看。「你不喜歡嗎？」

「我喜歡啊！我想很多男人都會喜歡。」他把頭轉開，害我看不到他臉上的表情。

「我很確定新加坡的女生穿得比這件好看，」我說著，盡全力講個笑話。

「沒有人看起來像你。」

突然間，我強烈意識到我們坐得多麼靠近，而且兩人的雙腿在大理石桌面的小圓桌底下彼此交錯。如果想要，我大可在桌子底下伸出手，放在他的大腿上。慢慢往上滑去，感覺堅硬的肌肉收縮著。然而，我反倒把雙手放在桌面上，定睛看著。

「阿信……」我說。

「怎麼樣？」

「很抱歉，讓你捲進這麼多麻煩事。真希望我對你來說是更好的姊姊。」我心中滿是難以忍受的悲傷。

「你真的很抱歉嗎？」他的表情既犀利又強烈。

「對啊，真的。」

「不用啦！我對你來說也一直都不是好弟弟。」

他突然站起來，付了帳單。

第三十九章
巴都牙也

六月二十七日星期六

威廉一直很忙，用他不喜歡的方式忙著，忙著閒聊、套問資訊，但他還是這麼做，受到記憶中莉迪亞那種極度飢渴的堅持所迫，她的雙眼閃耀著激動的情緒。我們需要談一談，她曾在醫院病房這麼說。她到底打算怎樣？最好準備主動出擊，而不要束手就擒，他這麼想。

他名單上的第一個人是雷斯里。若要說誰喜歡講八卦，一定會想到他。

「莉迪亞？」雷斯里說著，從他的鳳梨片抬起頭來。他們在醫院食堂喝茶休息。「你真的對她感興趣？我一直覺得你們兩個人很速配啊！」

威廉隱藏臉部的扭曲。顯然不是只有莉迪亞有這種印象。「她為什麼大老遠跑來這裡？」

「她不是來找丈夫人選的嗎？」

「我不覺得她在那方面有困難。」莉迪亞很有魅力，而且與馬來亞的小鎮比起來，倫敦有比較多的男人吧！這裡連印度的德里或香港都比不上，她大可在那些地方遇到公部門的明日之星。

雷斯里揉揉鼻子。「嗯，有些閒話講到她為何離開。訂婚破局……顯然是對方死了。」

「死因是什麼？」

「溺水。搭船的意外。」

威廉覺得自己應該更同情莉迪亞，但一想到她那種急切的渴望，她提起他們兩人很像的語氣，依然讓他緊張不安。不只是這樣，他感覺得到。

下一位是農園經理的妻子，她是莉迪亞母親的朋友，很容易在鎮上偶遇她，她在星期六早上與華人廚師一起去採買雜貨。威廉猜想她的廚師欺騙她；帳單聽起來實在太貴了。

「可憐的莉迪亞有一段時期很難熬，」她說著，一邊在她的家用筆記本寫下數字。「她的未婚夫好可惜啊！」

「我可能認識他，」威廉說，咬著牙說謊。「他是叫安德魯嗎？」

「不是，是葛拉夫頓先生。一位有教養又有學問的紳士……她的父母非常喜歡他。」

「他是溺水嗎？」

「喔，不是。是心臟衰竭，在一輛長程火車上。他顯然病得很重。他家人實在太沮喪了。」而她沒有其他事能補充，儘管威廉忍受了另外半小時的閒聊。

威廉最後一個談話的對象是羅林斯。

「莉迪亞最近一直有點緊張不安。說她想要找你聊，但我完全不知道原因。」他希望多聽一點，但羅林斯似乎分心了。也許很熱吧，他們周遭像是圍著一塊潮溼悶熱的毯子。

「嗯，她一直對你很有興趣。她最早出現時，曾經問你是不是她所知的同一個艾克頓。」

那會連結到艾瑞絲，威廉心想。所以她知道他是誰已經有一陣子了。難道她一直在調查他？這種想法讓他的頸背好像燒起來。她竟敢這樣。他嚥下這樣的想法，以輕快的語氣說：「我不知道耶！也許我們有共同的朋友。」

「對她好一點，她有一點救世主情結，亟欲幫助別人，不過是出於好意。而她做的事情都做得很好。我以前曾說，她做了那麼多自願服務的工作，醫院應該要支付酬勞給她。」羅林斯說。是的，莉迪亞真的很努力，以她的業餘方式，與他建立關係。問題是：如何讓那些作法變成優勢呢？

「她到底為什麼跑來馬來亞？」

「啊，她跟某個粗魯傢伙訂了婚，跑出來是要躲他。我太太認識他們那群人……大家說他們很不相配。」

威廉很少想起羅林斯有太太，畢竟她與孩子們回去英國。然而，他收集到的莉迪亞資訊全都不一致。她失去未婚夫這部分毋庸置疑，但所有事實彼此矛盾。

他想要問羅林斯更多事，但羅林斯出神想著別的事。

「你信任本地的人員嗎？」他突然問道。

威廉笑起來。「我誰都不信任。」除了阿龍在某些方面。還有，當然，阿仁也是。那男孩尚未恢復，但威廉現在不能想那件事。

他將對話轉回莉迪亞。「你說她有一段不太好的關係？」

「看來是他在吵架時企圖羞辱她。可憐的女孩！那可能是她這麼容易激動緊張的原因。」

所以莉迪亞曾是受害者。這個名詞改變了他對她的看法，還真有趣啊！她為何對威廉這麼感興趣？她對他的事知道多少？他快速地想一下：莉迪亞的父親經營橡膠園，安比卡就是在那裡工作。是的，他能想像，以莉迪亞那種愛管閒事、胡亂空想的作風，很可能知道安比卡，甚至對她的酗酒丈夫提出忠告。不過她也說她知道艾瑞絲。那更糟。安比卡和南達妮只是曾與他關係親近的本地女性，但是環繞著艾瑞絲的閒言閒語，則是把他逼出英國的原因。

他呼吸一口氣。莉迪亞聽過別人說的閒話，說他如何試著救艾瑞絲嗎？他深以此為恥，但是來不及收回了。況且，大多數人似乎深信不疑，連他自己很多時候也相信。只不過那些夢境再次來臨時，就是艾瑞絲在河邊的夢境，她的裙子很沉重，懸垂著河中水草，平直的頭髮掛在她那瘦削的慘白額頭上。

他讓那個叫路易絲的女孩搭便車時，她是怎麼說的？她曾說自己夢見一條河：很像一段逐漸開展的故事。威廉不想要那樣。他永遠不想看到夢中的艾瑞絲接下來會如何。

第四十章

太平 六月二十七日星期六

我們搭乘一輛三輪車，前往太平聖徒教會34的聖公會墓園。車程相當宜人，穿越低矮而舒適的小鎮，有白色的殖民風格建築和店屋，高大的紫檀樹正在開花，金色花瓣宛如下雨般飄落。厚厚的灰雲占據了下午，讓房屋前方草坪的青草顯現一種奇異鮮明的綠色調。我一時興起，停下來買了一束花，是白色和紫色的菊花。這是我這個月第二次買花束給死者。

到了墓園，阿信付錢給三輪車夫，而我走進去，尋找麥克法蘭醫師的長眠地。教堂本身是大型的木造建築，有個很斜的人字形屋頂和富含雕刻的哥德式拱形結構。有些墳墓很精緻，附有天使雕塑和石造墓室，其他則是簡單設置十字架。墳墓似乎隨意設置，看不出什麼秩序，我往比較新的一區尋找。

阿信越過修剪整齊的草坪。「找到沒？」

34 太平聖徒教會（All Saints' Church）：建於一八八六年，是馬來聯邦第一座聖公會教堂。

「還沒。」

附近沒人。巨大的靜默之中連一隻鳥都沒有，灰色天空像個碗，彷彿整個世界正在等待雨水降臨。

「其實呢，羅勃有些資訊……他說你給他看一張名單，」阿信停了一會兒之後說。「他就是因為那樣才找你。」

「你怎麼沒早點說？」

「我以為你為他心碎，但看你剛才吃了那麼多，你一定沒事。」

我聽了翻白眼。「他發現什麼事呢？」

「顯然在太平地區有個約翰．麥克法蘭醫師。他來馬來亞很久了，在這裡待了二十多年；以前他在緬甸。他與巴都牙也地區醫院的關係不是很緊密……需要的時候偶爾支援。他是個有點古怪的人，沒有妻子或家人。如同我們看到病理學的紀錄，他在大約五年前跟艾克頓去河流上游旅行之後，捐出了一根手指。」

「那麼他在太平這裡做什麼？」

「不是太平，而是更遠的某個地方。附近的一個村子。」

「甘文丁，」我立刻說出。「紙上有這個名稱。」

「在那裡，他當開業醫師，過著半退休的生活。聽說他不曾回去蘇格蘭，他是四十年前逃離的，留下三位專制的姊妹。就這樣。」

「什麼？一定有其他事情吧！」

阿仁曾說「我的主人」，不過他發音的方式，帶著毫無二心的忠誠度，讓我的背脊忍不住打寒顫。誰是他真正的主人……是威廉・艾克頓，還是這個麥克法蘭醫師，讓他毫無質疑地遵循指令？

「那全是羅勃找得到的確切資訊。他說還有一些閒言閒語，不過可能是造謠等等。非常有良心啊，我們的羅勃。」

「羅勃是正派的人。」

「好正派喔，他今天把你扔開，像是扔開一顆熱騰騰的馬鈴薯，」他忿忿地說。

我沒有回答，因為我找到了。一座新墳，長了薄薄一層青草，墓碑上的簡短數語雕刻得很鮮明，彷彿昨日才剛鑿刻上去：

約翰・亞歷山大・麥克法蘭

生於一八六二年七月十五日，卒於一九三一年五月十日

主啊，求祢救我們。

我全身僵硬，計算著日子。昨天，阿仁曾在那裡輕聲說著只剩兩天了；考慮他說的兩天，加起來剛好是死後四十九天。母親曾對我說，靈魂在那四十九天之內到處飄蕩，不安地估量自己的

罪過。

「他的死因是什麼？」我問。

「顯然是瘧疾。他的狀況起起伏伏好幾年。」

我將花束放在墳墓上，畢竟沒有花瓶或縫隙。花束躺在光禿的地面上，看似赤裸又遭到拋棄，細長花莖上的葉子都已剝除。這座墳墓有點特別：有一根木棍以某個角度插進墳墓。木棍大約六吋長，看起來很像掃把的木柄之類。我不敢碰它……它看起來很慎重地插在那裡；但我以前從未看過這種東西。

「把那個鏟子給我，」我說。阿信搖搖頭，作勢警告。「為什麼？」接著我看到坦米爾老太太，她薄薄的頭髮綁成髮髻，身穿深褐色的紗籠。她一路走過我們身旁，喊著一些話。「她要我們離開？」

我們從墳墓往後退，但老太太繼續向前。原來她是揮手歡迎我們。

「留下，留下啊！」她用馬來語這樣說。「你們想要裝水插花嗎？」她是工友的母親；她兒子目前不在。「快要下雨，」她說，看著天空。「你們怎麼這麼晚來？你們的朋友？病人？」

我不知道要說什麼，但阿信只是笑笑。「您認識他嗎？」

出乎我意料之外，她很快點個頭。「我們知道這附近所有的『白人』，雖然他住在很遠的甘文丁那邊。他治療我姪兒的癬病。好可惜，他過世了。他比我年輕啊！」

她拖著腳步走開，去幫花拿一點水。花束只是散落在墳墓上，好像讓老太太覺得很苦惱，於是我再把它們小心收攏起來。她拿著一個果醬瓶回來，說道：「所以你們兩個從哪裡來？」

「怡保，我是醫學院學生。很遺憾聽到麥克法蘭醫師過世了。」阿信說。

「喔，他的學生啊！嗯，他生病一陣子了。其實呢，大家都說他瘋了。他的管家離開了，你知道吧，然後就只有老人和那個華人男孩。」

我豎起耳朵。「他的名字是阿仁嗎？」

「我不知道。一個小家僕，大約十歲或十一歲，是個好男孩。管家離開時，他照顧房子裡的所有事情。跟那樣的醫師在一起，不可能太輕鬆。我在葬禮看到他，全身發抖著，努力忍住不哭，可憐的孩子。你認識他？」

「是的，他是親戚，」我緩緩說道。阿信看我一眼。

「老醫師後來怎麼樣？」他問。

工友的母親定睛看著墳墓。我注意到她一直盯著埋在墳墓裡的棍子，最後發出短促的「嘖」一聲，把它拔出來。這時我看出它比我原本想的更長，是掃帚的握把，大約四呎長，末端削尖，很像一根木樁。

她把木棍拋到旁邊去，態度輕蔑。「嗯，他老是怪怪的，不過『白人』都差不多啦！有個獵人帶來稀有動物，他全都買下來。不過他是個好人，免費治療很多人。但是到最後，他變得好奇怪，很多人不想再去。」工友的母親顯然很喜歡這番對話。「其實呢，他過世之前，我聽說他去本地警察局，供出各式各樣的罪行。」

「什麼樣的罪行？」

「我看看喔，我想是偷牛，或者殺了牲畜。這個地區連狗都被殺。無論有沒有把牠們用鍊子拴在房屋上。他也說他殺了兩個失蹤的女性，都是在附近農園工作的採膠工人。」

我驚惶失措，瞥了阿信一眼；我們兩人都沒料到會有這種事。

「所以他們逮捕他嗎？」

「他們放他回家。他的腦袋有點問題，不時會這樣發作。」她顯得很生氣。「發生的事都是一頭老虎造成的，一頭吃人的老虎。有很多目擊報告，報紙沒有刊登嗎？」

「那一定讓你覺得很可怕。」阿信露出他最富同情心的神情，老太太忍不住傻笑起來。

「他們說，那是一頭很老的公老虎，再也不能狩獵了。反正牠現在沒了。」

「有人抓到牠嗎？」

「沒有，雖然有人設了陷阱，甚至有個巫師進去對牠施咒。到最後，牠就消失了。差不多同一時間，老醫師死了。」

我的思緒飛到花園裡的老虎，上個週末的巴都牙也。幾週前，他們口中的吃人野獸已經殺了一名農園工人。我也無緣無故想起生意人是跌斷脖子而死，不禁好奇是不是有某種東西在黑夜裡追逐他，結果害他跌入陰溝。不過這是胡亂猜測。巴都牙也距離太平遠達六十幾哩。老虎的領域有這麼遠嗎？

「那根桿子是做什麼用的？」阿信問，指著她從墳墓拔出來的掃帚握把。

工友的母親顯得很難為情。「只是很蠢的主意啦！不時就會這樣。本地人嘛，你們也知道。我兒子總是把它拔出來，他說這樣對死者很不敬。」

「可是他們為何這樣做？」

「老醫師過世的兩、三天後，有人或某種東西嘗試把他挖出來。我兒子發現墳墓附近有個洞，很像有小孩子或動物挖了整晚。沒有整個挖穿……我們埋得很深。他坐著看守了好幾晚，但是再也沒發生。本地人聽說之後，他們說是老人想要從墳墓爬出來。真是胡說八道，因為如果你看過那個洞，就知道顯然是某種東西想要進去，而不是出來！不過有時候呢，有人在他的墳墓插上木樁，確定他不能出來。我自己是不擔心啦！我是英國國教派，」她驕傲說道。

天光漸漸暗下，灰色的天空向下壓迫，簡直像是可以摸到重量。像這樣有工友的母親在附近徘徊，實在不知道怎麼可能把手指埋進墳墓。我們得等到晚上再回來嗎？這種想法讓我內心充滿不安。

阿信問：「附近有公廁嗎？」

「教堂的事務室還開著，不過我正準備關起來。」

「快去吧！」我匆匆說道。「我想讀讀這些銘文。」

他們一離開視線，我就跪下去，用鏟子把泥土挖鬆。謝天謝地阿信想到要買鏟子！墳墓的泥土是從錫礦來的紅色黏土，這地區「霹靂州」的名字由來就是錫礦的銀色。我選擇她拔出桿子的那個地方，畢竟那裡的泥土已經攪動過。快點！脈搏加速，我匆忙把泥土舀到旁邊去，同時注意老太太是否回來。必須挖得夠深，才不會很容易被發現，特別是有人一直把桿子插進墳墓裡。

等挖到約莫一條手臂深，我拿出玻璃小瓶，它似乎比以前更加冰冷和沉重。今天是麥克法蘭醫師死後的四十八天，我有沒有趕上阿仁希望的時間呢？我的眼角餘光瞄到有個暗影移動著。一棵樹的樹枝，在微風中擺動。但那催促我展開行動。拿起原本從生意人的口袋裡取得的手指，放進洞口深處。

第四十一章

巴都牙也

六月二十七日星期六

阿仁正在走路，跟著很不明顯的足跡，那足跡像老虎身上的條紋穿過長草叢一樣忽隱忽現。他隱約記得醫院的病床，但是記憶漸漸淡去。真實的是這個世界的陽光和微風，還有嬌小蒼白的女子，之前發現她坐在草叢裡那一位。每次他停下來東張西望，她就會催促他。

「我們不能錯過火車，」她說。

阿仁皺起眉頭。「有另一班火車嗎？」

她斜瞪一眼。「我不知道。快點！」

他不喜歡她移動的方式，殘破的身軀緩慢向前，一邊肩膀彎彎的，一條腿拖行在後。沒人受了那樣的傷還能走路，但他沒有詢問細節。他很怕她又會抓住他的手肘，如同早先那樣，手掌既冰冷又瘦骨嶙峋。但他為她感到難過，也不可能丟下她獨自一人。況且雜亂的草叢和灌叢之間有老虎。他不時瞥見條紋狀的精瘦身形，但那究竟是引領他前進，抑或警告他離開，他實在說不上來。阿仁突然回想起一位老人，一位外國人，在樹林間遊蕩。他突然湧現出恐懼、同情和關愛，以及黑暗的孤寂，他連忙低下頭，繼續前行。

他們直奔遠處的火車站。到底走了多久……幾個月，幾天，還是幾分鐘？但最後他們到了。火車站與巴都牙也火車站非常相似。長條而低矮，有很深的屋簷抵擋雨勢和陽光，有幾張木頭長椅和很大的圓形時鐘。一輛火車等著，大型的蒸汽火車頭，發出輕柔的嘶嘶聲。許多人在車站晃來晃去，然而只要阿仁直接看去，他們就閃爍幾下消失無蹤，只能用眼角餘光看見他們模糊的形影。有個朦朧的孩子奔跑穿越月台，緊緊抓著他母親的手，然後母親抱著他進入車廂。在那一剎那，阿仁好羨慕那種溫暖的姿態。

「快點！」他的同伴說。

「我們要去哪裡？」

她顯得很沒耐心又心煩意亂。「反正上車就對了！」

「我還不知道你叫什麼名字。」他突然萌生一股疑惑。他為何要跟著這位奇怪的女士坐上火車……畢竟，他不是正在找另外一個人嗎？他盡力回想。對了，南達妮。「我不能跟你一起走。我正在找某個人。」

「別蠢了！我名叫佩玲，」她說。「我是護士，所以你應該跟著我。」不過連她也皺起眉頭，彷彿不太懂自己的邏輯。

「不了，謝謝你，」阿仁很有禮貌地說。

「老天爺！你真是蠢孩子！來啦……我不想自己一個人去。」她擺出可憐兮兮的表情，彷彿她才是小孩子而不是他，於是阿仁動搖了。

「好吧，」他說著，一隻手放在火車車門的門楣上。一碰到門楣，他感覺到一陣深邃的顫抖，那種震動讓他的視野搖晃起來。在那一瞬間，他可以清楚看到每個人，就是所有其他的乘客，他們或坐、或站、或正要登上火車。但是沒有人下車，大家也都沒有行李。

阿仁登上火車，南達妮就在車上，她的心型臉蛋顯現沉思的神情，望著窗外。阿仁很高興，坐進她旁邊的座位。「哈囉！」

但出乎他意料之外，她看起來嚇壞了。「你在這裡做什麼？」

「我在找你啊！」

「不行，你不必找我！不要跟著我。」

阿仁盯著南達妮，她的鬈髮，以及豐滿漂亮的體態。她看到他為何這麼不開心？

「小男孩，來這邊，」一名叫佩玲的護士說著，拍拍座位。「坐在我旁邊。」

他搖頭。他寧可和南達妮坐在一起，而不要跟那個肩膀彎曲、拖著腳走路的蒼白女士一起。事實上，他愈常看著佩玲，就覺得愈害怕。他急急走到南達妮旁邊，但南達妮猛搖頭，顯得很焦急。「拜託下車。他們很快就會關門。」

阿仁可以感受到一陣低沉的嗡嗡聲，彷彿整條鐵道是活躍的電線。阿義位於那個方向，那條鐵道末端某處。他很確定。這時兩位年輕女子以刺耳的低語爭執起來。南達妮希望他離開，但佩玲很頑固，說他如果想留下就該留下。她伸手抓住他的手，而南達妮氣得倒抽一口氣。

「不要碰他！」她厲聲說道。

「為什麼不行？我已經碰了。」是真的，佩玲先前抓住的手肘部位，現在變得冰冷又麻木。隨著她們爭吵，阿仁的感覺愈來愈差。「我想留下，」他對南達妮說。她的神情軟化了。

「好吧，」她說。「我們會一起走。」

阿仁閉上眼睛，告訴自己一切都會很好。他會去到阿義那裡。

一陣抽動。一股電流刺痛。平靜的孤獨感，伴隨著悲傷和鮮血的低吟……那種感覺原本一直拉著他向前行，提醒他有個老人在黑暗中遊蕩……這時突然中止了。他的貓感官大爆發。他頭頂上毛髮直豎，皮膚緊繃。他從來不曾感受到這麼強的訊號，自從醫院之後就沒有了。一幅幅景象朝他湧來。有個女孩用鏟子拚命挖掘。一個玻璃小瓶，落入洞中。而那個洞變大了，變成一座墳墓。那是什麼……不對，那是誰？阿仁的心臟瘋狂地咚咚跳動，自從來到這片奇特大地以來，他第一次注意到那樣的跳動。而說時遲那時快，阿仁意識到他再也不想搭乘這列火車了，不想跟南達妮在一起，特別是不想跟那個嬌小、變形又有冰冷雙手的佩玲在一起。

但是車門依舊關著。他聽得到火車遠處的車門猛力關上，聲音變得愈來愈近。碰。碰。微弱的嗡嗡聲，向他保證阿義位於鐵道的遠方，那聲音重重壓著他，把他往下拉，即使他掙扎著想要站起來，身上每條神經線路激烈抽動。

「怎麼回事？」南達妮大叫。

碰。隔壁車廂的車門轟然關上，彷彿有個看不見的服務員用力甩門。阿仁看著他們自己的車廂抖動起來，彷彿也即將出發。情急之下，他瘋狂向前撲去。感受到空氣割裂他的耳朵，車門的力量刷過他的皮膚。而且好明亮啊，這時非常非常明亮，他只能齜牙咧嘴，瞇起眼睛，同時眼淚從他眼睛後方滲漏出來。

❖

有人在擦地板。有擰水的唰唰聲，水桶的嘩啦聲。阿仁躺在床上……醫院的病床，他現在回想起來了。他的胸口起伏喘息，他的心臟急速跳動，因為他不是才剛從火車的車門撲出來？他在這裡，卻也在那裡，兩個地方的碎片彼此重疊。只要閉上雙眼，他還是能看到南達妮的震驚表情，以及佩玲蒼白臉上的微微嘻笑。不，他不希望想到她。

「你醒了，是嗎？」一位瘦削結實的矮小男人低頭看著他。他有一隻手拿著抹布。阿仁費力眨眼，掙扎著坐起來。他的嘴巴又乾又渴，清潔人員倒了一杯溫水給他喝。「要我叫護士嗎？」他用廣東話說。

阿仁搖頭。「今天是星期幾？」

「星期六。」

一陣喧譁聲，走廊有點吵鬧，有位護士探頭進來。她態度嚴肅，向清潔人員招手。「可以請你幫個忙嗎？」

他跟著護士出去。阿仁聽到隔壁病房傳來他們的聲音。

「……移去太平間？」

「對，已經聯絡她的家人了。」

幾分鐘後，清潔人員回來拿他的抹布，臉上顯現憂慮的神情。阿仁透過他背後打開的房門，瞥見有人把一張輪床推出去。有人躺在那上面，蓋著一塊白布。「那是誰？」

「另一個病人。」

兩隻蒼白的腳伸出來，很纖細，只可能是女性。那雙腳靜止不動的模樣，讓阿仁的胃翻騰起來。

「為什麼蓋住她的臉？」阿仁問。「她死了嗎？」

清潔人員猶豫一下，含糊說著：「有時候，人們就是該走了。」

該走了。這讓阿仁有種複雜的感受。「你認識她嗎？」

「她是這裡的護士。」

阿仁覺得肚子很不舒服。那雙纖細的腳，左腳懸垂成奇怪的角度。他試著爬下床；他必須看她的臉！但他的側邊一陣絞痛，他氣得叫出聲。清潔人員嚇了一跳，連忙拉住他。「你在做什麼？」

「我覺得我認識她。拜託，讓我看看她！」

這番騷動吸引了剛才那位護士的注意，回頭探看。「怎麼了？」

「男孩說認識她。」

她噘著嘴，搖搖頭。「不可能！」然後用生氣和反對的眼神看著阿仁，彷彿他做了什麼缺德的壞事。

輪床推走了，阿仁好想哭。他的手指輕輕捏著枕頭。「她叫什麼名字？」

「佩玲。」

而現在，阿仁真的哭起來。不是為了小護士佩玲，而是為了南達妮，因為他終於明白她去了什麼樣的地方。

第四十二章

太平　六月二十七日星期六

我在麥克法蘭醫師的墳墓挖了一個洞，把裝著皺縮手指的玻璃瓶放進去，不久之後就聽到阿信的聲音，故意講得很大聲，那是要警告我，他們快到了。我發狂似的把泥土鏟回洞裡，然後踏平。阿信和工友的母親繞過轉角而來時，我向他們揮手走過去，並把鏟子塞回袋子裡。

「你們想看的都看過沒？」老太太問。

阿信捏捏我的手。「有，我們得走了。」我們謝謝她花了那麼多時間，然後盡可能以最快的速度離開教堂墓地。

「怎麼回事？」我壓低聲音問他，看他踏著輕快的步伐。「你為什麼握住我的手？」

為了回答，他把我的手翻過來。沾著紅土的痕跡。

「你覺得她有沒有注意到？」

「希望沒有。你的膝蓋也有。」

我往下看。最近這幾趟短途行程，到最後都搞得全身沾滿泥巴和髒污。從病理學庫房的蜘蛛網和灰塵，到阿仁的血跡斑斑，最後是這次，從某人墳墓沾染的泥土。

「埋下去了嗎？」

「完成了，」我輕聲說。

陰沉的雲團遮掩了夕陽，讓天空呈現出帶點藍光的朦朧質感。顫抖的薄暮降臨了。我呼吸的每一口氣，喉嚨深處都能品嘗到空氣中的溼氣。

「現在幾點？」沉浸於老太太說的往事，我都忘了查看教堂的時鐘。

阿信瞥了他的手錶一眼。「再過二十分鐘就八點了。」

開往怡保的晚班火車是八點發車，而我們距離火車站還有一哩遠。我焦急地東張西望，但街道一片荒涼，放眼望去沒有半輛三輪車。

阿信看看天空。「我想就快要……」

雲破開了，第一批豆大的雨珠灑落下來，宛如無精打采的蝌蚪，落在塵土飛揚的道路上。

「快跑！」

我永遠無法理解那些英文書上的描述，人們在雨中穿越石南花叢，在潮溼的荒原上漫步很長一段路，只穿戴獵鹿帽和圓領披風保護自己。熱帶的雨勢宛如在空中傾倒整個浴缸。雨勢落得又猛又急，短短幾分鐘就全身溼透。根本沒時間思考也無法抵擋，只能衝去找地方躲雨。我們就衝了。

最近的掩蔽處是遠處屹立的店屋，我們急忙跑到店屋前方五呎寬的騎樓下，上氣不接下氣。雨水從屋簷嘩嘩傾瀉而下，把泥土路變成泥巴。

「我們該怎麼辦？」在原地等了足足五分鐘後，我這樣說著。這種傾盆大雨快速下完的機率很低，同時八點很快就到了。我們怎麼趕得上火車？

「我們可以跑去趕火車，」阿信說。

於是我們展開瘋狂追趕，從一個遮雨處迂迴衝向另一個，宛如甲蟲從花盆底下匆匆跑出，碎步急行。斷斷續續有商店街廊和巨大的雨豆樹，但是沒用的。我其實早就知道會遲到，只能強自壓下內心的驚慌感受。那輛火車沒有載到我們就會離開。雨水讓我的鞋子變得很滑，有兩次我差點扭到腳踝。

「你還好嗎？」阿信問。

我伸手扶著一棵樹幹穩住身子。「好，」我說著，咬緊牙關。我以前不曾抱怨過這種事，現在也不打算開始抱怨。如果我們在一起的最佳方式是保持良好的風度，那麼我會繼續保持下去。

阿信定睛看著我的額頭。「只要再跑遠一點，」他說。「在那邊。」

我們還沒到達靠近火車站的地方，我看了他的手錶一眼，指針指著再過五分就到八點。不可能了。

「你還有我那天給你的戒指嗎？」

我盯著他，很納悶他為何突然特別提起那個戒指。我早該還給他的，真是尷尬啊，我用手帕包著。

「戴上，」他說。

「為什麼？」

他看起來很生氣。「戴上就是了，跟我來。」

向前走過幾扇門，阿信停下來，抬頭看一塊招牌，接著走進去。那是一間小旅館。我以前從來沒住過旅館。我和母親很久以前曾經來過太平，住在她的一位阿姨家，那是一位面貌凶惡的女性，似乎遺傳了母親所欠缺的所有骨氣。我不知道她是否仍住在這個鎮上，以及她看到我跟一名男子走進旅館會做何感想。就算他是我的繼弟。

其他女同事曾教我要小心旅館，千萬不要跟男人在那裡碰面，連接待區也不要。她們說，那是一種測試，把會在意的女孩淘汰掉，留下不在意的。而如今我在這裡，準備踏入一間旅館。一間相當簡陋的旅館，連我都看得出來。但今天的情況不一樣，況且我是跟阿信在一起。這樣沒問題，對吧？

旅館內部陰暗又潮溼。只有櫃檯點了一盞電燈，阿信在那裡的本子上簽名。職員是一名老婦人，她以銳利的眼神看我一眼。「沒有行李？」

「我們錯過回去的火車，」阿信簡短說道。「我們需要住一晚。」

她看著他，接著再看我一眼。我盡全力表現得很鎮定，活像是每一天都錯過火車。說到這點，阿信為何對這種程序如此熟悉呢？他曾經帶了多少女子去旅館？我盯著他的背影，老太太以心照不宣的眼神迎上我的目光。

「李先生和李太太，」她說著，念出登記內容。「新婚夫妻？」

「不是，」他說。「我們在一起很長時間了。」他伸手摟著我，精心秀出我手指上的戒指。

「你們想用餐嗎？」

阿信看著我。「只要茶和吐司就好。」

「我們會送上去，」職員說。她的肥胖身軀擠過櫃檯，帶我們爬上一道破舊的樓梯。「你們今晚很幸運，只剩下這個房間有私人浴室。」

房間很小，幾乎沒有什麼裝飾，有彩色玻璃窗，百葉窗有花朵圖案，從窗戶可以俯瞰前方下雨的街道。但我盯著床鋪，而非窗景。整齊鋪著床單，兩顆很高的堅硬枕頭，有一條薄薄的棉毯緊緊包覆在上面。一張雙人床。我心裡想的是什麼？兩張單人床？

「阿信，」職員一離開，我就立刻對他說。「你為什麼不乾脆說我們是姊弟？」

「我們的錢不夠付兩間單人房。況且，要是說你是我姊姊，聽起來更可疑，畢竟我們長得不像。」他說得很有道理，但他說著別開臉，讓我覺得他很緊張。我以前從未看過阿信這副模樣，感覺甚至更膽小。最好表現得熱情一點，我下定決心。

「我以前從來沒到過旅館耶，」我興高采烈說道。

沉默。我其實不敢問他以前有沒有住過，因為顯然有，雖然我不知道那是什麼樣的情況。也許全是出於我的想像吧，但我忍不住想著阿信與女子在旅館見面。充滿渴望的年輕女子，老成世故的成熟女子。既然那不關我的事，又有什麼關係呢？

「我去梳洗一下，」我說。

讓我驚訝的是，阿信打開早先買的那個褐色紙袋，翻找一番後，拿出一件全新的男性襯衫。那是樸素的白色棉質襯衫，摺得很平整，領子還有一圈紙板，用大頭針固定住。

「這個，」他取下針頭，把它遞給我。「你可以穿這件。」

「你不需要嗎？」

他的衣服也溼了，但他搖頭。「去吧！」

等我走進緊鄰的浴室，貼了磁磚彷彿盒子的小空間，我明白原因了。朝向狹窄的鏡子瞥了一眼，我覺得好窘，發現溼答答的洋裝黏在自己身上。難怪阿信一直把目光釘在我的額頭上。我一邊發抖，一邊脫下衣服，用又薄又硬的棉質毛巾清洗一番。接著我換上男用襯衫。這樣雖然沒有比我先前穿的衣服那麼暴露，但看起來更撩人了。我不知道該怎麼辦才好，在浴室裡站了好長一段時間，努力鼓起足夠的勇氣才能走出去。但是等到我輕輕推開門，阿信不見了。

床上放了一個茶盤。我喝了茶，吃掉大半的吐司，甚至用了他在藥房買的牙刷。接著我爬上床，把燈關掉。無緣無故的，失望的淚水幾乎要奪眶而出。我到底在想什麼？覺得阿信終於會採取行動？那顯然永遠不會發生。他喜歡我的種種方面……遲鈍、直率、很有風度等等，在小說裡絕對不會用這種字眼來描述女主角。只適合用來描述死黨，像是華生醫師。我把自己的頭埋在堅硬的枕頭底下，默默哭泣。

門打開了，我嚇得呆住不動。阿信站著，在走廊的燈光下顯現出輪廓。接著他輕輕喀的一聲關上門，走進浴室，開始梳洗。我最好假裝睡著了。我咬著牙，發誓絕對不會讓他知道我哭過。我才剛下定決心，他就再度回來，躺到我旁邊的床上。

雨聲已經變小了，但持續下著毛毛雨。我聽得見雨水流下屋頂的聲音，還有阿信躺到床上的吱嘎聲。我屏住呼吸，心跳得好激烈，真怕他會聽見。

「你睡了嗎？」他說話的語調那麼輕柔，讓我心碎。真是太不公平了，阿信用那種語氣對我說話。我呼出一口氣，結果發出的是哽咽的哭聲。

「怎麼了？你在哭嗎？」他突然坐起來。

隱藏也沒用，因為阿信把枕頭從我臉上拉開。街燈從雨滴斑斑的窗戶灑落進來，他看得到我凌亂的頭髮，以及臉上的淚痕。

「是羅勃嗎？」

阿信，你這個白痴，我心想，擦擦自己的臉。羅勃是我最不擔心的人，但阿信朝我靠過來。他沒有穿襯衫，而我又有同樣的感覺了。那種無法呼吸、胸臆翻騰的感受，每次他太靠近我就會如此。我緊緊閉上眼睛。

「你真的那麼喜歡他嗎？他不值得啊！」

「我哭不是為了羅勃。」

「那是為什麼？你覺得很痛苦嗎？」

這實在太可笑了，我都不知道到底該笑出來，還是又哭起來，而在此同時，阿信半裸著，坐在我旁邊。我只能說：「你剛才為什麼離開？」

「我在想事情。」他看著我，眼神陰鬱而難以理解。我的胃揪成一團，揪得好用力。他像這樣倚著身子低頭看我，我根本沒辦法好好躺著；這樣對我太不利了。透過窗外黯淡的光線看來，他手臂和胸膛的肌肉何時變得這麼精瘦，線條這麼漂亮？

我掙扎著坐起來。「又來了？你到底在想什麼啊？」

「我已經等了好幾年，覺得再也等不下去了。」他伸手放在我的腰上，在襯衫底下。我看得到阿信喉嚨凹處的脈搏陣陣跳動，以及他那略顯焦慮與詢問的目光。我無法呼吸。

「羅勃吻過你嗎？」

我點頭，沉默無語。

憤怒一閃而過。「嗯，我比較好。」

我很確定他會說些其他粗魯的話，但他反而伸出另一隻手到我的頸後，親吻我。

我的雙腿感到虛弱無力，那種感覺慢慢向上，傳遞到身體中央。一種燠熱而融化的感受。他的唇好柔軟，而且熱烈。它們在我的皮膚上游移，強迫我張開嘴。我感覺到他的怦怦心跳，他的抓握力道，然後慢慢滑動到我的腰部上方，太危險了。「阿信！」我猛然吸氣，但他親吻得更加猛烈，親吻我的唇、我的頸部，焦急地拉扯我穿的襯衫。這正是我期盼的一切，然而太快也太急切，簡直讓我嚇壞了。「等一下！」我說著，氣喘吁吁，同時兩人滑落到床上。

「為什麼？」他這時正在解開鈕釦。

「因為我們不能這樣，不該這樣。」我的思緒一團混亂、分崩離析，即使我的手臂環抱著他。

「可以，我們應該要這樣，否則你不會是我的。」阿信又把臉埋到我的頸間，雙手捧著我的乳房。一道電流竄過我全身；我喘著氣，把他的雙手揮開。

「我永遠是你的。所以拜託停下來。」

「不，你不會。」他坐起來，伸手順順落在他臉上的黑髮。「過去的這個月是你第一次像這樣看著我……永遠是阿明跟你在一起！」

我臉頰火燙，想不出能說什麼。

「如果是阿明，我願意放棄。但不能是像羅勃的某個人，」他痛苦地說。

「阿信，」我摸摸他的臉。「我以為你不喜歡我。」

「我當然喜歡。一直都喜歡你。」

「那所有其他那些女生呢？」我氣憤說道。「你跟她們是怎麼樣？」

「想要忘掉你啊，你這白痴。」

他的雙唇在我的乳房之間燃起一道低迴而火熱的痕跡。害羞之際，一陣呻吟從我唇間迸發而出，我緊緊咬住雙唇。阿信慎重地親吻我，不慌不忙。熟練地撫摸我，讓我充滿渴望和隱約的痛楚。我的耳中嗡嗡作響；皮膚火燙。我再次有種奇怪的感覺，糾結混合著好奇、害怕，以及難以忍受的興奮。我不認識這個阿信，這個有著精瘦結實身軀的陌生男子，而非男孩。我也不認識我自己。那個部分的我想要咬他，吸吮他的指尖，耗盡他。我的手指掐進他的背時，他輕聲呻吟，因為勝利和愉悅而感覺暈眩。接著我感受到他的膝蓋將我的雙腿推開，那種急切的火熱衝動壓住我的大腿，我才明白他是認真的。

「我說，等一下！」我奮力將他推開。

「我說過了，」他的目光火熱又溫柔，「我要你變成我的。」

「沒有什麼『我的』這種問題啊！」我坐起來，將襯衫鈕釦扣上，一直扣到頸部，雖然心跳依然高速。我的腦袋迷迷糊糊。阿信翻過身，一隻手臂擋住自己的臉。

「如果你不是處女，羅勃不會想要你。」他的聲音很模糊。

「這一切都是為了那樣嗎？」我勃然大怒說道。「反正他不想要我了。我沒那麼受歡迎啦！」

「你瞎了嗎？你根本不知道我惹了多少麻煩，那麼多年來把你的仰慕者弄走。」

「你做了什麼？」

「乾貨店的阿興、我學校的成發。喔，隔壁的數學家教。」他用手指一一數算。

我氣炸了，用枕頭打他。「你的意思是說，我跟那個數學家教有機會？」有一年暑假我好迷戀他，因為他戴眼鏡，而且頭髮分邊的模樣跟阿明一樣。「阿信，你這畜生！你好自私，自私的畜生！」

他抓住我的手臂，把我往下拉，趴在他身上。

「我該怎麼辦呢？你從來沒有正眼瞧過我。而且不管怎麼說，如果沒膽黏在你身邊，他們就不配。」

我們如此靠近，彼此的臉相距不到六吋。我的心怦怦狂跳，呼吸微微喘氣。儘管我盡了全力狠狠瞪他，還是有一股暈陶陶的幸福感受滲透我全身。

「你討厭我嗎？」又是那種略顯焦慮的神情。我從沒看過阿信像這樣……在我們兩人之間，他永遠是一副酷樣，於是我臉紅了。他一定注意到，因為他說：「如果你不討厭我，那就讓我做，」然後又開始親吻我。

讓步會比較簡單，讓這種緩慢的疼痛吞噬我。我的手臂滑過去環抱他，感覺他翻身時背部肌肉的收縮，於是此刻他在我的上方。一聲警告在我的腦袋裡響起；那是母親曾經給予我的聲聲警告。我在做什麼啊？

「不行！」這一次我很用力把他推開，害他從床上跌下去。

「你擔心懷孕嗎？」阿信跪起身，抬頭看著我。雨中的昏暗光線從百葉窗流瀉進來，他英俊得令人難以置信。「因為你不需要擔心，我從藥房買了東西。」

「所以你從一開始就準備這樣做？」

「當然，」他說。「我說過了，我在想一些事。」

「這就是你今天一路跟著我的原因。」

「對。」

我好想揍他。「還有幫忙埋那根手指的所有事情，都是騙人的？」

「我其實不在乎那根手指，我只想跟你在一起。」

「你隨時都可以跟我在一起，你不必為了那樣而說謊。」我說。

「不，我答應我父親。」他突然住口，彷彿發現自己太多嘴。

「你答應他什麼事？」一陣恐懼感突然襲擊我。我回想起變形的藍色暗影，雞舍的黑暗，以及阿信骨折的手臂懸垂成怪異的模樣。「告訴我，否則我絕對不會原諒你！那天晚上到底發生什麼事？」

阿信以平淡低沉的聲音和突然顯現的疲倦說：「他說，他曾發現我看你的樣子；他開始發脾氣，於是我們打了起來。就是那個時候他打斷我的手臂。我答應他，我絕對不會傷害你。在那棟房子裡不會。而當作交換，他不會管你。」他嘆口氣。「就是這樣。」

我伸手撫摸他的頭髮，我一直希望能這樣。「我們現在該怎麼辦？」我輕聲說。

阿信把臉埋在我腿上，手臂環抱著我的腰。「你可以讓我跟你一起睡。今晚。」

我想了一下。「好吧！不過只有睡覺。別的不行。」

他挑挑眉毛，但沒說什麼，只是爬回到床上，兩隻手臂環抱我。我的胸口滿是甜蜜又痛苦的騷動，很像鳥兒奮力振翅。翻開我們童年的一幕幕景象，我們的許多爭吵和競爭。我曾經努力想要追上阿信嗎？還是他玩著耍酷和忍耐的遊戲，反而把我迷住了？我翻身側躺，聆聽著雨聲和阿信的呼吸聲，感覺到不可思議的開心。

第四十三章

巴都牙也

六月二十八日星期日

星期日傍晚有電話打來，打斷了迴廊上的涼爽寂靜，威廉穿著棉襯衫和紗籠坐在那裡。空氣感覺沉重且黏膩，是雨季的前奏。他躺在藤編的椅子上，讓玻璃杯稍微傾斜，杯裡的冰塊叮噹作響。威廉回想起以前在冰凍的湖邊散步，聆聽著漂浮的鬆散冰塊撞擊岸邊的清脆聲音。很像鈴鐺的鳴響，艾瑞絲曾這麼說，她的迷人臉龐凍成粉紅色。那不久之後，她控訴他不忠，親吻另一名女性。他做過的所有事當中，沒有一件事是對她不忠。一定是誤解，他對她說。「我相信我親眼所見，」她冷冷地說。「在皮爾森家的派對上。」那天晚上，在走廊的黑暗裡，在老爺鐘的低沉滴答聲中，他唯一親吻的人，就是艾瑞絲本人。而諷刺的是，那是因為他花了一天與朋友開心相聚之後，心中突然對她充滿愛意。回想起那種不公平，威廉心中湧起一陣憤慨。還不都是艾瑞絲的神經質，她有種怪異的能力可以毀掉美好時光。不過那段記憶像是來自另一個時空，威廉把加冰塊威士忌的酒杯貼著額頭，聆聽著電話響了又響，傳遍空蕩的平房。

響到第八聲時，阿龍拿起話筒。他的動作不像阿仁那麼快，阿仁總是蹦蹦跳跳跑去接電話。

接著他出現在迴廊門口。

「女士，先生。」

非常準時，威廉這樣想。畢竟他今天早上沒去教堂；於是莉迪亞失去與他說話的機會。他深呼吸一口氣。「哈囉？」

她的聲音很虛弱又含糊，即使撇開電話線的劈啪聲也一樣。「威廉？我是莉迪亞。你明天一大早會在嗎？」

「多早？」這實在既討厭又煩心。「一定能等吧？」

電話線更多劈啪聲。「……談艾瑞絲的事。」

這時刮起一陣強風，他腳踝周圍的薄棉布紗籠咻咻翻飛。雨水的氣息。

「你說什麼？」他大喊。

「跟你約七點碰面。在歐洲人的側樓。」

來了一道閃電的曲折閃光，電話陷入寂靜。威廉盯著話筒。那麼是明天早上。接收效果很差，但莉迪亞隱含的勝利語氣，依然讓他的喉嚨湧現膽汁的苦味。她到底還在忙什麼其他事，以她的業餘方式到處偵查？他緊閉雙眼，祈禱他的黑暗好運依然緊緊跟隨著他，再度助他一臂之力。

星期一早上六點，威廉起床著裝。肆虐整晚的暴雨已停歇，只留下一片片淹水的草地，以及持續滴水的屋簷。阿龍端來微溫的早餐，吐司配上罐頭的茄汁焗豆。沒有蛋。威廉今天早上無法忍受這些食物，況且，他想念阿仁細緻的煎蛋捲。整個房子都想念阿仁。在昏暗光線中，空蕩的房子滿是暗影。阿龍粗聲說：「男孩什麼時候回來？」

「我今天會去看他。」

阿仁的狀況一直很奇怪，他的惡化急轉直下，威廉心中充滿了失望和擔憂，覺得到達醫院就會發現阿仁死了。但他不必對阿龍提起這種想法，因為阿龍很迷信。

日出之前，路上風大，黑暗籠罩。奧斯汀汽車的車頭燈灑落許多暗影，與灌叢和樹木融合在一起。莉迪亞到底要他怎麼樣？他有種不好的預感，等他到了醫院，這種感覺更強了。地平線出現一抹魚肚白，雖然建築物一片寂靜，但有種難以言明的感受，裡面的人慢慢開始有動靜。現在是六點四十五分。他來早了。

地區醫院建造成熱帶的木頭骨架形式，有種奇異的魅力。抬頭看去，威廉走近管理辦公室，位於黑暗巨大的歐洲人側樓。在如同花園般的低矮醫院院區，這是少數的兩層樓建築之一……莉迪亞肯定在這附近某處。直覺帶著他繞過轉角。她果然在那裡，從遠處就可認出她的明亮髮色。

莉迪亞站在建築物旁邊的溼漉草地上，頭轉向一名年輕的華人男子，那人有戽斗下巴。從他的白色制服判斷，他是晚班剛結束的醫護員，但他們面對彼此看起來很緊張，讓威廉心生警覺。在昏暗的光線中，他們沒有注意到他默默靠近。

「……跟我完全無關，」莉迪亞說。「你大可告訴羅林斯醫師。」

那名男子張開嘴巴，但威廉再也聽不到他說話，因為這時發出轟然巨響。一閃而過的暗影筆直墜落，撞上年輕男子的頭部。他倒下，沉重的身體一蹶不振。威廉跑過去，跪倒在地，但是沒有用。他立刻就看到了。頭骨已經砸凹，有些不明的東西濺灑到他的雙手和襯衫上。鮮血和腦漿的鐵味。有人尖叫起來，高亢而歇斯底里的叫聲。無論是什麼掉下來都已砸碎，威廉認出那些碎片。一片沉重的赤陶屋瓦，醫院屋頂、有屋頂的走道和病房用的那種瓦片。他往上方看去。看不到什麼東西，只有二樓打開的窗戶，以及窗戶上方，屋頂輪廓線的完整屋脊。

整件事非常可怕，連威廉都驚嚇不已，他可是對鮮血和開放傷口不陌生的人。他無法想像莉迪亞會怎樣，有人帶著哭泣又顫抖的她離開現場。警察抵達聽取供述。他們登上屋頂，發現有幾塊屋瓦不見了，不過是否由於昨晚的暴雨造成，還是早先幾個月就不見，沒人確定。

「看起來像是屋頂正在整修，」警官說，指出有些屋瓦堆在建築物一角。「那有可能擊中你啊，先生。」

「湯姆森小姐很幸運。」確實是，莉迪亞有可能很容易就死了。她與不幸的醫護員僅僅相隔兩呎，醫護員的頭像西瓜一樣被劈開。

「你認識他嗎？」警官問。「黃雲強，別人也叫他黃ＹＫ。二十三歲。」

「他幫羅林斯醫師做很多事，我想是這樣。」還記得莉迪亞剛才說的話，「你大可告訴羅林斯醫師」，他很好奇那句話指的是什麼。

「你今天會休假嗎？」

威廉搖頭。「我有病人要看。」

等到終於脫身，他注意到自己雙手顫抖，膝蓋發軟。真是悲慘又怪異的意外事件，但一定出了什麼問題，他無法甩掉這種感覺。直覺告訴他，就像暗影向下墜落，厄運即將到來。目睹遺體的震驚過後，他的第一個反應是死錯人了吧？應該是莉迪亞才對，他心想，雖然滿心都是令人作嘔的罪惡感。跟隨著他的那種黑暗運氣，會重新安排事件來救他的運氣，已經發生無從解釋的轉變。模式出了某種差錯，他這樣想，一路走回他的辦公室，覺得暈眩又噁心。難道他看見的每種事物都是上下翻轉？

他停下腳步。確實出了某種差錯，即使在清晨的昏暗光線中，那一幕也在他的視線裡顯現出來，一閃而過。威廉回過頭去找警官。

第四十四章

太平／華林

六月二十八日星期日

我躺在那張雙人床上，旁邊有堅挺不屈的枕頭，我的頭枕在阿信的胸膛上，希望時間能夠停止，停在這一刻，直到永遠。現在是早上。雨已經停了，空氣中有著清澈明亮的靜寂。阿信沉睡著。

黑暗已遠。我們生活在那棟狹窄長條店屋、住在錫礦專賣店樓上的月月年年，彷彿都已變成另一則故事，不過到底變成了什麼，我實在說不上來。我只知道自己從來不曾如此快樂。危險的快樂。我讓自己的雙唇印上阿信的鎖骨。他的肌膚好溫暖，嘗起來有鹹鹹的滋味。

我突然好擔心，連忙坐起來，但我穿的襯衫依然扣著釦子，內衣也在原位。到了浴室裡，我在略有黑斑的鏡子裡仔細檢視自己。愛情還沒有造成任何奇蹟，但是回想起阿信昨晚把我撲倒的情景，我的臉頰變得緋紅。如果他繼續堅持，我很可能會放棄，不過我對自己嚴厲斥責一番。我們要怎麼辦？我看不出有什麼坦途可走。

我回到房間，阿信依然躺在床上。我向他彎下身，欣賞著他長長的睫毛，而他抓住我的腰。

無法呼吸的好幾分鐘接著而來。「我們得趕火車。」我費了一番力氣才掙脫開來。

「你為什麼老是拒絕我？」

「只是覺得我們這樣做是不對的。」

「你會後悔，」他說。「你知道要像這樣逃離一切有多困難嗎？去到另一個城鎮，找到一間旅館，那裡沒有人認識我們。」

我一開始以為他是開玩笑，但他的眼神極度認真。他脫下我穿的襯衫，開始親吻我的喉嚨。我無法呼吸，無法拒絕，任憑他的雙手在我的肌膚上游移，以熟練的手法撫摸我，讓我雙腿癱軟，腹部揪緊。

「住手！」我喘著氣說。

阿信的臉好紅啊！「智蓮，拜託，」他說著，聲音好嘶啞，我以前從未聽過。「拜託，拜託啊！」

我知道他要求的是什麼。我的心漏跳了一下，但很確定如果我們這樣做，那會是錯誤的方式，錯誤的秩序。我可憐兮兮地說：「我很抱歉。真的不行。你不會等嗎？」

他猛然起身，衝去浴室。我聽得到水聲，他在那裡面待了很長一段時間。我低下頭，窩在剛才阿信躺臥的溫暖處，感受著模糊的心痛。也許他會認為我不是真正愛他。畢竟，鳳蘭曾經那麼願意把自己獻給他。想到阿信其他的女朋友，讓我的心揪成一團。他是怎麼學到那樣親吻，又與她們做過什麼其他事？但我不打算心懷嫉妒，我心裡這樣想。我不會那樣，黏膩又愛哭，即使他有一天離開我。

等到阿信回來，他已恢復正常了。他的黑髮光滑溼潤，而我的黃色洋裝，昨晚掛起來晾乾那一件，勾在他的手臂上。「用你的洋裝換那件襯衫，」他以開玩笑的口吻說。

「你昨天晚上那件襯衫呢？不是乾了嗎？」

「我想要你穿的那件。」

我臉紅了，而且沒想到阿信也是。我跑進浴室更衣，把我穿過的男襯衫交給他。現在皺巴巴的，畢竟我穿著睡覺。更衣之後，我們不知道該說什麼，於是下樓退房。櫃檯是同一位職員，她看了我們一眼。

「昨天晚上你們房間有些聲音。」

「對啊，」阿信說。「我從床上跌下來。」

她癟著嘴，而我得忍住歇斯底里笑出來的衝動，只好緊緊捏住阿信的手。於是我們離開太平，石灰岩山丘之間那個陰雨綿綿的浪漫小鎮。我心想，總有一天，我想跟阿信一起回到這裡。理所當然做每一件事。

❦

我要去華林，畢竟我很想看看母親的狀況。阿信會繼續前往巴都牙也，去醫院輪班。「回家的時候要小心，」他說。在火車上，我們整路都偷偷牽手；以肢體動作公開表現情感並不恰當，但沒人看到時，阿信偷偷親了幾下。我好快樂，一定笑得像傻瓜，而阿信也沒有好到哪裡去。

「我可以保密，」我說。

為了回答，阿信把唇貼到我的耳朵上。「看吧？」他喃喃說著。「你現在心頭小鹿亂撞。」

我討厭承認這點，不過他說得對。回想起阿信曾說「我會讓你變成我的」，我不禁心想，是否所有的男人都有這樣的權力對待女人。是否伸手到我們身上，用愛撫親吻和甜言蜜語，就能讓我們屈服於他們的意志。我不喜歡這種想法。但是不對啊，羅勃以前曾親我，但是結果很悲慘。

「阿信，」我緩緩說道。「你有其他女朋友嗎？」

「沒有。」

「那這個戒指是誰的？」

「是你的。我不是給你了嗎？」

我驚訝得目瞪口呆。是沒錯，他當著護理長的面把戒指交給我，但我以為他只是做做樣子。阿信顯得很難為情。「我本來想找個比較好的方式……不是像那樣。」

「我以為你在新加坡有女朋友，許明說的。」

「那是因為我在新加坡的時候，我說我在怡保已經有女朋友了，反過來也是。否則很麻煩。大家問我有沒有死會，不然就想要幫我介紹。不過永遠都只有你。」

我覺得頭好暈。「你買戒指給我？」

為了回答，他親吻我的掌心。「我覺得也許可以爭取看看，特別是阿明訂婚了。」

「可是尺寸不對。」

「看你吃東西的樣子，我以為你會比現在更胖。」

阿信與我十指交扣，我噗哧一聲笑出來。這麼快樂好像不太對。我思考著阿信臉上的神情，那種喜悅彷彿他一輩子都在等待我，這時有道陰影投射在我心頭。「我很擔心阿仁。你會不會去看看他，還有佩玲？看看她摔下去有沒有好起來。」

到了怡保火車站，我逗留了一會兒，不想離開他。阿信說：「你最好趕快走，否則我到最後會跟你一起下車。」不顧別人是否看著我們，他倚著火車的車門深深親吻我。接著他回到自己的座位。我伸手按住玻璃窗；他的手放在窗子的另一側。我凝視著阿信的戒指，套著我的中指閃閃發亮。中指是鬼的手指，許明曾這樣說。阿信敲敲玻璃。我嚇一跳，迎上他的目光。他搖搖頭。「快走！」於是，看了最後一眼，我離開了。

等我到達華林，時間接近中午，太陽的熾烈白光讓我瞇起眼睛。回家的最後一點路走得頭暈目眩。店屋內部陰暗又涼爽，我花了好幾秒才發現羅勃站在那裡，與我母親和繼父在一起。

我整個人呆住。我本想悄悄溜進來，而不是闖進一場監護人會議。

「智蓮，你跑去哪裡？」母親焦急的目光看著我的淡黃色洋裝，糟的是，它看起來比以前更像派對的穿著。

「怎麼了？有什麼事？」我強迫自己冷冷說話，不過頸部的脈搏砰砰作響。羅勃告訴他們多少呢？

「羅勃說，他在譚太太那裡找不到你。」

這樣啊！畢竟沒說那麼多。我偷看他一眼。他頭髮凌亂，顯得很激動，彷彿他才是整晚不在家的人，而不是我。繼父沒說話，但沉默且長久的凝視最讓我焦慮。

「我和朋友阿慧出去。你記得她，對吧？」

母親從沒見過阿慧；我拚命祈禱她會注意到我默默的懇求。她的目光斜斜望向繼父，而令人驚訝的是，她說：「喔，對呀！我早該想到的。嗯，那麼我去開始準備午餐。」

透過種種藉口，她想辦法把自己和繼父支開，雖然繼父一直瞇起眼睛盯著我。

他們一離開，羅勃說：「我想跟你談談。」

我不喜歡他那種堅持的眼神，但除了跟他一起離開店屋散步一下，別無他法。我們默默走了好一段路，正午的太陽向下炙烤我們的頭。我覺得頭暈又口渴，胸口緊繃又害怕。

「你在那裡工作了多久？」他終於說。

「幾個月。」

「我打聽過，」他尷尬地說。「那是相當正派的舞廳，但不是好工作。你自己知道，對吧？」

我當然知道，不過羅勃繼續對我發表冗長的說教。我極度希望他走開，回到他那種有僕人、汽車和去歐洲旅行的世界，但我也不能冒險挑起他的敵意。

「嘿，」我終於說。「你覺得我在五月花做什麼？」

「你和男人跳舞。為了錢。」他不願迎上我的目光，我才明白他忙著想像其他各式各樣不能說的事。

「對。我是……舞蹈老師，」我說。「而我每個星期在那裡兩天。但我不做帶出場，雖然那樣可能賺更多錢。」

聽到這番談到帶出場的話，羅勃的臉色沒什麼變化，我稍微覺得有點驚訝，他對這些話並不陌生。也許他自己甚至曾經帶出場幾次。

「你需要錢嗎？」

阿信的聲音在我耳邊迴盪……別向他要求任何事……於是我說：「那是我的事。況且，我再也不會去那裡工作了。」

他咬著嘴唇。「智蓮，讓我幫你。畢竟，你昨天阻止阿信揍我。」

「我不想讓他惹上麻煩，」我說著，但羅勃沒聽懂弦外之音。

「我很驚訝他會使用暴力。你還好嗎？」

話都到了舌尖，我好想提醒羅勃，事實上他在阿信面前叫我妓女，但我硬是將那番話吞回去。「我很好。好了，如果你不介意，我得去換衣服。」

這些話一說出口，我發現羅勃漸漸意識到我還穿著昨天的同一件衣服。我好想踹自己一下；我簡直是自投羅網。

「你昨晚和阿信在一起？你們兩個昨天去哪裡？」

我轉過身，但羅勃現在有我的把柄；如果繼父發現我去過哪裡工作，誰知道會發生什麼事？好危險。「我已經說過了，我去朋友家。」

「我想，我們最好別見面了，」我盡可能以禮貌的語氣說。「謝謝你的關心，不過我可以照顧自己。」

「可是我想要，」他說道，緊緊跟著。「你需要幫忙。」

我走得更快一點，渴望離開。我滿心絕望，意識到他認為他是我的救星。認為他能拯救我脫離不幸的選擇、我的暴力弟弟。如果不是這麼糟糕的事，其實還滿好笑的。羅勃抓住我的手肘。我整個人呆住。我們站在街上，旁邊有腳踏車和行人經過。他肯定不會在這裡嘗試任何事吧！我一定看起來充滿戒心，因為他放開手，顯得很不安。

「我只是想著怎麼樣對你最好，」他說。

最後，再傳達一番結結巴巴的說教，說著糟糕的選擇有多麼危險等等，以及我身為年輕女子應該更小心之後，他離開了。不過我的麻煩還沒結束。

我回到家，聽見二樓的起居室傳來高亢的說話聲。我很焦慮，衝到樓上，這時繼父走下來。他沒有看我，只是氣呼呼擦肩而過。母親坐在起居室的藤椅上，緊閉雙眼。雙手用力壓著她的太陽穴。

「怎麼了？」我仔細看著她，擔心有看得見的傷勢，但是沒看到什麼不對勁的地方。「跟我有關嗎？」

「不，不是。」她對我微微一笑，接著壓低聲音。「不過說真的，智蓮，你昨晚去哪裡？」

有短暫一刻，我考慮把阿信的事和盤托出，以及我們對彼此有什麼樣的感覺，但有某種因素警告我不要。「我說過了，我和朋友阿慧在一起，」我說。「你不記得了嗎？很時髦的那位？」

我以前向母親提過阿慧，覺得她會對阿慧的服裝和時髦感興趣，但母親沒中計。她只點點頭，眼神憂慮。要是羅勃沒有警告他們就好了！我穿著這麼輕浮而緊身的黃色洋裝，又從某個未知的目的地回來，這樣的事實讓每件事都顯得更加可疑。不過這是阿信親吻過的洋裝。他說他喜歡。光是為了這個原因，這永遠會是我最喜歡的洋裝，雖然看著它就會有罪惡感。我永遠對母親懷著罪惡感；都是因為她的徹底順從和輕聲斥責讓我很不安。

「你和羅勃還好嗎？」

「我們彼此再也不會經常見面了。」我得修正她這樣的期待，愈快愈好。

「為什麼？他是那麼好的男孩啊！」

「我們不適合。」看著她的痛苦神情，我加上一句：「請不要再說了。」

「是因為阿信嗎？」

我呆住。「他跟這件事有什麼關係？」

「只是不知道什麼原因，阿信不喜歡羅勃。」

「阿信誰都不喜歡吧，」我輕蔑地說。

「不，他喜歡阿明。還有你。我很高興你現在有弟弟，即使你們會兩個吵架。家人真的很重要，等你們年紀更大就會知道。」

她陷入沉默，我不禁想到，她是否回憶起自己的數次流產，那些孩子永遠沒有生下來。於是我渾身發抖，想起阿義。他依然在死者國度的火車站耐心等待嗎？等待他自己的雙胞手足死去？

「母親，」我緩緩說道，不禁納悶我是否犯了可怕的錯誤。「我有事情要告訴你。」

第四十五章

巴都牙也

六月二十九日星期一

不幸的事件宛如一陣陰風席捲病房，帶來另一件怪異的意外消息。這間醫院對死亡並不陌生；死亡每天在走廊上逡巡，奪走老人和體弱的人。不過緊跟在佩玲之後，死亡來得很猛，讓職員間的暗中議論令人膽寒。

他們說醫院裡有個復仇鬼。佩玲從樓梯跌落便是因為她看到鬼。還有那個醫護員，黃雲強，今天清晨遭到墜落的屋瓦砸死，因為他看到鬼在醫院的屋頂上走動。

「為什麼是在屋頂上？」阿仁問。他今天會出院。他恢復得這麼快真是令人吃驚，本地醫師為他診療時這樣說。相隔兩天之間的變化，真是非常難以置信，不過小孩子就是會這樣。

「你沒什麼好擔心的。」陳醫師對阿仁手肘皮膚的白色斑塊皺起眉頭，之前就是這位醫師尷尬地告知阿仁，他失去手指了。在那個如夢一般的灼熱世界裡，蒼白的護士，佩玲，抓住他手肘的那個部位。阿仁將右手的手指放在那個地方，結果刺痛起來。他的貓感官變得更強了，彷彿打開一扇門，通往一條朦朧微亮的道路。而在外面，有很多令人心寒的慘白生物。阿仁想起「女吸血鬼」，還有其他類似的傳說，憤怒的女鬼披散著黑色長髮，在夜晚出沒。你不能讓她們進門，絕對不行，即使她們用長長的指甲刮抓門板，用甜美憂傷的聲音叫喚你，承諾給你知識和祕密也不行。不過如果是你出去外面，只出去一下下，與她們說說話呢？

醫師對手肘觸診，但阿仁感覺不到疼痛，只有麻木。那個印記看起來很怪異，像是一隻鬼手抓握過。「我敢發誓，之前這裡不是這樣，」醫師喃喃說道。阿仁默默不語。他心裡明白，這是他在那列火車上拋棄佩玲所需付出的代價。

「不管怎麼樣，你今天會出院。」

今天過完之前，威廉很可能會帶他回去。至少阿仁是這麼想。

陳醫師以好奇的眼神看他一眼。「最好確認他今天沒有提早回家。我聽說他是第一個……今天早上在現場的人。」

護士說：「沒有，他在工作。」他們之間互看一眼。

「還有莉迪亞小姐？」

就在這一刻，莉迪亞本人出現在打開的病房門口。她的嘴唇沒有血色，髮型有一側扁扁的，看似在某間辦公室休息過，確實也是如此。

「你叫我嗎？」她這樣說，因為聽到自己的名字。「需要幫忙嗎？」

「喔！我聽說你人在意外發生的現場，」護士對她說。「一定很可怕。」

「對呀！我父親馬上就來接我，我不太有辦法自己開車。」她說著，做個鬼臉。不少人對她這種外國人的堅毅態度點點頭，表示同情也有點羨慕。有人在她肩膀披上一件輕薄的棉質披肩，但無法遮掩她上衣濺到的紅褐色稀疏髒點。阿仁緊盯著，貓感官微微抖動。死亡覆蓋她的上衣，沾污她的裙子，他害怕得頭暈起來。然而儘管面無血色，莉迪亞依然充滿了神經質的興奮活力。

她走進來，在阿仁旁邊坐下。「天啊，你看起來好太多了！」

「是的。」他垂下雙眼。沒人看見她臉上的血跡嗎？不過非常淡，只濺到幾滴。然而對阿仁看不見的觸鬚來說，有張很黏的灰網緊纏著她。他不知道那代表什麼意思，只覺得很怕她那種令人尷尬的親切態度。她的瞳孔縮得很小，那是勇敢嗎？還是有別的因素……是恐懼還是興奮？

「我想要拿這個給你，」莉迪亞說著，從手提袋拿出東西。「你會再見到你朋友路易絲嗎？」

阿仁一時覺得很困惑……誰是路易絲？接著想起來了，那是他的藍衣女孩的另一個名字。不知道該說什麼才好，他點點頭。

「你能把這個給她嗎？」

阿仁嚇得往後退。那是小小的玻璃瓶，跟裝著皺縮手指的瓶子是一樣的，只不過這個瓶子裝著茶色的液體。當然，這是醫院，而莉迪亞在這裡當志工。她有相同的容器沒什麼好驚訝的。

「那是什麼？」

「我上次答應要給她的胃藥，」她說。

阿仁回想起莉迪亞和智蓮的對話，講到女性每個月一次的困擾，以及那有多麼不公平。他乖乖把瓶子放進口袋，接著回想起麥克法蘭醫師對於藥物的規矩。「我應該要把服用劑量標示在上面嗎？」

「只要告訴她，覺得胃痛就服用一整瓶。那是很溫和的補藥；我自己也服用。但是不要對別人提起這件事……她可能會覺得很尷尬。」她面露微笑，起身離開。

阿仁凝視她離去的背影，心想為何沒有其他人感受到莉迪亞背上緊緊依附的陰鬱蓋布。那像是看不見的裹屍布，或者繭狀物，那些細絲不知從哪裡吐出來。今天早上，莉迪亞顯然騙過死神。但是從整個樣子看來，她並非毫髮無傷。

第四十六章

華林　六月二十八日星期日

母親的臉龐原本就已憔悴，等我告訴她之後，她又變得更加蒼白。她閉上雙眼良久。

「不過我只跳舞。真的，我從沒做過其他事。」

我決定坦白說出自己在舞廳的工作，畢竟羅勃隨時可能說溜嘴。我沒辦法顧到繼父的反應，但是至少呢，母親能有心理準備比較好。

「所以，如果你聽到其他人說長道短，不必太震驚。但很有可能永遠不會發生。」我假裝用很有自信的語氣說話。「而譚太太呢，她當然不知道。」

我很怕她會開始斥責我做了這麼愚蠢的決定，但她只顯露出悲傷的神情。「那是為了要幫忙我還債嗎？」

我遲疑一下，不過沒辦法否認。「我已經辭職了，所以你不用擔心。」

她的神情痛苦扭曲。「把你扯進來是我的錯……你再也不必做那種事了。我會把錢的事情告訴你繼父。」

「他會氣炸啊！況且，阿信說他會幫忙。」

「我不想讓你擔心。那不是你的責任。」她咬著嘴唇。「那是羅勃不會再來的原因嗎？因為他發現了？」

「不是。是我決定不想見他。」

「可是為什麼呢？他是好人啊，智蓮，如果不管那所有……」

「那樣不好，畢竟我不喜歡他。」

「你可以學習啊！」她突然住嘴，意識到自己提高音量說話，接著壓低聲音，而且很堅持。「智蓮，不要錯過這個機會。那會變得很不一樣……如果你放任他離開，你這輩子都會後悔！」

我從沒聽過母親的語氣這麼武斷，坦白說我嚇到了。我搖搖頭。「那不是我的選項。」

「那就讓它成為選項啊！不要那麼驕傲！」

阻止我的原因不是驕傲，但我絕對不會告訴她。

「有其他人嗎？」她突然說道。

停頓一陣。「有。」

「是誰？」

「阿明。」我偷偷端詳她。她有多想讓羅勃成為女婿呢？

「喔。阿明啊！」母親鬆了一口氣。「你知道那是不可能的吧！他訂婚了。」然而，她還是仔細端詳我。她有沒有懷疑呢？

吃晚飯時，我和母親憂心忡忡望著彼此。一想到她可能會向繼父坦承債務，我就滿心恐懼，但她似乎更擔心我失去與羅勃在一起的機會。我在她臉上看出疑心；她不是很相信我還心繫阿明，但我們兩人都沒有吐露半個字，因為繼父在場。他坐著，沉默到令人難以忍受，而三人各自幫自己夾菜。你彷彿可以用刀子劃破空氣。我瞥向餐桌旁阿信的空位置，看的次數太多了，一旦迎上母親的目光，我不禁垂下頭，滿心都是罪惡感。這樣可不妙。照這樣下去，我會出賣自己。於是我上床睡覺，暗自祈禱早上快點到來。

然而到來的卻是夢境。不是我向來遇見阿義那個陽光普照的地方，而是另一個奇異景象。也許我過去幾天太擔心這些事件，因為我人在一處火車轉運站，有很多月台，還有走廊和樓梯在軌道下方彼此相連。有點像是與怡保火車站完全顛倒。白色的怡保火車站富麗堂皇，但這裡淨是黑暗、狹窄又污穢。黃昏逐漸降臨，四周一片憂鬱且寂靜，幽靈般的靜默群眾熙來攘往。我只知道自己必須趕快選擇一列火車，否則會被迫留下。

那些群眾形象模糊。如果我認真凝視，他們會幻化成煙霧，不過我一移開視線，他們又出現了，四處奔走做些重要的事。走到月台邊緣，我看看鐵軌，鐵軌像彎曲的梯子延伸到遠方。一個告示牌指著兩個相反方向，分別前往「上游」和「下游」，但在火車站這樣指示實在沒道理。標示著「下游」的鐵軌讓我心想，延伸到遠方，到了鐵道末端，我可能會找到阿義。那種想法轉瞬即逝，我不再細想，但我有種感覺，如果現在立刻呼喚阿義，他同樣會用那種無聲無息、令人驚嚇的方式突然現身。

這時火車轟隆隆開進來，月台上飄蕩著煤煙。大家匆匆登上火車，我則略顯遲疑，心想如果我沒有立刻做決定，是否會永遠困在這裡。有一名瘦削的老人……是外國人，有淡色的眼睛和濃密的灰鬍，踏著步伐穿過月台。他穿的深色西裝邊緣似乎磨損且模糊，彷彿與逐漸降臨的暮色融合在一起。他的嘴巴動了動，同時指著我的行李籃。

「可以請您再說一次嗎？」我說。

依然沒有聲音，很像發不出聲音的收音機，但我可以感覺到他雙唇那種小心翼翼的誇張動作，試圖對我說話。

把它放回去，他以唇語說著，對我的籃子點點頭。而我知道，在那種難以理解的夢境氛圍裡，他是指剩下的那根手指……佩玲包裹裡的拇指。

「放回哪裡？醫院嗎？」

但他只是笑笑。謝謝你所做的一切。接著他走過我身邊，爬上火車。

「等一下！」我大叫，跟在他後面跑。

他轉過身，以親切的態度看著我，很有禮貌。我凝視他的雙眼，那雙淺色的眼睛，這才發現瞳孔是細長且直立，很像貓眼。我嚇壞了，往後退一步。

老人低頭致意。我現在要走了。他雙手合十，作勢道歉和感謝，而我現在才看出他的雙手很完整，有十根手指。火車湧出蒸汽與含沙的煙霧。周遭只有火車的尖銳警笛聲、鐵軌的深沉震動，以及一片灰暗降臨萬物之上。

火車的汽笛聲變成呱呱聲，一隻烏鴉粗啞呱叫，沿著我窗戶外面的壁架前後走動。我用雙手掩住眼睛，突然想起「上游」和「下游」的馬來文意思，也可以指稱「開始和結束」。我在早晨的寂靜之中坐起來。那是夢境，只是這樣。難道不是？無論如何，我永遠都不想跟亡者說話。

把它放回去，他曾這樣說。我在沁涼的晨間空氣中發著抖，走向我的行李籃。裡面放著曾給許明看過的名單，以及那根截斷的拇指，來自佩玲的包裹。今天我會去巴都牙也，把它放回病理學庫房，與所有其他標本放在一起，讓一切做個結束，希望是這樣。

然而我對母親不是這樣說。「我要回去怡保。」

她點點頭沒說什麼，不過眼神很懷疑。她依然擔心羅勃。但是我沒有打算再見羅勃……只是要去找阿信。我得把夢境告訴他。回想起那位外國老人的左手，五根手指很完整，我很確定我們做對了，把手指好好埋進麥克法蘭醫師的墳墓。

等我到達巴都牙也的醫院，時間是早上八點半。這時有人潮聚集在門口外面焦躁走動，發生這樣的事實在有點早。

「怎麼了？」我問一名身穿黃色華人衫褲的中年女子。

「發生意外。警察不讓我們進去，就算說我跟人約好也不行，而可憐的傢伙已經死了。」

我嚇得全身發抖。「誰死了？」

「在這裡工作的年輕人。醫院的醫護員，他們這樣說。」

阿信！我嚇壞了，衝向前去。「讓我過去，拜託！」

一名馬來人警察負責站崗，而我發瘋似的奮力穿越人群；大家原本很焦躁，這時轉變成興味盎然和賦予同情的喃喃低語。

「我弟弟是這裡的醫護員，」我上氣不接下氣地對警察說。「你知道誰死了嗎？」

「我不知道名字，不過如果你是家人，我會帶你去。往這邊，歐洲人的側樓。」

我口乾舌燥，跟在他後面跑。我們前往的醫院那部分是我從未去過的。繞過一棟木構造的兩層樓建築，我們走近一群人。他們抬頭看著屋頂，接著看看建築物旁邊的草地。

「那是事發地點。」警察點點頭，眼神看著一名高大的錫克人警官，那人正在筆記本上寫東西。「辛赫隊長，她想知道那是不是她弟弟。」

「他叫什麼名字？」他以透徹的琥珀色眼睛迎上我的目光。

「李信，」我說著，屏住呼吸。「他是這裡的醫護員。」

他盯著自己的筆記本。「不是。這是黃雲強先生。」

我雙膝一軟。謝天謝地！不過那熟悉的名字還是令人嚇壞了。「你是指黃ＹＫ嗎？」

「你認識他嗎？」

該怎麼說呢？正在猶豫的時候，有人從我旁邊走過。

「督察，我需要跟你談談。」那是威廉．艾克頓，模樣憔悴，眼睛紅紅的，彷彿好幾個小時醒著睡不著。

督察轉過身，他們兩個人都沒理我。

「艾克頓先生，怎麼了？我以為你回家了。」

「我有病人要看，不過我剛想起一件事。」

「根據你的證詞，有一塊屋瓦從屋頂掉下來，砸破黃先生的腦袋。」

「是的。但那不是來自屋頂。」

出於直覺，我們全都抬頭看。

「我是直到事後才想到，因為發生得太快了。但是高度不夠。」

「你是什麼意思？」

「嗯，那像一個陰影掉下來。不過我幾乎可以確定，屋瓦是從二樓來的，不是屋頂。」

一陣靜默。「艾克頓先生，這是非常嚴重的指控喔！你是說，有人從二樓的窗戶扔出一塊屋瓦？」

有可能，我心想，仔細研究建築物。窗戶很高又優美，打開來讓空氣流通。艾克頓遲疑一下。「也許吧！」

「你能保證嗎？當時還很暗。」

「我不確定，」他搓搓自己的臉，「不過那是我的感覺。」

「感覺之類的不是事實。」敵意在他們兩人之間劈啪作響。他們以前見過面嗎？

「我只是把資訊講出來，希望能傳遞給警察。」

「當然，我們會上去察看二樓，」督察圓滑地說。「不過那個時候顯然是上鎖的。這些是管理部門的辦公室，對吧？」

「對，不過幾位職員有鑰匙。」

「艾克頓先生，謝謝你。我會記在心裡。」

威廉・艾克頓遲疑一會兒，接著轉身離開。我匆匆趕上他，想要詢問發生什麼事；希望督察已經忘了我。黃雲強為什麼死了？

「路易絲，」艾克頓看到我說。「你為什麼總是在我最沒想到的時候冒出來？」

我開始吞吞吐吐解釋我弟弟的事，但他其實沒在認真聽。「我第一次遇到你是在病理學庫房，在那個小護士從樓梯墜落之前。你知道她這個週末過世了嗎？」

我嚇壞了，搖搖頭。

「那個晚上你出現在聚會上，南達妮失蹤。今天早上你又出現。路易絲，你是死亡天使嗎？」

「當然不是！」

「不過你知道我夢中的河流。告訴我，你最近有沒有看過死人？」

他不可能知道我和阿信跑去挖掘麥克法蘭醫師的墳墓。我的心怦怦跳得好厲害。艾克頓露出嚴肅的微笑。「很抱歉。我今天心情很糟。去喝杯飲料如何……如果帶出場，你怎麼收費？」

我吃了一驚，只能擠出習慣性的微笑，就是我工作時那種空洞的職業化表情。對他來說，我只是能夠帶走煩憂的漂亮女生。不過兩個人可以玩這種遊戲，我也有些問題想問。「你真的看到有東西從二樓掉下來？」

「你不相信我說的嗎？」

「不是，我相信，」我認真地說。「我認為那是直覺。」

他嘆口氣。「二樓可能有人。可是，他們到底為什麼要從窗戶扔出一塊屋瓦？」

究竟為什麼呢？雖然阿信的話語，「我會殺了他」，迴盪在我的腦袋裡，令人不安。聽到黃雲強把我鎖在病理學庫房裡，他當然很生氣，但他絕不會做這種事……難道會？我想著阿信以沉默表達憤怒，那是繼父的黑暗面，我一直非常害怕。

「路易絲，你還好嗎？」艾克頓說。我們早已停下腳步，路過的人開始看著我們。

「你認識黃雲強嗎？就是被殺的那個人？」我問。我該要對督察說出我曾與他有可疑的爭吵嗎？還是那樣會引來麻煩？

「不太熟。我看過他。」他搓搓自己的下巴，臉色顯得灰白如紙。「從某些方面來看，如果那不是怪異的意外事件還比較好；如果他有合理的死因會比較好。」

「你是指什麼？」

艾克頓緊張得表情扭曲。「只是一種想法。怪異的幻想。你有沒有曾經覺得事情好像自己重新安排過，而且太容易了一點？」

我的胃揪成一團。這正是阿義在那個廢棄火車站對我說過的話，我們之中的第五個人重新安排事件的順序。「每一件事的順序都亂了。」

「就好像命運改變了，去迎合你？」

這是暗中一刺，但艾克頓顯得很驚訝。接著他嚴肅地笑笑。「路易絲，你真是令人驚奇的女孩。不過你懂，也許我上輩子就認識你。」

就在這時，許明出現在我們後面。我嚇一大跳，很擔心他有沒有偷聽到我們的對話，但他只說：「先生，護理長想要見您。」

「好。」艾克頓左顧右盼一番。「不要離開，」他對我說，然後走向隔壁的建築物。

我不打算聽從他的話，但我等了幾分鐘，確定沒什麼危險。許明逗留不去。「你在這裡做什麼，跟艾克頓先生講話？」

「我去找警察談那件意外，剛好碰到他。」

「警察？你有沒有告訴他們，有些手指不見了？」

「沒有，應該要講嗎？」

許明斜眼看了我一下。今天他不太一樣，很緊張，而且完全沒有興高采烈的樣子，似乎同事之死讓他積極起來。「你有沒有帶著佩玲包裹裡面那張名單？還記得吧，我說會幫你看一看。」我在籃子裡翻找時，他又說：「他剛才說的是什麼意思，說二樓有人？」

「他認為看到有人在那裡。」

「他有沒有告訴警察？」

「我不確定他們相不相信他的說法。」我拿出名單，許明急著從我背後探看。

「嗯，這證明黃雲強正在賣手指，他們全都是他接觸過的病人。」他說。

「你怎麼知道？」

許明聳聳肩。「我注意到一些事。醫院裡的人很憂愁又脆弱，他們全都在找某種安定心神的東西。你看，這裡這傢伙肯定是賭徒。」他指著我手上的名單。「賭徒什麼都買；你不記得鳥巢的狂熱嗎？」

那是一種小鳥，會在無法到達的高處築起不顯眼的巢。如果鳥巢築在米倉裡，據說會為主人帶來很大的好運。不久前對那種鳥巢興起一股熱潮，狀況好的鳥巢索價達到叻幣十元甚至二十五元。與本地的小型鳥巢相比，我猜要賣掉病理學的樣本簡單多了。

「不過呢，那要很擅長對迷信的人灌迷湯，才能把符咒賣出去，黃雲強似乎不是很善於做那種事。」他太剛烈，太笨拙，我想著不禁皺起眉頭。「我最好把這件事告訴羅林斯醫師或艾克頓先生。」

「為什麼要告發他？他都死了。」

「還是有標本不見啊，而且我不希望他們懷疑阿信，畢竟他是最後一個整理庫房的人。」

許明的臉上閃過一絲神色。「我會幫你去說。」他伸出手要拿那些紙。

我盯著他。然後意識到我真是大笨蛋。這段時間以來，我一直尋找某種模式，但是從未看出這一種。我為何沒有更注意一點呢？

「沒關係。」我緩緩退開。我好驚慌，走道四下無人。

「你在做什麼？」他對我微笑，一種嚴厲且氣憤的微笑。

「阿信在等我，」我說謊。

「那太糟了。」他抓住我的手臂，將手臂壓制在我背後。我的側邊一陣刺痛。「如果你尖叫，我會再砍你一下，」他對我附耳說道。驚慌之餘，我看不見他的左手拿著什麼東西，只覺得非常鋒利。

「繼續走，」他輕聲說，於是我們以怪異的步伐往前走，很像情侶擁抱，他的右手臂扣住我的肩膀。我瘋狂東張西望。

「你要的是那份名單嗎？我會交給你。」

作為回答，他再刺我一下，劃破我的洋裝側邊。接著我們走到外面，越過潮溼的草地。依然沒有人。絕望之餘，我發現自己被架著走向一棟附屬建物。

「可惜你發現了，」許明侃侃而談。「我很希望不必做這種事。什麼原因讓你懷疑我？」

我搖頭，但他再劃我一刀。眼淚滑落我的臉頰。「快點，說實話，」他說。

「你說佩玲是你的好朋友。不過她對我說，她沒有男性朋友，沒有人能拜託幫她拿包裹。」

「就這樣？」我們依然繼續走，沒有進入那棟建築，而是繞到後面。我拖著腳，但他拉扯我一起走。

「她說生意人有個朋友，她不喜歡那個人。我以為是黃雲強，但一直是你。」我想起佩玲第一次遇到阿信的時候，臉色變得多麼蒼白，她告訴我，阿信是她不喜歡的那個人的朋友。

「對，雲強很麻煩，一直找證據，要向羅林斯醫師洩漏祕密。太糟糕了，他老是用錯誤的方式阻撓別人。」

「賣別人的器官，那樣值得嗎？」我拚命東張西望。我們現在距離醫院的主要樓房好遠啊！

「持續下去很好啊！但那個白痴張耀昌什麼地方不去，一定要去舞廳，而且弄丟一根手指。裝手指的瓶子有可能追查到醫院啊！他留著瓶子，是因為標本的號碼是幸運數字『一六八』。」

數字啊，我絕望地想。全都和數字有關。

「我以為他會帶來更多生意，不過他反而企圖勒索我。而他的女朋友也沒有好到哪裡去。」

「你把佩玲推下樓梯。」

「說真的，那是你的錯。你們兩個就站在餐廳外面，笨笨地討論張耀昌藏起來的包裹。我很確定那是他留下來要對付我的證據。」

可憐又悲慘的佩玲。她只是很關心能不能把情書拿回來啊！

「我當時就明白，她非死不可。」

佩玲發生可怕的墜落當時，在眾人發現那場意外的騷動中，我記得許明是唯一繼續吃東西的人。那麼忙著假裝自己很正常，他都忘了要表現得很驚訝。我覺得好噁心。

「阿信知道多少？」許明問。

「不多，」我這樣說，努力避免損失更多，「不過他起了疑心。」

「我本來以為一切都搞定了。把名單給我。還有那個玻璃瓶……你拿那些紙出來的時候，我看到了。」

我別無選擇，只能把所有東西都交給他，包括防腐保存的拇指。「你也殺了生意人嗎？」

「沒有。我只是很幸運，他跌進陰溝裡。」他皺起眉頭，思考一下。我的腦袋砰砰作響，胸口驚慌地揪成一團。許明的噸位比我重多了，雖然沒有比我高多少。如果要打鬥，我唯一的優勢是出其不意。許明打開一扇門，迫使我爬上一道廢棄不用的樓梯。

「今天早上黃雲強到底怎麼了？那也是意外嗎？」我說著，企圖拖慢他的速度。

沒想到他會回應，不過他用那種令人膽寒的語氣侃侃而談。「我無意中聽到他打算去見那個英國女人，莉迪亞．湯姆森。跟那些手指有關，但我不知道他在想什麼，居然以為那女人會知道。永遠是頑固的白痴啊，黃雲強。總之，他在招惹危險的事，所以他們談話的時候，我跑去二樓，從堆在角落的屋瓦拿了一片，朝他的頭扔過去。」

「萬一砸中她呢？」

「不在乎。簡單的方法是最好的方法。」

我們到達樓梯頂部，然後打開另一道門。耀眼的陽光照在我們身上。那道門通往平坦的屋頂，我們可以走在屋頂上面。「用來晒東西，」許明興高采烈地說。「這裡沒有很多兩層樓的建築物。」

在這一刻，我完全知道他要做什麼，也知道他為什麼刺傷我的側邊都不擔心。如果我的屍體滿身是血、癱在地上，像那樣的刺傷根本不算什麼。

他一定從我的眼神看出來了，因為他說：「我沒有騙人，你也知道。你真的是我喜歡的類型。但是，如果你稍微笨一點會比較好。」

第四十七章
巴都牙也

六月二十九日星期一

阿仁的眼睛倏然睜開。他本來在打盹，等著今天晚一點出院，不過發生令人震驚的事。智蓮發生了很可怕的事。阿仁坐起來。他的側邊隱隱作痛。事實上，他唯一不痛的地方是手肘，而那裡蒼白又冰冷。護士曾注意到那裡的皮膚有不尋常的蒼白斑塊。她們談論的時候以為他正在睡覺。「那看起來是不是像一隻手？」有一名護士邊發抖邊這樣說。但現在那都不重要了。

驚慌之餘，他到處尋找護士。他講話結結巴巴，告訴護士，她得去找一個女孩。

「什麼女孩？」她說著，覺得很煩。

「星期五來看我的女孩。」

「喔，訪客啊，是嗎？我確定她很快就會來。」

不，阿仁試圖解釋。她在醫院的某個地方。在那裡，在另一棟建築物那一邊。護士嘆口氣。

「她來的時候，我會讓你知道。好了，不要下床！」

絕望之餘，阿仁緊閉著眼睛。如果他抓緊自己手肘的白色印記，像他夢中一樣，把自己的手指剛剛好放在佩玲的手掌抓住他的地方，他的貓感官就變得更強。他不喜歡這種新的感覺，一種隱約而沉重的嗡嗡聲，讓他的牙齒跟著打顫，讓他的頭骨隨之疼痛。嘴唇隨著他全神貫注而移動。你在哪裡？

也許沒用。她並不是阿義，但他覺得會有用。一定要有用。他的手指深深掐進手臂上的鬼魅手印。他頭暈目眩，屏住呼吸，聲聲叫喚。

然後來了。

血液湧進他的耳朵，他的心臟咚咚咚跳得好瘋狂。那不是智蓮；是另一個人。踏著大步愈走愈近。阿仁的肩膀好緊繃，盯著打開的病房門，像一隻小動物。是身穿白色制服的年輕人。阿仁以前從未見過他。絕對沒有，因為他是你會記得的人。啊！是你啊！阿仁好想這樣說。他的貓感官猛烈爆發，湧出一陣放鬆的電流，但他的喉嚨好乾，發不出半點聲音。

「阿兄，」他說。哥哥的意思。

年輕人挑挑眉毛。接著露出悲傷的微笑。「你醒啦？她會很高興。」

「她」指的是誰？但阿仁已經知道了。這是他的藍衣女孩的另一半。他們兩人是相配的一對，就像他和阿義。而阿仁回想起病理學庫房門口那個高瘦的身影，他原本以為是羅林斯醫師，但不是。

「你一定是『信』，」他說著，很興奮。

滿臉驚訝，還是有一閃而過的不安？「是的，我是阿信。是智蓮告訴你的嗎？」

阿仁匆匆搖頭。「我遇過其他人。有你、我、她，還有我弟弟阿義。加上我的主人，威廉·艾克頓，就是我們五個人。」

阿信一副想要說什麼的樣子，不過他只摸摸阿仁的頭。「我昨天來過，但是你正在睡覺。等你覺得好一點，我們再聊聊。」

阿仁急著說：「不，你一定要找到她……她很危險！」

「誰？」不過阿信已經知道了，他的銳利眼神仔細端詳阿仁的神情。

「她在醫院。有人正在傷害她！」

「她在哪裡？」他已經站了起來。

「在那棟房屋後面。在屋頂上。」阿仁指著窗外的一個地點，那裡像一條緊繃的絲線拉扯著他。只是他的想像嗎？還是他真能感受到細小無聲的尖叫？「快點！不然就太遲了！」

第四十八章

巴都牙也

六月二十九日星期一

許明強行帶我越過平坦的屋頂，一把手術刀的刀尖刺著我下巴底下的柔軟部位。我張嘴想要尖叫，但就算真的尖叫，我們一路走到這麼遠的地方來，面前只有叢林樹木，沒有人會看到我們。他們只會聽到我的尖叫聲戛然而止，從屋頂上跌下去。我改而四肢癱軟，彷彿昏了過去。

許明出於直覺彎下腰，想要抓住我，我趁機猛拉他的膝蓋，讓他失去平衡。他跌倒，肩膀重重摔在水泥地上。猛力衝撞我。翻滾。我掙扎著想要站起，臉上挨了肘擊。「賤人！」他嘶聲威嚇，抓住我的頭髮，但我亂抓亂咬，於是我們扭打成一團，奮力掙扎。他拖著我走向屋頂邊緣時，我們背後的屋頂門轟然打開。許明轉過頭，大吃一驚，但他沒有時間反應，因為有人壓低身子擒抱他。衝撞的力道讓我呼出一大口氣。

「阿信！」我尖聲大叫，但是發不出聲音。他倒在我身上，這時許明瘋狂亂砍。我感覺到阿信喘著氣，猛力往後扯，兩人一起滾到屋頂邊緣的可怕空地。這時我看到下方遠處的地面，一度暈頭轉向。接著，我們繼續翻滾，我的頭撞到屋頂的排水溝。

我的頭一定撞得很用力而昏過去，這一次伴隨可怕的砰一聲，我墜入無意識的世界。我完全知道自己身在何處，直抵荒廢的售票櫃檯，木頭櫃檯閃閃發亮。亡者的候車室。火車鐵軌反射著燦爛的陽光，這裡有種安靜的期待之情。

「阿義，」我說。

他站起來。他一直跪在櫃檯後方，獨自一個小孩玩著捉迷藏遊戲，而現在有人找到他，他卻沒有顯得很開心。在他悲傷的眼神中，我想要問的問題已有了答案。

「你為什麼沒有逃走？」他說。

我應該要逃，早在可能被刺殺的時候。是我的好奇心，我對知識的愚蠢渴望，想要從許明口中聽到答案，讓我來不及逃走，而現在已經太遲了。「我死了嗎？」

「還沒有。」阿義瞇起眼睛看著我後面，彷彿看著遠處的事物。「不過隨時都會死……你掛在屋頂邊緣。」

「許明會殺了我嗎？」那會像佩玲一樣，從樓梯遭到推落。或者像黃雲強，遭到掉落的屋瓦砸死。簡單的方法是最好的方法，許明曾用他那種駭人又有效率的語氣這樣說。「阿信呢？」

「他抓住你，但是另一個人試著把他踹下去。」

「拜託，放過阿信！」我好痛苦，雙膝一軟，額頭頂著售票櫃檯的冰涼木頭。「你會後悔，」那天早上阿信躺在旅館床上這樣說。我真的後悔了。一片廣闊而洶湧的後悔之海。我真應該在有機會的時候把自己獻給他。眼淚滑落我的臉頰。

「起來！」阿義說。「還沒結束！」

「你是指什麼？」

「選擇啊！」他說。「誰會死？你或阿信？」

「你是說，我們哪個人現在會死？」

「是的。我對你說過，從這一邊，我可以改變事物。只有一點點。」他小小的臉蛋奮力揪成一團。「就像發生在阿仁身上的意外。」

「可是那樣不對啊！」如果阿義有某種不朽的靈魂，我很確定這樣做是絕對禁止的。

「無所謂啦！」他大喊。「我在這裡已經停留這麼久了。此時此刻，你快要死了。不過你可以改成選擇他。」

「你不能這樣做！」我情急之下說道。「那樣是干預……就像你說第五個人重新安排事情的順序。」

「『禮』嗎？」他說。「『禮』跟這件事完全無關啊！」

「那麼我們的第五個人是誰？難道是許明？」

「你為何這麼盲目？」阿義滿臉通紅，彷彿快要哭出來。「當然不是他；另外一個人依然很危險。快點……快要沒時間了！趕快選擇，不然我自己決定！」

車站搖晃起來。有個低沉的隆隆聲，一陣抖動搖撼到我的骨子裡，我突然有種很可怕的感覺，時間又要漸漸移入這個地方了。一列火車即將抵達，還是即將離站？無論是哪一種情形，機會稍縱即逝。

「阿義，我會留下來陪你！」我尖聲說道。「讓阿信活下去！」

「你是真心的嗎？」阿義的臉上綻出奇特的微微一笑。「你真的要陪我？」

「真的！」

「不要忘了我。」

明亮。太明亮了，我的頭好痛。很多聲音。有些人講話。我掙扎著，揮動手臂。我為什麼還活著？阿義擺了我一道。

一些手安撫我，檢查我的身體。「她很幸運，那樣摔下去居然活著。另一個傢伙就沒這麼好運了。」

「阿信，」我啞著嗓子說。我的喉嚨又乾又痛，但是跟我感覺到的恐慌比起來根本不算什麼。我強迫自己坐起來。

「不要動。」他們檢查我的手臂和雙腿，問我能不能移動脖子，但我不在乎自己怎麼樣。我滿心恐懼。

「阿信在哪裡？」

「他就在這裡。」

真的耶。我掙扎著爬起來，下了輪床，我原本躺在那上面，不顧大家叫我要小心。阿信躺在房間裡的另一張床上。他的臉很蒼白，呈現慘白的驚嚇神情，手臂和襯衫都有血跡。我移過去的時候，他睜開雙眼。

「你為什麼不聽醫師的話呢？」他可憐兮兮地說。

我又哭又笑，縱身抱住他。

原來我們三人全都從屋頂摔下去。那是奇蹟，他們說，我毫髮無傷，只有側邊和脖子有許明用刀子劃開的傷口。阿信一條手臂骨折，前臂有些割傷……是自衛的傷勢，本地的醫師興味盎然地指出。而許明摔斷脖子。

受到叫喊聲的吸引，有目擊者看到我們拚命掙扎。綜合各方說法，我應該最先掉下去，接著是阿信，因為許明顯然居於比較好的位置。但他突然以怪異的姿勢筆直落下，四肢糾纏在一起，越過我們旁邊，擋住我們的墜落之勢。除了失足墜落以外，實在沒辦法解釋。也說不定他企圖自殺，已經有些人暗中這樣說。

一陣納悶和不安的寒意滲透我全身。難道是阿義站在死亡之河的對岸，拿許明交換我，就像我們是某種遊戲的棋子，於是把我從死亡國度送回來，偷到一條性命？果真如此，阿義到底怎麼樣了……那麼，這是他送我的黑暗禮物嗎？我開始全身顫抖，無法克制。

第四十九章
巴都牙也 七月二日星期四

在通風良好的平房裡，粉刷成白色的房間映襯著屋外陽光照亮的葉子，呈現淡淡的明亮綠色光斑。阿仁和阿龍一起坐在廚房裡，剝著豆子。阿龍很高興他回來了，特別熬煮清澈的雞湯給阿仁喝，不過板著一張臉，假裝是幫威廉準備。自從阿仁突然康復出院至今過了三天，三天以來安靜休息，心裡一直想著他的藍衣女孩不知怎麼了。

她活著；他知道。關於星期一在醫院發生的事情有不少說法，甚至有流言蜚語。謠言說有鬼魂詛咒，還有身體器官遭竊。隔壁鄰居的僕人傳播著八卦，詢問阿仁在醫院的時候是否聽說任何事。他坦白告訴那些人，他什麼都沒看見，但一直很擔心。知道最多的人是威廉，但他不願說太多，只說路易絲非常好，不需要擔心。

「路易絲」是威廉對智蓮的稱呼，每次他說到她名字的語氣，都讓阿仁萌生到一種痛苦的內疚感。那與羅林斯醫師在那個混亂的星期一說的事情有關，當時威廉幫阿仁做檢查，羅林斯醫師進入病房，把威廉匆匆拉到旁邊。阿仁聽到對話的一些片段：失蹤的身體器官……醜聞……什麼都不能說，直到董事會搞清楚來龍去脈。根據他收集的資訊，顯然有個大祕密，很像一條白色扭動的蛆，有可能暗中破壞醫院整齊有序的日常運作。

無論是什麼樣的祕密，肯定對威廉造成影響。只要有空，他就憂心忡忡坐在迴廊上，彷彿等著某件事發生。阿仁問他好不好，他說需要一杯飲料讓胃舒服一點。

「哼！什麼胃！」阿龍語氣輕蔑地說。「冰的東西對他消化不好。而且別喝那麼多，」他提出警告，看著阿仁調製另一杯威士忌兌冰水。約翰走路又快喝完了；瓶裡只剩一吋的高度。「莉迪亞小姐今天要來。」

這時是下午五點，威廉提早下班回家。他沒有換穿棉質紗籠，而是維持漿領襯衫和長褲，而現在阿仁知道原因了。如果莉迪亞要來，他的主人當然不可以穿著本地的裝束悠閒晃蕩。到了茶點時間，阿龍準備了一口大小的椰絲球，這種點心是用糯米粉和切碎的棕櫚糖做成，外面再裹上椰絲。

阿仁想起自己答應莉迪亞要給智蓮的那瓶茶色液體，感到很內疚。他還沒有機會達成任務，很擔心她會詢問這件事。他從房間拿起瓶子，放進口袋。如果莉迪亞問起，他會拿出來給她看，證明他不是疏忽或弄丟。

門鈴響了。阿仁慢慢起身。他全身傷勢的痊癒速度快得嚇人，但還是不習慣失去第四根手指。斷肢的根部隱隱作痛，用左手抓握東西也比較沒把握，但那並沒有阻止他做大部分的事。失去拇指可能會更糟糕，阿龍以嚴厲的態度這樣說。

走廊傳來說話聲。莉迪亞聽起來悶悶不樂，不過隱隱有種興奮的傾向，阿仁從她的語氣聽得出來。他想起在醫院時，她身上黏附著細絲，於是憂心忡忡向外探看。她還有危險嗎？午後的陽光斜斜的，在走廊上投射出明暗變化。莉迪亞取下她的遮陽帽，由於陰影產生的錯覺，她看起來好像留著一頭黑色長髮。阿仁停下腳步，滿心驚訝。打開的門口，女性站在那裡。他一度覺得好害怕，聯想到「女吸血鬼」，那個心存報復的女鬼從門口和窗口而來。出於直覺，他舉步向前，不過還是太遲了。威廉已經讓她進門。你不該讓她們進來。不過這樣想實在很蠢，他的主人聽到會不高興。阿仁不知所措，只能眨眨眼。他腦袋裡的晦暗想法消退了；他的貓感官逐漸變弱，或許這樣也能鬆口氣。

莉迪亞把帽子和陽傘遞給阿仁，對他親切微笑。威廉帶她進入客廳，聚會之後那些古怪的藤製家具都搬回原位。通常他在迴廊上招待男性客人，但面對莉迪亞，他顯得拘謹有禮。

「莉迪亞，有什麼我可以幫忙的嗎？」

阿仁很羨慕主人能這樣直搗重點，沒有拐彎抹角。莉迪亞以閒聊迴避攻勢，講些天氣和醫院的可怕悲劇等等。

「我聽說你向督察提供一些證詞，」她說。「你真的看到有人出現在二樓？」

「我現在不能討論那件事，不過警察有嫌疑犯。」威廉說。

「你不會告訴我嗎？」

「很抱歉，那不是我能控制的。」

她對這點似乎很不滿。「你是怎麼跟警察說我的？」

「你打了電話，要求跟我見面。我到達時，看來你先與那個醫護員碰面，就是黃雲強。不管怎樣，那天早上你為什麼想要見我？」他說。「他們也想知道原因。」

「恐怕我撒了一點小謊。」莉迪亞移動身子，顯得很不安。「我說，我和你有碰面的習慣，因為我們祕密訂婚。」

「什麼？」

「我很抱歉！當時我只能想到那樣說。」

威廉站起來，走向沙發的另一端。阿仁依然靜靜站在走廊上，可以看到威廉很激動，甚至是氣炸了。

「你到底為什麼要那樣說？」

「因為那看起來對我很不利。你也知道，清晨之前，在沒人的地方，跟男人碰面。還有一個華人。」

「莉迪亞，」威廉壓著自己的側邊，彷彿覺得很痛。「你最好告訴我實話。」

阿仁沒有聽到她說什麼，因為就在這時，阿龍把他叫進廚房。茶盤準備好了，熱騰騰且香氣十足，甜點仔細放在有圖案的瓷盤上。

「你可以應付嗎？」阿龍說。

「可以，」阿仁很有信心地說。然而，阿龍還是幫他把托盤捧進去，放置在餐具櫃上。

阿仁偷看威廉和莉迪亞一眼，他們一起低著頭。他看不到莉迪亞的臉，但威廉看起來很苦惱。消化不良，壓力太大，阿龍曾這樣說，而阿仁想起之前那次，有位可憐的女士遭到老虎吃掉一半，當時威廉只吃得下煎蛋捲，不吃肉。但威廉從未吃過藥，只喝約翰走路。

阿仁遲疑一下，拿出莉迪亞給他的液體小瓶。胃藥，她曾這樣說。「非常溫和，我自己也服用。」它的顏色幾乎與茶水一模一樣，阿仁把它倒進威廉的杯子裡。好了。如果莉迪亞小姐問起來，她的藥是否有好的用途，他就可以好好回答。反正她喜歡威廉，所以如果能把他治好，她會很高興。

小心翼翼且自鳴得意，阿仁把茶杯放到桌上。

「如何？」威廉的聲音很冷靜，但內心激烈如火。「星期一早上到底發生什麼事？你為何不能告訴警察？」

透過眼角餘光，他看到阿仁在餐具櫃上倒茶，然後把茶杯放到咖啡桌上。這是錯誤的程序。茶水應該要放在矮桌上，讓主人或女主人倒出來，但是本地的僕人似乎永遠都學不會。威廉強迫自己不要執著於這種無關緊要的思緒。莉迪亞。他必須處理她的事。莉迪亞把頭髮往後梳攏，抬頭看著他。她今天看起來非常漂亮，但他的心裡滿是畏懼……那種細緻的膚色，那雙明亮的眼睛。好像艾瑞絲啊！

莉迪亞說：「那個華人醫護員……他說他姓黃……想要找我談關於你的事。」

「關於我的事？」這太意外了，威廉再度坐下。

「關於你的一位病人，最近過世的一位生意人。」

生意人！在橡膠園撞見威廉和安比卡在一起的那個人，現在感覺是好久以前的事了。那人死得很突然。威廉的脈搏砰砰跳，但仍努力讓自己的表情維持不變。

莉迪亞舀了糖加入她的茶。「黃先生似乎認為，那個人捲入販賣人體器官的事。」

「胡說！」威廉說。那根本是謠言，羅林斯告訴他沒那回事。要是這些話傳出去，對醫院來說會是很可怕的醜聞。

「他也問我，那個人是不是企圖勒索你。」

「什麼？」威廉的胃揪成一團，回想起之前感受到的恐懼，就在安比卡受創嚴重的身軀剛剛指認出來之後，他很怕生意人會跑出來，把他們的韻事告訴所有人。不過沒什麼好怕的，對吧？儘管當時羅林斯有所懷疑，但一直沒有進行刑事調查。

他拿起自己的茶杯。太燙了沒辦法喝。「為什麼問你那種事？」

「大家覺得我們很親近。我們確實很親近，對吧？」

聽到這樣的設想，威廉抖了一下。「莉迪亞，我們沒有很親近。我不能任由你對別人說我們訂婚，那根本不是事實。」

她的臉變得好紅，嘴唇顫抖。「你怎能這樣說……我為你做了那麼多事之後？」

一陣寒意漫過他的頸背。告訴他快逃，現在就逃。「我從來沒請你幫我做任何事。」

「可能造成你困擾的所有事情……我都把它們除掉了。」

他移動身子，內心極度不安。有事情要發生了，來到他的內心門前叩關。是他忘記或忽視的事。他不習慣像這樣遭追殺。這樣是錯的，大錯特錯。他被激怒了，說道：「我沒任何困擾！」

但她聽不進去。「你有沒有曾經覺得，如果衷心期盼的話，你可以改變事情、控制事情？」

威廉畏縮身子。

「你有，對吧？我知道你會這樣想。沒有別人能了解。」她緊緊握住他的手。她的手指好冰。「嗯，我也有那樣的力量喔！你可能早就知道了，畢竟我聽說你到處問我那些未婚夫的事。」

那些未婚夫。「不只一個人啊，」威廉說著，猛然醒悟。

「是的，我訂婚過兩次。三次，如果你把有意圖的人也算進去的話。不過呢，他們全都不好。我不知道要怎麼選擇，你懂吧！我得把他們除掉。」

她是要說，她像他一樣，充滿那種不祥的黑暗力量？威廉的手變得麻木。他把手抽走，試著講些態度輕蔑的話。「你是說，你可以期望別人死掉？」

「你不行嗎？」

威廉從來不曾對別人表達這種事，但在這一刻，沉浸於莉迪亞瘋狂的藍色眼神中，他幾乎要說出口。「莉迪亞，每個人在某個時刻都會希望某人死掉，那沒有任何意義啊！」

「我為你做了，那個生意人。還有那些對你不利的女人。你為什麼要跟她們交往？」她說。

恐懼長出了黑暗的觸鬚，扭曲著穿越他的胃。

「首先是那個坦米爾女人，安比卡，你經常跟她在橡膠園碰面。我曾經告訴你，我看過你早上去散步，但是你從來沒看見我。當然啦，她還滿不恰當的，很多人開始閒言閒語，連我們家的僕人都講。所以我除掉她。

「接著，那個生意人又出現了。他是這裡的病人，當時我就認識他。他不時路過，跑來找那個小護士。我們會聊一下……以本地人來說，他還滿會調情的。」她面露微笑。「他問起你的事，暗示安比卡是你的情婦。我也得阻止他。」

威廉嚇呆了，聆聽話語從她那宛如玫瑰花蕾、持續翕動著的雙唇迸發而出。冷靜而嚴密的理性思路告訴他這是不可能的。沒有人能安排老虎咬死人，或者讓一個男人摔斷脖子。莉迪亞只是心理極度不正常，他這樣告訴自己，面對她竟然對他的私生活知道這麼多，努力不要驚惶失措。

「莉迪亞，」他堅定說道。「夠了。你的想像力太豐富。」

「不，我沒有。」她從自己的茶杯邊緣上方凝視著他。「我做的每件事，都是為了你。」

「我什麼都沒欠你啊！」現在威廉氣炸了，他的胃酸燃燒起來。愚蠢、討厭、麻煩的女人！如果她像這樣到處亂講，最後只會對他不利。他深呼吸一口氣，吞下一口茶。好苦啊！

她的臉頰顯現兩抹緋紅。「有一株植物，高大的灌叢開了花。就長在你家外面。大家覺得很漂亮，但他們不知道夾竹桃的毒性有多強。如果你把葉子磨成粉，泡成很濃的茶，會造成暈眩、噁心、想吐。接著暈厥，心臟衰竭，然後死亡。」她背誦著相關症候，似乎徹底牢記。「我父親以前在錫蘭經營一片茶園，那裡的年輕女孩若要自殺，經常服用夾竹桃的種子。我回英國時隨身帶了一些，非常有用。」她又喝了一口茶。「等我來到這裡，很容易就能讓人們服用。畢竟我在醫院幫忙；本地人相信我說的話。我給安比卡一劑補藥，給她治療女性的不適……她一定是到處晃蕩，死在農園裡面。不過我沒想到會有老虎吃了她半身。」

「老虎沒吃她，」威廉說著，聲音緊繃而嘶啞。

她沒理會他。「生意人也一樣，不過我告訴他，那是胃藥。他嘔吐，倒在陰溝裡。」

「還有南達妮？你也拿給她？」

「她就坐在那兒，在你的廚房裡。」莉迪亞的狂熱目光轉而看他。「那樣最好，她已經造成一場騷動，在晚餐的時候像那樣出現。」

威廉的雙手不斷發抖，膽汁湧上他的喉嚨。「我要叫警察。」

她的眼神，是失望，還是勝利？「你不會的。」

「莉迪亞，我不能叫自己幫你做偽證。」

「那就為了艾瑞絲吧，」她說著，眼神閃閃發亮。「我知道你做了什麼事。」

威廉的喉嚨緊縮，彷彿被骷髏手指緊緊掐住，把體內的空氣全擠出去。「你在說什麼？」

「那天在河邊，你溺死她。」

那天在河邊，斜射的陽光閃耀著綠光和金光。艾瑞絲變得很生氣，陰鬱的情緒降臨她身上。再次以她永無休止的嫉妒之心指責他，用手指戳他的胸口，他們每次吵架，那種方式絕對會激怒他，於是他推她一下，很用力推。還是她自己絆倒？他若不是不記得，就是不想記得。

「那是意外！」

「她在船上絕對不會站起來。無論你怎麼說，永遠不會。」莉迪亞現在完全不漂亮了，連一點點都沒有。她看起來像巫婆，眼神瘋狂且狡猾。「艾瑞絲的平衡感很差。我們在學校大家都知道。跟她的耳朵有關係。」

「莉迪亞……」

「而且等到她掉進去，你也沒有把她拉出來。」

他覺得要給艾瑞絲一個教訓，讓她掙扎一下，然後再把她拉出來。但她下沉得非常快，沉重的毛料裙子把她往下拉。速度快到威廉以為她是對他開玩笑，屏住呼吸假裝遇到麻煩。誰知道一個人會溺水得那麼快，那麼安靜，完全沒有他想像中的瘋狂踢蹬掙扎？等到他尋覓她的下落，她已經香消玉殞，徒剩一具屍體。

「莉迪亞！」他必須阻止她吐露那些可憎的話語。

「艾瑞絲寫信給我。寫了好多啊！關於你，還有她是怎麼樣認為你欺騙她。我有一封信是她死前不久寫的，說很怕你殺了她。」

別驚慌，威廉心想，咬著牙。畢竟，他正是那樣對待艾瑞絲。她探出身子，然後跌進水裡。不，我們不曾吵架。然而，很多閒話和謠言跟隨著他。同時還暗中生出背叛和怯懦的傳言，足以把他逼出俱樂部，足以迫使他前往另一個地方、另一個國度。他奮力控制自己。

「她很歇斯底里，控制欲很強。」

莉迪亞向後靠。「你說得對。」她的臉上浮現微微的笑容。「不過呢，考慮到周遭的證據，如果你回到家鄉，可能被定罪。」又喝一口茶。「我很公平，對吧？我把自己所有的事情都告訴你。但是我跟你不一樣，我很容易否認所有的事。」

「那所有人是怎麼死的呢？生意人，安比卡，南達妮？」

「嘿，你殺了他們啊！他們全都礙到你。我會說，你除掉那兩個女人，是因為你想要跟我結婚，但我拒絕你。警察已經有所懷疑，南達妮死前才剛去你家，而如果他們挖出以前在家鄉關於艾瑞絲的閒言閒語，看來對你很不妙。」

沉默。他聽著腦袋裡血液砰砰砰沖刷的聲音。假如他現在跳起來，就可以抓住她那又長又白的喉嚨。將他的兩根拇指用力壓下，直到她斷氣。為什麼，為什麼這種事又發生一次？她和艾瑞絲好像啊，同樣黏人，又有歇斯底里的種種要求。簡直像是艾瑞絲從河裡返回世間，而除非將他拉下去，否則她絕不會滿足。

「莉迪亞，你到底想怎樣？」

她即將打出王牌，無論那是什麼。威廉的胃變得像鉛塊一樣重；他很清楚，她用計謀徹底打敗他。

「我愛你，」她說。

他站起來。在她背後繞圈子，腦子裡快速盤算各種不同的可能性。推她向前，讓她的頭撞到咖啡桌而腦袋開花。她的瘋狂感染了他。

「所以你想要訂婚？」那麼一場槍枝走火的意外。拿普迪牌獵槍給莉迪亞看。但他已經意外射中阿仁。太可疑了。

「是的，我很樂意。」她面露微笑，彷彿他才剛屈膝求婚。「我已經告訴警察，但如果有正式求婚會很好。我們可以辦一場派對。」

「我會考慮看看。」

「那麼舉杯慶祝？」她說。威廉神情木然，拿起自己的杯子，與她碰杯。見機行事；爭取一點時間，他心想，喝光那杯微溫又苦澀的茶。沒有半點牛奶和糖可以壓抑喉頭不斷上升的嘔吐感，他只能強自壓下。

裙子發出沙沙聲，他現在好痛恨天竺葵的淡淡氣息。他帶她前往大門。維持禮貌，即使這樣讓他好想死。莉迪亞停下腳步，眼神一亮。「我們結婚後，我就不能被迫做出不利於你的證詞。你也不能對我如此。這樣很公平，對吧？」

威廉好想尖叫，將她的頭推去撞牆，但他咬著牙說：「你到底為什麼喜歡我？」

「以前在英國，艾瑞絲介紹我們認識，但是你不記得了。那是在皮爾森家的派對上；你喜歡我，你真的很喜歡。後來，你在走廊上親吻我。我忍不住想你想了好多天。」

回憶。老爺鐘的滴答聲，黑暗中那番火熱的匆匆探索。他那天一直很開心能與艾瑞絲相聚，她的俏麗臉蛋從來不曾那麼迷人，於是他把她帶到角落，他是這樣以為，在走廊上。而後來，有好幾天揮之不去的悶悶不樂。艾瑞絲抱怨他那個週末喝得太醉，面對那樣的指控，他置之不理，將之歸咎於她的神經質、他的頭痛。他猛然醒悟，以尖銳的語氣說：「那真是大錯特錯，我從來不知道那是你。」

但莉迪亞不在乎，她已越過他身旁，眼中充滿夢幻般的目光。「在那之後，艾瑞絲寫信來說，你和她在一起有多麼不快樂，我就知道會發生某件事，讓她消失。因為我和你的命運結合在一起；我們甚至有同樣的名字。那天晚上，在你主辦的聚會上，你寫下你的華文名字當時……我告訴你，我也有華文名字。我是在香港出生的，你也知道。」

她到底在胡說什麼啊？她沒有從他身上感受到危險嗎？

「我的華文名字也有同樣的字……和『莉』諧音的『禮』，跟你一樣。那是儒家的五常之一，」她說。

阿仁進入走廊，要把帽子和陽傘交給莉迪亞。他盯著她，小小臉蛋的眼睛睜得好大。威廉急得發狂。見機行事；他永遠有辦法應付，會有足夠的時間對付她。

「我們結婚之後會需要更多僕人，」莉迪亞說著，以欣賞的眼光環顧這棟空蕩的大平房。

我誓死抵抗，威廉心想。不過他笑了笑，送她出去。

第五十章
巴都牙也

六月二十九日星期一

阿信的手臂骨折。是原本健康的右手，他以可憐兮兮的幽默感這樣說。繼父曾打斷他的左手臂，而現在輪到我：一種奇異而可怕的平衡。等到所有的騷動都平息，我們終於獨處時，我說我很抱歉，偷偷把頭靠向他的肩膀一下子。大家暫時把我們放在單人病房，不過嚴重的傷勢只有阿信的手臂，以及一些割傷和瘀青。

「你非常幸運，」檢查我的本地醫師說。「另一個傢伙削弱你墜落的力道。」

提到許明時，我沉默不語。我向警察供述他如何企圖殺掉我，以及販賣手指作為幸運符的整個生意，這讓醫院和本地警察雙方都不是很光采：醫院沒有妥善保管人類的器官標本，而黃雲強在那天清晨遭到殺害後，警察沒能避免隨後可能發生的謀殺案。已經有謠言傳得滿天飛，說許明發了瘋，亂砍亂殺。而在此同時，大家對我和阿信特別好。

「嗯，我的工作完蛋了，」阿信說，凝視著他手臂的石膏模。

「也許他們會讓你做別的事，」我說。

「別傻了。我也不能寫字，所以文書作業也不行。」

那無所謂。我能跟他一起坐在這裡真是滿心感激，本來以為死亡會把我們永遠拆散。然而悲傷沖淡了我的欣喜。阿義怎麼樣了？他最後說的那些話，「不要忘了我」，對我造成很大的衝擊，像是他先前那番感傷喟嘆的回音：「我不希望阿仁忘了我。」他仍在那個空無一人的火車站靜靜等待嗎？還是終於放棄，獨自繼續上路？無論如何，我都祈禱他能得到憐憫。我欠他太多了。

又有一位護士進來，我內疚地放開阿信的手。好多護士路過前來探望，輕佻地坐在他床上。我曾告訴警察，阿信是我弟弟，所以我只能坐在旁邊笑一笑。沒關係，我習慣了。

「你為什麼不讓我糾正他們？」等到最後一名護士離開，阿信這樣說，顯得很生氣。

「現在不要啦！」我們得把事情好好想清楚。先想好怎麼說服我們父母，不要讓這件事到處傳開。如果母親發現有人把我們從樓上推下去，她會嚇到昏過去吧！一陣精疲力竭的感覺席捲我全身；醫院聞起來像消毒劑和煮熟洋蔥的氣味。

「我明天會來看你，」我說著，站了起來。

他抓住我的手。「留下來。他們提議你今晚留下來觀察狀況。」

「我沒什麼問題啊！而且我該去對母親說我們沒事。」消息很可能已經洩漏到整個巴都牙也，現在甚至可能傳到怡保去了。況且，醫院讓我深感不安，但我不想對阿信提起這件事，免得他擔心。只要望向窗外，就能看到許明企圖殺死我的遠處屋頂。

「那我要跟你一起回家，」阿信說。

他們當然不會讓他走，宣稱阿信的手臂明天早上需要照更多X光。他們也努力把我留下來，但我很猶豫。感覺比較不是為了我們好，而是企圖讓事情獲得控制。醫療主管已經來過，向我們保證醫院只有最高標準，而且對於員工精神崩潰所做的行為深感抱歉（那是指許明吧，我猜），而我們只能點頭，答應不會說出去，直到警察釐清事情的來龍去脈。

護理長親自來送我離開。等待醫院提供的車子載我回家時，她那晒黑且稜角分明的臉孔顯得若有所思。「所以你們兩人……到底是姊弟、訂婚，還是結婚了？」

我低下頭。「我們是繼姊弟，但我們其實沒訂婚。」

「聽起來好複雜，」她說著，語氣算是客氣。「我會幫你們守住祕密，如果你希望的話。祝好運。」她跟我握手。我喜歡她堅定且直率的握手。「你看來像是聰明女孩，而且明理。如果你不想依賴男人，我們可以有職位給你。」

我謝謝她，心想我為何沒有像以前那樣激動興奮。也許醫院指示她提供工作給我，用意是為了封口。我好累，累到只想閉上眼睛，可是我很怕如果閉上眼睛，就會發現自己回到那條黑暗的河流。而這一次，不會有機會再回來了。

隨後的幾天很平靜。沒想到母親和繼父對於整件事的反應很克制。醫院已經用最溫和的字眼通知他們：因為有個心理失常的人，發生一場不幸的意外。而他們當然會支付所有的醫療費用，並付清阿信暑假剩下時間的薪水，但是他不必執勤。母親看到我身上的割傷固然大聲嚷嚷，但我臉上沒有傷痕讓她鬆口氣。

「女孩子的臉很重要啊！」她說，幫忙換我側邊的繃帶。「想像一下羅勃會多麼苦惱啊！」

「羅勃跟這件事有什麼關係？」

我不該這樣說。她的臉垮下去，出現那種怯生生的神情。「你們還是朋友，對吧？」

「一直都是啊！」其實不算是，但我不忍心這樣說。我低下頭，突然覺得很焦慮。「你有沒有想辦法付清這個月的款項？」

我還沒有給她足夠的錢支付借貸，但出乎我意料，她竟說：「你再也不必擔心了。你繼父付清了。」

「全部？」

她遲疑一下。「沒有。阿信給我一些錢幫忙支付。」我懂了，不需要她說半個字；即使對繼父講的數目比較少，要坦白說出也一定很可怕。

「他很生氣嗎？」我盯著她的手臂和細瘦手腕。她穿著袖子寬鬆的衣服；我看不出有沒有不對勁的地方。

「他有權利生氣。」

「然後呢？他有沒有做其他的事？」我心裡湧現一股憤怒和絕望，噎住喉嚨。

母親低頭看著地上。我明白這對她是深深的羞辱。「我求他。哭到昏過去。」看到我驚嚇的神情，她趕忙說：「那其實是好事。流產之後，他很擔心。我想，他終於明白那不值得。而且我很好。」她一臉苦相。「他要我發誓再也不碰麻將牌。」

迎上我焦慮的目光，母親對我露出引以為戒的神情。這一次，那不關我的事了。我想，面對母親流產，繼父大為驚嚇，態度軟化了。讓他明白自己可能又會變成鰥夫。無論如何，這真是大大鬆口氣。那份債務就像是一塊鐵砧，在我們的頭頂上晃來晃去。母親微微一笑。「也許我應該從一開始就告訴他。面對這樣的事情，我很確定羅勃的態度會比較溫和。」

「母親，一定要是羅勃嗎？」

她肯定聽出我的悲傷語氣，因為她停下胡亂撥弄繃帶的動作，抱抱我。「沒有，不必。只要能讓你快樂就好。」

「真的嗎？」我精神一振。我為何一直懷疑她呢？

「阿信贊成嗎？」

「贊成誰？」

「贊成你喜歡的人。」

我忍不住微笑起來。「是啊，他贊成。」

第五十一章

巴都牙也　七月二日星期四

莉迪亞離開後，阿仁仔細觀察他的主人。喝了藥以後，他的胃有沒有比較舒服？但威廉走到迴廊上，扯開他的漿洗衣領，彷彿無法呼吸。他坐在那裡，一動也不動，頭埋在雙手裡，這時在遠方叢林的濃密樹冠某處，有一隻鳥高聲鳴唱。那是斑馬鳩，輕柔的叫聲令人難忘，迴盪於廣大的翠綠環境間。

「先生，您不舒服嗎？」

威廉轉過身，臉色蒼白，冒出豆大的汗珠。他看起來很不好，但微笑一下。「阿仁，你是好孩子。我一直在想：你想不想去上學？」

阿仁沒想到有這樣的好運，只能眨眨眼，結巴說道：「想。但是家事……」

「你不需要擔心那種事。反正我們會請新的僕人。」

這表示他失去工作了嗎？「當然不是，」威廉說著，看出阿仁的憂慮神情。「這裡會有一些變化；可能是免不了的。不過我會確定讓你去上學。至少我能做到這樣。」他歪嘴笑了一下。

阿仁明白那種內疚和困惑的感受。阿義再也不曾來到他的夢中，自從上一次在河邊之後就沒有了。事實上，他完全感受不到他的雙胞胎的半點跡象。那種微弱的無線電訊號已經停止傳送了，或是如今轉到另一個電台，而他卻收聽不到？無論如何，他想著阿義，心裡有著愛，也有悲傷。總有一天，他們會再度團聚。

❧

沒事之後，阿仁準備回廚房。這時他轉過身，雖然他沒有立場開口詢問，但鼓起所有的勇氣。「先生，您要與莉迪亞小姐結婚嗎？」

頭歪了一下。很難判斷他主人的表情。「你不喜歡這個主意嗎？」

「她說她的華文名字是『禮』。像您的一樣。」

「那麼，這表示我們是天生一對囉？」威廉的語氣很痛苦。阿仁很好奇剛才的漫長對話到底說了什麼，結局是莉迪亞看起來很高興，而他的主人如此槁木死灰。

「我不知道，」阿仁坦白說。他很困惑。那麼，他們哪一個人才是神祕的「禮」？也說不定他一直搞錯，他們兩人都不是。他將自己的手指按住手肘的白色麻木印記，但只覺得頭好暈，空氣變得沉重又陰鬱。他回想起黏附在莉迪亞身上的朦朧蜘蛛絲，不由得畏縮身子。「她會讓你做起事來很為難，那位女士。」

威廉嚴肅一笑，說了什麼「小孩子說的話好天真啊」。接著他嚷嚷著說好累，要去床上，今天晚上不需要準備晚餐。他拖著腳爬上階梯，很像被判處死刑的人。

⚜

隔天早上，威廉沒下來。阿龍看著沒碰過的早餐，皺眉對著阿仁抬起頭。「去看看怎麼了。」

阿仁爬上階梯，感受他的赤腳踩著光滑冰涼的木頭地板。一路往上走，很像船上的服務員爬上眺望遠處的桅杆。到了樓梯頂部的窗戶，他回想起自己曾覺得這棟白色平房很像暴風雨中的一艘船，深綠色的叢林是翻騰的大海。叢林裡面有各式各樣的奇異野獸，包括麥克法蘭醫師，以老虎的身形到處漫遊。

阿仁搖搖頭；影像消失了。對老主人的隱約害怕：黑暗的孤獨感、對於斷指和挖掘墳墓的承諾，都已經逐漸消退。即使他對七七四十九天的憂慮已然驅散，也避免了一場大禍，但如果你問阿仁，他無法告訴你究竟是什麼原因或為何如此。他只是很確定，打從骨子裡確定，那根手指已經交還給麥克法蘭醫師。他看到一個奇怪的幻象……小小而明亮，像是一場火熱的夢境，看到智蓮跪在地上，用一把鏟子倉促挖掘，把某種東西放進去，接著把它封存於潮溼的紅土底下。無論發生什麼事，他都有信心，她不會讓他失望。不過南達妮死後，自從他在醫院醒來，他就再也無法好好回想這些事，彷彿長夜已盡，白晝將啟。白晝召喚著上學的承諾。阿仁很興奮，加快步伐。麥克法蘭醫師會很高興；他一直都有意願送阿仁去上學。

威廉的房門緊閉著。阿仁敲門，接著嘗試輕輕轉動門把。鎖住了。滿心困惑又有點害怕，阿仁向阿龍回報。

「他生病嗎？」

「也許吧！」

阿龍站起來。他翻找著廚房的抽屜，接著兩人一起爬上階梯。房子如此安靜，阿仁想像著每件事物都屏住呼吸，包括牆壁和天花板、外面的草地和碗狀的潔白天空。沒有半點聲音，只有他們安靜的腳步聲，以及阿仁心臟的怦怦跳動聲。到了上鎖的房門，阿龍停下腳步，對著鎖孔附上耳朵。沒有聲音。

他嘆口氣，伸手到口袋裡，拿出他收在廚房抽屜的一大串鑰匙。他尋找一番，低聲數算。拿出其中一把，放進鎖孔。房門旋轉打開時，他突然說：「不要進去！」

阿仁很害怕，等在外面。他不需要聆聽阿龍的倉促行動。走到床邊，拉開窗簾。那種靜止狀態對他來說很熟悉……讓他得知，住在房間裡的人已經永遠離開了。而阿仁，向後倚靠著牆壁，感覺到溫熱的眼淚默默流下他的臉龐。

第五十二章

華林／怡保　七月一日星期三

於是，我們回到開始的地方。進入那棟長條形的昏暗店屋，裡面充滿錫礦的金屬氣味，以及從低處地板滲入的溼氣。出院之後，阿信骨折的手臂整齊裹著白色石膏模，回到家裡。

母親很高興我們都回來了，雖然我準備回去譚太太那裡待幾天。我應該也會去找阿慧。告訴她，我辭掉五月花那邊的工作，但現在她可能知道了。有好多事我想找阿信討論，但始終沒機會。繼父默默待著，占據了店屋的前端，他在那裡處理生意，而母親喋喋不休，煮著我們小時候最愛的食物，但我求她別把自己繃得那麼緊。

「你們在家真好，」她說，關心著阿信的手臂。

至少我對這件事很開心，她非常喜歡阿信。也許我們的一切都會進展得很順利。畢竟，阿仁已經出院了，恢復得非常好。而我和阿信都沒死。對阿義的思念，我留在自己心底，像是懷抱著一份悲傷的祕密。如果亡者活在人們的記憶裡，那麼我會永遠好好記住他。

那天晚上，我坐在廚房桌旁，浸潤著溫暖的燈光，重新閱讀《福爾摩斯冒險史》。我太愛這本書了，跑去二手書店買下來收藏。不過許明和他的連串謀殺，澆熄了我對偵探工作的熱情。但是呢，讀讀書比自己胡思亂想好多了。母親和繼父已經上床睡覺，阿信則跟阿明出門去。

我和阿信的現實狀況讓我好苦惱。我們到底會有什麼樣的未來呢？也許在這輩子，我和阿信只能是姊弟，異卵的雙胞胎注定要在一起，卻分開了。周遭好安靜，我可以聽到遠處店屋前方的時鐘滴答響。空洞的鐘聲敲了一響。十點。大門發出喀喀聲。這時阿信回來了，他那熟悉的快速步伐沿著又長又暗的走廊向前走，經過沉重的磅秤，經過第一進的開放院子，那裡有成堆的乾燥錫礦。

「阿信，」我輕聲叫喚，站了起來。

走廊很昏暗，黃色的燈光從廚房流瀉出來。一看到他，我所有的思緒，我的善意，全都飛到九霄雲外。我默默無語，拉著他到桌旁。他對樓上拋出銳利的一眼。

「他們睡了，」我說。

我們比鄰而坐，態度認真。我感覺到異常害羞，脈搏加速。多麼奇怪啊，像這樣坐在繼父的房子裡。彷彿我們之間的一切都改變了，也像是沒變。只要閉上雙眼，我們大可再次變成十歲大的孩子。

「阿信，我們該怎麼辦？」

他伸手握住我的手。他皺著眉，看起來異常脆弱。「首先，我們要拿到你的出生證明。我已經拿到我的了。然後我們就可以去登記結婚。」

「什麼？」我直起身子。

「我父親這樣說了，不是嗎？等到你結婚，你就再也不是他要負的責任了。」

「他會殺了我們！」

「他不會。他自己設定了條件。對象是誰無所謂，只要他有正派的工作。當然，他想的是羅勃。」阿信沉下臉。「總之，我和你沒有親戚關係，連文件上都沒有。我父親從來沒有領養你……我查過了。」

對於阿信的魯莽，我真不知道究竟是該笑還是害怕。「你確定你想跟我結婚？你還是拿獎學金的學生吧？」

「這件事我計畫了好多年。」他確實很認真。

「萬一我不想跟你結婚呢？」

「你會的。」

他的嘴唇輕觸我的雙唇。輕輕的，但我覺得腿軟，一陣暈眩掌控了我。那像是一種符咒，巫師的把戲，把我胸臆的空氣全部擠出去。阿信得意洋洋看著我。我又有同樣的感覺，同一時間萌生愛意、渴望，以及好想揍他。

「別人會說閒話。」

「讓他們去說啊！」

輕柔、堅持的吻。他唇間的溼熱，他舌尖的輕柔試探。我的胸口再度振動不安，像是一隻鳥兒渴望高飛。阿信沒受傷的那隻手臂環抱我的腰；他用力將我壓向椅子，讓我渾身顫抖。我的呼吸變成輕淺的喘氣。透過唇齒和沒受傷的左手，他著手解開我的輕薄棉上衣的釦子。我應該要阻止他，我知道，但我的手指反倒滑過他的頭髮。

「不要笑，」阿信假裝生氣地說。「你是我手臂骨折的原因喔！」

為了回應，我將雙唇壓上他的唇。我們深深沉浸於兩人世界，沒有注意到樓梯的吱嘎聲，然後是母親的驚駭低語。

「你們在做什麼？」

阿信的手停在我解開一半釦子的短衫上。我們跳起來站著，我的耳朵響起一陣沉悶的轟鳴。他的臉一片緋紅。

「母親，」我說。

但她沒有看著我。「你居然敢碰我女兒！」即使如此，我注意到她繼續壓低聲音，輕聲說出這些話。

「不是他的錯，是我！」

就在這時，她打了我一巴掌。母親以前從來不曾打我的臉。教訓，有的，我小時候她輕輕打我，不過她經常碎念責備我。但是從來不曾像這樣：打得我喘不過氣。奇怪又可怕的是，發生這一切全都近乎安靜。在這棟寂靜黑暗的房子裡，我們沒有人膽敢提高音量。我們都知道，如果繼父醒來會發生什麼事。

我抓住母親虛弱的肩膀，然後放開。如果我想要，我大可把她往後推。跟許明在屋頂上的時候，我奮力掙扎，踢蹬且亂抓。但我無法對母親出手。阿信也不行。我們兩個滿心內疚，頭低低站著，看著她突然變得好頹喪，彷彿她的生活就此崩毀。「我沒有好好把你養大嗎？」她嘀咕著說。「你為什麼做這種事？」

「我愛他，」我說。

「愛？」母親說。「你到底在想什麼啊？」

然後她哭起來，哭得那麼激烈又安靜，讓我不知所措。我們三人全都學會在這棟房子裡哭泣時，不發出半點聲音。我憂心忡忡，發現自己無可奈何地安慰她。永遠都像這樣。無論發生什麼事，我都會努力救她。我看了阿信一眼，示意他離開廚房。

然而他沒有注意到我的動作，反倒跪在她面前。我從來沒看過阿信在任何人面前跪下，他太驕傲了，但此時此刻，他低著頭。

「母親，我對智蓮是認真的。拜託讓我跟她結婚。」他說。

聽到「結婚」這兩個字，母親拱起身子、齜牙咧嘴，彷彿痙攣發作。我驚惶失措，連忙振臂抱住她。

「你們不能結婚，」她虛弱地說。「你們現在是家人。我絕對不准。」

❦

身為家人，低級但方便的事情之一，就是晚上彼此激烈指責，然後隔天早上假裝一切都沒發生。因為我們吃早餐的時候就是如此。我們全都下樓，安靜且陰沉，而母親盛裝著軟趴趴熱騰騰的麵條。麵條淡而無味，彷彿她忘了怎麼煮麵。她雙眼紅腫，但對我繼父說，她是因為頭痛沒有睡好。

他咕噥一聲，我希望他什麼都沒注意到。畢竟他總是睡得很沉。我和阿信坐著，依舊很不自然，像是虛假的姊弟，待在非常虛假的家庭裡。

「我這個週末要回新加坡，」阿信朗聲說道。

母親點頭。她俯身吃著沒味道的麵，就像我繼父一樣。

「智蓮要跟我一起去，她可以在那裡找工作。」阿信說。

這時兩個人都抬起頭。

繼父瞇起眼睛。「為什麼她也去？」

「事實是，巴都牙也醫院在星期一發生謀殺案。另一個醫護員遭到殺害，凶手就是想把智蓮推下屋頂的同一個人。警察要我們不能說出去，但是開始傳出閒言閒語。我又沒工作，你覺得醫院為什麼要付薪水給我？而作為交換，他們要求我們兩人都要離開這個地區。」

「真的嗎？」他父親說。

我瞥了阿信一眼。他是很有天分的騙子，把半真半假的陳述與事實混合在一起。「真的。我很快就會出現在報紙上。」

母親嚇得驚呼出聲，不過眼神充滿懷疑。我在桌子底下捏捏阿信的手。

「您可以問羅勃……他父親在董事會，」我說。

我覺得好煩，怎麼每件事都與羅勃和他的家人有關，而且用來影響我母親最有用了。我看得出來，她的神情很慌亂。

「他們已經幫我在新加坡的醫院安排一個位置，是實習護士。我會住在宿舍。」現在這完全是虛構的，但沒人能阻止我。「阿信可以帶我南下，因為羅勃沒時間。」

又是羅勃。但我母親不會上當，她激動搖頭。「不行，你不能去！」

繼父說：「羅勃對於去新加坡的計畫有什麼想法？」

「他希望我去念書，拿到合格的證照。而且少一點閒言閒語對他的家庭比較好。」沒想到我衷心希望達到某個目的時，說起謊來如此容易。我在心裡對可憐的羅勃表示歉意。

「如果羅勃認為這是好主意，那麼我也沒問題，」繼父說。而在這一刻，我真高興，好高興他那麼嚴厲又頑固，只看重男人的意見。母親的反對遭到否決；畢竟除了新加坡太遠以外，她不敢提出其他理由。

「阿信會帶她南下，」繼父說。「而我們要為她負責任的時間不會太久了。」

「但是羅勃的家人在怡保，」母親說。她的眼神非常痛苦，看看阿信再看我，我真想知道她會不會背叛我們。如果會，我們全都要受苦。我的脈搏猛烈亂跳。阿信擺出他最木然的神情，不過臉頰有一條肌肉暗暗抽動。

「他們在新加坡有間房子，」他說著，同時仔細檢視麵條，彷彿一點都不在乎阿信是否帶我一起去。「我很確定他會不時去那裡。」

繼父點點頭。那麼就這樣說定了。

我應該要高興吧！天知道阿信有多高興。眼看我們要出發的時間逐漸逼近，他幾乎無法忍住不笑，但是根據不言而喻的協議，我們彼此完全不接觸。他幫我們兩人買火車票，我則去找譚太太，並把我位於她裁縫店樓上的房間清理乾淨。

「你要結婚了嗎？」她問，看著我把少得可憐的最後幾件物品收疊起來。她講話完全不會拐彎抹角。

「沒有，我要去學護理。」我重複講這個謊言講了好多次，自己都快要覺得是真的了，但我得提醒自己，我的工作前景不明，也沒有地方可以住。然而，滿心的興奮之情鼓舞著我。

「護士啊，」譚太太若有所思地說。「我不認為你適合做那個。」

「為什麼不適合？」這番隨意的評論刺傷我的心；她一直對我的裁縫技巧很滿意啊！

「你一定會跟醫師頂嘴。我覺得你結婚比較好。」

我彎下腰遮掩臉上的笑意。

「你怎麼會覺得我不會跟丈夫頂嘴？」

「噢，你一定不能那樣！」她看起來嚇壞了，但我們都很清楚譚家的一家之主是誰。「你聽好，」譚太太說著靠過來，「婚姻要開心的祕訣呢，就是讓他覺得一切都是他自己的主意。而當然啦，你應該要穿得體面，盡可能愈漂亮愈好。」

她盯著我，嘆口氣，顯得很不滿意。完全不符合她的時髦風格，因為我穿著過時的棉質長褲和舊襯衫來打包。「一定要緊緊抓住他的心……女人會像蒼蠅一樣在他身邊打轉。」

譚太太走出去之前，對我露出心照不宣的神情，我真想知道她是否與羅勃談過，或者其他人。她可能發現我和阿信沒有血緣關係；我完全相信她有可能發現。

我也見了阿慧。我不能明講先前發生的每件事，因為答應了警察和醫院主管，但盡力說明。

「辭職的事你可以告訴我吧！我還得自己發現。」

她很生氣，有點傷心。我只能點頭，說我很抱歉。我真的很喜歡阿慧……以前從來沒有像她這樣的朋友，但是很怕讓她傷心失望，因為沒有把所有的祕密跟她分享。

「羅勃的事謝謝你幫忙，」我說著，想起她之前奮不顧身衝進打架的場面，當時黃雲強帶他去舞廳。「如果你再看到他，對他好一點啦。」

阿慧翻個白眼。「有錢的年輕人在你身上真是浪費了。」不過她終於笑了。

❧

然而，我最擔心的對話，則是與我母親。完全無法迴避；我可以從她極度痛苦的眼神和顫抖的雙手看得出來。無論別人怎麼想，我最希望等到震驚過去之後，也許母親會改變看法。畢竟，她很愛我和阿信……只是不能在一起。嗯，每件事都有代價要付。

於是，一天深夜，繼父睡了之後，我只能滿懷內疚坐在床上，任憑她責罵。阿信呢，他很識相，跑去阿明家了。這幾天只要看到他，似乎都會讓她大怒。他從備受寵愛的兒子，變成玩弄她女兒的騙子，而不管我說什麼都無法改變她的想法。

「那樣不對，」她繼續說著。「別人會講話。就是很不恰當。而且阿信交女朋友從來不會交往很久，萬一他改變心意呢？」

「那我會自己努力過日子，」我說。

她兩手一攤。「女孩子要嫁得好只有一次機會。這整個關係是錯的啊！你搞不清楚，因為你喜歡他，是弟弟那種喜歡。更何況，在你這種年紀，所有事情好像都很浪漫。」突然之間，她的表情變得很可怕，定睛看著我。「你沒有……你還沒有跟他睡覺吧？」

為什麼每個人都要問呢？跟他們到底有什麼關係？不過我當然知道原因。其實還滿羞辱人的，那是對血的執念：只要女孩能證明她是處女，就還是可以找到丈夫，即使他又老又胖又醜也沒關係。「你認為呢？」我氣憤地說。

懷疑籠罩著她的眼神，我覺得遭到背叛。最後她怯怯地點頭。「我當然相信你。但是不要做那種事。答應我！這樣會讓你有機會改變主意。我不希望你毀了自己，把你所有的選擇機會都丟掉。」

「母親，你真的那麼討厭阿信嗎？」我問。

「不會啊！他是好孩子。只是……我希望他不是跟你在一起。我一直很怕會這樣，但是你本來喜歡阿明，而我以為等到阿信離開就沒事了。我不覺得他會這麼不屈不撓。婚姻並不容易，婚姻不是永遠都順著你的期望。」她的目光飄向旁邊。「你也知道你繼父很有脾氣。」

「阿信絕對不會對我動手！」

「不過他還年輕。」她扭絞雙手。「等他年紀大一點，你不知道他會變成什麼樣子。」

好吧！有道理，我心想，努力忍住脾氣，雖然我好想大吼大叫，反駁說她是錯的，阿信一點都不像他的父親。然而，更重要的是，我希望母親能原諒我，祝福我，告訴我每件事都會很好，就像我小時候一樣，那時候整個廣大的世界只有我們兩個人。但或許我再也不是小孩子了。

到了星期六，我們站在怡保火車站的的月台上。那是美麗的早晨，四周閃耀著白光和金光。

我只有一個手提旅行箱和箱子，用繩子整齊綁好。凝視著母親煞費苦心綁好的繩結，我覺得喉嚨哽咽起來。我的漂亮衣裙都收好，身上穿的是譚太太手藝最好的衣裳，畢竟儘管我一直推辭，她還是堅持要來為我們送行。

結果她和譚先生一起來獻上祝福，由於她講起話來很像鳥兒吱喳叫，於是道別場面比較能忍受，否則我母親的眼淚好像隨時都要奪眶而出。他們買了一大袋山竹，還有用印度式飯盒裝的包子，似乎擔心我們到達新加坡之前會餓肚子。那會是朝向南方而去的漫長旅程：四小時到吉隆坡，然後搭過夜的臥鋪火車，行進八小時抵達新加坡。全程大約三百四十五哩……我這輩子從沒去過那麼遠的地方。

隨著火車慢慢駛出車站，每個人都開始熱烈揮手，彷彿某種無言的信號。就連繼父這個平常不輕易表露感情的人，都舉起一隻手，雖然我無法判斷那是對著阿信還是我。到了最後一刻，母親沿著火車跑過來。我突然滿心驚慌。她想要告發我們嗎？但她只是把手掌壓在窗子上，我也伸手緊貼那裡，伸展全部五根手指。接著她離開了，逐漸加速的火車捲起風勢吹襲而過。

再見了，我心想，隨著穩定的車輪喀啦聲、鐵軌的轟鳴聲，看著他們的身影逐漸縮小，留在後方。向我的舊時生活說再見，向往後的生活說哈囉——無論會帶來什麼樣的生活。興奮和愁思在我的胃腹糾結成團，而我再次想到阿義，留在一處火車站月台上的那個小男孩。他真的離開了嗎？我有種奇特的確定感，把我們所有人緊緊聯繫在一起的連結，已經有所變動，改變成全新的不同模式。我絕對不會忘了你，我做了承諾。我的手指握著口袋裡的那封信。我曾經錯過了把它投入郵筒的機會，但是等我們停靠在吉隆坡時，我會投進去的。

❖

怡保的郊區飛掠而過……椰子樹，架高的鄉村木造房屋，一頭瘦削的布拉曼黃牛……直到墨綠的叢林逼近兩側而來。

「我得在新加坡找到地方住，」我說著，回想起我們如何對醫院宿舍撒了謊。

「那很簡單，我存了一些錢。」阿信說。

「不過那是你的存款。我不想動用。」

「不然你覺得我為什麼一直工作？我想帶你去新加坡。」

「真的嗎？」我的心漏跳一下。那所有漫長而孤獨的時日啊，我一直等待阿信那些不存在的回信。

「雖然我不知道你會不會來。你迷戀阿明那麼多年。我很怕如果他改變心意，你就會跑去他身邊。你給我帶來的麻煩，遠比其他所有女孩加起來還多。」他噘起嘴巴。「我們需要讓你一直很忙。也許你可以去課堂上旁聽。」

「我很想喔！」

阿信可憐兮兮地搖頭。「為什麼你說起這件事好像比收到戒指更高興？千萬別拋棄我，跑去找外科醫師啊！」

我抖了一下。「別再提外科醫師了。」

「我每天晚上都會借你課堂筆記喔！」他假裝用誘惑的語氣說。我的胃為之翻騰。假如阿信一直用那種眼光看我，我一定會變得像傻瓜一樣，他也知道。

「阿信。」我深呼吸一口氣。這實在很難開口。

為了回應，他用手指輕輕撫摸我的手掌。

「我們不能結婚。」我直直望著窗外。他的手指停了。「至少，現在不行。」

他沉默良久。「因為你母親的關係？」

「不是，我們應該好好思考很多事……你在學校和工作方面會很辛苦。別人會說閒話。而我希望能自己住一段時間。找到工作，照顧我自己。你還在念書的時候，我不希望你要為我負起責任。而且，我還沒有準備好馬上結婚。」

「要多久？」

「我不確定。」

「一年，」他說著，沒有看我。「一年外加一天，如果到時候你還沒有下定決心，你就是我的了。」

「我跟你說過了，沒有誰屬於誰的那種事！」

不過他只氣呼呼地說：「一定要有期限，否則我們會像這樣一直鬼打牆。我拒絕再玩什麼雙胞胎的遊戲。」

一年外加一天。聽起來很像一條黑暗的路徑，到處散布著帶刺的藤蔓和未知的野獸。我和阿信，我們尚未脫離叢林嗎？我對前方的地帶毫無概念，但或許那也沒關係。我突然好像看見一個影像，天花板很高的房間，陽光普照的長走廊，以及安靜的圖書室。愛德華七世醫學院，我聽說過那裡的很多事。阿信與一群同學隔著桌子談天說笑。我自己呢，搭上一班擁擠的公車，扶著一整箱的書。在狹窄的公寓廚房裡炒飯，聆聽樓梯傳來熟悉的快步聲。我和阿信，漫步於河邊，吹著沁涼的傍晚空氣，吃著炸香蕉，彼此作伴討論。說也奇怪，在這麼多場景中，我穿著時髦，讓譚太太很高興。微風從打開的火車窗戶吹進來，我的短髮和瀏海隨之翻飛，我的心隨之飛揚。

「好吧，」我說著，笑了笑。「還是朋友？」

阿信翻個白眼，不過以熟悉的姿勢伸出他的手。「那天晚上，你母親提到我，說了一些很可怕的事。不過她說得對。我絕對會誘惑你。」

第五十三章

巴都牙也

兩星期後

等到一切都結束，包括警察、葬禮，以及好心湧來的訪客……阿仁坐在廚房後面的台階上。房子空蕩無人；只有他和阿龍留下來打包主人的東西。並沒有很多東西，威廉的個人財產非常少，不過他曾預立遺囑，這是他很有效率的典型作風。律師說，非常近期才預立的。阿仁知道什麼是律師；他記得太平負責處理麥克法蘭醫師事務的那位律師，他看到亂七八糟的紙張塞在老醫師書桌的縫隙裡，不禁皺起眉頭。不過威廉的東西排列整齊。

正式裁定的死因是心臟衰竭。莉迪亞小姐在葬禮上引人側目，哭著大喊自己是他的未婚妻，很多人都大吃一驚，包括她的父母。她的悲痛和憤怒令人訝異，大家甚至替她感到難為情。她希望取得威廉擁有的每一樣事物，但律師說遺囑裡沒有提到她，而且未婚妻與妻子不同。僕人透過他們的快速管道傳播八卦，現在每個人都知道這件事。

阿龍嘆口氣，聳聳肩。「幸好他沒跟她結婚。」他臉上的皺紋更深了，精瘦的身形也更顯矮小。他在空蕩的屋子裡走動，將狀況良好的銀器和水晶杯盤打包好，送回去給艾克頓家族；他步履緩慢且不太確實。他似乎不太在乎威廉遺贈的東西：「給我的華人廚師，阿龍，總數四十馬來元，感謝他忠心耿耿的服務。」不過那是非常慷慨的禮物。

遺書其實也提到阿仁，但他同樣沒有心思感到高興。有一筆獎學金專款要給阿仁去上學，不過那筆錢只能用於教育方面。「我不想要，」阿仁說，律師聞言大吃一驚。

「為什麼不要？」

「我不想讀書，現在不要。」

律師皺起眉頭。「為什麼不晚點再決定？給你自己一點時間好好考慮。」

律師離開之後，阿龍叫阿仁去正式的客廳，擦得晶亮的桌面整齊擺放著一大堆信件，全都沒有拆開過。那些信的地址全都是寫給威廉，未來將送去給他的家人。

「那是什麼？」阿仁問。

阿龍拿起一個白色信封。阿仁一陣頭暈目眩，不禁心想，他的主人是否終於收到那位艾瑞絲女士的回覆，就是他寫了一封又一封信的對象。但是不對，這封信是給阿仁的。他的名字寫在上面，單一個字「仁」。謝天謝地，那個字阿龍會念。

「給我的？」阿仁短短的人生從來沒有收過像信一樣的東西，雖然他知道如何寫信。他們練習聽寫時，麥克法蘭醫師曾教他書信的格式。阿仁小心拆開信封，裡面是單獨一張紙。

「誰寄來的？」阿龍疑惑問道。

但阿仁讀得很慢。信很短，只有幾個句子，他讀了兩次，然後摺起來。

「那個女孩寄的，」他說。

「短髮女孩，聚會那個？」

阿仁點頭，對阿龍的記憶力刮目相看。

「她說什麼？」

阿仁遲疑一下。他不大願意分享她說的話，但要如何解釋呢？信很簡短，不過是私下談話。

「她說，她會永遠記得我。」還有阿義。「而且我們會再見面。如果我想寫信給她，這裡有地址，請醫學院的李信幫忙轉交。」

阿龍咕噥一聲。不管怎麼樣，他似乎很滿意。

隔天，安靜炎熱的下午，有個不速之客現身。是羅林斯醫師。阿龍想端茶給他，但他揮手表示不要，逕自坐在廚房桌旁，仔細端詳阿仁孤苦伶仃的嬌小身形。「你有地方可去嗎？」他問。

阿仁一陣搖頭。「我可能會去吉隆坡。去見關阿姨……我以前主人的管家。」阿仁依然把她的地址塞在麥克法蘭醫師的毛氈袋裡。他既懷疑又苦惱，很擔心自己成為關姨的負擔。

「孩子，跟我住，」阿龍用他粗啞的破英文說。「我找到另一份工作。」

阿仁盯著他，滿心驚訝。阿龍從來不曾對他說過這種事，但他內心有種溫暖的感覺。就像有隻貓坐在胸口，身軀毛茸茸且令人安心。

羅林斯醫師低下頭，一副若有所思的樣子。「我想對你們兩人提出邀請。我快要調職了，而我現在的工作人員不想搬遷。我需要一名廚師和一名家僕。跟服務單身漢的工作差不多，畢竟我太太和家人都在英國。」

阿龍瞥了阿仁一眼，幾乎無法察覺地點個頭。「先生，謝謝您。我考慮看看。」

羅林斯也點頭，很像鶴的脖子抽動一下。他也看著阿仁。「我不是像艾克頓先生那樣的外科醫師。我是病理學家和驗屍官，是很有趣的研究領域，不過我也明白，你們可能覺得很恐怖，畢竟才剛經歷過那種事。」

阿仁認真說道：「會沒事的吧？」

「是的。我答應你會有時間去上學。我聽說你向律師拒絕了，但我想，過不了多久，你就會改變心意。艾克頓先生會希望這樣，他對你的評價非常高。」

阿仁的神情亮起來。「真的嗎？」

「他真的這樣說。他告訴我，你治療那個女孩南達妮的腿，也說你是天生的醫師。你不應該浪費那樣的天賦，你以後可能會拯救很多人的性命。」

拯救很多人的性命。阿仁感受到希望的氛圍。是啊，他很樂意。「先生，您要調職去哪？」

「新加坡，新加坡中央醫院。我覺得你會喜歡那裡。」羅林斯說。

備註

虎人

傳統上，整個亞洲都很敬畏老虎。祖先膜拜老虎的形象，認為祖靈可以投胎成老虎，這種信仰在爪哇、峇里、蘇門答臘和馬來亞很普遍，而且一方面認為祖靈很親切，另一方面也很敬畏，嚴格遵守各種規範。

鬼老虎現身的型態有很多種，包括神壇和聖地的護衛、變身成屍體，以及整個村子都是虎人。咸認老虎像人類一樣有靈魂，而且經常獲得尊榮的稱號，像是「虎爺」。在很多傳說裡，虎人的本質是野獸披上人皮，與歐洲的狼人剛好相反。這可能與佛教和道教信仰有關，透過冥想和法術，特定動物可以獲得人類的形體。然而無論力量變得多強大，牠們永遠無法完全變成人類。

尤其是能夠變形的，形象介於人類和他的野獸本質之間。在大多數的傳說中，老虎能夠表現一些正常人類無法達到的行為，表達出隱祕或禁止的欲望：最基本的是在人們自己家裡殺人。根據傳說，印尼克林奇族的虎人貪求金子和銀子，而中國南部有不少故事是說，很多迷人的女性是老虎假扮的，而且只在準備挖開墳墓掠食死屍的時候才現出虎形，把她們的丈夫嚇壞了。更有趣的是，蒲松齡所著的《聊齋誌異》有一篇故事叫〈苗生〉，有個陌生人與進城考試的書生作伴飲酒，由於在座酒客的詩文造詣太過低俗，那人大怒，就地化為虎形，殺了在場諸位酒客（也許是最極端的文學評論！）。

馬來亞

馬來亞是今日馬來西亞的舊名。先後成為葡萄牙、荷蘭和英國的殖民，後來於一九五七年獨立，由於是錫礦、咖啡、橡膠和香料的來源而獲益頗豐，也有一些重要的貿易港口，包括檳城、麻六甲和新加坡。

霹靂（近打河谷）

這本書的故事背景是霹靂州，近打河谷最著名的城鎮巴都牙也和怡保。近打河谷是全世界錫礦藏量最豐富的地方之一，自一八八〇年代便已商業開採。超過一世紀，直到一九八〇年代，馬來西亞持續供應全世界的錫礦需求量達到一半以上。

近打有悠久的歷史，自從新石器時代便有人居。遠自一五〇〇年代，葡萄牙人注意到霹靂每年都進貢錫。一七〇〇年代期間，此地以其野生大象而聞名，大象受到誘捕和販賣，曾經組成蒙兀兒皇帝的大象軍隊。地貌主要是漂亮的石灰岩山丘，很多地方都滿是天然洞穴和地下河道。

怡保是霹靂州的最大城市，曾以馬來西亞最整潔的城鎮而聞名。其商業與繁榮的中心地位是來自大量生產的錫礦，以美食和許多歷史建築而著稱。由於這本書的背景設定成編寫為小說的怡保，我隨意描寫幾棟地標建築，像是天聖旅館，它是在一九三一年開始興建，但開幕時間稍晚。同樣的，怡保有幾間舞廳，但「五月花」是我透過想像虛構出來的。靈感來自英國外交官洛克哈特（Bruce Lockhart, 1887~1970）對於新加坡一間華人舞廳的描述，出自他的回憶錄《回到馬來亞》（*Return to Malaya*, G.P. Putnam's Sons, 1936）。

巴都牙也地區醫院

這間醫院創立於一八八四年，占地五十五公頃，建造成殖民風格，設置成低矮的花園式格局。建築物從那之後曾變得現代化，但仍然能見到最初幾棟建築。我採用醫院的平面配置，並添加下坡的階梯、病理學庫房、餐廳等等，同時還有一整批虛構的醫院職員，想像在一九三一年可能會是何等模樣，靈感來源是一張老照片，顯示類似的殖民風格醫院和病房。

華人對數字的迷信

華人非常熱愛雙關語和同音異義字。這份對文字遊戲的熱愛，加上對風水的要求，於是產生了很多迷信，圍繞著吉利的數字、吉利的方位，以及房屋的坐向等。有個觀念是藉由命名，你可以灌輸正面或負面的力量，數字又特別如此。

中元節期間，你會看到為死者製作的大量紙紮物品，目的是燒掉作為祭品。這些複製品的每一個細節都要考慮到，包括適當的車牌和門牌號碼。舉例來說，一輛打算燒掉的模型車，是用竹片或蘆桿作為架構，外面再包覆紙片，而車牌號碼會希望有很多個「四」，表示是要給死者的。

至於生者，聽起來像吉祥話的數字有很大的需求。有些人願意耗費心力，只為了取得代表吉利的門牌號碼、牌照號碼和手機號碼。反之亦然，有時候一些特定的門牌號碼，像是二四或四二（中文和日文聽起來都像「死人」），在亞洲最好都避免，因為你以後要賣房子可能會很困難！

有趣的是，數字「五」可以是吉利也可以是不吉利的數字，因為是「無」的同音異義字。所以，吉利數字「八」本來聽起來像「發」，但是與「五」組合的「五八」，聽起來像是「無發」。同樣的，不吉利的數字可以翻轉，所以「五四」聽起來像是「不死」。

名字

為了保留殖民時代的特色，我會用地名的舊時拼法，像是克林奇用「Korinchi」，天津用「Tientsin」，而不是用現代的「Kerinci」和「Tianjin」。當時的華人人名是用拼音，經常要考慮到報戶口的職員是什麼樣的人，也會有口音的差異。在怡保地區，廣東話是過去到現在最主要的華人方言，不過也有人說福建話、客家話、潮州話和海南話等等。由於馬來西亞是多元文化的社會，大多數人都可以說好幾種語言，包括馬來語、英語、坦米爾語或某種華人方言。我讓人名維持使用「海峽華人」的拼音方法，像是「Ji Lin」（智蓮）和「Shin」（信），現代的拼音則是「Zhilian」和「Xin」。傳統上，華人的姓氏放在前面，例如張耀昌和李信。

感謝

如果沒有很多人的支持和鼓勵，就不會有這本書。要非常非常感謝：

Jenny Bent，我的優秀經紀人，她深信這本書的價值（儘管我愈寫愈長！），而且支持它一路找到好東家。Amy Einhorn和Caroline Bleeke，我最棒的編輯，他們的洞見和支持讓這本書開出花朵。同樣非常感謝Conor Mintzer、Liz Catalano、Vincent Stanley、Devan Norman、Helen Chin、Keith Hayes、Amelia Possanza、Nancy Trypuc, Molly Fonseca，以及佛拉提隆（Flatiron）出版公司團隊的其他人。

親愛的朋友Sue、Danny Yee和Li Lian Tan從一開始就參與這本書和所有角色，被迫讀很多次，而且花費漫長的時間與我一起討論各種不同的結局。

Carmen Cham、Suelika Chial、Chuinru Choo、Beti Cung、Angela Martin，以及Michelle Aileen Salazar，你們細心的深入看法是無價之寶。Kathy和Dr. Larry Kwan，謝謝你們的堅定友誼，以及對熱帶傷口的治療方法提供醫學建議。Goon Heng Wah拿督，謝謝他對英屬馬來亞時期的獵槍使用方法提供建議，並協助估計歷史上的鐵道距離。我實在非常感謝你們所有人！

我親愛的家人在整段努力寫作期間非常支持我，特別是我的父母，他們的回憶協助建構出《夜虎》的世界。還有我的孩子們，他們每天都為我帶來靈感，幫助我透過孩子的眼睛觀看這個世界。

還要感謝詹姆斯。第一位讀者和最好的評論者。親愛的，如果沒有你，我不會寫作。

《聖經・詩篇》第五十章第十節。

國家圖書館出版品預行編目（CIP）資料

夜虎 / 朱洋熹(Yangsze Choo)著 ; 王心瑩譯.
-- 初版. -- 臺北市 : 大塊文化, 2020.12
面 ;　公分. -- (to ; 122)
譯自 : The night tiger
ISBN 978-986-5549-25-1(平裝)

874.57　　109017834

LOCUS

LOCUS

LOCUS

LOCUS